Janet Gover
Bauer auf Brautschau



PIPER

Zu diesem Buch

Helen Woodley, Herausgeberin eines der Top-Magazine Australiens, ist selbst überrascht vom Erfolg ihrer neuen Kolumne »Bauer auf Brautschau«. Wer hätte geahnt, dass die Leserinnen Schlange stehen würden, wenn sie allwöchentlich Farmer auf der Suche nach der großen Liebe vorstellt? Aber diese Bauern hantieren längst nicht nur mit Traktor und Mähdrescher. Da gibt es den kunstsinnigen Bauern Greg, der seine Zeit lieber mit Kreativsein verbringt, den irritierten Farmer Peter, der mit einer Nanny für seine Zwillinge rechnet statt mit einem hübschen Mädchen auf der Suche nach Romantik oder den ahnungslosen Landwirt Matt, der nichts davon weiß, dass sein Foto veröffentlicht wurde, aber eine Chance auf neues Liebesglück verdient hat …

*Janet Gover* wuchs in einer Kleinstadt in Queensland auf und arbeitete als TV-Journalistin in Brisbane. Der Grund, warum sie die sonnigen Strände Australiens zugunsten Englands verlassen hat, ist 1.78 m groß, hat grüne Augen und spielt Gitarre. »Bauer auf Brautschau« ist ihr erster Roman.

Janet Gover

# Bauer auf Brautschau

Roman

Aus dem Englischen von
Henriette Zeltner

Piper München Zürich

*Mehr über unsere Autoren und Bücher:*
*www.piper.de*

*Für Dad, der mich Bücher lieben gelehrt hat.*
*Und für John, der speziell an dieses geglaubt hat.*

Deutsche Erstausgabe
April 2010

Titel der englischen Originalausgabe:
»The Farmer Needs a Wife«, Headline Publishing, London 2009

Umschlaggestaltung: Cornelia Niere, München
Umschlagfoto: Image Source / Corbis (Bauer); Cornelia Niere (Artwork)
Autorenfoto: Martin Groves
Satz: Kösel, Krugzell
Druck und Bindung: CPI – Clausen & Bosse, Leck
Printed in Germany ISBN 978-3-492-25806-7

# 1.

Der Zeitungsverkäufer sah die blonde Frau aus der spiegelnden Glastür ihres Appartementblocks treten. Ohne auf die Uhr zu schauen, wusste er, dass es acht Uhr war. Sie kam immer Punkt acht durch diese Tür. Und wie üblich wartete der weiße Mercedes am Straßenrand auf sie. Er wusste, dass sie heute ihre schwere Aktentasche dem Fahrer übergeben, aber nicht einsteigen würde. Heute war der zweite Dienstag im Monat.

Die Frau ließ den Fahrer stehen und kam über die Straße auf ihn zu. Sie sah gut aus. Hübsch zurechtgemacht, aber nicht zu sehr herausgeputzt. Das Haar trug sie in einem kurzen Bob. Für seinen Geschmack war sie ein wenig zu dünn, aber in den teuren maßgeschneiderten Outfits, die sie an jedem Arbeitstag trug, wirkte sie sehr elegant. Und schöne Beine hat sie auch, dachte der Zeitungsverkäufer wieder einmal. Zudem verstand sie es, auf hohen Absätzen zu gehen. Vielen Frauen gelang das ja niemals. Sie sah aus wie Mitte dreißig, aber er würde wetten, dass sie an die vierzig war. Sie gehörte zu diesen Frauen, die eine Menge Geld dafür ausgaben, jünger auszusehen, als sie tatsächlich waren.

Als sie seinen Zeitungsstand erreicht hatte, blieb die Frau vor den Zeitschriften stehen. Ihre langen Finger fuhren rasch zählend den Ständer hinunter. Jeden zweiten Dienstag im Monat zählte sie nach, wie viele Exemplare er von jedem Magazin vorrätig hatte. Dann kaufte sie ein Heft. Stets das gleiche.

»Guten Morgen«, sagte er, während sie ihm das Geld gab. »Schöner Tag heute.«

»Ja. Sehr schön.« Mit distanzierter Höflichkeit erwiderte sie sein Lächeln.

Der Zeitungsverkäufer hätte nicht sagen können, warum ihr Lächeln ihm immer traurig erschien. Die Frau schien doch alles zu besitzen. Gutes Aussehen. Eine Wohnung in einem Haus mit tollem Blick auf den Hafen von Sydney. Sie musste auch einen guten Job haben – darauf ließ der Mercedes schließen.

»Wissen Sie, bei dieser Zeitschrift ändert sich etwas«, informierte er sie, während er ihr das Wechselgeld gab.

»Tatsächlich?«

»Ja. Sie erscheint dann wöchentlich.«

Die Frau drehte das Magazin in ihren Händen und studierte das Cover. Er verstand nicht, wieso sie aus allen Zeitschriften an seinem Stand ausgerechnet diese auswählte. *Australian Life* war kein wirklich erstklassiges Hochglanzmagazin. Es war bunt und ordinär und seiner Ansicht nach ein bisschen trashig. So gar nicht wie sie. Denn sie hatte Klasse, durch und durch.

»Glauben Sie, dass die Leute das wöchentlich kaufen werden?«, fragte sie.

»Keine Ahnung«, antwortete er. »Ich hoffe es. Wenn sie's tun, verdiene ich nämlich mehr.«

Sie nickte, lächelte ihm zum Abschied zu und steuerte den Bahnhof an. Der Zeitungsverkäufer sah ihr nach. Seit einem Jahr kam sie nun schon an seinen Stand. Sie war immer angenehm freundlich und machte ein wenig Konversation über das Wetter oder eine der Schlagzeilen. Fragte, wie seine Geschäfte gingen. Nie ein persönliches Wort. Er kannte nicht einmal ihren Namen, und es hätte ihn sehr überrascht, wenn sie seinen gewusst hätte. Sie blieb auf Distanz. Und nicht nur zu ihm. Von seinem Standort aus nahe am Eingang zum Bahnhof sah er eine Menge. Und er hatte sie noch nie mit einem anderen Menschen, egal welchen Geschlechts, das Haus betreten oder verlassen sehen. Unter ihrer sehr vorzeigbaren Hülle musste sie einsam sein, dachte der Zeitungsverkäufer, bevor er sich seinem nächsten Kunden zuwandte.

Helen behielt die zusammengerollte Zeitschrift in der Hand, als sie durch die Sperre und auf den Bahnsteig trat. Milsons Point war die letzte Station, bevor der Zug Sydney Harbour kreuzte. Es wimmelte von Pendlern, die auf die große Sydney Harbour Bridge mit ihrem berühmten eisernen Bogen zusteuerten, um zu ihren Jobs in der City zu gelangen. Die meisten waren junge Menschen aus der aufstrebenden Mittelschicht. Sie stellten Helens Zielgruppe dar.

Sie spazierte den gesamten Bahnsteig entlang. Dabei ignorierte sie die prachtvolle Kuppel des strahlend blauen Himmels, den der Brückenbogen so perfekt betonte. Der April tat sein Bestes, um noch vor Wintereinbruch Eindruck zu schinden. Helens Aufmerksamkeit war ganz auf die Hände ihrer Mitreisenden gerichtet. Sorgsam registrierte sie, welche Zeitschriften man sich für die Lektüre im Zug gekauft hatte. Besonders interessiert war sie an zwei Mädchen, die sich eine Ausgabe des Blattes teilten, das auch sie bei sich trug. Sie beugten die Köpfe über eine Seite und diskutierten über etwas, das darauf abgebildet war. Das war gut. Helen erblickte auch ein paar andere Magazine, aber damit musste man natürlich rechnen. Im Großen und Ganzen war das Ergebnis nicht anders als sonst, wenn sie diesen Weg nahm. Wenn ihre Rechnung aufging, würde es allerdings anders aussehen, wenn sie das nächste Mal auf diesem Bahnsteig stand.

Als sie ihren Platz im Zug einnahm, entdeckte Helen eine weitere junge Frau, die *Australian Life* las. Sie war in eine bestimmte Seite vertieft. Endlich schlug auch Helen ihr Exemplar auf und blätterte rasch zwei Seiten weiter. Sie wusste ganz genau, was die Aufmerksamkeit dieser Leserin fesselte.

## BAUER AUF BRAUTSCHAU

Die Überschrift stand in fetten schwarzen Lettern auf dem Papier, doch es war das dazugehörige Foto, das ins Auge stach. Der junge Mann, der sich an einen Holzzaun lehnte, sah absolut umwerfend aus. Seine Augen waren blau, sein sandfarbenes Haar von goldenen Strähnen durchsetzt. Im Ausschnitt seines karierten Hemdes war ein wenig von seiner muskulösen Brust in einem dunklen Honigton zu erspähen. In der Hand hielt er einen Akubra-Hut, und er lächelte. In seiner Jeans und den Reitstiefeln sah er aus wie die Frauenphantasie schlechthin.

Stellen Sie sich Ihren eigenen Mann aus Snowy River vor. Er hat viel von Hugh Jackman, dazu ein wenig Keith Urban und ein Spritzer Eric Bana. Dieser australische Held des Outback wartet da draußen, und er braucht eine Frau.

Welche Frau hätte nicht schon davon geträumt, zusammen mit einem Mann, so stark wie die Erde selbst, die Natur zu erleben? *Australian Life* glaubt an die wahre Liebe und Happy Ends, deshalb haben wir die Herausforderung angenommen, die perfekte Partnerin für den Mann vom Land zu finden.

Zunächst einmal möchten wir etwas von den Farmern hören. Beschreiben Sie uns Ihre Traumfrau. Wie sollte sie sein? Was haben Sie ihr zu bieten? Und wie würde Ihr gemeinsames Leben aussehen?

Mädels – ihr braucht nicht mehr lange auf eure Jungs warten. Von dieser Ausgabe an wird *Australian Life* wöchentlich erscheinen. Nächste Woche um diese Zeit haben wir also schon die ersten Farmer für euch.

Auf der Suche nach der großen Liebe? Das sind wir auch. Lasst sie uns gemeinsam finden.

*Helen Woodley, Herausgeberin*

Helen starrte auf ihren Namen. Er war vermutlich das einzig Echte auf der Seite. Der »Bauer« auf dem Foto war in Wirklichkeit ein Model, dessen blonde Strähnen und goldfarbener Teint eher Produkte eines Beautysalons in der City als der Sonne im Outback waren. Sie wusste nicht, ob er schon jemals auf einem Pferd gesessen war, aber sie bezweifelte es. Und er suchte definitiv keine Frau. Sie war bei dem Fotoshooting dabei gewesen, und das Model hatte es kaum erwarten können, zu den Annehmlichkeiten der Großstadt und zu seinem Boyfriend zurückzukommen.

Es war alles nur Phantasie. Und genau das war ihr Job – Phantasien kreieren. Darin war sie sehr gut.

Der Zug hielt an der Station Wynyard. Helen trat auf den Bahnsteig hinaus. Sie schaute weiterhin auf die Zeitschriften in den Händen der Pendlerinnen, während sie auf die Straße zusteuerte. Es war nur noch ein kurzer Fußmarsch bis zu ihrem Arbeitsplatz.

Helens Büro lag im dreiundzwanzigsten Stock. Es hatte einen ausladenden Schreibtisch aus Glas und Chrom, wie es ihrem Status gebührte, und Panoramafenster mit einem spektakulären Blick auf den Hafen von Sydney. Dazu gehörte auch ein riesiges Vorzimmer mit Arbeitstischen für ihr Redaktionsteam. Ein großer Tisch in der Mitte des Raumes war übersät von Papieren, Fotos, Stoffmustern und Kosmetika. Ihre Mannschaft saß um ihn versammelt und war bereits bei der Arbeit.

»Guten Morgen, Helen.«

Die Begrüßung durch ihren Assistenten wurde sofort vom Rest des Teams aufgegriffen.

»Guten Morgen«, erwiderte Helen an alle gerichtet und steuerte auf ihr Zimmer zu. Ihr Assistent folgte ihr wie jeden Morgen mit dem Notebook unter dem Arm. Helen hätte ihn nur zu gern aufgefordert zu warten, ihr heute noch ein paar Minuten für sich allein zu gönnen. Aber gerade heute durfte sie sich keinerlei Schwäche erlauben. Nicht einmal vor ihren eigenen Leuten.

Richard Gordon war frischgebackener Absolvent der Journalistenschule gewesen, als sie ihn ein Jahr zuvor als ihren Assistenten einstellte. Er war dreiundzwanzig Jahre alt, gut angezogen und attraktiv, intelligent und ehrgeizig. Er war immer vor ihr im Büro und blieb mindestens so lange wie sie. Helen wusste, dass sie für ihn ein Sprungbrett zu Besserem und Höherem darstellte. Doch das störte sie nicht. Eher im Gegenteil. Er erinnerte Helen an sie selbst in diesem Alter. Sie vertraute ihm ebenso wenig wie allen anderen. Sie hätte ihn gern gefragt, ob es schon irgendwelche Reaktionen gab, aber natürlich war es dafür noch viel zu früh. Das Blatt war ja erst heute am frühen Morgen in den Straßenhandel gekommen. In der heutigen Zeit mit ihrer E-Mail-Kommunikation war es aber durchaus möglich. Hatte sich auch nur ein einziger alleinstehender Farmer gemeldet, der eine Frau suchte? Ihre ganze Karriere stand auf dem Spiel. Wenn sie scheiterte, konnte sie sich einen neuen Job suchen, und es gab nicht gerade massenhaft freie Stellen für gestrandete Zeitschriftenherausgeberinnen.

»Meld dich bei der Druckerei«, trug sie Richard auf, der ihr in ihr Büro gefolgt war. »Klär ab, ob für nächste Woche alles in Ordnung geht.«

»Ich habe schon gestern mit denen gesprochen«, erwiderte Richard. »Die stehen bereit und brauchen das endgültige Layout der Farmer-Seite Donnerstagabend.«

Am Donnerstag! Das waren nur noch zwei Tage. Sie hatte also noch zwei Tage, um fünfzehn vorzeigbare Männer vom Land zu finden und ihre Konterfeis und Storys druckreif aufzubereiten. Schaffte sie das nicht, hätte die gesamte Branche was zu lachen. Helen ignorierte das aufsteigende Gefühl von Panik.

»Bestens. Ich denke, wir werden in Kürze die ersten

E-Mails bekommen.« Aus ihrer Stimme klang vorgetäuschte Überzeugung. »Donnerstagmittag möchte ich die engere Wahl auf dem Tisch haben.«

»In Ordnung, Helen.«

»Und ich möchte, dass wir die Verkaufszahlen beobachten. Vielleicht brauchen wir eine zweite Auflage.« Wenn sie es laut aussprach, ging es vielleicht in Erfüllung.

»Okay.«

»Und, was habe ich heute noch vor?«

»Heute Morgen ein Radiointerview. Das können Sie telefonisch erledigen. Dann rüber zu Channel Ten für *The Talk Show*. Das Interview wird live sein, also sollten Sie gegen Mittag fertig sein. Der GM lädt Sie im Anschluss zum Essen ein.«

Das hätte Helen nur zu gern abgesagt, aber sie wusste, dass dieses Mittagessen mit dem einflussreichen General Manager des Fernsehsenders fast ebenso wichtig war wie das Interview. Sie nahm hinter ihrem Schreibtisch Platz.

»Die Proofs Ihrer Selbstdarstellung kommen heute Nachmittag«, fuhr Richard fort. »Ich bringe sie dann sofort rein.«

Helen nickte. Sie war nervös wegen dieser Selbstdarstellung, aber davon würde niemand etwas merken. »Sonst noch was?«

»Nichts Dringendes.«

»In Ordnung. Danke, Richard.«

Richard zog sich zurück. Nachdem die Tür zu war, drehte Helen den großen Ledersessel zur Fensterfläche und dem prachtvollen Ausblick. Obwohl ihr Blick auf eine der berühmtesten Stadtansichten der Welt gerichtet war, schweiften ihre Gedanken zu Absatzzahlen und Druckkosten ab. Morgen würde sie entscheiden müssen, ob es eine zusätzliche Auflage der aktuellen Nummer geben sollte. Danach würde die Druckerei sich der nächsten Ausgabe widmen.

Vor einem Jahr war *Australian Life* auf dem Markt herumgedümpelt und hatte kaum die Produktionskosten gedeckt. Der riesige Medienkonzern, zu dem es gehörte, hatte vor zwei Alternativen gestanden – aufpäppeln oder einstellen. Helen war damals stellvertretende Chefredakteurin eines erfolgreicheren Konkurrenztitels gewesen. Sie hatte dort gekündigt und war mit dem mutigen Plan, das kränkelnde Monatsmagazin in ein Wochenmagazin zu verwandeln, in die Büros von *Australian Life* eingezogen. Sie brauchte einen Monat Überzeugungsarbeit. Einen Monat lang war sie täglich aufgewacht und hatte sich gefragt, ob sie einen fatalen Fehler begangen hatte und ihren alten Chef darum bitten sollte, sie wieder zurückzunehmen. Aber sie hielt durch, und schließlich hatten die Eigentümer von *Australian Life* ihrem Plan zugestimmt.

Das war vor einem Jahr gewesen. Dem härtesten Jahr in Helens Leben, denn sie hatte dafür gekämpft, ihre Vision umzusetzen. Sie änderte nicht nur den Erscheinungsrhythmus. Sie entwarf ein völlig neues Erscheinungsbild für *Australian Life* – dabei zielte sie auf die Leserschaft, die bislang der Konkurrenz gehörte. Sie hatte jede Woche sieben lange Tage gearbeitet, sich mit den Leuten aus der Werbung und der Druckerei zusammengesetzt, Kampagnen geplant, Kosten und Einnahmen kalkuliert. Die nächsten paar Wochen würden zeigen, ob sie Erfolg hatte oder scheiterte.

In all diesen langen Monaten hatte niemand aus dem Team Helen jemals auch nur im Geringsten zweifeln sehen. Ihre demonstrative Zuversicht hatte nie gewankt, keine Sekunde lang. Die Zweifel blieben den langen Nächten vorbehalten, wenn sie zu angespannt war, um zu schlafen. Nur wenn sie allein war, konnte sie sich ihre Ängste eingestehen. Falls sie sich irrte, würde *Australian Life* sich nie mehr davon erholen. Wenn die Zeitschrift eingestellt würde, wäre das allein ihre Schuld, und die gesamte Medienbranche würde das wissen. Ihre Karriere wäre im Eimer.

Die ganze Bauern-Kampagne war ihre Idee gewesen – eine Aktion, um das Wochenmagazin im neuen Look zu pushen. Es musste einfach funktionieren. Sie drehte sich wieder zu ihrem Schreibtisch. Es gab erstaunlich wenig für sie zu tun. Die nächsten drei Hefte waren bereits konzipiert – bis auf die Farmer-Seiten. Sie hatte sich diese paar Tage im Kalender freigehalten, sodass sie Zeit für die PR-Arbeit hatte, die für die Markteinführung absolut entscheidend war.

Wie eine Reaktion auf ihre Gedanken begann das Telefon auf ihrem Tisch leise zu läuten.

Sie nahm ab. »Richard?«

»Der Radiosender möchte die Verbindung und Tonqualität checken«, sagte er. »Das Interview beginnt in etwa drei bis vier Minuten.«

Sie hasste diese Interviews. Es war in Ordnung, solange sich die Fragen um die Zeitschrift drehten. Aber unvermeidlich würde der Interviewer auch das eine Thema ansprechen, über das sie nicht reden wollte. Und es spielte keine Rolle, wie oft man ihr diese Fragen schon gestellt hatte, die Antworten darauf wurden dadurch nicht leichter.

Helen holte langsam tief Luft. »Stell sie durch«, sagte sie, während sie ihre professionelle Miene aufsetzte.

»Ms. Woodley?«, sagte eine Stimme an ihrem Ohr.

»Ja, hier spricht Helen Woodley.« Helen redete deutlich und nicht zu schnell.

»Ich verbinde Sie gleich weiter. Ich wollte nur sichergehen, dass Sie in der Nähe des Telefons kein Radio laufen haben, weil uns das Probleme bereiten würde.«

»Nein. Hier läuft kein Radio.« Helen war eine Interview-Veteranin. Sie wusste, wie sie abliefen.

»Prima. Wir sind jetzt noch im Werbeblock. Ich stelle Sie dann gleich durch.«

Ein paar Augenblicke später vernahm sie die fröhliche Stimme des Moderators. »Willkommen zurück in der

Frühstücks-Show – und herzlich willkommen Helen Woodley, Herausgeberin der Zeitschrift *Australian Life*, die heute in völlig neuem Outfit herauskommt. Hallo, Helen.«

»Guten Morgen, Tyrone«, antwortete Helen in ihrer besten Rundfunkstimme. »Es ist wie immer ein Vergnügen, mit Ihnen zu plaudern.«

»Nun, Helen, Sie sind also unter die Heiratsvermittler gegangen?«

»Nun, ganz so würde ich es vielleicht nicht ausdrücken.« Helen behielt den lockeren Ton bei, während sie versuchte, das Gespräch in die von ihr beabsichtigte Richtung zu lenken. »*Australian Life* hat schon immer alle Lebensbereiche und alle Teile unseres Landes angesprochen. Jetzt, wo die Zeitschrift zum Wochenmagazin wird, bieten sich uns neue Möglichkeiten, unseren Lesern das Leben schöner zu machen.«

Diese Worte waren Teil der Kampagne, die die PR-Abteilung des Unternehmens kreiert hatte, um den neuen Auftritt der Zeitschrift zu begleiten. Selbst in Helens Ohren klangen sie falsch und oberflächlich. Allerdings war es nun einmal ihr Job, auf Linie zu bleiben.

»Ihre Schlagzeile lautet ›Bauer auf Brautschau‹ – und Sie fordern die Leute auf, Ihnen zu schreiben. Das klingt für mich nach Heiratsvermittlung.« Der Moderator war offensichtlich nicht bereit, sich vom Wortgeklingel der PR beeindrucken zu lassen.

»Wir geben Menschen aus verschiedensten Gegenden des Landes die Möglichkeit, einander zu erreichen«, sagte Helen.

»Bitte erzählen Sie unseren Hörern, wie das funktioniert.«

»Nun, im Moment freuen wir uns darauf, von Farmern zu hören. Beschreiben Sie uns in Briefen oder E-Mails Ihre Traumfrau. Von dieser Post werden wir so viel wie möglich veröffentlichen. Dann können unsere Leserinnen an die Farmer schreiben, die sie kennenlernen möchten.«

»Und Sie suchen eine Frau für jeden dieser Männer aus?«

»O nein. Nicht ich treffe diese Entscheidung.« Helen bemühte sich weiterhin, locker zu klingen. Sie wollte nicht, dass ihre persönliche Verbitterung durchschlug. »Jeder Brief wird an den Farmer weitergeleitet, an den er adressiert ist. Dann liegt es jeweils bei den beiden, ob sie sich näher kennenlernen wollen.«

»Sagen Sie mal, Helen, hoffen Sie eigentlich, auch für sich selbst den passenden Mann vom Land zu finden?«

Helen holte langsam und tief Luft. Damit hatte sie gerechnet, aber das machte die Frage nicht weniger aufdringlich. »Nein, Tyrone, das tue ich nicht.«

»Aber Helen, Sie sind doch Single. Und eine der begehrtesten Junggesellinnen weit und breit.«

»Jede Frau, die einen Farmer für sich in *Australian Life* entdeckt, kann sicher sein, dass er ihren Brief bekommen wird«, sagte Helen und ignorierte damit den persönlichen Kommentar.

»Und wie viele Farmer haben Sie bereits?«, fragte der Moderator.

»Das weiß ich ehrlich gesagt noch nicht«, antwortete Helen. »Die Zeitschrift ist erst heute erschienen. Aber Sie können sich sicher sein, dass es schon in der nächsten Ausgabe, also in einer Woche, jede Menge Farmer geben wird.«

Als das Interview beendet war, legte Helen mit einem ziemlich zufriedenen Gefühl den Hörer auf. Die Fragen waren nicht so persönlich gewesen, wie sie befürchtet hatte, und sie hatte es geschafft, ihr Magazin zu bewerben, was ja schließlich der Grund für das Gespräch gewesen war.

Sie blickte auf ihren ungewöhnlich leeren Schreibtisch hinunter. Jetzt konnte sie kaum mehr tun als warten. Ihr Ruf stand auf dem Spiel.

Es musste doch ein paar einsame Farmer dort draußen geben …

Auf das Zuschlagen der Fliegengittertür an der Rückseite des Hauses folgte das laute Geräusch von Reitstiefeln auf einem Holzboden.

»Du brauchst nicht aufzustehen, Schwesterchen. Ich hab alles im Griff.«

Jenny ließ sich wieder in ihren Sessel fallen und griff mit der Hand automatisch auf ihren gewölbten Bauch. Sie war erst im fünften Monat, fühlte sich aber trotzdem schon schwerfällig.

»Möchtest du eine Tasse Tee?« Die Stimme wurde weicher, während ihr Besitzer auf die schattige Veranda trat, wo Jenny sich ausruhte.

Sie sah zu ihrem Bruder auf. Peter Nichols war knapp zwei Meter groß und angemessen kräftig gebaut. Seiner Haut sah man die fünfunddreißig Lebensjahre unter der Sonne des Outback an. Peter wirkte nicht nur stark und tüchtig, er war es auch. Er konnte einen halb ausgewachsenen Stier niederringen, ein Flugzeug steuern und einen Wasserlauf in den ausgedörrten Boden graben. Auch in der Küche stellte er sich geschickt an.

»Tee wäre wunderbar«, sagte Jenny. »Danke.«

Kurze Zeit später war er mit Jennys Tee in der einen Hand und einem großen Glas kalten Wassers für sich in der anderen wieder zurück. Er lehnte sich beim Trinken an das Geländer der Veranda.

»Sind Chris und Sara noch beim Unterricht?«

Jenny nickte. Die Tatsache, dass man im Outback wohnte, war keine Ausrede, um sich vor dem Schulbesuch zu drücken. Es bedeutete nur, dass sich das Klassenzimmer im eigenen Zuhause befand. Als sie und Peter klein gewesen waren, hatten sie ein Hochfrequenz-Radio benutzt, um an der School of the Air teilzunehmen, und hatten auf diese

Weise einer Lehrerin gelauscht, die Hunderte von Kilometern weit weg war. Peters achtjährige Zwillinge hatten heute außer dem Radio auch das Internet zur Verfügung, doch das Prinzip war das gleiche. Jeden Tag arbeiteten sie mindestens eine Stunde lang mit ihrer Lehrerin und machten ein paar Stunden lang Hausaufgaben, die Jenny kontrollierte.

Später würde der Besuch eines Internats unvermeidbar sein. Aber im Moment war Peter noch nicht bereit, das in Betracht zu ziehen.

Als Mädchen hatte Jenny ihren großen, attraktiven Bruder vergöttert. Er konnte besser reiten und schießen als sie. Er war stärker und schneller. Als sie noch zu klein war, um einem Pferd das Halfter überzustreifen, hatte er das für sie getan. Und wie jeder gute Held war er stets zur Stelle gewesen, um sie zu retten, wenn sie in Schwierigkeiten war. Er hatte sie vom Wassertank heruntergeholt, nachdem die Leiter gebrochen war. Er hatte geholfen, den Hengst wiederzufinden, den sie aus Versehen von der Weide gelassen hatte. Er hatte sogar einem Jungen aus der Stadt ein Veilchen geschlagen, der zudringlich geworden war. Später war er Trauzeuge bei ihrer Hochzeit gewesen.

Und sie war Brautjungfer bei seiner gewesen.

Immer noch verspürte Jenny tiefe Trauer, wenn sie an das Eheversprechen von Karen und Peter dachte. »Bis dass der Tod uns scheidet.« Wenn die Worte in Jennys Ohren bis heute widerhallten, um wie viel lauter mussten sie es dann erst in denen ihres Bruders tun? Ihm waren nur zwei kurze Ehejahre vergönnt gewesen – gefolgt von einer Trauer, die endlos schien. Seit dem Tod seiner Frau waren die Kinder seine einzige Freude. Er war noch nicht bereit, sie auf ein Internat zu schicken, und das war problematisch, denn Jenny würde nicht mehr sehr lange da sein, um sich um sie zu kümmern.

Jenny konnte sich immer noch kaum vorstellen, dass

sie und Ken bald selbst Eltern würden. Ken war als achtzehnjähriger Jackaroo von Jennys Vater auf der Farm, der River Downs Station, eingestellt worden. Aufgewachsen an den Stränden von Queensland war er entschlossen gewesen, sich im rauen Outback einen Platz als Viehzuchtgehilfe zum Leben zu suchen. Und das hatte er getan. Zehn Jahre später war er ein überaus fähiger Verwalter. Irgendwann im Laufe der Zeit hatte er sich außerdem in die Tochter des Chefs verliebt. Sie hatten mit seinem Segen geheiratet, wenige Monate bevor ihre Eltern im Ruhestand an die Ostküste gezogen waren. Bald würden auch Ken und Jenny in den Osten gehen. Ken war der Job eines Verwalters bei einer Rinderzucht in Queensland angeboten worden. Er war ganz scharf darauf, diese Herausforderung anzunehmen, und Jenny gefiel die Vorstellung, näher bei ihren Eltern zu sein, wenn das Baby auf die Welt kam. In ein paar Wochen würden sie und Ken fort sein.

Sie hatte also nicht mehr viel Zeit, um Ordnung in das Leben ihres Bruders zu bringen.

Peter hatte sie gebeten, eine Kinderfrau für die Zwillinge zu finden. Sie hatte es versucht und Anzeigen in verschiedene Zeitungen in der Umgebung und in Darwin gesetzt. Sie hatte es sogar jenseits der Grenze in Queensland versucht. Doch nicht eine Bewerberin schien auch nur annähernd geeignet. Alle waren entweder zu jung oder zu alt. Keine von ihnen hatte vorher je im Outback gelebt, und sie bezweifelte, dass sie lange bleiben würden. Vielleicht war sie auch zu wählerisch.

»Das Flugzeug hat ein paar Briefe gebracht«, sagte Peter, so als könnte er ihre Gedanken lesen. »Vielleicht ist einer von einer Kinderfrau.«

»Das hoffe ich«, erwiderte Jenny. »Uns läuft langsam die Zeit davon.«

»Wir werden dich vermissen. Ich denke, ich kann dich

nicht dazu bringen, Ken zu verlassen und bei uns zu bleiben?« Peter grinste.

»Tut mir leid.«

»Nun, dann werden wir eben lernen müssen, ohne dich auszukommen.«

Peter verschwand für ein paar Sekunden im Haus und kam mit dem Packen Post zurück. Der Postflieger kam nur einmal die Woche, deshalb waren auch einige Zeitungen und Zeitschriften dabei. Peter legte alles auf den Tisch neben Jennys Stuhl.

»Danke, dass du dich darum kümmerst«, sagte er.

»Das ist doch das Mindeste, was ich für dich tun kann, wenn ich dich hier zurücklasse.«

»Ist Ken noch im Maschinenschuppen?«, fragte er und setzte sich seinen staubigen Akubra-Hut auf die braunen Haare.

»Ich denke schon.« Ihr Mann verbrachte den Tag mit allerlei Reparaturen und der Wartung der Motorräder, die sie täglich für die Strecken auf dem Anwesen brauchten.

»Alles klar. Dann bis später, Schwesterchen.« Zwei Stufen auf einmal nehmend, sprang er die Treppe hinunter.

Jenny sah ihm nach, wie er über die braune Erde zu der kleinen Gruppe von Nebengebäuden ging. Die verwitterten Holzscheunen mit ihren Blechdächern und den kühlen, dunklen Innenräumen waren ihr Spielplatz gewesen. Die Holzgatter der Viehweiden hatten ihnen als Schaukeln und Karussells gedient. Sie schloss die Augen und genoss die Ruhe des fast völlig stillen Hauses, in dem sie aufgewachsen war. Ihre Ohren vernahmen das leise Ticktick des sich in der Nachmittagssonne ausdehnenden Metalldachs. Das schwache Malmen der Kühe auf der Koppel beim Haus war ebenso ein Teil ihres Lebens wie das Gefühl von rotbrauner Erde unter ihren Füßen. Zweitausend Quadratkilometer in einer fast wüstengleichen Gegend waren nicht jedermanns Vorstellung vom Paradies, doch sie liebte das und würde es vermissen.

Jenny griff nach dem Stapel Briefe und Zeitschriften auf dem Tischchen neben ihr. Der Postflieger hatte sicher auch die Vorräte für den Haushalt gebracht, die sie gestern telefonisch bestellt hatte. Ohne nachzusehen, wusste sie, dass Peter die Kiste auf der Küchenbank vergessen hatte. Aber das konnte warten. Die Kinder würden bald mit ihren Aufgaben fertig sein, also hatte sie nur noch kurz Zeit, um ihre Post zu lesen, einschließlich der Bewerbungen potenzieller Nannies. Obwohl die Kinder natürlich weniger eine Kinderfrau brauchten, sondern vielmehr eine Mutter. Und was ihr Bruder brauchte, war eine Frau …

Jenny starrte auf das Titelblatt der Zeitschrift.

Eine Frau!

Rasch blätterte sie zu dem dazugehörigen Artikel. Das war perfekt und genau, was sie brauchte. Oft genug hatte ihr Bruder sie gerettet. Jetzt war sie an der Reihe. Sie nahm das Magazin mit, als sie in das große, luftige Arbeitszimmer ging, das den Kindern als Klassenzimmer und ihrem Vater als Büro diente.

»Wie läuft's mit den Hausaufgaben?«, fragte sie die Zwillinge.

»Wir sind fertig, Tante Jenny.« Sara war ein ernsthaftes und wahrheitsliebendes kleines Mädchen. Das Abbild ihrer Mutter.

»Können wir jetzt Dad helfen gehen?«, fragte Chris.

»Nein«, antwortete Jenny rasch. »Euer Dad und euer Onkel sind zu beschäftigt, um euch beide zwischen den Füßen brauchen zu können.«

Jenny blickte in zwei enttäuschte Gesichter.

»Aber«, fuhr Jenny fort, »wenn ihr die Lebensmittel verräumen und mir danach eine halbe Stunde Ruhe lassen würdet, könnten wir später zusammen zum Maschinenschuppen gehen.«

»Ja, klasse!« In einem Gewusel aus braunen Armen drückten die Zwillinge ihre Tante und verschwanden.

Sie hatten den Computer nicht ausgeschaltet. Schnell tippte Jenny die Web-Adresse von *Australian Life* ein. Sie überflog die Seite, die vor ihr aufging. Die Zeitschrift verlangte ein Foto. Jenny hatte erst vor Kurzem welche gemacht, die sie ihren Eltern geschickt hatte. Sie öffnete ein leeres Dokument, um den Brief zu verfassen. Sie musste vorsichtig sein, denn Peter würde sie umbringen, wenn er wusste, was sie da gerade tat. Aber er würde sicher darüber hinwegkommen, wenn sie erst eine Frau für ihn gefunden hätte. Im Moment würde sie ihm einfach sagen, sie suche weiterhin eine Nanny.

Greg Anderson starrte auf seine Hände, die verkrampft in seinem Schoß lagen. Ihnen war die harte Arbeit der letzten paar Wochen anzusehen. Er hatte einige kleine Schnitte in seiner von der Sonne verbrannten Haut. Langsam fingen seine Hände an, wie die eines Bauern auszusehen. Wie die Hände seines Vaters. Das war falsch. Er war erst dreiundzwanzig. Und er war kein Farmer. Zumindest hatte er nicht vorgehabt, einer zu werden. Doch in den letzten paar Minuten hatte sich einiges geändert.

»… finde dich damit ab.« Die Stimme zwang ihn in die Gegenwart zurück.

»Entschuldigung«, sagte Greg. »Was haben Sie gesagt?«

»Ich habe es Ihrem Vater schon gesagt«, wiederholte der um einen professionellen Ton bemühte Arzt, »aber es fällt ihm offenbar schwer, das zu akzeptieren.«

Schwer war wohl etwas untertrieben. Sein Vater hatte keine Zeit für die Schwächen anderer und schon gar nicht für seine eigenen.

»Wie lange noch?«

»In seinem Zustand ist das schwer zu sagen«, antwortete der Arzt. »Vielleicht noch Jahre. Aber ich will ehrlich sein. Für diese Art von Kardiomyopathie gibt es keine Heilung. Alles, was wir tun können, ist zu versuchen, die Symptome zu lindern.«

»Wann kann er nach Hause?«

»Greg …« Der Arzt zögerte. »Ich glaube, ich muss das deutlicher erklären. Sie können ihn vielleicht für kurze Phasen mit nach Hause nehmen. Das wird ihm guttun. Aber das werden nur Besuche sein. Ansonsten wird er ständige Kontrolle und Betreuung rund um die Uhr benötigen.«

»Dann wird er den Rest seines Lebens im Krankenhaus zubringen?«

»Es gibt hier in Townsville ein gutes Pflegeheim, und ich bin mir sicher, dass wir Robert dort unterbringen können.«

Ein Pflegeheim? Das war etwas für alte Leute. Greg hatte Mühe zu begreifen, dass sein Vater nie mehr die Farm bewirtschaften würde.

»Ich weiß, dass Robert Sie heute erwartet«, fuhr der Arzt mit ruhiger Stimme fort. »Warum gehen Sie nicht zu ihm und reden mit ihm? Wir können uns in ein paar Tagen noch mal zusammensetzen, wenn Sie Zeit zum Nachdenken hatten.«

Greg nahm die Aktentasche, die er mitgebracht hatte, und verließ wie betäubt das Büro. Langsam ging er den langen Flur hinunter, schaute weder links noch rechts. An der vorletzten Tür blieb er stehen. Sie war offen. Greg streckte sich und betrat das Krankenzimmer.

Der Mann in dem Bett schien zu schlafen. Seine Augen waren geschlossen, und sein Mund stand leicht offen. Die Bettdecke hob und senkte sich im Rhythmus seiner langsamen, tiefen Atmung. Er war einmal ein stattlicher Mann gewesen, groß und kräftig, doch diese Ausstrahlung hatte ihm die Krankheit, die seinen Herzmuskel so geschwächt hatte, genommen. Jetzt wirkte sein Gesicht eingefallen und viel älter als fünfzig. Seine Finger schienen unnatürlich lang und schrecklich zerbrechlich.

Als Greg das Zimmer betrat, schlug der Mann die Augen auf. In ihrem Stahlgrau war keinerlei Verwirrung oder Sorge erkennbar.

»Du kommst spät.«

»Tut mir leid, Dad.« Gregs Antwort kam automatisch, von Kind an geübt.

»Hast du die Papiere dabei?«

»Ja.« Greg zog sich einen Stuhl ans Bett, aber nicht zu nahe. Im Sitzen nahm er die Aktenmappe auf die Knie, öffnete sie aber nicht. »Dad, ich habe gerade mit dem Arzt gesprochen. Er hat mir gesagt, wir müssten anfangen, uns Gedanken über die Zukunft zu machen.«

»Ich denke über die Zukunft nach. Deshalb muss ich diese Papiere durchsehen.« Fordernd streckte Robert die Hand aus. »Wenn ich dir nicht sage, was zu tun ist, wird die Farm ruiniert sein, bis ich hier rauskomme.«

»Genau darüber wollte der Arzt mit mir sprechen.« Greg unternahm einen neuerlichen Versuch. »Er sagt, dein Zustand sei –«

»Ich will das nicht hören!« Robert war zu schwach um zu schreien, aber aus seiner Stimme klang die gleiche Erwartung von Gehorsam wie immer. »Ärzte! Geier nenne ich sie. Ich werde sicher nicht den Rest meines Lebens hier verbringen. Ich werde hier herauskommen. Und ohne dieses Nachbohren und Herumstochern wird's mir sowieso besser gehen. Jetzt möchte ich nichts mehr davon hören. Hast du die Wasserpumpe reparieren lassen? Und was hat das Ganze jetzt gekostet?«

Der alte Mann streckte wieder die Hand aus. Sie zitterte. Greg wusste nicht, ob das an seiner Krankheit oder an seiner Wut lag. Widerstrebend öffnete er die Aktenmappe und gab ihm die Papiere.

Der alte Mann brummte nur und begann zu lesen.

Greg starrte aus dem Fenster. Eine Ernte noch. Mehr sollte es nicht sein. Eine Ernte noch.

Er hatte es nicht leicht gehabt als Robert Andersons Sohn. Greg hatte sich bemüht. Er tat alles, was sein Vater verlangte, und mehr. Als er noch zur Schule ging, verbrachte er die Ferien in der Zuckermühle. Während seine Freunde den Mädchen nachstellten, fuhr er Traktor oder erntete Zuckerrohr. Doch was er auch tat, es war niemals genug. Greg fragte sich manchmal, ob Robert in jüngeren Jahren anders gewesen war. Als seine Frau noch da war.

Robert hatte stets angenommen, sein Sohn würde eines Tages die Farm übernehmen. Greg hatte immer gewusst, dass er das nicht tun würde. Er hatte von einer anderen Zukunft geträumt und seine Flucht geplant. Wieder und wieder. Doch der richtige Zeitpunkt dafür war nie gekommen. Er hatte keine anderen Fähigkeiten als die eines Zuckerrohrfarmers. Seine Schulbildung war solide, aber er besaß keine weiteren Qualifikationen. Er hatte ein hübsches Gesicht und konnte gut mit Menschen umgehen, aber davon allein ließ sich kein Lebensunterhalt bestreiten. Er besaß ein einziges kleines Talent, aber das war ihm nie ausreichend erschienen. Zumindest bis vor ein paar Monaten. Das Talent, das in seinen Händen und in seinem Herzen wohnte, hatte ihm eine Tür geöffnet, und er war ganz erpicht darauf, durch sie hindurch zu treten.

Aber dann wurde sein Vater krank. Zunächst schien es sich nur um einen schweren Infekt zu handeln, und Robert hatte das Ganze ignoriert. Es kam jedoch etwas hinzu. Greg wurde klar, dass er seinen Vater nicht mochte. Er bezweifelte auch, ob der ihn liebte. Trotzdem konnte er ihn nicht einfach verlassen. Eine Ernte noch, sagte er zu sich selbst. Er würde nur noch einige Monate bleiben, bis es seinem Vater wieder gut ginge.

Greg griff in die Tasche seiner Jeans und tastete nach dem Objekt, das immer dort war. Seine Finger schlossen sich um das Stück poliertes Metall, seine Fingerspitzen tasteten nach den Linien und Kurven, mit denen er die glitzernde Oberfläche versehen hatte. Sein erstes selbst geschmiedetes Schmuckstück von professioneller Qualität. Sein Glücksbringer. Er schloss die Faust so fest um das Metall, dass es wehtat. Mit einer weiteren Ernte würde es nicht getan sein.

»Was ist das hier?«

Greg zwang seine Aufmerksamkeit zurück in das Krankenzimmer. Sein Vater hielt ihm das Kontenbuch hin und zeigte mit zitterndem Finger auf einen Eintrag. Damit hatte Greg gerechnet.

»Ich habe einen Computer gekauft.«

»Einen Computer! Wir brauchen keinen Computer!« Der alte Mann bebte vor Zorn.

»Doch, das tun wir.« Greg zwang sich, ruhig zu bleiben. »Du hättest schon vor Jahren einen anschaffen sollen. Ich benutze ihn für die Buchhaltung, zum Briefeschreiben und so weiter.« Das war nicht direkt gelogen. Er würde den PC auch für die Buchhaltung verwenden. Aber er diente noch einem anderen Zweck.

»Kannst du Briefe nicht mit der Hand schreiben? Das habe ich jahrelang gemacht.«

Das könnte Greg auch tun, aber er würde es nicht zugeben. »Diese Woche lasse ich den Internetzugang installieren«, fügte er entschlossen hinzu.

»Internet! So ein Blödsinn.« Robert Andersons Körper mochte geschwächt sein, aber er war immer noch ein Mann mit festen Grundsätzen. »Unsere Familie hat die Farm über Generationen ohne das Internet geführt.«

Greg konnte die Farm ebenfalls ohne Internet weiterführen, aber darum ging es ja gar nicht. Wenn er auf dem Hof gefangen war, konnte das Internet seine Verbindung zu einer anderen Welt sein. Vielleicht könnte er sich sogar eine Website einrichten. Seinen Schmuck auf diesem Weg vertreiben. Das wäre seine Flucht.

»Es kostet nur fünfunddreißig Dollar im Monat, Dad.

Und man kann es von der Steuer absetzen. Du brauchst dir darüber keine Sorgen zu machen.«

»Ich sehe, was du da versuchst. Du willst mich aufs Abstellgleis schieben. Nur weil ich hier festsitze. Aber wenn ich hier rauskomme, wird die Sache wieder anders aussehen …«

Eine halbe Stunde später ging Greg. Er setzte sich hinter das Steuer des staubigen Transporters, ließ den Motor an und machte sich an die Heimfahrt. Schon nach ein paar Minuten hatte er die Stadt hinter sich gelassen. Die lange gerade Landstraße erstreckte sich vor ihm wie die Jahre, die ihm bevorstanden, angekettet an ein Haus, das ihm nie als Zuhause erschienen war, und an einen verbitterten, kranken Mann. Schließlich bog er von der Hauptstraße auf ihren Schotterweg ab und hielt kurz an, um einen Packen Umschläge aus der rostigen alten Öltonne zu holen, die als Briefkasten der Andersonfarm fungierte.

Ein greller Blitz holte ihn aus dem Dämmerzustand, in dem er sich befand, seit er das Krankenhaus verlassen hatte. Ein Gewitter war im Anmarsch. Der Blitz lenkte seine Aufmerksamkeit auch auf ein Heft in einer Plastikfolie, das am Boden lag. Greg hob es auf, als die ersten Regentropfen schon auf die Windschutzscheibe schlugen. Es war ein Irrläufer, eine an die Frau seines Nachbarn adressierte Zeitschrift. Greg wollte sie einfach in der Öltonne zurücklassen, damit der Postbote sie morgen mitnahm. Da fiel sein Blick auf die Schlagzeile.

**BAUER AUF BRAUTSCHAU**

Er hätte beinahe laut aufgelacht. Dann warf er das Magazin neben sich auf den Beifahrersitz. Schließlich würde auch er ein Bauer sein, also konnte er sich durchaus auch eine Bauersfrau bestellen.

Leigh Kenyon grunzte vor Anstrengung, während sie einen Fuß gegen den Zaunpfahl stemmte. Vorsichtig zog sie mit ihrem ganzen Gewicht am Draht. Sie drehte die Hände und schlang den Draht ein zweites Mal um den Pfosten. Mit einer raschen Bewegung der langen Zange verdrehte sie das lose Ende. Dann stieß sie den angehaltenen Atem aus und prüfte den Draht mit der Hand. Er war fest um den Pfahl geschlungen und gespannt wie eine Gitarrensaite. Sie nahm die Zange und machte noch zwei Umdrehungen. Schließlich trat sie zufrieden zurück, zog die Lederhandschuhe und die Baseballkappe aus und wischte sich mit dem Handrücken den Schweiß vom Gesicht.

Der Hochsommer war vorüber, und es war nicht einmal heiß, aber die Spaliere ihrer Weinreben zu reparieren, war harte Arbeit. Leigh schob die Zange in die Hosentasche ihrer staubigen Jeans und ging zu ihrem Truck zurück. Die Wasserflasche stand hinter dem Fahrzeug auf der Erde im Schatten. Sie schraubte sie auf und nahm einen großen Schluck. Dann goss sie sich ein wenig von dem kühlen Wasser über den Kopf und fuhr sich mit den Fingern durch ihre kurzen, dunklen Haare, während sie sich mit dem Rücken an den Wagen lehnte und ihren Blick die Spaliere entlanggleiten ließ.

Gar nicht so schlecht, dachte sie.

Der Draht war wieder straff gespannt. Die Weinstöcke waren nach der Lese bereits beschnitten, doch wenn im Frühling die neuen Triebe kämen, würden sie am Spalier entlangranken.

»Nur noch drei Reihen«, sagte Leigh zufrieden zu sich selbst. Wenn sie mit Reparieren fertig war, konnte sie mit dem Bau neuer Spaliere beginnen und einen neuen Weingarten anlegen, den sie im Frühjahr bepflanzen würde. Das wäre die erste Neupflanzung, seit sie das kleine Weingut vor drei Jahren übernommen hatte. Sie drehte langsam den Kopf und ließ ihre Augen über die ordentlichen Weingärten und bis hinunter zu den beieinander stehenden Gebäuden schweifen.

Sie machte sich nicht schlecht. Erst neunundzwanzig, und schon Besitzerin eines Weinguts im Hunter Valley. Der Name Leigh Kenyon stand auf der Liste der Winzer in Australiens bester Weingegend.

»Da staunst du, Jack Thorne, was?«, flüsterte sie und musste laut auflachen, während sie sich selbst sagte, dass es nicht mehr wehtat. Und das stimmte sogar.

Leigh trug bei der Arbeit keine Armbanduhr. Die brauchte sie nicht. Ein Blick zur Sonne sagte ihr, dass ihr noch ein wenig Tageslicht blieb. Genug Zeit, um mit der Arbeit an der nächsten Reihe zu beginnen. Sie nahm einen weiteren Schluck aus der Wasserflasche und zerrte dann die Drahtrolle zum nächsten Pfosten hinüber.

Eine Stunde später – die Sonne stand schon tief – war ihr Tagwerk fast vollbracht. Sie musste nur noch ihr Werkzeug auf die Ladefläche ihres Trucks packen, dann konnte sie sich auf den Weg nach Hause und zur ersehnten Dusche machen. Sie hatte die Drahtrolle ans hintere Ende des Trucks geschleppt und musste sie nur noch auf die Ladefläche hieven. Das klang einfacher, als es war. Am Ende des Tages und todmüde, wie sie war, wog der Draht verdammt schwer.

Manchmal fühlte es sich wirklich beschissen an, allein zu sein.

In dem Moment hörte Leigh ein Motorengeräusch auf der unbefestigten Piste, die an ihrem Anwesen vorbeiführte.

»Nein. Nicht er schon wieder.«

Sie hörte, wie der Motor verstummte. Ohne sich umzudrehen, wusste sie, dass ihr Nachbar soeben wieder mit dieser ihm eigenen Selbstsicherheit auf sie zuging, die sie derart irritierte. Und warum musste er immer dann auftauchen, wenn sie schweißüberströmt war? Nur einmal würde sie ihm gern ordentlich gekämmt und zurechtgemacht begegnen.

»Leigh, ich komme zufällig vorbei. Brauchst du Hilfe?«

Warum klang er nur immer so bevormundend? Leigh zwang sich ein Lächeln ins Gesicht und drehte sich um.

»Hallo, Simon.«

Es war einfach nicht fair, dass ein so nervtötender Mensch so aussah. Simon Bradford hätte Filmstar oder Model sein können. Er war einen Kopf größer als Leigh. Die lebenslange Arbeit im Freien hatte seinen Körper gestählt. Sein Haut zeigte eine gesunde Bräune, und die goldenen Strähnen in seinen Locken hatte er wohl auch der Sonne zu verdanken. Er hatte zum Niederknien blaue Augen, und wenn er, so wie jetzt gerade, lächelte, kam ein Satz perfekter weißer Zähne zum Vorschein. Er war ebenso intelligent und erfolgreich wie attraktiv.

Auf der Liste von Leighs verhasstesten Männern stand er auf Platz 2, gleich nach Jack Thorne, ihrem Ex-Verlobten.

»Lass mich das machen.« Er bückte sich und packte die schwere Drahtrolle. Mit Leichtigkeit schwenkte er sie über die Ladefläche des Trucks, wo sie mit lautem Krachen landete. »Das hätten wir.«

»Danke«, murmelte Leigh, um Freundlichkeit bemüht. Sie kämpfte gegen das Verlangen an, ihre verstrubbelten Haare in Ordnung zu bringen oder ihre verschwitzten Hände mit den abgebrochenen, schmutzigen Fingernägeln zu verstecken.

»Kein Problem.« Simon begann die Utensilien vom Boden aufzuheben, die Leigh im Kampf mit der Drahtrolle fallen gelassen hatte.

»Lass nur«, sagte sie zu ihm. »Das mache ich schon.«

»Ist doch nur eine Kleinigkeit.« Pfosten und Zangen folgten dem Draht. Dann wandte Simon seine ganze Aufmerksamkeit Leigh zu. »Ich möchte dir nur helfen. Ich bin immer für dich da, wenn du mich brauchst. Das weißt du ja.«

Leigh wollte davon nichts wissen. »Alles bestens. Wirklich. Ich ruf dich an, wenn ich Hilfe brauche.« Einen Teufel werd ich tun, dachte sie.

»Gut.«

Er stand einfach da und blickte auf sie hinunter, während sie sich klein und unzulänglich fühlte. Sie war zwar klein, aber zugleich sehr patent und mit einem gesunden Selbstvertrauen in ihre eigenen Fähigkeiten gesegnet. Außer wenn Simon Bradford zugegen war. Er hatte irgendetwas an sich, das sie in eine stotternde Idiotin verwandelte.

Leigh wusste, dass er es eigentlich auf ihren Grundbesitz abgesehen hatte. Ihr kleines Weingut lag mitten in Simons riesigen Ländereien. Der Vorbesitzer hatte sich geweigert, es ihm zu verkaufen, weil er nicht wollte, dass sein ganzer Stolz von einer riesigen Weinfabrik geschluckt wurde. Stattdessen hatte er es einem engagierten jungen Paar überlassen, das hier sein gemeinsames Leben beginnen wollte.

Nachdem Jack Leigh verlassen hatte, dauerte es nicht lange, bis Simon an ihre Tür klopfte und anbot, sie von dieser Last zu befreien.

Aber nicht in diesem Leben – und auch nicht im nächsten.

Die harte Realität hatte Leigh allerdings gezwungen, einen Kompromiss einzugehen. Bis sie in der Lage wäre, ihren eigenen Wein zu erzeugen und zu vermarkten, musste sie ihre Ernte verkaufen. Simons großes Weingut brauchte mehr Trauben, als er anbauen konnte. Also verkaufte sie ihm ihre Ernte aus finanziellen Gründen, aber es behagte ihr nicht. Es bedeutete auch, dass sie nett zu dem Mann sein und ihre Verachtung unter einer fröhlichen Maske verbergen musste. Im nächsten Jahr sollte sie in der Lage sein, ihren eigenen Wein herzustellen. Und es würde ihr großes Vergnügen bereiten, Simons Angebot für ihre Trauben abzulehnen. Sie hoffte sehnlichst, dass ihr Erfolg Simon ebenso ärgern würde, wie alles an ihm sie aufbrachte.

»Hast du schon deine Karte für das Winzer-Dinner?«, fragte er.

Leigh hatte keine. Und sie hatte auch nicht vor hinzugehen. Das alljährliche Hunter Valley Winegrowers' Dinner war das gesellschaftliche Ereignis der Saison. Alle Winzer nahmen daran teil. Vor drei Jahren waren Leigh und Jack gemeinsam dort gewesen, und sie hatte es genossen, sich mit Kollegen auszutauschen. In den beiden folgenden Jahren war sie allein gegangen und hatte jedes einzelne mitleidige Lächeln der Männer und Frauen dort gehasst. Simon war natürlich auch zugegen gewesen. Er hatte phantastisch ausgesehen, in einem maßgeschneiderten Abendanzug und mit irgendeinem hübschen jungen Ding am Arm.

»Nein. Noch nicht.« Sie wollte ihm nicht erzählen, dass sie nicht vorhatte zu kommen.

»Warte nicht zu lange«, riet Simon ihr. »Die Karten sind schnell weg. Du willst doch nicht leer ausgehen.«

Doch, genau das will ich, dachte Leigh.

»Falls du keinen Begleiter hast«, fuhr Simon fort und schien ihre zunehmende Gereiztheit gar nicht wahrzunehmen, »könnte ich einspringen. Ich habe zwar schon jemanden eingeladen, aber ich wüsste einen oder zwei ...«

»Das ist nicht nötig«, unterbrach Leigh ihn und fragte sich, ob es nicht an der Zeit war, ihn auf Platz 1 ihrer Hass-Liste zu befördern. »Ich habe Begleitung, danke.« Sie lächelte ihm zu, während sie innerlich kochte.

»Dann ist es ja gut. Ich freue mich, ihn kennenzulernen. Vielleicht können wir ja trotzdem einmal miteinander tanzen?«, fügte er gut gelaunt hinzu.

Allein bei dem Gedanken wurde Leigh übel.

Simon ließ sein fachmännisches Auge über die Spalierreihe wandern, an der sie gerade arbeitete. »Das ist ein gutes Stück Land. Die Reben werden hier gut gedeihen.«

*Meine* Reben, hätte sie ihn am liebsten verbessert. Und sie werden niemals dir gehören, also mach dir erst gar nicht die Mühe, mir ein Angebot vorzulegen. Stattdessen sagte sie: »Das glaube ich auch.«

Ihre Stimme musste ihm etwas von ihren Gedanken verraten haben. Denn er warf ihr nur noch mit leicht gerunzelter Stirn einen Seitenblick zu und ging dann mit einem Nicken zum Abschied zu seinem Wagen zurück. Leigh sah ihm nicht nach. Sie kontrollierte nur, ob sie all ihr Werkzeug auf dem Truck hatte, dann setzte sie sich ans Steuer und ließ den Motor an.

Ihr Zorn verrauchte schnell, während sie die Straße hinunter zu dem kleinen Laden an der Kreuzung fuhr. Was hatte sie sich bloß bei dieser Lüge gedacht? Sie hatte keinen Begleiter für das Dinner. Seit Jack sie verlassen hatte, hatte sie keine Verabredung mehr gehabt, und es sah auch in nächster Zeit nicht danach aus. Das kleine Weingut am Laufen zu halten, erforderte all ihre Zeit und Kraft. Sie konnte sich nicht einmal mehr erinnern, wann sie das letzte Mal zum Essen ausgegangen war. Die unregelmäßigen Telefonate mit ihren Eltern in Sydney waren eigentlich alles, was sie an Sozialkontakten vorzuweisen hatte.

Drinnen im Laden suchte Leigh sich Brot und Milch zusammen. Sie nahm gerade die üblichen Fachzeitschriften über Weinbau aus dem Regal, als ihr Blick am Cover von *Australian Life* hängenblieb. Sie las die Headline, griff spontan nach der Zeitschrift und bezahlte sie zusammen mit den anderen Einkäufen.

Zu Hause holte sie sich sofort einen Stift und einen Block und begann zu schreiben, bevor sie irgendetwas anderes erledigte – und bevor der Mut sie wieder verließ.

*Liebe Redaktion,*
*mein Name ist Leigh. Ich bin eine Frau und Farmerin …*

»Hier ist die Liste, Helen.« Richard ließ eine Mappe voller Briefe und Fotos auf Helens Schreibtisch fallen.

»Wie viele haben wir?«, fragte Helen.

»Bis heute Morgen gute dreihundert, inklusive E-Mails«, schwärmte ihr Assistent.

Helen schloss einen Moment lang die Augen und spürte, wie Erleichterung sie überkam.

»Das ist für nur drei Tage ein großartiges Feedback«, fuhr Richard fort. »Es dürften noch mal so viele sein, wenn die Post aus abgelegeneren Gegenden reinkommt. Und das ist ja erst die erste Woche.«

»Was für gute Neuigkeiten.« Helen lächelte. »Wenn wir von diesen Zahlen ausgehen, haben wir wohl genug Farmer für die nächsten drei Wochen. Ich gebe dir die Liste für diese Woche in circa einer Stunde.«

»Ich sag den Layoutern Bescheid«, sagte Richard im Hinausgehen.

Helen gönnte sich ein paar Minuten zufriedener Ruhe. Es sah so aus, als würde ihre Idee funktionieren. Gott sei Dank!

Sie schlug die Mappe auf. Das erste Blatt war eine Liste mit Namen, Alter und Wohnort der Bewerber. Ihr Team hatte bereits die vielversprechendsten Briefe ausgewählt. Dreißig Namen aus dreihundert. Das war nur einer von zehn. Die anderen waren entweder nicht attraktiv genug, oder vielleicht hatten auch ihre Briefe zu langweilig geklungen. Manche schieden sicher auch wegen der dürftigen Qualität ihrer Fotos aus. Das Magazin brauchte verkäufliche Farmer. Helen runzelte die Stirn. Ihr gefiel nicht, wie das klang. Auch wenn sie es nur in ihrem Kopf hörte. Die abgelehnten Männer würden einen höflichen Brief erhalten, der die überwältigende Reaktion der Leser beschrieb und den fehlenden Platz, um jeden Einzelnen vorzustellen. Die dreißig Farmer in ihrer Mappe gehörten zu den Glücklichen. Die Hälfte von ihnen würde in der nächsten Ausgabe von *Australian Life* präsentiert. Es war ihr Job, sie auszusuchen.

Helen verteilte die Blätter und Fotos gut sichtbar auf der Glasplatte ihres Schreibtischs. Ohne auch nur ein Wort zu lesen, sortierte sie drei Kandidaten aus, einfach weil ihr deren Fotos nicht gefielen. Drei weniger.

Sie wollte ein möglichst breites Spektrum hinsichtlich des Alters der Männer, der Art des Betriebes und der geografischen Lage im Heft haben. Vor diesem Hintergrund schieden drei weitere Bewerber aus. Anschließend begann sie, die Unterlagen der Übrigen sorgfältig zu studieren.

Eine Stunde später war sie fast fertig. Die Absagen kamen zurück in die Mappe. Sie würden nächste Woche eine zweite Chance erhalten. Zu ihrer Linken lag ein Stapel mit vierzehn Bewerbungen. Die letzten beiden hatte sie nebeneinander vor sich liegen, während sie abwog. Der eine war Rinderzüchter aus New South Wales, der andere baute in Townsville Zuckerrohr an.

Sie las noch einmal den Brief des Rinderzüchters. Er klang gut formuliert und interessant, auch das dazugehörige Foto war gut. Aber sie hatte bereits einen Mann mit Rindern. Beim Durchsehen der bereits Ausgewählten fand sie den entsprechenden Brief rasch. Er war klasse. Von einem Fünfunddreißigjährigen. Ein Witwer mit zwei Kindern, der irgendwo am Ende der Welt im Northern Territory lebte. Schon der Name seiner Farm klang romantisch: River Downs – zweitausend Quadratkilometer australischer Outback. Dieser Typ war ein Gewinner.

Der Zuckerrohrfarmer war noch sehr jung. Auf dem Foto wirkte er attraktiv. Dunkle Haare, blaue Augen. Ansehnliche breite Schultern. Helen fragte sich, warum so jemand die Hilfe einer Zeitschrift brauchte, um eine Frau zu finden. Aber das war natürlich nicht ihr Problem. Ihr Job war es, Zeitschriften zu verkaufen, und wenn der Zuckerrohrfarmer dazu beitragen konnte, dann sollte er den letzten verfügbaren Platz einnehmen. Als eines seiner Hobbies hatte er Goldschmieden angegeben. Das würde bestimmt auf Interesse stoßen.

»In Ordnung, Greg Anderson, 23, aus Townsville«, sagte sie und legte seine Unterlagen auf den Stapel der Ausgewählten. »Du bist dabei.«

Jetzt waren es fünfzehn.

Helen breitete die Fotos für eine letzte Kontrolle auf ihrem Schreibtisch aus. Sie war mit ihrer Auswahl sehr zufrieden. Für jeden etwas, so lautete das Versprechen ihres Magazins – und nach diesem Kriterium hatte sie ausgesucht. Junge und Ältere, die von Schafen bis Tomaten alles Mögliche züchteten. Sogar eine Straußenfarm war dabei. Der dazugehörige Farmer war weder besonders hübsch, noch war sein Brief außergewöhnlich originell gewesen. Aber ein Mann, der Strauße züchtete, war nun mal ein Hingucker.

Das galt auch für die einzige Frau.

Helen nahm das Bild zur Hand und studierte das Gesicht, das ihr entgegenblickte. Sie war jung und ziemlich gut aussehend, diese ... Helen las in dem Brief nach ... Leigh Kenyon. Eine Winzerin aus dem Hunter Valley. Helen fragte sich einen Moment lang, ob das Leben einer alleinstehenden Winzerin wohl ähnlich schwierig war wie das einer alleinstehenden Herausgeberin einer landesweit erscheinenden Zeitschrift. Nicht, dass das eine Rolle gespielt hätte. Wichtig war vielmehr, dass eine Frau unter den Kandidaten die ganze Kampagne noch ansprechender machte.

Helen griff sich beide Stapel und trat damit ins Hauptbüro hinaus.

»Behalten Sie die«, wies sie Richard an, als sie ihm die Absagen übergab. »Wir können sie noch mal durchsehen, wenn wir die neuen Bewerber für die nächste Woche haben.«

Dann trat sie an den großen Layout-Tisch. Sie schob beiseite, was dort lag, und breitete die Fotos eines nach dem anderen aus. Dabei lauschte sie gespannt auf die Reaktionen ihrer Mitarbeiter. Wenn diese Farmer ihr Team zum Diskutieren brachten, würden sie diese Reaktion auch bei der Leserschaft hervorrufen. Das aufgeregte Stimmengewirr, als die Fotos rund um den Tisch gereicht wurden, genügte ihr. Sie trat ein Stückchen zurück und überließ ihren Leuten die Arbeit, für die sie bezahlt wurden.

Ein lautes Klopfen an der offenen Tür kündigte das Eintreffen des ungekrönten Königs im Haus an.

»Helen!« Jim Sommerton war ein kleiner, rundlicher Mann mit einer durchdringenden Stimme.

»Jim.« Sie trat auf den Vorstandschef zu, um ihn abzufangen, bevor er sich in die Arbeit, die hier gerade stattfand, einmischte. Jim war ein kluger Kopf, was die Leitung eines Medienimperiums betraf, aber ein lausiger Ratgeber in Bezug auf die Gestaltung einer Zeitschrift.

»Es sieht gut aus«, dröhnte er. »Die Verkaufszahlen. Die zweite Auflage. Das ist genau das richtige Zeugs!«

»Danke«, sagte Helen. »Ich denke, dass es nächste Woche sogar noch besser laufen wird.«

»Das hoffe ich.« Jim hatte ihre Aktivitäten offenbar genau im Visier. »Ich möchte erleben, wie die Poststelle von Briefen einsamer Herzen nur so überquillt.«

Helen nickte. Jim war in der Regel schwer zu ertragen. Ursprünglich war er gegen ihre Idee gewesen. Jetzt würde er vermutlich einen Löwenanteil des Ruhms für sich beanspruchen.

»Jetzt geben Sie bloß nicht all die kräftigen Kerle her.« Er stieß sie ziemlich heftig mit dem Ellbogen in die Seite und zwinkerte ihr zu. »Behalten Sie sich doch selbst auch gleich einen.«

Helen rang sich ein Lachen ab, aber sie verstummte, sobald Jim wieder durch die Tür war. Ihr war nicht nach Lachen zumute. Mit seinen Worten und seinem anzüglichen Grinsen hatte er der ganzen Farmer-Kampagne etwas Schmieriges gegeben und bei ihr einen bitteren Nachgeschmack hinterlassen.

»Wir sind fertig, Helen«, rief der Cheflayouter ihr über den Tisch hinweg zu.

Helen warf einen Blick auf die Seiten.

»Bringt sie zum Satz«, sagte sie.

# 2.

Donna Boyd trat auf den winzigen Balkon hinaus und drapierte ihren feuchten Bikini über einen Kleiderbügel aus Draht. Dann zog sie sich das Handtuch vom Kopf und fuhr mit den Fingern durch ihre nassen, kastanienbraunen Locken. Sie trug Shorts und ein kurzes Top, und als sie die Arme weit ausbreitete, spürte sie, wie die kühle Luft ihre vom morgendlichen Schwimmen strahlende, bronzefarbene Haut streichelte. Sie hielt die Augen geschlossen und nahm einen langen, tiefen Atemzug von der ganz leicht salzigen Luft des Paradieses. Mit geschlossenen Lidern konnte sie immer noch die Wellen sehen, die mit weißen Schaumkronen sanft auf den goldenen Strand rollten, während die Möwen sich von den Luftströmungen entlang der Küstenlinie treiben ließen. Als sie die Augen aufschlug, war da immer noch Strand, allerdings nur ein schmaler, dicht bevölkerter Streifen Sand, der zwischen den Türmen aus Glas und Beton entlang der Küste kaum zu sehen war. Ihre Wohnung im neunten Stock bot keinen echten Meerblick, sondern nur kleine Fetzen davon. Das war allerdings dennoch eine außerordentliche Verbesserung, verglichen mit dem grauen Asphalt und den Ziegelmauern, auf die sie vom Fenster ihrer winzigen Wohnung in London aus geschaut hatte.

Es war zwar nicht ganz das tropische Paradies, von dem sie geträumt hatte, aber es kam ihm doch schon ziemlich nahe.

Donna lehnte sich ans Balkongeländer und genoss die heißen Sonnenstrahlen auf ihrer Haut. Wie sie diese Wärme liebte. Zu dieser Jahreszeit war London noch grau und nass. Und die trostlosen Tage ließen nicht die kleinsten

Vorzeichen von Frühling erkennen. Manchmal konnte sie es immer noch nicht glauben, dass sie hier war. Surfers Paradise. Der Name hatte rund um die halbe Welt nach ihr gerufen, und sie war ihm gefolgt. Das Flugticket hatte den Großteil ihrer Ersparnisse gekostet, aber das war egal. Sie war zwei Tage nach ihrem fünfundzwanzigsten Geburtstag aus dem Flieger gestiegen. Ganz und gar bereit, dieses Abenteuer mit offenen Armen willkommen zu heißen.

Vielleicht war »Abenteuer« ein zu großes Wort, aber sie hatte sich in den vergangenen Monaten tatsächlich ganz gut geschlagen.

Das Erste, was sie erfahren hatte, war, dass die Australier Engländer wirklich zu mögen schienen – außer vielleicht als Konkurrenten im Sport. Ihr Akzent und ihre Ausbildung hatten ihr einen tollen Job in einem Reisebüro eingebracht. Sie verstand zwar nicht, wie jemand freiwillig das sonnige Queensland gegen das verregnete alte London eintauschen konnte, aber wenn das nun mal gewünscht wurde, konnte sie mit guten Ortskenntnissen dienen. Sie erzählte den Leuten, England sei ein tolles Urlaubsziel, sie würde dort nur nicht mehr auf Dauer leben wollen. Donna mochte ihre Arbeit. Sie war zwar nicht ganz so erfüllend wie ihr Beruf als Lehrerin in London, aber dafür wurde sie anderweitig entschädigt. Sie konnte ihre Rechnungen bezahlen, und vor ein paar Wochen hatte sie einen günstigen Wochenendtrip nach Sydney unternommen, um sich die Harbour Bridge und das Opernhaus anzusehen.

Ihr Job hatte sie auch mit ihrer Mitbewohnerin zusammengebracht, denn Cathy Manning arbeitete ebenfalls im Reisebüro. Sie und Donna hatten sich vom ersten Tag an prächtig verstanden, und innerhalb einer Woche hatte Cathy ihr angeboten, in die Wohnung einzuziehen, die sie bereits mit ihrer Zwillingsschwester Anna teilte. Das Ganze funktionierte gut. Die Mädchen wurden bald enge

Freundinnen, und die geteilten Kosten bedeuteten, dass Donna ein bisschen Geld sparen konnte. Australien ist ein großes Land, und sie wollte mehr davon sehen, bevor ihr Visum ablief und sie in den Flieger nach Hause steigen musste.

So viele Träume hatte sie sich bereits erfüllt. Sie besaß einen bronzefarbenen Teint. Fast jeden Morgen schwamm sie im blauen Pazifik. Und sie hatte sogar schon mit einem attraktiven blonden Rettungsschwimmer im Mondschein am Strand geschlafen. Was allerdings nicht ganz so toll gewesen war, wie es sich anhörte. Der Sand geriet aber auch überall hin!

Sie mochte einfach alles: das Land und die Leute. Trotzdem konnte sie sich des Eindrucks nicht erwehren, dass irgendetwas fehlte. Sie wusste nicht was, hoffte jedoch, es bald herauszufinden.

»Donna! Bist du da?« Cathy klang immer so begeistert, aber jetzt schien sie noch aufgekratzter als sonst zu sein.

»Hi, Cathy.« Donna spazierte ins Wohnzimmer, wo ihre Freundin gerade mit frischen Croissants fürs Frühstück eingetrudelt war.

»Donna, ich hab's.«

»Was hast du?«

»Die Lösung für dein Problem.«

»Und von welchem Problem redest du?«, fragte Donna.

Cathy ließ sich auf die Couch fallen und begann, in der Einkaufstüte zu graben, die für ein Frühstück für zwei Personen leicht überdimensioniert wirkte. »Du möchtest doch hierbleiben, oder? Wenn dein Visum abläuft.«

»Natürlich möchte ich das.« Donna ließ sich in einen Polstersessel gegenüber der Couch fallen. »Ich bin so gerne hier. Aber ich kriege keine Berechtigung für einen Dauerwohnsitz. Das weißt du doch.«

»Würdest du schon, wenn du verheiratet wärst!«, verkündete Cathy.

»Ja, klar. Aber –«

»Tataah!« Mit einer theatralischen Geste hielt Cathy Donna eine aufgeschlagene Zeitschrift hin. »Die Lösung all deiner Probleme!«

›BAUER AUF BRAUTSCHAU‹ verkündete die Überschrift. Donna überflog die ersten paar Zeilen und blickte dann in Cathys erwartungsvolles Gesicht. »Machst du Witze?«, fragte sie.

»Das ist die perfekte Lösung«, beharrte Cathy.

»Nein, ist es nicht!« Donna war nicht gewillt, weiter darüber zu reden. »Ich werde bestimmt keine Braut aus dem Versandkatalog für irgendeinen Outback-Farmer.«

»Die kommen gar nicht alle aus dem Outback«, merkte Cathy an. »Da gibt's einen sehr süßen, der im Brisbane Valley Gemüse anbaut.«

»Nein.«

»Das ist ganz nah zur Küste. Übers Wochenende könntest du uns besuchen kommen.«

»Mit oder ohne diesen sagenhaften Ehemann?« Donna kicherte. »Ich muss gleich zur Arbeit. Los, lass uns frühstücken.«

»Du würdest todsicher einen Guten abkriegen.« Cathy trug die Einkaufstasche hinter ihr her in die Küche. »Du bist hübsch. Tolle Figur. Blaue Augen. Und erst deine Haare – sie sind fantastisch! Jeder mag deinen Akzent. Und noch dazu bist du clever.«

»Ich habe kein Interesse daran.« Donna schaltete den Wasserkocher ein und stellte zwei Kaffeebecher bereit.

»Du könntest dieses tolle Foto von dir im Bikini am Strand hinschicken. Darauf würdest du bestimmt eine Antwort bekommen.«

»Das würde ich nicht nehmen. Da würde ich ja einen völlig falschen Eindruck machen. Und überhaupt«, beeilte Donna sich zu sagen, »bin ich nicht interessiert.«

»Das solltest du aber.«

»Wie oft muss ich jetzt noch Nein sagen? Möchtest du Honig oder Marmelade auf dein Croissant?«

»Hör auf, vom Thema abzulenken.« Cathy legte die aufgeschlagene Zeitschrift auf den Tisch, an dem sie frühstücken würden. »Wie wär's mit einem Zuckerrohrfarmer aus Townsville?«

Donna lachte. »Nein!« Cathy konnte sie ja zu fast allem überreden. Aber dazu nicht.

Schließlich nahm Donna das Magazin mit zur Arbeit. Das schien der einfachste Ausweg zu sein. Cathy hatte den Tag frei, und Donna versprach, in einer ruhigen Minute alles über die Farmer zu lesen. Aber sie vergaß die Sache sofort und ging ganz darin auf, für neugierige Australier Reisen in ihre Heimat zusammenzustellen.

Wie an jedem Arbeitstag spazierte sie auch heute die zwei Blöcke vom Büro zum Strand, um dort mit Blick auf Wellen und Touristen ihr Mittagessen einzunehmen. Das Geräusch der Brandung wirkte beruhigend und entspannend nach der hektischen Arbeitsatmosphäre. Sie setzte sich auf eine niedrige Steinmauer, zog die Schuhe aus und grub ihre Zehen in den weichen, warmen Sand. Als sie das Sandwich aus ihrer Handtasche nahm, fiel ihr Blick auf die zusammengerollte Zeitschrift.

Sie hatte es Cathy versprochen, und sie kannte ihre Mitbewohnerin gut genug, um zu wissen, dass sie nicht lockerlassen würde. Donna war ja selbst ein bisschen neugierig, und in der nächsten halben Stunde hatte sie ohnehin nichts Besseres zu tun. Also nahm sie einen Bissen von ihrem Schinken-Käse-Sandwich und begann zu lesen.

Es waren mehr als ein Dutzend. Lauter Farmer und alles Singles. Junge und ältere Gesichter lächelten ihr von den Seiten entgegen. Bei dem einen oder anderen musste Donna automatisch zurücklächeln.

Der dreiunddreißigjährige David war Schafzüchter und der Ansicht, Frauen könnten besser mit Tieren umgehen als Männer. Er lebte in South Australia und wünschte sich eine schlanke Frau.

John war fünfzig und züchtete in den Snowy Mountains Rinder. Er suchte nach einer Nichtraucherin mit Sinn für Humor.

Cathys Gemüsezüchter sah tatsächlich ziemlich gut aus. Er war auch ein Mann, der Frauen im Haushalt für fähiger hielt als Männer. Da war wohl klar, was für eine Art Frau er sich vorstellte, dachte Donna.

Sie schüttelte den Kopf. Eigentlich war es ja vollkommen egal, wie diese Farmer so waren. Sie wollte ja sowieso keinem von ihnen schreiben. So sehr sie Australien liebte, sie hatte trotzdem nicht vor zu heiraten, nur um hierbleiben zu können. Für eine Ehe musste es schon etwas mehr sein. Wenn sie einmal heiratete, dann aus den richtigen Gründen.

Sie überflog die letzte Seite des Artikels.

Er war nicht besonders attraktiv. Sein Gesicht wirkte schmal und kantig. Sein dunkles Haar sah aus, als würde er es sich selbst schneiden, und er schien irgendwo am Ende der Welt zu wohnen. Er lehnte sich gegen einen Holzzaun, und hinter ihm war nichts. Nur blauer Himmel, rote Erde und ein paar struppige Sträucher, die der Hitze zu trotzen schienen. Das war der Outback, den sich Donna daheim im feuchtkalten alten London ausgemalt hatte.

Er hielt einen staubigen Hut mit breiter Krempe in den langen Fingern. Seine Arbeitskleidung bestand aus einem verwaschenen blauen Hemd und etwas, das wie eine Jeans aussah. Sein Gesicht war sonnengebräunt, und um die Augen hatte er kleine Fältchen. Er schaute mit einer Art halbem Lächeln in die Kamera. Und dieses Lächeln brach ihr fast das Herz.

Peter Nichols' Brief war kurz. Er war ein Witwer mit zwei Schulkindern. Er besaß eine Rinderzucht in der Nähe einer Stadt, von der Donna noch nie gehört hatte, irgendwo im Northern Territory. Er beschrieb sich selbst als liebevoll, mit Sinn für Humor, und er suchte eine ebensolche Frau, die bereit war, seine bereits vorhandene Familie zu vervollständigen. Er schrieb, sie hätten auch genügend Platz für weitere Mitglieder. Seine Frau würde ein anstrengendes Leben an einem abgelegenen Ort führen, dafür aber inmitten wunderbarer Natur. Es gäbe die Vorzüge des Stadtlebens nicht – kein Kinobesuch, keine Shopping-Trips, kein Sonntags-Brunch mit Freunden. Dafür käme sie in den Genuss, Teil einer liebevollen Familie zu sein. Dieser Satz stimmte Donna nachdenklich.

Sie betrachtete das Foto und konnte nun die Trauer in seinem Gesicht noch deutlicher erkennen. Sie fragte sich, woran seine Frau wohl gestorben war. Sie musste noch sehr jung gewesen sein. Was für eine Tragödie. Natürlich auch für die Kinder.

Wenn sie überhaupt auf einen Brief antworten würde, dann auf den dieses Mannes.

Sie würde ihm kein Bikinifoto schicken und hoffen, auf diese Weise seine Aufmerksamkeit zu erregen. Dieser Mann würde mehr verlangen. Eher würde sie ihm mitteilen, wie sehr sie sich danach sehnte, Teil einer Großfamilie zu sein, wie in ihrer eigenen Familie daheim in England. Ihr ging es nicht um Kinos und schicke Geschäfte. Das hatte schließlich auch nicht genügt, um sie in London zu halten. Es genügte aber auch nicht, um sie an dieses Paradies hier zu binden. Die Einsamkeit des Outback dagegen … andererseits war man ja nie einsam, wenn man jemanden hatte, den man liebte. Jemanden, der einen ebenso liebte.

Falls sie schreiben würde, würde sie das sagen.

»Simon. Ist das nicht deine Nachbarin?«

Simon schaute von den Büchern seines Weinguts hoch. Tania Perry lehnte sich mit einer Zeitschrift in der Hand an die Tür seines Büros. Er lächelte ihr zu. Tania war eine von den Frauen, die Männer zum Lächeln brachte. Groß und schlank, mit langen dunklen Haaren, sah sie genau nach dem aus, was sie war: Tochter eines reichen Papas und Teilzeit-Model. Außerdem war sie Simons Teilzeitfreundin – ein Arrangement, das beiden zusagte.

»Ist *wer* nicht meine Nachbarin?«

»Hier, in diesem Magazin.« Tania verbrachte zwischen zwei Model-Jobs oft ein paar Tage bei Simon. Sie brachte dann immer einen Riesenstapel Zeitschriften mit und verbrachte Stunden mit deren Lektüre. Simon fand das angesichts ihres Jobs angemessen. Gelegentlich hatte er einen Blick auf die Hochglanzseiten geworfen, wenn Tania darauf zu sehen war, aber eigentlich interessierte ihn so etwas nicht.

Jetzt schob er seinen Stuhl von dem großen Holztisch zurück und griff nach der Zeitschrift, die sie ihm hinhielt.

»Das ist wirklich Leigh«, murmelte er.

Doch es war eine ganz andere Leigh Kenyon als die, die er vor ein paar Tagen mit der Drahtrolle hatte kämpfen sehen. Auf dem Foto trug sie ein Kleid und Make-up und sah viel mehr nach Frau aus als nach Farmer. Eine wirklich attraktive Frau. Er runzelte die Stirn, während er die Seite überflog und die Überschrift las. BAUER AUF BRAUTSCHAU. In Leighs Fall war es wohl eher eine Bäuerin auf der Suche nach einem Bräutigam. Was sie sich wohl dabei dachte?

»Warum tut jemand so was?«, sprach Tania den gleichen Gedanken aus.

»Ich habe keine Ahnung«, antwortete Simon und versuchte immer noch zu begreifen, was er da las.

»War sie nicht mal verlobt?«, wollte Tania wissen.

»Ja, war sie.«

»Und ist er dann nicht mit all ihrem Geld abgehauen oder so?«

»Irgendwas in der Art.« Auch wenn ihm der Schock darüber, seine Nachbarin in einer landesweiten Zeitschriftenkampagne zu entdecken, noch in den Knochen saß, war Simon nicht gewillt, Leighs Angelegenheiten ausgerechnet mit seiner Freundin zu besprochen.

»Was für ein Scheißkerl muss denn das gewesen sein?«

Das fand Simon auch, aber er sagte nichts. Leigh Kenyon und Jack Thorne waren neu im Hunter Valley gewesen und hatten gerade versucht, sich ihr Leben hier einzurichten, als Jack abgehauen war. Simon erinnerte sich an den Klatsch, der wie ein Buschfeuer durch die kleine Gemeinde gegangen war. Es hatte geheißen, das Paar hätte in der Lotterie ein kleines Vermögen gewonnen und Jack sei mit der gesamten Summe durchgebrannt. Das war aber nicht die ganze Geschichte. Simon wusste mehr darüber als alle anderen Nachbarn, aber er schwieg. Er hatte seine eigenen Gründe, Jack Thorne nicht zu mögen.

»Seltsam, dass sie das nötig hat, um einen Mann zu finden«, sagte Tania. »Sie ist doch wirklich ziemlich hübsch.«

»Ja, das ist sie«, antwortete Simon gedankenverloren und duckte sich, als Tania ihm zum Spaß einen Klaps auf den Hinterkopf geben wollte. »Nicht so hübsch wie du natürlich«, fügte er lachend hinzu.

»Das klingt schon besser.« Tania trat zwischen Simon und den Stapel Briefe auf seinem Tisch. Sie setzte sich auf das polierte Holz, stellte je ein Bein auf die Seiten seines Stuhls und nahm ihm die Zeitschrift aus der Hand. »Ich wollte schon eifersüchtig werden.«

»Eifersüchtig? Du? Niemals.«

»Na gut, dann eben vernachlässigt.«

»Oh, das täte mir aber leid.«

Simon fuhr mit den Händen über die samtweiche Haut ihrer langen Beine, die einladend unter dem kurzen schwarzen Rock hervorschauten. Er packte ihre Hüften und zog sie zu sich. Tania beugte sich vor und küsste ihn mit einem langen, vielversprechenden Kuss. Er zog sie noch näher an sich heran und fuhr mit den Fingern durch ihr Haar. Das Magazin lag vergessen auf seinem Schreibtisch.

Viel später schlüpfte Simon aus dem Bett. Sie hatten die Lichter im Wohnzimmer brennen lassen, als sie ins Bett getaumelt waren, und der schwache Lichtschein fiel auf die schlafende Tania. Sie hatten die Decken beiseitegefegt, als sie sich liebten, und so war nun ihr Körper seinem Blick ganz preisgegeben. Auch schlafend war sie eine außergewöhnlich schöne Frau. Sie war eine großzügige und warmherzige Geliebte, auch wenn sie ihn nicht liebte. Und auch er liebte sie nicht. Sie empfanden Zuneigung füreinander und eine sexuelle Anziehung, die aufregend und befriedigend zugleich war. Das genügte. Wenn ihre Zeit um wäre, würden sie mit guten Erinnerungen und ohne Bedauern auseinandergehen.

So wollte Simon es haben. Sein einziger Versuch, etwas Bedeutungsvolleres anzufangen, hatte schlimm geendet. Mit zwei zerstörten Beziehungen und der Zurückweisung von einer Person, mit der ihn Freundschaft hätte verbinden sollen.

Dabei war Simon mit Fug und Recht stolz auf sich. Er hatte ein erfolgreiches Geschäft aufgebaut, das über ein Dutzend Familien ernährte. Er besaß ein großes, komfortables Haus und eine hübsche Freundin. Nicht schlecht für einen Mann Anfang dreißig. Oder Mitte dreißig, um ehrlich zu sein.

Sein Blick wanderte von den Gebäuden seines Weinguts zu den Weingärten. Von dort gingen seine Augen unweigerlich zum Talboden, wo er manchmal die Lichter von Leighs Haus sehen konnte. Heute jedoch war dort, wo sich die Gebäude befinden mussten, nur tiefe Finsternis.

Jetzt, wo er mit seinen Gedanken allein war, wurde aus der leichten Unruhe, die er schon den ganzen Abend über verspürt hatte, echte Besorgnis. Warum bot Leigh sich in irgendeiner Zeitschrift an? Sie hatte das definitiv nicht nötig. Sie war hübsch, besaß unglaublich blaue Augen. Und sie sah in ihren engen Jeans ziemlich gut aus. Ihr Mund verführte zum Küssen. Bevor es Tania gab, war er früher manchmal versucht gewesen, sie zu küssen. Wenn sie ihn nur in geringster Weise dazu ermutigt hätte.

Aber es ging nicht nur um ihr Aussehen. Jeder, der sich die Zeit nahm, sie kennenzulernen, würde rasch das Besondere an ihr bemerken. Sie hatte Mut bewiesen, als sie auf dem Weingut geblieben war, nachdem Jack gegangen war. Sie hatte den Klatsch ignoriert und einfach weitergemacht. Sie scheute eindeutig nicht vor harter Arbeit zurück. Und war auch noch gut darin. Allen Widrigkeiten zum Trotz konnte sie sich halten. Er kaufte ihr jedes Jahr ihre Trauben ab und wusste daher, wie ordentlich sie ihre Sache machte.

Simon trank den letzten Schluck aus seinem Weinglas. Er mochte Leigh. Seine Gefühle für sie waren … nun, nicht gerade brüderlich, aber doch zweifellos die eines Beschützers. Nach der Hölle, durch die sie wegen Jack Thorne gegangen war, wollte er nicht mit ansehen müssen, dass sie erneut verletzt wurde. Es gab sogar Momente, in denen fühlte er sich fast … aber da war zu viel Vorgeschichte und der Schatten ihres Ex-Verlobten zwischen ihnen. Er hatte das in ihren Augen gesehen, als sie ihn angeschaut hatte, also beschränkte er sich in ihrem Verhältnis strikt aufs Geschäftliche.

Diese Sache hier war allerdings schwer zu ignorieren. Warum bloß hatte Leigh an eine Zeitung geschrieben?

Das Blatt lag immer noch in seinem Büro, wo Tania es fallen gelassen hatte. Er schaltete die Schreibtischlampe ein und sah sich den Artikel noch einmal genauer an. Wenigstens handelte es sich nicht um eines dieser schmierigen Herrenmagazine, die eigentlich nur bessere Pornohefte waren. Diese Zeitschrift wurde auch von vielen Frauen gelesen. Und auf sie zielte diese Kampagne natürlich auch ab. Alle anderen Farmer waren Männer, sodass die kleine Frau mit den großen Augen unter ihnen ziemlich verloren wirkte.

Simon wurde das Gefühl nicht los, dass, wer auch immer ihren Brief beantwortete, dazu bestimmt war, ihr wieder wehzutun. Denn kein Mann, der sie wert wäre, würde auf eine Zeitungsannonce antworten. Der neben ihrem Foto abgedruckte Brief schien Leighs Verletzlichkeit noch zu unterstreichen.

*Einen Partner, um zu teilen … Vertrauen ist wichtig … gewillt, an der Verwirklichung eines Traums zu arbeiten …*

Sie verlangte eine ganze Menge. Aber andererseits auch nicht mehr, als ihr zustand. Simon bezweifelte, dass sie mithilfe eines Magazins finden würde, wonach sie suchte. Ein Mann, der zu Leigh passte, würde wohl kaum – Simon schlug das Titelblatt auf – *Australian Life* lesen.

Außer jemand wies ihn darauf hin.

Simon zögert noch, während in seinem Kopf schon eine Idee Gestalt annahm. Er durchforstete sein Gedächtnis nach Namen. Männliche Singles, denen man zutrauen konnte, dass sie sie nicht verletzen würden. Doch er verwarf nacheinander alle, die ihm einfielen. Einer war ein wenig naiv, der andere hatte einen schlechten Ruf bei Frauen. Leigh verdiente etwas Besseres. Jemand …

Diese Idee war entweder sehr gut oder sehr schlecht. Wenn Leigh es jemals herausfände, würde sie ihn umbringen. Aber wieso sollte sie dahinterkommen? Nur zwei Menschen würden je davon erfahren. Wenn er damit Erfolg hatte, war sie vor all den Losern sicher, die möglicherweise auf ihre Anzeige antworten würden. Wer weiß, vielleicht funktionierte es ja. Das wäre eine tolle Sache. Warum eigentlich nicht?

Simon schauderte. Es wurde Herbst. Da war es nicht ratsam, nachts nackt durchs Haus zu streifen. Er sollte zurück ins Bett und sich an Tania wärmen.

»Die sind gut, Molly, richtig gut.« Der Werbeleiter deutete mit der Hand auf die Fotos, die auf seinem Schreibtisch verstreut lagen.

»Danke.« Molly streckte die Hand nach einem der Fotos aus, nahm es aber nicht. Sie kannte jeden Quadratzentimeter jedes einzelnen Bildes. Sie hatte das Shooting geplant, jedem Model gesagt, was es anziehen und wie es posieren sollte. Anschließend hatte sie die Fotos gemacht und zu den Bildern verarbeitet, die der Werbemann jetzt vor sich hatte.

»Vermissen Sie es, nicht mehr auf der anderen Seite der Kamera zu stehen?«, wollte er wissen.

»Nein. Überhaupt nicht. Das hier ist viel befriedigender.«

Molly Seaton hatte ihre berufliche Laufbahn als Model begonnen. Sie war ziemlich groß, ziemlich dünn und ziemlich hübsch gewesen. Oder zumindest hatte sie sich dafür gehalten. Die Agentin, bei der sie sich vorgestellt hatte, war ebenfalls dieser Meinung gewesen, hatte ihr aber auch gleich aufgetragen, ihr Haar zu blondieren und eine strenge Diät zu halten, wenn sie es bis ganz nach oben schaffen wolle. Molly hatte nicht lange gebraucht, um zu erkennen, dass sie eigentlich lieber hinter die Kamera wollte. Sie wollte Bilder lieber erschaffen, als ein Teil von ihnen zu sein. Nachdem diese Entscheidung gefällt war, hatte sie sich erst mal Pommes frites und einen Becher Mango-Eis gegönnt und danach eine Kamera gekauft. Sie ließ ihr Haar wieder sandfarben wachsen und machte sich daran, Fotografin zu werden.

Ihre Erfahrungen vor der Kamera hatten ihr allerdings gezeigt, wie hart der Konkurrenzkampf in der Modebranche sein konnte. Trotzdem hatte Molly die Möglichkeit zu scheitern nicht einmal in Erwägung gezogen. Schamlos hatte sie all ihre Kontakte ausgenutzt, die sie als Model geknüpft hatte. Einem der bedeutendsten Modefotografen hatte sie so lange zugesetzt, bis er sie in sein Team aufnahm und vier Monate lang als unbezahlte Assistentin mitarbeiten ließ. In dieser Zeit hatte sie nach und nach eine Mappe mit eigenen Bildern angelegt. Ihre Chance kam, als ihr Chef einen Auftrag in letzter Minute absagte. Molly kontaktierte die Werbeagentur und erbot sich einzuspringen. Die Leute waren verzweifelt genug, um darauf einzugehen, und so begann Mollys Karriere als Fotografin. Jenes erste Shooting war ein Erfolg gewesen, wie auch das darauffolgende und das danach. Seit damals war ihr guter Ruf kontinuierlich gewachsen – sodass die Agenten und Redakteure heute sie anriefen, nicht umgekehrt.

»Ich denke, unser Kunde wird davon sehr angetan sein«, sagte der Werbechef und deutete auf die Fotos. »Das mit dem Theater war eine brillante Idee.«

»Sie sind noch besser geworden, als ich gehofft hatte«, sagte Molly.

Die Agentur hatte ihr den Auftrag erteilt, Werbefotos für ein Modehaus zu machen, das sich auf Streetwear für Teenies spezialisiert hatte. Typische Materialien waren Stoffe im Camouflage-Look, schwarzes Leder und Nieten. Das Image, das man sich zugelegt hatte, war aggressiv und unkonventionell. Molly hatte die Models in ein erst kürzlich renoviertes Theater gebracht und dort vor eleganten Möbeln und Stoffen im Barockstil posieren lassen. Diese Gegensätzlichkeit wirkte bestechend.

»Sie müssten gleich kommen. Möchten Sie warten und sie kennenlernen? Hören, was sie dazu sagen?« Die Einladung war ein Zeichen des Respekts für ihre Arbeit.

»Tut mir leid, ich kann nicht«, erwiderte Molly. »Ich habe noch einen anderen Termin. Aber rufen Sie mich an, und erzählen Sie mir, wie es gelaufen ist. Das hier sind die besten Bilder, aber ich habe auch noch andere, wenn Sie mögen.«

»Das mach' ich.« Der Chef der Werbeagentur lehnte sich in seinem Sessel zurück. »Sie liefern gute Arbeit, Molly. Ich habe in nächster Zeit noch einige andere Aufträge, bei denen es mir recht wäre, wenn Sie sie übernehmen könnten.«

»Sehr gerne«, sagte Molly. »Soll ich Sie vielleicht morgen anrufen? Dann können Sie mir erzählen, wie diese Bilder angekommen sind, und wir besprechen die anderen Projekte.«

»Sind Sie sicher, dass Sie keinen Fulltime-Job wollen?« Sein Lächeln verriet Molly, dass er die Antwort bereits kannte. Schließlich hatte er ihr diese Frage schon mehrmals gestellt. Ihre Ablehnung hatte ihr Arbeitsverhältnis nicht beeinträchtigt. Sie vermutete, dass er sie sogar für ihre Unabhängigkeit bewunderte.

Als sie das Büro verließ und in den wunderschönen Tag in Sydney hinaustrat, hätte sie am liebsten getanzt. Sie wollte jemanden umarmen. Ein gutes Shooting gab ihr immer dieses Gefühl. Wenn ein wichtiger Kunde ihr einen Job anbot, hatte das dieselbe Wirkung, selbst wenn sie das Angebot niemals annehmen würde. Sie war zweiundzwanzig, ohne finanzielle Verpflichtungen, ohne Ehemann und ohne Kinder. Sie konnte sich die Unsicherheit der Selbstständigkeit leisten und die damit verbundene Ungebundenheit genießen. Wenn sie das jetzt nicht täte, würde sie es niemals tun. Vielleicht strebte sie ja in ein paar Jahren nach der Stabilität eines festen Jobs. Heute noch nicht. Im Moment bastelte sie an ihrer Traumkarriere, und das fühlte sich ziemlich gut an.

Sie spazierte die George Street hinunter und freute sich an der frischen Herbstluft. Ihr Blick glitt unentwegt über die Bürotürme rundherum, immer auf der Suche nach

Mustern und Perspektiven, die einen guten Hintergrund für ein Mode-Shooting abgeben würden. Sie musterte auch die Passanten, registrierte ihre Kleidung, ihre Blicke und die Art, wie sie gingen. Wie sehr sie diese Stadt doch liebte! Vor drei Jahren war sie aus dem Haus ihrer Eltern in den Blue Mountains nach Sydney gezogen, und inzwischen konnte sie sich nicht mehr vorstellen, irgendwo anders zu leben. Sie liebte den Hafen und die Brücke und das Opernhaus. Sie liebte die hohen Gebäude und die perfekt getrimmten Rasenflächen. Die Restaurants, die vielen Leute und Galerien. Heute Abend würde sie eine Veranstaltung auf einer Fähre besuchen, die durch den Hafen schipperte, während die Menschen an Bord feierten. Sie war verabredet mit einem Nachrichten-Kameramann, der für einen Fernsehsender arbeitete. Sie waren schon ein paarmal zusammen ausgegangen, seit sie sich vor einigen Wochen bei einem Mode-Event kennengelernt hatten. Er war nett und immer ein witziger Begleiter, aber Molly nahm ihn nicht besonders ernst. Sie war noch nicht bereit, im Augenblick irgendetwas außer ihrer Arbeit ernst zu nehmen. Aber er war angenehme Gesellschaft und sogar ziemlich süß. Sie freute sich auf die Party. Was für ein perfekter Ausklang eines gelungenen Tages!

Molly war immer noch guter Stimmung, als sie die Redaktionsräume von *Australian Life* erreicht hatte. Im dreiundzwanzigsten Stock begrüßte sie Richard Gordon mit einem Lächeln.

»Molly!« Ein breites Grinsen breitete sich auf seinem Gesicht aus. »Schön, dich zu sehen. Wie geht's dir?«

»Einfach großartig!« Molly wusste, dass Richard eine Schwäche für sie hatte. Er hatte sie nie um ein Date gebeten, aber die Art, wie er sie anlächelte, war vielsagend genug. Sie versuchte, ihn nicht zu animieren. Er sah gut aus und war sehr nett, aber sie wollte keine Beziehung anfangen, die ihre Arbeit irgendwie beeinträchtigen konnte. Dass er sich offensichtlich zu ihr hingezogen fühlte, gefiel ihr aber. Gerade an einem Tag wie diesem.

»Die Bilder für die Kindermodenstrecke sind toll geworden.«

»Danke«, sagte Molly. »Wer auch immer gesagt hat, man solle nie mit Kindern und Tieren arbeiten, der hatte recht. Das Shooting war die Hölle, aber die Resultate waren es wert. Wann soll das Material eingesetzt werden?«

»In drei Wochen«, erzählte er ihr.

»Klasse. Meine Mum kauft sich immer gern die Ausgaben, in denen meine Sachen kommen.«

»Gib mir ihre Adresse«, sagte Richard. »Ich lasse ihr ein Exemplar zuschicken.«

»Dank' dir. Darüber wird sie sich richtig freuen«, sagte Molly. »Ist Helen da?«

*Australian Life* war in letzter Zeit rasch zu einem ihrer wichtigsten Auftraggeber geworden. In den letzten Wochen hatte sie eine Reihe Shootings für sie gemacht, nachdem Helen das neue Erscheinungsbild des Magazins festgelegt hatte. Dieses Meeting würde hoffentlich in einen weiteren Auftrag münden.

»Ich bin hier«, sagte eine Stimme hinter ihr.

Molly drehte sich um. »Hallo, Helen«, sagte sie und folgte der Älteren in ihr Büro.

Molly nahm auf dem angebotenen Stuhl Platz, während Helen sich in ihren Sessel hinter dem Schreibtisch setzte. Wie immer war Helen perfekt gekleidet. Das Kostüm ein Klassiker von Chanel, die Schuhe von Kurt Geiger. Molly trug dagegen eine ihrer Bluejeans und ein simples weißes T-Shirt. Schwarze Lederstiefel und eine schwarze Jacke vervollständigten ihr Outfit. Helens makelloser Stil hätte Molly einschüchtern können, aber das war keineswegs der Fall.

»Wie klappt's mit dem Relaunch?«, fragte Molly.

»Ausgesprochen gut«, sagte Helen. »Die Farmer-Kampagne sorgt für eine Menge Interesse. Die Poststelle platzt aus allen Nähten.«

»Das klingt gut.«

»Darüber wollte ich auch mit Ihnen sprechen«, fuhr Helen fort. »Sind Sie für ein Shooting mit einem unserer Farmer verfügbar?«

»Wann?«

»Ich bin mir noch nicht sicher. Das hängt von den Farmern ab.« Helen hielt ihr eine Mappe hin. »Das ist die erste Partie, die wir diese Woche veröffentlicht haben.«

Molly schlug die Mappe auf und blätterte in den Unterlagen. Die Details zu den Männern interessierten sie nicht im Geringsten. Ihr ging es ausschließlich um die Fotos.

»Gar nicht so schlecht«, sagte sie, während sie die Seiten durchging. Ihre Gesichter waren durchschnittlich, aber schließlich war es ihr Job, dem Durchschnittlichen Besonderheit zu verleihen.

Eines der Fotos nahm sie heraus, um es genauer zu betrachten. Der Mann darauf war etwa so alt wie sie selbst – dunkelhaarig, blauäugig und im klassischen Sinne attraktiv. Das Foto war von bescheidener Qualität. Es sah aus, als hätte er es selbst aufgenommen und dazu die Kamera auf einen Zaunpfahl gestellt. Aber sein Gesicht hatte etwas Ansprechendes. Vielleicht Verletzlichkeit oder Traurigkeit. Sie drehte es um. Greg Anderson hieß er, ein Zuckerrohrfarmer aus Townsville. Er führte den Betrieb allein, weil sein Vater krank war. Und er war Goldschmied! Das klang in mehrerlei Hinsicht nach einem interessanten jungen Mann. »Du bist noch dazu richtig süß«, murmelte sie vor sich hin.

»Nun, was denken Sie?«, fragte Helen.

»Ich könnte mit jedem von ihnen etwas machen«, antwortete Molly vollkommen professionell und legte das Foto auf den Tisch zurück. »Wie sieht der nächste Schritt aus?«

»Die Leserbriefe werden weitergeleitet, sobald sie hier eintreffen. Ab dann setzen wir uns mit den Männern regelmäßig in Verbindung. Sobald einer von ihnen eine Frau zu sich einlädt, möchte ich, dass Sie mitkommen. Für die Fortsetzung der Geschichte brauchen wir nämlich ein paar Bilder von den beiden auf der Farm.«

»Wann genau brauchen Sie die?«

»Wir werden noch zwei weitere Wochen lang Farmer vorstellen. In der Woche danach hätte ich gerne eine Paar-Story.«

»Montag und Dienstag nächster Woche bin ich ausgebucht, aber danach habe ich ein wenig Luft.« Molly hatte vorgehabt, ein paar Locations für künftige Mode-Shootings abzuchecken, aber das konnte warten. »Wenn sich etwas tut, stehe ich zur Verfügung.«

»Gut. Dann hören wir voneinander.«

Im Rausgehen blieb Molly kurz bei Richards Schreibtisch stehen. »Sieht aus, als würde ich eine Farmer-Story für euch machen«, erzählte sie ihm.

»Das ist klasse.«

Molly nahm sich das aktuelle Exemplar, das auf dem Schreibtisch lag. Sie blätterte rasch zu einer bestimmten Seite. »Schau mal, der Typ hier.« Sie zeigte auf das Foto von Greg Anderson. »Wenn mehrere zur Auswahl stehen, wäre er mein Favorit.«

Richard sah sich das Bild an. »Gefällt er dir?«

Molly lachte. »Nein. Natürlich nicht. Aber er hat ein gutes Gesicht. Ein Gesicht, das ich gern fotografieren würde.«

»Werde sehen, was ich tun kann«, versprach Richard.

»Danke.«

Molly verließ das Gebäude, immer noch in Hochstimmung. Sie wandte sich nach links Richtung Hafen und Museum of Modern Art. Dort lief eine Fotoausstellung, die sie sich ansehen wollte.

Helen dachte noch eine Weile über Molly nach, als sie hinausging. Das Mädchen war wirklich gut für ihr Alter und wurde mit jedem Shooting besser. Helen war sehr daran gelegen, ihr Talent für ihr Magazin zu nutzen. Aber das allein war es nicht, sie mochte die Fotografin auch. Mollys Lebensfreude war einfach unübersehbar. Jede ihrer Bewegungen, jeder Gesichtsausdruck schien zu sagen: »Das Leben ist großartig.« Früher einmal hatte Helen ebenso empfunden, aber das schien schon sehr lange her zu sein. Allein der Gedanke sorgte dafür, dass sie sich plötzlich sehr alt vorkam.

Der Stapel Papiere auf ihrem Schreibtisch wollte abgearbeitet werden, aber Helen war nicht in der Stimmung dafür. Sie fühlte sich ungewöhnlich ruhelos und wusste nicht, warum. Die Bauern-Kampagne schien ein Riesenerfolg zu werden. Die Poststelle hatte bereits einige dicke Bündel Briefe gebracht, die für die glücklichen Farmer bestimmt waren. Im Moment waren die Briefe noch auf dem großen Layout-Tisch im Büro verteilt, wo ihre Leute sie durchsahen. Eigentlich sollte sie feiern. Ihr Team da draußen war ganz offenbar auch bester Laune, genoss unüberhörbar den offensichtlichen Erfolg der Aktion. Es gab jede Menge Gelächter, während sie die Post sortierten.

Helen rief ihre Gedanken zur Ordnung. Nur weil die Farmer-Kampagne gut lief, konnte sie es sich nicht leisten, die Hände in den Schoß zu legen. Sie hatte ihren Ruf aufs Spiel gesetzt, um ein dahinsiechendes Magazin zu retten. Jetzt brauchte sie eine weitere große Story, die dem erfolgreichen Relaunch folgte. Etwas, mit dem sie beweisen konnte, dass die Zeitschrift keine Eintagsfliege war – und sie selbst natürlich schon gar nicht.

Sie schloss die oberste Schublade ihres Schreibtischs auf und nahm eine Mappe heraus. Darin lagen ein paar beschriebene Seiten sowie einige Fotos. Die Bilder hatte sie für viel Geld einem amerikanischen Paparazzo abgekauft.

Sie zeigten zwei der großen Hollywoodstars im Urlaub. Beide Männer waren verheiratet, doch die Fotos belegten einen Grad an Intimität, der beim Betrachter keinen Raum für Zweifel an der Art ihrer Beziehung ließ. Als man ihr die Fotos erstmals anbot, hatte Helen gezögert. Über die beiden Schauspieler hatte es bislang nie irgendwelche Gerüchte gegeben. Beide waren Familienväter und schienen zwei der stabilsten Ehen in der Branche zu führen. Das Ganze war ein Scoop von ungewöhnlichen Dimensionen. Minuten nach Auslieferung wäre *Australian Life* damit in Medienberichten rund um den Globus präsent. In einem Dutzend Sprachen würde die Zeitschrift zitiert und das Foto reproduziert werden. Ihr Name würde den Bossen der Medienwelt auf angenehme Art geläufig.

Warum hielt sie die Story dann zurück?

Nur eine Handvoll Leute wusste, dass sie überhaupt existierte. Helen besaß als einzige sowohl die Fotos als auch den Text. Es war der perfekte Aufmacher für die nächste Ausgabe nach der Farmer-Kampagne. Eine starke neue Story würde den Schwung des Relaunchs mitnehmen, die Verkaufszahlen auf Rekordniveau schnellen lassen und das Risiko rechtfertigen, das sie eingegangen war, als sie dieses Büro ein Jahr zuvor betreten hatte. Dennoch hatte sie sich bislang nicht dazu entschließen können, die Geschichte zu bringen. Skrupel konnten es eigentlich nicht sein, die sie davon abhielten, das Recht der beiden Männer auf Privatsphäre zu verletzen. Beide waren Figuren des öffentlichen Interesses und benutzten ihrerseits die Medien, wann immer es ihnen passte. Wozu sollte sie sich Gedanken über die Auswirkung der Enthüllung auf ihre Karrieren oder Familien machen? Das war schließlich nicht ihr Problem, oder? Außerdem verdienten Männer, die ihre Familien hintergingen, doch nichts anderes. Wenn sie die Geschichte drucken ließ, machte sie nur ihren Job – und zwar gut.

Brüllendes Gelächter von draußen störte sie in ihren Überlegungen. Helen schaute durch die Glaswand. Ihr Team stand nach wie vor um den Layout-Tisch versammelt, auf dem stapelweise Briefe lagen. Briefe von Farmern. Sie sah, wie ein Brief von Hand zu Hand ging, begleitet von neuem Gelächter. Helen spürte unvermittelt Zorn in sich aufsteigen. Was war da los?

»Was gibt's so Lustiges?«, fragte sie, während sie in das Büro hinaustrat.

»Ein paar von den Briefen«, antwortete eines der Mädchen. »Helen, dass müssen Sie lesen.«

»Hört euch das an«, sagte eine andere. »›Ich bin nicht hübsch, aber ein wirklich netter Kerl. Und du bräuchtest auch nicht mit mir schlafen, bis du dir nicht sicher wärst!‹ – Was für ein Loser!«

»Das findest du schlimm?«, unterbrach eine Kollegin sie. »Wie wär's mit einer Antwort?« Sie begann aus einem Brief vorzulesen. »Liebe Redaktion, ich hatte noch nie einen Freund. Ich bin sogar noch nie richtig geküsst worden. Das liegt daran, dass ich fett und hässlich bin. Und auch nicht sehr helle. Aber ich bin ein netter Mensch, deshalb schickt meinen Brief doch bitte an einen Farmer. Sucht einen aus, der nicht zu viele Zuschriften bekommen hat. Dann habe ich vielleicht größere Chancen, dass er sich für mich entscheidet.«

Wieder brach das ganze Team in Gelächter aus. Mit Ausnahme von Helen.

»Ich denke, das genügt.« Sie sprach leise, aber es wirkte sofort. Ihre Redaktion kannte sie gut genug, um zu wissen, wann es ihr ernst war.

Sie zog wahllos einen ungeöffneten Brief aus dem Stapel und hielt ihn hoch. »Lacht diese Menschen nicht aus«, sagte sie. »Sie sind vielleicht nicht so smart wie ihr. Vielleicht sind sie sogar fett oder verzweifelt oder auch nur einsam. Was auch immer und wer auch immer sie sein mögen, sie haben eine bessere Behandlung verdient. Sie verdienen ein wenig Respekt.«

Sie erntete gemurmelte Zustimmung.

»Gut. Und jetzt möchte ich, dass alle diese Briefe sortiert werden. Jeder Farmer erhält jeden einzelnen Brief, der an ihn gerichtet ist. Ist das klar?«

Wieder Gemurmel.

»Und auf alle Briefe, die an keinen bestimmten gerichtet sind, gibt es die Standardantwort.«

Helen wartete die Antwort darauf nicht ab, sondern drehte sich um und kehrte in ihr Büro zurück. Sie schloss die Tür und bemerkte dabei, dass sie den einen Brief immer noch in der Hand hielt. Sie warf ihn in ihre offene Aktentasche und fragte sich, was sie eigentlich so verärgert hatte. War es allein die Tatsache, dass ihre Leute über die Briefe gelacht hatten? Wenn sie ihnen vorwarf, die Schreiber schlecht zu behandeln, was war dann mit ihr selbst? Schließlich war sie doch diejenige, die mit Schicksalen umging wie mit Spielkarten. Ihr Blick fiel auf die Mappe mit dem grobkörnigen, aber dennoch fatalen Foto. Sie war doch die Schlimmste von allen. Sie hatte vor, eine Story zu veröffentlichen, die das Leben zweier Männer zerstören würde, die sie nie kennengelernt hatte. Ganz zu schweigen davon, was sie deren Familien damit antäte. Und wozu das alles?

Zum ersten Mal in ihrer Karriere fühlte Helen sich plötzlich verunsichert. Soweit sie es selbst beurteilen konnte, machte sie ihren Job gut. Aber war es auch der richtige Job? Hatte sie dafür all die Jahre gearbeitet? Sie erinnerte sich an das Mädchen, das sie einmal gewesen war. Damals hatte sie jedes Buch verschlungen, das ihr in die Hände gefallen war, und sich geschworen, dass sie eines Tages selbst Bücher schreiben würde. An der Uni hatte sie sich selbst versprochen, die Welt eines Tages mit ihren Worten zu verändern. Und was war jetzt? So weit war sie inzwischen gekommen – um der Verkaufszahlen willen manipulierte sie das Privatleben anderer Leute.

Hatten diese Schauspieler kein Recht auf ihr Geheimnis? Jeder hatte doch Geheimnisse. Das wusste niemand besser als sie.

Helen schnappte sich die Mappe von ihrem Schreibtisch und schleuderte sie fast in ihre Aktentasche. Sie begriff nicht, wo diese beunruhigenden Gedanken auf einmal herkamen, aber sie musste sie überwinden. Sie stand an der Schwelle zu einer neuen Phase in ihrer Karriere, und von ein paar sentimentalen Anwandlungen würde sie sich nicht Jahre harter Arbeit zerstören lassen. Sie schaute auf ihre Uhr. Es war noch ziemlich früh, aber sie würde sich auf den Weg zurück in ihre Wohnung machen. Eine Tasche voller Arbeit hatte sie dabei. Vielleicht würde sie sich besser konzentrieren können, wenn sie nicht den neugierigen Blicken ihres Teams ausgesetzt war, das jetzt still vor sich hin arbeitete.

Es würde nicht leicht sein. Helen verspürte immer noch eine gewisse Unruhe, als sie sich später am Abend zum Arbeiten an den großen Tisch in ihrem Wohnzimmer setzte. Ihre Wohnung im Bezirk North Shore besaß große gläserne Schiebetüren, die auf einen Balkon hinausgingen. Von dort hatte man eine fantastische Aussicht auf den großen eisernen »Kleiderbügel«, der sich über den Hafen spannte. Bei schönem Wetter arbeitete sie oft hier draußen, aber heute Abend war sie nicht in der Stimmung dafür. Sie hatte sich ein kleines Glas Wein eingeschenkt. Als sie ihre Aktentasche öffnete, fiel ihr Blick als Erstes auf den ungeöffneten Brief.

Sie beabsichtigte, ihn ungeöffnet am nächsten Morgen auf den Stapel im Büro zurückzulegen. Ganz sicher würde sie ihn nicht lesen. Nicht in dieser Verfassung. Aber bevor sie es sich versah, griff sie nach dem Brieföffner in der obersten Schublade.

Was für ein nettes Foto, dachte sie, als sie die Blätter aus dem Umschlag holte. Es zeigte einen Mann, der vor einem Fohlen kauerte. Er trug keinen Hut, und sein Gesicht wurde von der Sonne beschienen. Er schien sich völlig auf das kleine Geschöpf zu konzentrieren. Das Fohlen machte Anstalten, das Gesicht des Mannes zu beschnuppern, gleichzeitig schienen all seine Muskeln zur Flucht bereit und gespannt. Sowohl der Mann als auch das Fohlen schienen den Fotografen nicht bemerkt zu haben. Genau das machte den Reiz dieser Aufnahme aus. Für ihre Zeitschrift war sie allerdings ungeeignet. Sie hatte nur gute, scharfe Bilder von Leuten ausgewählt, die in die Kamera schauten, ihre Aufmerksamkeit aufs Objektiv richteten und damit auch auf die Leser, die sie wie durch dieses Objektiv betrachten würden.

Das hier war etwas ganz anderes, aber sie fand es ansprechend.

Dann faltete sie den Brief auseinander.

*Liebe Ms Woodley,*

*Erlauben Sie, dass ich mich vorstelle. Mein Name ist Matt Redmond. Ich bin 42 Jahre alt und züchte in der Nähe von Scone in New South Wales australische Stockhorses.*

Helen musterte erneut das Foto. Matt Redmond besaß ein gutes, markantes Gesicht. Eines, das mit der Zeit immer besser geworden war. Sie vermutete, dass er jetzt noch ansprechender aussah als mit zwanzig, bevor sein Gesicht von Reife und Erfahrung geprägt war. Nicht, dass er irgendwann unattraktiv ausgesehen hätte. Er sah gut aus – zweifellos.

Sie las weiter.

*Ich bin geschieden und sehr stolzer Vater von Alison, die dieses Jahr begonnen hat, an der Universität Tiermedizin zu studieren. Jetzt, wo meine Tochter aus dem Haus ist, erscheint mir der Hof sehr einsam.*

*Ich verbringe meine Zeit in der ruhigen Umgebung der Farm, und meine Arbeit besteht in der Aufzucht und Ausbildung von Pferden, die ebenso schön wie intelligent sind.*

*Das Leben würde sich vollständiger anfühlen, wenn ich jemanden hätte, der es mit mir teilen würde. Sofern dieser Jemand die Schönheit der Gegend zu schätzen wüsste. Und meine Freude über die Geburt eines gesunden Jungtiers und meinen Stolz über sein Heranwachsen nachvollziehen könnte.*

*Es klingt vielleicht wie ein Klischee, aber es heißt, ich hätte Sinn für Humor. Ich lese gern und mag klassische Musik. Ich bin Nichtraucher. Zum Abendessen trinke ich gern ein Glas Rotwein und an heißen Tagen mal ein Bier.*

*Ich würde gern eine verwandte Seele finden und alles, was mich ausmacht und was ich besitze, mit ihr teilen.*

*Ich freue mich, von Ihnen zu hören.*

Die Unterschrift war kleiner und ordentlicher, als sie vermutet hatte. Andererseits passte sie zu den Worten, die aussagekräftiger und überlegter waren, als sie das von einem Mann, insbesondere von einem Farmer, erwartet hätte.

Helen lehnte sich in ihrem Stuhl zurück und betrachtete noch einmal das Foto. Sie konnte es nicht erklären, aber irgendwie berührte es sie. Vielleicht war es nur das attraktive Gesicht, vielleicht auch seine sanfte Art, mit der er dem Fohlen auf seinem Weg ins Leben half. Und seine Worte. Schlicht und ungekünstelt. Sie war gerührt von der offensichtlichen Liebe und dem Stolz, die er für seine Tochter empfand. Was für ein Glück dieser Mann damit hatte. Dieses Gefühl würde sie niemals kennenlernen.

Sie legte den Brief und das Foto beiseite und griff in ihre Aktentasche, um die Arbeit herauszuholen, die sie zu erledigen hatte. Doch sie schlug die Unterlagen nicht einmal auf, sondern kehrte zu Matt Redmonds Brief zurück. Sie las jedes einzelne Wort noch einmal und saß lange Zeit einfach nur mit dem Foto vor sich da. Matt Redmond würde nicht in ihre Zeitschrift kommen. Selbst wenn das Bild besser gewesen wäre, brachte sie es nicht über sich, ihn dem Gekicher der Redaktionsassistentinnen, der Layouter und Setzer auszuliefern, die dafür sorgen würden, dass die Leser ihn angafften. Diesen Mann nicht. Er verdiente etwas Besseres.

Helen griff in ihre Schreibtischschublade und zog einen Schreibblock heraus. Sie nahm einen Stift und brachte die ersten Worte eines Briefes zu Papier. Sie würde Matt Redmond selbst antworten. Nur eine kurze Nachricht, um zu erklären, warum er nicht berücksichtigt worden war. Irgendetwas von wegen zu wenig Platz auf den Seiten. Kurz und unpersönlich.

Fünfzehn Minuten später hatte sie schon gut eineinhalb Seiten geschrieben.

# 3.

Die kleinen schwarzen Hufe der jungen Stute trommelten in schnellem Rhythmus auf den harten Boden. Matt Redmond hielt die Zügel sanft, aber dennoch fest. Sie bewegten sich in leichtem Galopp über das kurze Gras der Hofkoppel, doch Matt spürte die Ungeduld des Pferdes. Die Luft war frisch und enthielt schon eine Ahnung vom Herbst. Das gesunde, junge Tier wollte rennen. In seinem eigenen Körper spürte Matt das gleiche Verlangen.

»Na gut, meine Kleine. Probieren wir's.«

Er beugte sich im Sattel vor und presste die Beine noch fester an den Bauch der Stute. Ihre Ohren wackelten, und sie streckte sich.

»So ist's recht.«

Von seinem sanften Kommando angefeuert, fiel sie in einen Jagdgalopp, bei dem ihre langen Beine nur so über die Erde flogen. Matt beugte sich weiterhin leicht nach vorn und ließ die Zügel locker.

Sie ist sehr schnell, dachte Matt mit leichter Verwunderung. Dies war das erste Mal, dass er dem frisch zugerittenen Pferd die Chance gab, sich richtig zu strecken. Er selbst genoss die frische Brise in seinem Gesicht und die Kraft des Pferdes unter sich.

Ein paar Minuten später brachte er die Stute behutsam dazu, in Trab und schließlich in Schritt zu fallen. Er wollte es nicht übertreiben. Ihre Nüstern blähten und ihre Flanken hoben und senkten sich, während die Stute heftig schnaufte.

»Das war ganz schön flott.« Matt klopfte ihr den braunen Hals, der vom Schweiß leicht feucht war. »Aber es hat dir gefallen, nicht wahr?«

Wie um darauf zu antworten, streckte das Pferd seine Nase Richtung Boden, schnaubte laut und schüttelte sich, sodass ihre schwarze Mähne nur so flog. Matt lachte leise, als sie zum Zeichen ihrer Entspannung und Zufriedenheit mit langem Hals wieder lostrabte. Sie bewegten sich langsam auf die Reihe hoher Eukalyptusbäume zu, die als Zaun diente. Matt nahm die Zügel in eine Hand, zog den zerbeulten braunen Akubra vom Kopf, ließ ihn an der Seite der Stute herunterbaumeln und fuhr dann damit bis zu ihrem Hals hinauf. Das Pferd wackelte mit einem Ohr, ignorierte ihn aber ansonsten. Zufrieden wischte Matt sich den leichten Schweißfilm von der Stirn und setzte den Hut wieder auf. Vor ein paar Tagen hatte die schwingende Kopfbedeckung die Stute noch scheuen lassen. Matt war hochzufrieden, weil sein Training offenbar Wirkung zeigte. Er sah sich nach einer neuen Herausforderung für sie um.

Sie standen jetzt am Ende eines langen Schotterwegs, der von seinem vorderen Tor zu der Ansammlung von Gebäuden führte, die Matts Zuhause bildeten. Hohe Eukalyptusbäume säumten den Weg. Das kurze Gras dazwischen leuchtete dank des ausgiebigen Regens der letzten Woche in sattem Grün. Als er Richtung Straße blickte, sah Matt, dass das weiße Postauto gerade von seinem Tor wegfuhr.

»Los, Granny«, sagte er zu dem Pferd. »Holen wir uns die Post.«

Granny war ein seltsamer Name für ein Jungpferd von knapp drei Jahren. Ihr offizieller Name lautete Ygraine. Oder, genauer gesagt, Willaring Downs Ygraine. Bei all seinen Tieren war der Name seines Gestüts vorangestellt. Und seine Tochter Alison bestimmte die eigentlichen Namen der Fohlen, wobei sie jedes Jahr ein anderes Thema wählte. In dem Jahr, als Granny zur Welt kam, war es die Artussage gewesen, und sie hatte das dunkelbraune Fohlen mit den vier weißen Socken nach König Arthurs Mutter benannt. Irgendwie war dann, sehr zu Alisons Missfallen, aus Ygraine Granny geworden. Dieses Jahr würde Alison nicht da sein, wenn das Fohlen begann. Sie war nach Sydney gezogen, um ihr Traumfach, Tiermedizin, zu studieren. So stolz er auch auf sie war, Matt musste zugeben, dass er sie vermisste. Scone war zwar nicht allzu weit von Sydney entfernt, aber er vermutete, dass Alison mit dem Studium und ihrem sonstigen neuen Leben mehr als ausgelastet war. Eigentlich rechnete er nicht damit, sie vor Ende des ersten Semesters in Willaring Downs wiederzusehen.

Plötzlich blieb Granny stehen, schnaubte wild und rollte mit den Augen. In einiger Entfernung brauste ein Motorrad laut dröhnend über den Highway und störte die Stille. Matt konzentrierte sich ganz auf seine Aufgabe. Jeder Augenblick mit einem jungen Pferd war eine Lektion. Der Hut. Das Öffnen des Gatters. Fahrzeuge auf dem Highway oder jetzt das Einsammeln der Post. Das Lernen hörte nie auf. Matt liebte jeden Moment davon und konnte sich nicht vorstellen, sein Leben mit etwas anderem zu verbringen. Geduldig und besonnen beruhigte er die Stute und brachte sie dazu, zu der weiß gestrichenen Öltonne hinüberzugehen, die ihm als Briefkasten diente. Er spürte ihre Anspannung, als er sich vorbeugte und in die Tonne hinein nach einem Bündel Briefe griff, die von einem Gummiband zusammengehalten wurden.

»Gut gemacht«, lobte er Granny, als er sie wendete, um zum Haus zurückzureiten. »Das bringen wir nur mal eben rein.«

Zwischen den Bäumen und keine hundert Meter vom Flussufer entfernt, stand das weiß gestrichene Holzhaus, rundherum von einer breiten Veranda umgeben. Matts Vater hatte das Haus gebaut, als er Willaring Downs gegründet und es nach dem Aborigines-Wort für die Kusus, kleine Beuteltiere, benannt hatte, die entlang des Flusses lebten. Seit seine Eltern im Ruhestand an die Küste gezogen waren, hatten Matt und Alison das große Haus allein bewohnt. Ein paar Wochenenden im Jahr verbrachte Alison bei ihrer Mutter in Queensland, doch ihr Lebensmittelpunkt war immer hier gewesen, bei ihrem Vater und den Pferden. Als er jetzt das große Haus betrachtete, fiel ihm wieder einmal auf, wie leer es ihm ohne sie erschien.

Am Tor des weißen Palisadenzauns schwang er sich aus dem Sattel. Der Zaun war die Idee seiner Exfrau gewesen, aber inzwischen mochte Matt ihn auch. Den Pfosten zum Anbinden der Pferde neben dem Tor hatte er ergänzt. Rasch hängte er Grannys Zügel darüber. Dann strich er ihr kurz über die Nase und ging auf die Eingangstür zu. Schlüssel brauchte er keinen. Er schloss nur selten ab, und niemals, wenn er zu Hause war. Mit dem Hut in der Hand trat er in den dämmrigen Flur und schloss die Tür hinter sich. Er wollte ein paar Minuten warten, um zu sehen, wie Granny sich allein benahm. Er trat ans Fenster, um sie zu beobachten, und blätterte dabei nachlässig die Umschläge durch. Es war die übliche Mischung aus Rechnungen und Reklame. Dazu ein paar Formulare von der Stock Horse Association, bei der er Mitglied war. Und dann war da noch ein weißer Umschlag, von Hand in einer ordentlichen Schrift adressiert, die er nicht kannte. Neugierig riss er ihn auf.

*Lieber Mr Redmond,*
*ich schreibe Ihnen heute, um Ihnen mitzuteilen, dass wir Ihren Brief und Ihr Foto leider nicht in Australian Life veröffentlichen werden. Das soll in keinster Weise eine Wertung Ihres Schreibens oder Ihrer Person darstellen, sondern geschieht aus Platzgründen. Es täte mir leid, wenn Sie nun enttäuscht wären.*

Matt runzelte die Stirn. Sein Brief und sein Foto? Worum ging es da eigentlich? Er schaute sich die zweite Seite des Briefes an. Er war mit Helen Woodley unterschrieben. Er kannte den Namen nicht, aber die Dame schien ihn offenbar zu kennen. Zumindest bis zu einem gewissen Grad. Er las weiter.

*In Ihrem Brief erwähnen Sie, dass Ihre Tochter Alison begonnen hat, an der Universität zu studieren. Ich hoffe, sie genießt das Abenteuer, das da vor ihr liegt.*

Alison! In Matts Kopf begann ein Verdacht Gestalt anzunehmen.

Eine plötzliche Bewegung vor dem Fenster erregte Matts Aufmerksamkeit. Etwas hatte Granny erschreckt. Die Stute zerrte am Zügel und rollte vor Angst mit den Augen. Matt ließ den Brief fallen und stürzte zur Tür. Bis er draußen war, hatte sich das Tier schon wieder gefangen. Matt band sie los und führte sie zu den Ställen zurück. Es war fast schon an der Zeit, ein neues Zuhause für Granny zu suchen, und er kannte auch jemanden, der an ihr interessiert sein mochte. Er würde ihm noch heute Abend eine E-Mail schicken. Und anschließend würde er Alison anrufen, um mehr über diesen seltsamen Brief herauszufinden.

Für den Rest des Tages dachte Matt nicht mehr an den Brief. Da Alison nicht mehr da war, hatte er reichlich Arbeit mit dem Gestüt. Er war schon auf der Suche nach einer Hilfskraft, hatte aber die richtige Person noch nicht gefunden. Morgen wollte er mit einem potenziellen Jackaroo reden. Der Bursche war erst 21 und auf einer Pferderanch in Neuseeland aufgewachsen. Matt hoffte, dass er sich als geeignet erweisen würde. Inzwischen musste er allein Ställe ausmisten, füttern, die Pferde bewegen und auch noch alle anderen Pflichten erledigen. Das war eigentlich mehr, als an einem Arbeitstag zu schaffen war. Mit Einbruch der Dunkelheit standen dann auch noch Buchhaltung und sonstiger Papierkram auf dem Programm.

Es war fast neun, als er sich schließlich in den gemütlichen Ledersessel in seinem Büro sinken ließ und seine Tochter auf ihrem Handy anrief. Beim zweiten Klingeln ging Alison dran.

»Hi, Ali.«

»Dad!«

»Ich hoffe, ich erwische dich gerade in deinem Zimmer, während du eifrig lernst«, sagte Matt.

»Ehrlich gesagt, bin ich gerade auf dem Rückweg von der Bibliothek«, erzählte Alison ihm. »Vor ein paar Minuten hättest du mich noch gar nicht erreicht. Letzte Woche habe ich mein Telefon angelassen, und als es klingelte, hätte die Bibliothekarin mich fast gekillt.«

»Ich hoffe, dass du um diese Zeit nicht alleine draußen rumläufst.« Der Satz war ihm ohne großes Nachdenken über die Lippen gekommen.

Alison seufzte theatralisch. »Nein, Dad. Natürlich nicht. Ich habe einen Freund bei mir. Einen großen, starken Footballspieler.«

Das war nicht gerade das, was Matt hören wollte. »Ali, ich habe heute so einen seltsamen Brief bekommen – ich denke, du kannst mir irgendwas darüber sagen.«

»Einen Brief?«

»Ja, von der Herausgeberin einer Zeitschrift namens *Australian Life*.«

»Oh.«

Der Ton seiner Tochter genügte Matt schon. »Komm, Ali. Gib's zu.«

»Ach, Dad, das war eigentlich nur ein Scherz. Ich habe ein Foto mit deinem Namen an das Magazin geschickt. Die hatten da so eine Aktion, bei der sie Frauen für Farmer suchen.«

»Ali!« Matt wusste nicht recht, ob er wütend werden sollte. »Ich brauche keine Frau, und wenn, dann suche ich mir selbst eine.«

»Ich weiß. Es ist doch nur ...« Alison zögerte lange.

»Es ist doch nur was?«, fragte Matt sanft.

»Na ja, Dad, solange ich mich erinnern kann, hattest du nie auch nur eine Verabredung. Und da dachte ich mir, wo jetzt auch noch ich weg bin … Also, da dachte ich … Ich dachte, du würdest vielleicht ein bisschen einsam sein«, beeilte sie sich, den Satz zu beenden.

Matt lächelte ins Telefon. Seit sie vor achtzehn Jahren zur Welt gekommen war, hatte seine Tochter nie aufgehört, ihn zum Staunen zu bringen.

»Es ist lieb, dass du dich um mich sorgst«, sagte er, »aber ich bin schon ein großer Junge. Ich kann selbst auf mich schauen.«

»Weiß ich doch. Aber jetzt erzähl doch mal, was diese Herausgeberin geschrieben hat.«

»Sie schreibt, dass es ihr leid tut, meinen Brief und mein Foto nicht veröffentlichen zu können.«

»Solche Idioten! Ich war mir sicher, dass man dich aussuchen würde. Das ist ja gemein.«

»Ist es nicht. Ich bin froh darüber. Bitte versprich mir, dass du so was nicht noch mal machst.«

Nachdem sie ihm das Versprechen gegeben hatte, begann Matt, Alison nach der Uni und ihrem Studium auszufragen. Als er das Gespräch kurz darauf beenden wollte, fiel ihm noch ein, sie zu fragen, welches Foto sie an *Australian Life* geschickt hatte.

»Eines, das ich letztes Jahr gemacht habe. Erinnerst du dich daran, wie wir die frischen Fohlen fotografiert haben? Dich mit Hyperion?« Alison hatte die letzte Partie Fohlen nach Figuren aus der griechischen Mythologie benannt.

»Ich erinnere mich.« Matt schüttelte den Kopf. »Tust du mir einen Gefallen? – Wenn du mich das nächste Mal verkuppeln willst, frag mich vorher.«

»Okay.« Sie klang nur ein wenig schuldbewusst.

»Na gut. Dann behalt mal deinen Footballspieler im Auge.«

»Mach ich.« Sie lachte ins Telefon. »Ich hab dich lieb, Dad.«

»Ich dich auch. Bis dann.«

Nachdem er aufgelegt hatte, ließ Matt den Gedanken zu, dass seine Tochter recht hatte. In mehrerlei Hinsicht. Er war einsam ohne sie. Und er konnte sich an seine letzte Verabredung nicht einmal mehr erinnern. Seit der Scheidung hatte es niemanden mehr gegeben.

Er nahm den Brief zur Hand und las ihn erneut.

*Während ich hier sitze, fühle ich mich ein wenig wie in dem Gedicht von Banjo Paterson. Sie sind ›Clancy of The Overflow‹ …*

*And he sees the vision splendid of the sunlit plains extended,*

*And at night the wondrous glory of the everlasting stars.*

*Ich bin natürlich diejenige in der staubigen, schmutzigen Stadt – und träume von anderen Orten.*

Matt durchquerte sein großes, luftiges Wohnzimmer und suchte in den überquellenden Regalen nach einem bestimmten Buch. Er schlug es auf und las das Gedicht, das er als Kind so geliebt hatte.

*I had written him a letter*
*Which I had, for want of better*
*Knowledge, sent to where I met him*
*Down the Lachlan, years ago;*
*He was shearing when I knew him,*
*So I sent the letter to him,*
*Just on spec, addressed as follows:*
*›Clancy, of The Overflow.‹*

In seinem Kopf formte sich das Bild von einer Frau, die an einem leeren Schreibtisch saß. Umgeben von kahlen Wänden, die sie gegen eine lärmende Großstadt abschirmten. Er konnte sehen, wie sie sich über das Blatt beugte, doch ihr Gesicht war nicht zu erkennen. Er spürte allerdings, dass sie sehr oft allein war.

Matt schüttelte den Kopf. Das sah ihm eigentlich gar nicht ähnlich. Aber irgendwas an diesem Brief hatte ihn berührt. Vielleicht, dass er die Einsamkeit der Schreiberin verstehen konnte. Er sollte ihr antworten. Das wäre nur höflich. Er kehrte in sein Büro zurück, wo der Computer noch leise surrte. Eine E-Mail an die Redaktion schreiben? Das wäre zu unpersönlich. Er griff nach einem Stift und einem Blatt Papier.

*Liebe Helen,*
*ich denke, ich sollte ein Missverständnis aufklären …*

»Das ist völliger Blödsinn. Welcher Teufel hat dich denn da geritten?« Robert Andersons Stimme dröhnte in der gedämpften Krankenhausatmosphäre unnatürlich laut. Er wedelte seinem Sohn mit der Zeitschrift vor dem Gesicht herum. »Du hast dich lächerlich gemacht. Und mich dazu.« Er warf das Heft auf die blassgrün bezogene Bettdecke.

Greg musterte sein eigenes Gesicht, das ihm von der aufgeschlagenen Seite entgegenschaute. Hatten sie ihn tatsächlich ausgesucht? Bis zu diesem Augenblick hatte er nicht gewusst, dass *Australian Life* seine Zuschrift veröffentlicht hatte. Er hätte sich den Artikel gern näher angesehen, aber die offensichtliche Verachtung seines Vaters lähmte ihn geradezu.

»Dad, ich habe den Aufruf gesehen und mir einfach gedacht, dass das eine lustige Sache sein könnte«, sagte er leise.

»Eine lustige Sache? Wohl eher eine Zielscheibe des Spotts«, fauchte Robert höhnisch. »Wie soll ich mich nach dieser Sache noch bei den Versammlungen der Zuckerrohrfarmer blicken lassen?«

Das wirst du sowieso nicht mehr, hätte Greg ihn am liebsten angebrüllt. Begreifst du nicht, dass du zu keiner dieser Versammlungen mehr kommen wirst? Dass du kein einziges Zuckerrohr mehr anbauen wirst? Dass du dieses Zimmer nie mehr verlassen wirst? Dass du den Rest deines Lebens zwischen kaltem Linoleum und ausgeblichenen pastellfarbenen Wänden zubringen wirst?

Doch er schluckte die Worte zusammen mit seinem Zorn hinunter und zog nur die wöchentlichen Unterlagen ihrer Buchhaltung aus seiner Aktenmappe. Sein Vater riss sie an sich und würdigte den Sohn keines Blickes mehr.

Greg nahm die Zeitschrift zur Hand, die sein Vater vergessen zu haben schien. Er fragte sich, wer sie ihm wohl gebracht und gezeigt hatte. Wahrscheinlich eine der Krankenschwestern. Und während er sich wünschte, Robert hätte sie nie gesehen, war er seltsamerweise doch stolz darauf, von der Redaktion ausgewählt worden zu sein. Er blätterte den Artikel durch und musterte die anderen Farmer, die man präsentierte, darunter auch eine Winzerin. Bestimmt hatten sich Dutzende, wenn nicht Hunderte von Leuten beworben. Und ihn hatte man ausgesucht. Offensichtlich teilten die Leute in der Redaktion nicht die Meinung, die sein Vater von ihm hatte.

Greg ließ das Heft in seiner Aktenmappe verschwinden und warf dem Mann im Bett einen raschen Blick zu. Roberts Gesicht zeigte eine ungesunde Blässe, die von seiner Krankheit und dem Mangel an Sonnenlicht herrühren mochte. Er weigerte sich nach wie vor, seinen Zustand zu akzeptieren oder Pläne für die Zukunft zu machen. Er leugnete seine Schwäche ebenso wie normale menschliche Empfindungen. Greg konnte sich nicht erinnern, an seinem Vater jemals Schmerz oder Furcht erlebt zu haben. Noch nie hatte er ihn weinen sehen. Er bezweifelte sogar, dass er geweint hatte, als seine Frau gestorben war. Greg hatte keinerlei Erinnerung an seine Mutter, und sein Vater nahm ihren Namen nie in den Mund. Die wenigen Schwarzweißfotos, die Greg hütete, zeigten eine junge Frau mit langen, blonden Haaren und einem Lächeln, das aus den Bildern geradezu herauszuspringen schien. Sie trug auf allen Aufnahmen fließende Röcke und sah ein wenig aus wie ein Hippie. Greg hatte sich schon oft gefragt, was so eine Frau wohl in Robert Anderson gesehen haben mochte. Vielleicht war sein Vater einst offenherzig und liebevoll gewesen. Er war bestimmt nie ein Hippie gewesen, aber vielleicht hatte er Humor besessen. Greg fragte sich noch immer, wie anders sein Leben wohl verlaufen wäre, wenn seine Mutter nicht gestorben wäre.

Er ließ eine Hand in die Tasche seiner Jeans gleiten und tastete nach seinem silbernen Glücksbringer. Mit Ausnahme der Fotos waren alle Spuren seiner Mutter längst aus dem Haus verschwunden. Trotzdem hatte Fay Anderson ihm etwas hinterlassen. Auf allen Bildern trug sie Schmuck. Ohrringe und Armreifen in einem ganz eigenen Stil. Auf einem Foto sah Greg einen wunderschönen Anhänger um ihren Hals glitzern. Er glaubte von ganzem Herzen, dass seine Begabung für die Schmuckherstellung ein Vermächtnis seiner Mutter war. Er meinte auch, sie im Stich zu lassen, wenn er dieses Talent ungenutzt ließe. Doch sein Traum, die Farm zu verlassen und professionell als Goldschmied zu arbeiten, war an dem Tag ausgeträumt gewesen, als sein Vater zusammengebrochen war.

Jetzt schien er eingeschlafen. Das passierte in letzter Zeit häufiger. Sein Herz wurde schwächer, und es gab nichts, was die Ärzte dagegen tun konnten. Ebenso wenig wie Greg, der nur seinen Traum begraben und bei ihm bleiben konnte. Das machte er nicht aus Liebe. Jegliche Liebe, die er je für seinen Vater empfunden hatte, war längst an der Bitterkeit und Verachtung des alten Mannes gestorben. Greg handelte auch nicht aus Pflichtbewusstsein. Wenn überhaupt, dann fühlte er sich dem Vermächtnis seiner Mutter verpflichtet. Vielleicht war es auch Angst. Vielleicht hatte Robert Anderson ja recht, und er war einfach ein Feigling.

Vorsichtig, um seinen Vater nicht zu wecken, sammelte Greg die auf dem Bett verstreuten Papiere und Briefe ein. Er schob alles zurück in die Mappe und verließ leise das Zimmer. Mit einem Seufzer der Erleichterung trat er durch die Pforte hinaus in die frische Luft und das grelle Sonnenlicht. Auf dem Parkplatz warf er die Mappe auf den Beifahrersitz und setzte sich hinters Steuer. Bevor er den Motor anließ, holte er seinen Glücksbringer heraus. Das silberne Oval war klein genug, um in die Hand einer Frau zu passen. Eine Reihe schöner Kurven zog sich über die polierte Oberfläche und warf Schatten, während Greg es im Sonnenlicht hin und her drehte. Das Schmuckstück hatte keinerlei Funktion. Sein einziger Zweck war Schönheit. Greg erinnerte sich noch an das Staunen, das er verspürt hatte, als es aus dem Schmiedeprozess hervorgegangen war. An jenem Tag war er zum Schmuckkünstler geworden.

Er schloss die Finger fest um das schimmernde Metall und hob die Faust an die Lippen. Er würde einen Ausweg finden. Er musste einfach.

Zurück auf dem Hof, würdigte er die dunkelgrünen Zuckerrohrpflanzungen keines Blickes. Er verschwendete keinen Gedanken an die Dutzende kleiner Aufgaben, die nötig gewesen wären, um die Farm am Laufen zu halten. Schnurstracks begab er sich in seine Werkstatt. Dabei war ›Werkstatt‹ eigentlich zu viel gesagt für die Ecke in der alten Scheune, die sein Vater ihm großzügig zugestanden hatte. Für sein, wie Robert es nannte, »weibisches Hobby«.

Greg war egal, wie sein Vater es bezeichnete, wenn er nur einen Platz zum Arbeiten hatte. Seit sein Vater krank war, verbrachte er immer mehr Zeit in seiner Werkstatt. An dem einzigen Ort, wo er wirklich glücklich war.

Er zog seinen Glücksbringer aus der Tasche und legte ihn an den üblichen Platz auf dem Regal über seiner Werkbank. Dann setzte er sich an die Arbeit. Greg hatte nie Zuckerrohrfarmer werden wollen, ließ sich vom Leben auf dem Land aber durchaus inspirieren. Im Moment arbeitete er an einer Reihe von Entwürfen, die mit den Feuern zu tun hatten, mit denen man das Zuckerrohr alljährlich niederbrannte. Sein Skizzenblock war voll von Entwürfen, und die ersten Wachsformen sahen vielversprechend aus. Bald wären sie gut genug, um das kostbare Metall aufzunehmen, das er sicher im Haus verwahrt hatte. Greg nahm eines der feinen Edelstahlwerkzeuge aus einer Box. Zahnärzte benutzten so etwas auch, aber er hatte eine ganz andere Verwendung dafür. Zunächst musste er das eine Ende erhitzen.

Greg war so vertieft in seine Arbeit, dass er das Auto gar nicht kommen hörte. Erst die Hupe ließ ihn hochschrecken.

»Verdammt.«

Er hasste es, bei der Arbeit gestört zu werden. Vor allem, wenn es so gut lief wie im Moment. Sorgsam legte er die Wachsform auf ein Stück Stoff. Er stellte den Brenner ab und legte auch das Werkzeug beiseite, mit dem er die Oberfläche hatte bearbeiten wollen. Mit einem Lappen in den Händen trat er auf den Hof hinaus. Das staubige rote Postauto stand genau zwischen der Scheune und dem Haus.

»Hallo, Greg.« Der Fahrer winkte ihm zu, während er an den Kofferraum trat.

»Für das hier musst du unterschreiben.«

»Klar.« Greg nahm das Papier entgegen. In dem Karton

war Arbeitsmaterial, das er vor Ort nicht bekommen konnte. Chemikalien und weiteres Werkzeug. Er brannte darauf, es gleich in seine Werkstatt zu bringen.

»Das ist noch nicht alles.« Der Postbote verschwand noch einmal in seinem Kofferraum. Dann zog er eine offene Kiste heraus. Darinnen befanden sich weiße Postsäcke aus Stoff, die gebündelte Briefe enthielten.

»Was …«, brachte Greg nur hervor.

»Alle für dich«, sagte Tom lachend. »Muss wohl was mit dem Artikel in der Zeitschrift zu tun haben.«

»Ah. Dann hast du ihn also auch gesehen?«

»Ja. Meine Frau liest das Heft.« Tom stellte den Karton mit den Briefen ab, und beide Männer starrten darauf.

»Wie viele sind's denn?«, fragte Greg wie benommen.

»Knappe hundert.«

Greg war sprachlos.

»Schätze mal, die sind alle von Frauen, die dich heiraten wollen.« Der Postbote war an die sechzig, und sein zerfurchtes Gesicht schien zu sagen, dass das Leben für ihn keinerlei Überraschungen mehr bereithielt.

»Scheint so«, sagte Greg.

Der ältere Mann schlug ihm auf die Schulter und setzte sich wieder in seinen Wagen. »Viel Glück damit«, rief er ihm im Wegfahren noch zu.

Greg trug den Karton ins Haus. Zum ersten Mal war er nicht begierig, das neue Arbeitsmaterial in Augenschein zu nehmen. Er stellte es beiseite und schüttete die gebündelten Briefe auf den Küchentisch. Langsam streifte er die Gummibänder ab und verteilte die Umschläge über den Tisch. Alle waren zu seinen Händen an *Australian Life* adressiert. Die meisten davon handgeschrieben, manche auch mit aufgedruckter Adresse. Greg wusste nicht recht, was er als Nächstes tun sollte.

»Also, ich denke, ich fange jetzt einfach mal mit Aufmachen an«, sagte er laut zu sich selbst.

Er griff zufällig nach irgendeinem Umschlag. Schon beim Öffnen fiel ihm das Foto entgegen. Das Mädchen darauf war dunkelhaarig und – nackt! Schockiert ließ er das Bild fallen. Es lag oben auf dem Stapel, und das nackte Mädchen lächelte ihm freundlich zu. Womit auch immer Greg gerechnet hatte, damit jedenfalls nicht. Er nahm das Foto und den ungelesenen Brief und stopfte beides in den Umschlag zurück. Er war nicht prüde und auch nicht mehr unschuldig. Aber er wollte einfach keinen Brief von irgendeinem Mädchen lesen, das ein Aktfoto von sich an einen Fremden schickte.

Vorsichtig öffnete er einen zweiten Brief.

Diese war zumindest bekleidet. Aber sie war dick. Nicht nur ein bisschen mollig, sondern total unförmig. Er wusste, dass das nicht fair war, aber er las auch diesen Brief nicht. Er legte ihn beiseite und unternahm einen dritten Versuch.

Das Foto zeigte eine Frau ungefähr in seinem Alter. Sie war weder hübsch noch hässlich. Greg verspürte eine gewisse Erleichterung. Zumindest sah sie nicht zum Fürchten aus. Er faltete drei handgeschriebene Seiten auseinander und begann zu lesen.

*Ich möchte raus aus der Stadt. Man hat mich beim Ladendiebstahl erwischt. Und wegen Haschrauchen verknackt. Vielleicht könnte das für mich ein Neuanfang sein, wenn ich hier wegkäme.*

Greg schüttelte den Kopf und faltete den Brief wieder zusammen. Wahrscheinlich sollte er Mitleid für das Mädchen empfinden. Er wusste doch ganz genau, wie schwer es war, mit etwas zu brechen. Aber er hatte genug eigene Probleme. Mehr konnte er nicht auf sich nehmen.

Zutiefst enttäuscht begann er, die ungeöffneten Kuverts zurück in die Schachtel zu werfen. Sein Vater hatte recht gehabt. Sein Bild einzuschicken, war ein Fehler gewesen.

Wie dumm von ihm zu glauben, dieser – und das war es doch schließlich – billige Trick, um den Verkauf einer Zeitschrift anzukurbeln, könnte irgendwas Gutes bewirken. So würde er jedenfalls keine Lösung für seine Probleme finden, und er sah sich auch nicht imstande, weitere Briefe wie die drei, die er gerade geöffnet hatte, zu lesen.

Schließlich lagen alle Briefe wieder in der Kiste. Greg stand da und schaute auf sie hinunter. Er kam sich vor wie ein Feigling.

»Na gut«, sagte er laut zu sich selbst. »Nur einen einzigen noch.«

Sie war wunderschön. Das blonde Haar fiel ihr bis auf die Schultern. Ihre Augen waren von einem sagenhaften Blau.

*Lieber Greg,*
*es kommt mir ein bisschen seltsam vor, aufgrund eines Zeitschriftenartikels an jemanden zu schreiben, den ich gar nicht kenne. Ich frage mich, ob es für dich auch seltsam war, als du dein Foto eingeschickt hast.*

Es gefiel Greg. Das Mädchen hatte verstanden.

*Mein Name ist Jasmine Lewis, aber die meisten nennen mich Jasi. Ich bin 22 und lebe in Melbourne. Ich arbeite in einer Galerie, weil ich Kunst wirklich sehr mag. Gemälde faszinieren mich. Ich denke nicht, dass ich jemals Malerin sein könnte, aber ich habe wahnsinnig gern Bilder um mich.*

Das wurde ja immer besser. Sein Vater hatte Gregs Bedürfnis, schöne Dinge zu erschaffen, nie verstanden. Vielleicht konnte Jasi das. Er verlor ein wenig den Mut, als er las, dass sie in Melbourne lebte. Das war sehr weit weg, und ein Flugticket dorthin sehr teuer.

*Ich weiß nicht, ob wir uns verstehen würden. Und ich denke, keiner von uns sollte irgendwelche Versprechen abgeben. Aber ich würde dich gern kennenlernen.*

Das Foto lag vor ihm auf dem Tisch. Greg nahm es zur Hand und betrachtete es erneut. Da sah er das schwache Glitzern eines silbernen Anhängers an ihrem Hals. Dieses Zeichen hatte er noch gebraucht. Diesmal würde er kein Feigling sein.

In ihrem Brief stand keine Telefonnummer, was zeigte, dass sie sensibel und vorsichtig war. Zugleich bedeutete es aber auch, dass er ihr schreiben musste. Ein Brief an sie würde wohl ein paar Tage unterwegs sein, also sollte er ihr sofort antworten. Greg nahm Stift und Papier zur Hand, dann saß er einige Augenblicke nur da und starrte auf das leere Blatt. Dieser Brief musste einfach sitzen! Er brauchte die richtigen Worte, damit dieses wunderbare Mädchen mit ihm zusammen sein wollte. Während ihm verschiedene Sätze durch den Kopf gingen, begann er wie abwesend aufs Papier zu kritzeln. Verschlungene Muster, die vielleicht eines Tages in kostbares Metall eingearbeitet würden.

Ein einziges lautes metallisches Geräusch schallte unnatürlich durch die unermessliche Stille des Outback. Nach wenigen Augenblicken folgte ein zweites. Dann ein drittes. Der Lärm wurde lauter und schneller, während der leichte Wind die metallenen Flügel der Mühle erfasste. Tief aus der Erde drang ein gurgelndes Geräusch durch das Rohr, und als die ersten Spritzer Wasser aus dem offenen Ende auf den sonnendurchglühten Beton fielen, verdampften sie praktisch sofort. Es folgten weitere, schmutzig vom Rost der Rohre. Dann kam ein Rinnsal. Während die Windmühle Fahrt aufnahm, sprudelte ein Strahl Leben spendendes klares Wasser aus dem Eisenrohr und ergoss sich in ein offenes Betonbecken.

Peter lächelte. Er schob den Schraubenschlüssel in die hintere Tasche seiner verwaschenen Jeans und warf seinen Hut auf den Boden. Das Wasser, das aus dem riesigen unterirdischen Bassin heraufkam, war lauwarm, aber trotzdem noch frisch. Er trat einen Schritt näher und hielt seinen Kopf in den Strahl, um sich Schweiß und Staub vom Nacken zu spülen. Er spritzte sich auch Wasser ins Gesicht und genoss den Lohn mehrerer Stunden, die er gebraucht hatte, um die Windmühle zu reparieren. Er hielt eine gewölbte Hand unter den Strahl und trank in tiefen Zügen. Es schmeckte leicht erdig. Nach rotem Fels und ein bisschen nach Erde.

Das mehrere Meter breite Becken diente dazu, beim bevorstehenden Zusammentreiben des Viehs zahllose Rinder zu tränken, und es würde Tage dauern, bis es voll war. Peter schaute in den wolkenlosen Himmel. Die feuchte Jahreszeit war vorüber. Die sumpfigen, unbefestigten Straßen würden bald befahrbar sein, und seine Hilfskräfte für den Viehtrieb mussten demnächst auftauchen. Seine Vorbereitungen waren fast abgeschlossen.

Peter pfiff, und Sekunden später stürzte sein blauschwarzer Hirtenhund aus dem Baumschatten herbei. Das Tier kam bei seinen Füßen zum Stehen und sah hechelnd zu seinem Herrchen auf.

»Spring rein«, forderte Peter ihn auf und zeigte in das Wasserbassin.

Im Nu war der Hund über die Betoneinfassung gesprungen, schlabberte und schnappte nach dem Wasser, das aus dem Rohr quoll. Peter grinste über sein Gebaren und hob seinen Hut vom Boden auf. Er machte sich nicht die Mühe, ihn auszuklopfen. Der breitkrempige Akubra hatte schon Schlimmeres gesehen als ein bisschen Staub. Er war zerbeult und fleckig und fast schon ein Teil seines Körpers. Er spazierte zurück zu der Geländemaschine, die im Schatten von ein paar struppigen Sträuchern stand, und pfiff vor sich hin, während er das Werkzeug in den Packtaschen verstaute. Dann schwang er eines seiner langen Beine über den Sattel und startete den Motor. Das Geräusch ließ seinen Hund herbeirennen. Ohne stehenzubleiben, sprang er mit einem Satz auf das Ende des Ledersattels und presste sein nasses Fell an Peters Rücken.

Während der Fahrt ließ er den Blick permanent über die raue Landschaft schweifen. Jeder zerklüftete rote Fels und jeder verkrüppelte Baum waren ihm vertraut. Als er nach zwanzig Minuten die Ansammlung von Gebäuden erreichte, die seit jeher sein Zuhause bildeten, fuhr er schnurstracks in die Scheune mit den Maschinen und parkte dort. Der Staub hatte sich noch nicht wieder gelegt, als er herauskam und auf das Wohnhaus zuging.

Er war erst ein paar Schritte weit gekommen, als er im Augenwinkel eine Bewegung wahrnahm. Jenny und Ken saßen auf der Bank im Schatten einer Akazie neben dem Haus. Sie hatten die Köpfe zusammengesteckt und unterhielten sich. Er war zu weit weg, um zu hören, worüber sie sprachen, aber er konnte seine Schwester lachen hören. Dabei lag so viel Freude in ihrer Stimme. Dann nahm Ken sie in den Arm und küsste sie. Es war ein langer, sehnsüchtiger Kuss. Peter wandte sich ab. Wenn er die beiden zusammen sah, schmerzte sein Kummer umso mehr. Selbst nach sieben Jahren war ihm der Schmerz um Karens Tod noch jeden Tag gegenwärtig. Jenny und Ken waren in den vergangenen langen, bitteren Jahren sein Rettungsanker gewesen, und jetzt verließen sie ihn.

Solange er denken konnte, war seine kleine Schwester ihm wie ein Schatten gefolgt. Weil sie an einem derart abgelegenen Ort aufgewachsen waren, standen Peter und Jenny sich nahe, wie nur Bruder und Schwester es sein können. Sie hatte ihn im Arm gehalten, als er um seine Frau weinte, und sich dann um die Zwillingsbabies gekümmert, die Karen hinterlassen hatte. Doch jetzt war Jenny nicht mehr nur seine Schwester. Sie war Kens Frau. Der ehemalige Jackaroo war bei der täglichen Bewirtschaftung der Farm unersetzlich geworden. Er konnte jedes Pferd reiten, das sich satteln ließ, und alles reparieren, was einen Motor besaß. Außerdem war er Peters bester Freund. Die drei waren eine Familie und ein Familienunternehmen zugleich.

Doch jetzt standen River Downs Veränderungen bevor. Peter mochte keine Veränderungen – oder zumindest nicht solche.

Jenny und Ken würden bald Eltern sein. Es war richtig, dass sie sich nach Osten aufmachten, um sich eine eigene Lebensgrundlage und ein Zuhause für ihre künftige Familie zu schaffen. Doch all das machte Peter den Abschied nicht leichter. Er würde einen neuen Jackaroo einstellen müssen, aber wie gut der Bursche auch sein mochte, es würde lange dauern, bis er auch nur beginnen konnte, Kens Platz im Alltag der Farm einzunehmen. Eine Nanny für die Kinder zu finden, war sogar ein noch schwierigeres Unterfangen. Wenn sie niemand Passendes, auftrieben, würden die Zwillinge schlimmstenfalls auf ein Internat müssen. Allein der Gedanke daran war Peter unerträglich.

Und weder ein Kindermädchen noch irgendein Junge aus dem Osten konnte auch nur ansatzweise den Verlust seiner engsten Vertrauten wettmachen.

Er hatte sein ganzes Leben in dieser schier endlosen Wildnis verbracht und sie keinen Moment lang als einsam empfunden. Doch jetzt war er ständig vom Geist der Einsamkeit umgeben. Ohne seine Familie begann er sich zu fragen, ob die Liebe zu der rauen Landschaft genügen würde, um ihn durchhalten zu lassen. Aber was, wenn nicht…

Er schüttelte den Gedanken ab und ging weiter aufs Haus zu. Jenny und Ken waren bereits darin verschwunden. Als er die Fliegengittertür aufmachte, hörte er ihre Stimmen durchs offene Küchenfenster.

»– mir gefällt das nicht«, sagte Ken gerade.

»Ich weiß«, erwiderte Jenny. »Aber am Ende wird's funktionieren, da bin ich mir sicher.«

»Wann willst du es Peter sagen?«

»Mir was sagen?«, fragte Peter, als er in die Küche kam, wo Ken wie immer auf der Küchenbank saß, während Jenny das Abendessen zubereitete.

»Das mit der neuen Nanny«, antwortete Jenny eine Spur zu schnell.

»Hast du jemanden gefunden?«, fragte Peter interessiert.

»Ich glaube schon.« Jenny drehte sich um und suchte irgendetwas im Kühlschrank. »Sie hat auf die Anzeige geantwortet. Wir haben schon E-Mails ausgetauscht. Ich denke, sie wäre perfekt.«

»Na, dann erzähl mal von ihr.« Peter füllte sich ein Glas mit kaltem Wasser und ließ sich auf einen freien Küchenstuhl fallen.

»Sie heißt Donna Boyd und ist Lehrerin«, sagte Jenny. »Auf einer Art Arbeitsurlaub.«

»Das hier ist kein Urlaub.« Peter runzelte die Stirn. »Ich möchte nicht, dass sie wieder abreist, kaum dass sich die Kinder an sie gewöhnt haben.«

»Das wird sie auch nicht.«

»Wie kannst du dir da so sicher sein?«

»Sie klingt so authentisch«, sagte Jenny. »Sie ist ein Mädchen vom Land. Ihr Vater züchtet Schafe. Sie weiß, was sie hier erwartet.«

Auf seinem Platz wurde Ken plötzlich von einem Hustenanfall geschüttelt. Er presste sich die Hand vor den Mund und griff nach einem Glas Wasser.

»Wie auch immer«, beeilte Jenny sich zu sagen, »ich denke, sie ist klasse ... für die Kinder. Ich habe mit ihr schon über ihren ersten Besuch gesprochen. Sie kann übernächste Woche mit dem Postflieger kommen. Aber ich muss ihr morgen Bescheid sagen, damit sie alles arrangieren kann.«

»Ist das nicht ein bisschen plötzlich?«

»Peter Nichols.« Jenny drehte sich zu ihm um und stemmte die Hände in die Taille. »Fang ja nicht an, nach Ausreden zu suchen, um das hier zu verzögern. Es ist höchste Zeit, dass wir endlich jemanden finden. Ich möchte dem armen Mädel Gelegenheit geben, sich einzugewöhnen und alles kennenzulernen, bevor ich weg bin.«

»Schon gut!« In gespielter Abwehrhaltung hob Peter die Hände. »Ich gebe mich geschlagen. Wenn du meinst, sie wäre die Richtige, dann mach nur.«

»Genau.« Der Ton seiner Schwester gab ihm zu verstehen, dass das Thema damit beendet war. »Und jetzt tätest du gut daran, den Kindern davon zu erzählen, damit sie Zeit haben, sich an den Gedanken zu gewöhnen.«

Er fand die Zwillinge genau dort, wo er sie vermutet hatte. In einem großen Auslauf hinter dem Haus zog seine Hirtenhündin ihren Wurf auf. Fünf kleine schwarzweiße Fellbündel kletterten auf seinen Kindern herum, die sich im Staub wälzten und übers ganze Gesicht strahlten. Die Welpen waren knapp sechs Wochen alt. Bald würden sie entwöhnt und zu ihren neuen Besitzern gebracht werden. Peters Hirtenhunde waren gut angesehen und die Welpen schon vor ihrer Geburt versprochen. Jeden erwartete ein Leben auf einer Rinderfarm. Doch im Moment machten sie noch, was Welpen am besten können – mit Kindern spielen.

»Hi, Kids.« Peter blieb vor dem Gatter stehen.

»Hi, Dad«, antworteten die Kinder im Chor. Sie rissen sich von ihren Spielkameraden los, die sich schnell zu ihrer Mutter zurücktrollten und auf der Suche nach ihrem Abendessen die Schnauzen unter ihren Bauch schoben.

»Müssen wir wirklich alle Welpen hergeben?«, fragte Sara und sah aus dunkelbraunen Augen zu ihm auf, die exakt wie die ihrer Mutter aussahen.

»Ich fürchte, ja«, sagte er und öffnete das Gatter, um sie herauszulassen. »Ihr wisst doch, wie begehrt Chippers Kinder immer sind.«

»Weil sie ein Champion ist, oder?«, mischte Chris sich ein.

»Stimmt.« Peter lächelte.

»Ich habe euch was zu erzählen«, sagte Peter, als er mit ihnen zum Haus ging. Die drei setzten sich auf die breite, schattige Veranda, und die Zwillinge sahen ihn erwartungsvoll an.

»Ihr wisst ja, dass Tante Jenny und Onkel Ken in wenigen Wochen fortgehen«, sagte Peter.

Die Kinder nickten, und ihr Lächeln verschwand.

»Ihr wisst auch, dass wir einen neuen Jackaroo finden müssen, der dann anstelle von Onkel Ken mit mir auf dem Hof arbeitet.«

»Das wird aber kein so guter Viehhüter sein wie Onkel Ken«, verkündete Chris überzeugt.

»Nun ja, das kann man noch nicht wissen. Warten wir's ab«, sagte Peter, gerührt von der Loyalität seines Sohnes. Er strubbelte dem Jungen durchs Haar. »Es wird aber noch jemand kommen. Eine Nanny.«

»Eine Nanny?« Chris musterte ihn schockiert. »Aber ich bin schon fast neun. Ich brauch doch keine Nanny mehr.«

»Und wie ist die so?«, fragte Sara.

»Also, sie heißt Donna und ist sehr nett. Sie ist Lehrerin, also könnten wir auch sagen, sie ist eure Lehrerin und nicht eure Nanny. Klingt das besser?«

Die Zwillinge wechselten einen Blick und nickten. Damit war es abgemacht.

Später am selben Abend, als er schon im Bett lag, wurde

Peter bewusst, dass er Jenny noch hundert Fragen über diese Donna Boyd hätte stellen sollen. Wie alt war sie eigentlich? Woher stammte sie? Peter wollte seine Kinder unbedingt vor weiterem Unbill bewahren. Sie hatten ihre Mutter so früh verloren, dass sie sie nur von Fotos kannten. Auf der anderen Seite vertraute er Jennys Urteil. Sie liebte die Kinder ebenso wie er. Sie würde dafür sorgen, dass diese Nanny – oder vielmehr Lehrerin – die Richtige war. Und morgen würde er sich ihren Brief und die E-Mails zeigen lassen.

Leigh saß in ihrem Auto und kam sich ziemlich dumm vor. Seit über zwanzig Minuten parkte sie nun schon in einer belebten Straße in einem Vorort von Sydney. Um sie herum herrschte geschäftiges Treiben. Ein langsam vorüberfahrender Autofahrer warf ihr einen fragenden Blick zu, in der Hoffnung, sie würde losfahren und den Parkplatz freimachen. Leigh ignorierte all das und hatte ihre ganze Aufmerksamkeit auf einen Laden gerichtet, der nur ein paar Meter von ihr entfernt lag. Den ganzen Morgen über waren Menschen dort ein und aus gegangen. Manchmal kamen sie auch mit leeren Händen wieder heraus. Häufiger trugen sie jedoch Tüten, die offenbar Weinflaschen enthielten. Das war auch nicht weiter verwunderlich, denn schließlich hing über der Tür ein Schild mit der Aufschrift »Ian Rudd, Weinhandlung«.
Es handelte sich um denselben Ian Rudd, der den Brief geschrieben hatte, der neben Leigh auf dem Beifahrersitz lag. Fast hätte sie danach gegriffen, um ihn erneut zu lesen, aber sie kannte ihn ohnehin auswendig.

*Liebe Miss Kenyon,*
*ich bin mir nicht sicher, warum ich Ihnen schreibe, denn das passt eigentlich gar nicht zu mir. Doch Ihr Foto und Ihre Geschichte in der* Australian Life *haben mich ange-*

*sprochen. Da ich in derselben Branche bin, kann ich mir vorstellen, wie schwer es für eine Frau sein muss, allein ein Weingut zu bewirtschaften, und dafür bewundere ich Sie.*

Leigh saß an ihrem Küchentisch, als sie diese Worte las. Sie hatte ungefähr die Hälfte der Briefe aus dem Bündel gelesen, das der Postbote an jenem Tag brachte. Sie machte sich nicht einmal mehr die Mühe, den Rest zu öffnen. Wenn sie die Sache nur angefangen hatte, um einen Begleiter für das Hunter Valley Winegrowers' Dinner zu finden, dann hatte sie ihn hiermit. Ein Weinhändler war perfekt. Das beigelegte Farbfoto zeigte einen Mann Anfang oder Mitte dreißig. Er sah vielleicht nicht aus wie Brad Pitt, aber er war doch ziemlich vorzeigbar. Der perfekte Begleiter für das Dinner, und nichts anderes wollte sie schließlich.

Damals dämmerte ihr jedoch schon, dass vielleicht die Erwartungen dieses Ian Rudd über eine Verabredung zum Dinner hinausgehen mochten.

Die Antwort auf diese Frage war denkbar einfach. Sie würde nach Sydney fahren und diesen Weinhändler treffen. Sie konnte mit ihm sprechen und eine Art Arrangement treffen. Und wenn er ihr nicht gefiel, konnte sie die ganze Sache abblasen. Sie hatte schließlich keine Angst, allein zu dieser Veranstaltung zu gehen und dort Simon Bradford ohne einen Mann an ihrer Seite zu begegnen.

Jetzt, wo sie schon hier war, scheute sie sich aber trotzdem, den Laden zu betreten.

Vielleicht war er gar nicht da. In seinem Brief schrieb er, dass er seine Zeit abwechselnd in dem Laden im Norden von Sydney und als Einkäufer für seinen Großhandel mit dem Besuch von Weingütern verbrachte. Vielleicht war ihre Fahrt also die pure Zeitverschwendung. Doch das würde sie nie erfahren, wenn sie das Geschäft nicht betrat.

Sie würde doch nicht zwei Stunden gefahren sein, ohne zumindest einen Versuch zu wagen. Sie öffnete die Autotür.

Bevor sie die Straße überquerte, nahm sie sich einen Moment Zeit, um ihr Äußeres zu prüfen. Am Morgen zu entscheiden, was sie für diese Begegnung anziehen sollte, war ihr außerordentlich schwergefallen. Sie hatte sich dreimal umgezogen, bis sie schließlich bei einem knielangen Jeansrock und einem grünen Stricktop geblieben war. Sie fand, dass das chic, aber nicht zu geschäftsmäßig aussah. Und es wirkte auch nicht, als wolle sie die Aufmerksamkeit männlicher Betrachter auf sich ziehen. Gleichzeitig fühlte sie sich darin – nun ja – nicht unattraktiv.

Der Laden war ziemlich schmal, aber sehr lang. Nach dem grellen Sonnenlicht draußen wirkte er schummrig, und trotz ihrer Nervosität erkannte Leigh sofort, dass dies ein echtes Paradies für Weinkenner war. Die schwache Beleuchtung tat dem Wein gut. Die an den Wänden aufgereihten Flaschen lagen, um die Korken feucht zu halten. Sie erkannte einige Etiketten und entdeckte ein paar gute Tropfen darunter.

In dem Laden befanden sich zwei Leute: ein Paar, das an der Theke stand und in Broschüren blätterte. Von Ian Rudd oder sonstigem Verkaufspersonal war nichts zu sehen. Leigh schritt an den Regalen entlang und berührte Weinflaschen, ohne hinzusehen. Sie spähte über ihre Schulter zur Theke hin und zu der offenen Ladentür in ihrem Rücken. Einmal meinte sie eine Stimme aus dem Hinterzimmer zu vernehmen. Sie kam sich vor wie ein nervöses Schulmädchen. Ihre Hände schwitzten.

Reiß dich zusammen, ermahnte sie sich, aber es half nichts. Der Mann an der Theke schaute in ihre Richtung.

»Der Besitzer sucht nach einer Information für uns«, sagte er. »Tut mir leid, dass Sie jetzt warten müssen.«

»Macht nichts«, krächzte Leigh mit ausgedörrter Stimme.

Das reicht, dachte sie. Sie war außer sich wegen eines Mannes, den sie noch nie gesehen hatte. Und nur, weil sie seit drei Jahren keine Verabredung mehr gehabt hatte. Und das hatte sie auch in Zukunft nicht vor. Sie würde allein zu dem Winegrowers' Dinner gehen. Das hatte sie schon gemacht, und es hatte sie auch nicht umgebracht. Es war wirklich an der Zeit, diese alberne Zeitschrift zu vergessen und nach Hause zu fahren.

In dem Moment trat Ian Rudd aus dem Hinterzimmer.

Er sah nicht aus wie Brad Pitt – sondern besser. Sein Foto war nicht sehr treffend gewesen. Seine Haare waren blond, die Augen blau, aber diese simple Beschreibung konnte nicht annähernd ausdrücken, wie attraktiv er war. Er trug ein schlichtes Leinenhemd und eine passende Hose, und das stand ihm großartig. Er war nicht übermäßig groß, aber das war Leigh auch nicht. Als er mit seinen Kunden sprach, tat er das mit leiser, ruhiger Stimme, die dennoch quer durch den Raum bis zu ihr hinüber reichte.

Leigh konnte den Blick nicht von ihm lassen. Ihr Bauch zog sich zusammen, und sie verspürte pure Lust. Sie wollte ihn berühren, mit den Fingern über seine Brust streichen. Seinen Atem an ihrer Wange spüren. Sie wollte … Sie wandte sich ab und studierte den Wein vor ihr, ohne irgendetwas zu sehen. Die Röte stieg ihr ins Gesicht. So hatte sie sich nicht mehr gefühlt, seit dieser Bastard Jack Thorne sie verlassen hatte. Genau genommen war sie sich nicht einmal sicher, ob ihr Ex-Verlobter je solche Emotionen in ihr geweckt hatte.

Damit konnte sie nicht umgehen. Sie musste hier weg.

»Kann ich Ihnen helfen?«

Die Stimme dicht hinter ihr schien über ihr Ohr zu streicheln. Die anderen Kunden verließen gerade den Laden, und jetzt hatte Ian Rudd seine Aufmerksamkeit auf sie gerichtet. Leigh rang um Fassung. Er wusste ja nicht, wer sie war. Also würde sie einfach eine Flasche Wein kaufen und gehen. Sie zwang sich zu einem neutralen Lächeln und drehte sich um.

»Ich habe mich nur umgesehen…« Ihre Stimme versagte, als sie direkt in diese blitzblauen Augen schaute.

»Verzeihung…« Er runzelte leicht die Stirn. »Sind Sie nicht Leigh Kenyon?«

Leugnen wäre sinnlos. Zum Davonlaufen war es ebenfalls zu spät. Also nickte sie.

»Ich erkenne Sie von Ihrem Foto. Wie schön, Sie kennenzulernen.« Er hielt ihr die Hand hin. »Haben Sie meinen Brief gelesen?«

»Ja.« Leigh legte ihre Hand in seine, und die Welt um sie herum schien zu versinken. Doch er ließ nicht locker.

»Und nun sind Sie hergefahren, um mich kennenzulernen?«

»Ich… ich hatte einen geschäftlichen Termin in Sydney«, log Leigh, »und da dachte ich, wenn ich schon hier bin…«

»Ich freue mich, dass Sie vorbeikommen.«

Es schien eine Ewigkeit zu vergehen, bevor Leigh plötzlich bewusst wurde, dass sie immer noch seine Hand hielt. Vorsichtig machte sie sich los.

»Wie auch immer, ich…« Sie stockte.

Da kam Ian ihr zu Hilfe. »Haben Sie schon Mittag gegessen?«

Mittag gegessen? Wie konnte er in einer solchen Situation ans Essen denken? Sie schüttelte den Kopf.

»Also, dann würde ich Sie gern einladen.« Er hob die Hand, um den Widerspruch, der ihr schon auf der Zunge lag, abzublocken. »Ein Nein kann ich nicht akzeptieren. Es ist auch nichts Besonderes. Nur ein Coffeeshop gleich um die Ecke.«

»Das wäre nett«, lenkte Leigh leise ein.

»Geben Sie mir nur einen Moment, um meiner Mitarbeiterin Bescheid zu sagen.«

Er lächelte ihr zu und verschwand wieder im Hinterzimmer.

Leigh fühlte sich, als wäre ihr ein Ziegelstein auf den Kopf gefallen. Ein Ziegel aus Gold. Sie war überwältigt, aber zugleich auch von einer Vorfreude erfüllt, wie sie sie schon sehr lange nicht mehr erlebt hatte.

Ein paar Minuten später war Ian zurück.

»Ich bekomme heute eine große Lieferung, daher kann ich nicht zu lange wegbleiben«, erklärte er.

»Das macht gar nichts«, sagte sie.

Schweigend gingen sie das kurze Stück bis zu dem Coffeeshop. Es gab eine Terrasse mit großen Pflanzen in Terrakottatöpfen und bunten Schirmen über weiß gedeckten Tischen. Ein paar Gäste saßen bereits beim Essen. Ian führte sie zu einem Tisch in einer ruhigen Ecke.

»Das sieht gut aus«, sagte sie und schaute in die Karte, denn sie fürchtete, er würde ihre Aufregung bemerken, wenn sie ihn direkt ansah.

»Ich esse hier manchmal, wenn ich Vertreterbesuch habe«, erklärte er.

Die Kellnerin kam herbeigeeilt. Sie war jung und hübsch, und an ihrem Gesicht war abzulesen, dass es ihr keine Last, sondern ein Vergnügen war, Ian zu bedienen. Leigh spürte etwas, das fast Eifersucht hätte sein können.

»Was möchten Sie gern?«, fragte Ian.

Dich, hätte Leigh am liebsten geantwortet. Stattdessen schaute sie erneut in die Karte, aber die Wörter wirkten seltsam verschwommen.

»Ich ...« Sie hatte keine Ahnung. »Was empfehlen Sie?«, fragte sie fast verzweifelt.

»Die Salate sind sehr gut.«

Sie bestellte Mango und Avocado. Ian entschied sich für einen Geflügelsalat und fragte, ob sie Wein wollte.

»Nein danke«, sagte Leigh. »Ich habe ja noch eine ziemlich lange Fahrt vor mir.«

»Na klar. In diesem Fall würde ich frisch gepressten Saft nehmen.«

Er bestellte Ananas mit Orange. Leigh nahm das Gleiche, damit sie nicht noch eine Entscheidung treffen musste. Als die Kellnerin ihren Tisch verließ, wurde Leigh klar, dass sie und Ian sich jetzt unterhalten mussten.

»Ich komme mir ein bisschen –«

»Ich würde gern –«, sagte er im gleichen Moment.

Beide verstummten.

»Sie zuerst«, sagte Ian.

»Ich wollte nur sagen, dass ich mir jetzt ein bisschen lächerlich vorkomme, weil ich an diese Zeitschrift geschrieben habe. Ich weiß eigentlich gar nicht, warum ich das getan habe. Ich habe so was noch nie zuvor gemacht«, gestand sie.

»Und ich wollte sagen, dass ich so etwas auch noch nie gemacht habe – und dass es mir ein wenig peinlich ist.« Ian lächelte. »Wäre es einfacher, wenn wir so tun würden, als hätten wir uns erst heute zufällig in meinem Laden kennengelernt?«

»Ja, vielleicht.«

»Also gut ... Hallo, ich heiße Ian Rudd.«

»Nett, Sie kennenzulernen. Ich bin Leigh Kenyon.« Sie streckte ihm ihre Hand hin.

Er ergriff sie mit beiden Händen und hielt sie lange fest.

»Leigh – ich darf doch Leigh sagen, oder? Was machst du beruflich?«

»Ja, wir können uns ruhig duzen. Ich besitze ein kleines Weingut im Hunter Valley.«

»Meine Güte. Das klingt ja fantastisch. Ich bin Weinhändler – wenn das kein Zufall ist.«

Leigh schaffte es nicht, weiter ernst zu bleiben und brach in ein befreiendes Lachen aus. Ian stimmte darin ein, und das Eis war gebrochen.

»Bitte erzähl mir von deinem Weingut, Leigh«, sagte er.

Als ihr Essen kam, waren sie bereits ins Gespräch über Trauben und Wein vertieft. Leighs Nervosität war verschwunden, und sie konnte die Mahlzeit sogar genießen. Die Unterhaltung ließ sich auch lange nach dem Essen noch mühelos fortsetzen. Irgendwann warf Ian einen Blick auf seine Uhr.

»Leigh, jetzt muss ich wirklich los. Es tut mir leid, aber diese Lieferung war schon vor einer halben Stunde angekündigt …«

»Ich muss auch aufbrechen. Ich möchte noch im Hellen ankommen und ein bisschen Arbeit erledigen.«

Ian zahlte, und sie spazierten denselben Weg zurück. Als sie um die Ecke bogen, sah Leigh einen großen Lkw, der vor Ians Laden parkte. Ein Mann lud bereits Weinkartons auf eine Karre.

»Ah, das muss deine Lieferung sein.«

»Stimmt, aber ich bringe dich trotzdem noch zu deinem Auto.«

Als sie näher kamen, erkannte Leigh den Schriftzug auf den Kartons und verlangsamte ihren Schritt. Ian kaufte offenbar große Mengen bei Simon Bradford.

»Leigh?« Ian griff nach ihrem Arm. »Ist etwas nicht in Ordnung?«

»Nein, alles bestens«, sagte Leigh und hatte sich schon wieder gefangen. Natürlich kaufte Ian Simons Wein. Bradford war einer der größten Produzenten. Es gab also für sie keinen Grund, sich Gedanken zu machen. Simon war schließlich keine Bedrohung mehr für sie.

Sie lächelte Ian an, um die Situation zu überspielen, und gemeinsam überquerten sie die Straße. Nachdem sie das Auto aufgeschlossen hatte, drehte sie sich zu ihm um.

»Danke für das nette Mittagessen.«

»War mir ein Vergnügen. Wann kann ich dich wiedersehen?«

Leigh war von seinen Worten elektrisiert. Ob die Anziehung, die sie spürte, auf Gegenseitigkeit beruhte?

»Nun ja…« Sie entschied sich für den Sprung ins kalte Wasser. »In zwei Wochen findet das Hunter Valley Winegrowers' Dinner statt. Das ist eine große Sache. Mit Smoking und Abendkleid und Tanz. Wenn du da Zeit hättest…?«

»Liebend gern.«

Leigh hätte fast vor Erleichterung geseufzt.

»Aber zwei Wochen sind eine lange Zeit. Können wir vielleicht schon dieses Wochenende etwas zusammen unternehmen?«

Leighs Herz machte einen Freudensprung. »Das wäre schön.«

»Ich habe nur deine Nummer nicht«, sagte Ian.

»Hast du das Verzeichnis der Weinerzeuger?«

»Selbstverständlich.«

»Dann hast du auch meine Nummer.«

Ohne zu zögern, öffnete sie die Autotür und setzte sich hinters Steuer. Damit war schon mal die Gefahr gebannt, dass er sie zum Abschied küssen könnte. Oder dass sie ihn zurückküssen und sich damit viel zu weit vorwagen würde. Ian trat einen Schritt zurück und winkte ihr im Wegfahren zu. Leigh konzentrierte sich ganz aufs Autofahren, bis sie die Schnellstraße Richtung Norden erreicht hatte. Erst dann ließ sie ihre Gedanken zu dem Moment zurückschweifen, als er sie angelächelt und ihren Blick mit seinen Augen festgehalten hatte. Sie konnte sich einreden, ihr Mittagessen sei ausschließlich eine geschäftliche Angelegenheit zwischen zwei Leuten aus derselben Branche gewesen. Aber das stimmte nicht, und sie wusste es. Es war nicht die Weingutsbesitzerin, die ihn unbedingt wiedersehen wollte. Es war die Frau, die… traute sie sich, es sich selbst einzugestehen?… sich Hals über Kopf in Ian Rudd verliebt hatte.

# 4.

»Meine Damen und Herren, wir haben mit dem Landeanflug auf den Flughafen Townsville begonnen. Bitte bringen Sie Ihre Rückenlehnen in eine aufrechte Position…«

Die Stimme dröhnte aus dem Lautsprecher, und Molly Seaton drehte sich zu dem Mädchen, das neben ihr saß, mit einer langen, blonden Haarsträhne spielte und aus dem Fenster starrte.

»Wir sind fast da. Wie geht's dir?«, fragte sie.

»Ich bin ziemlich aufgeregt«, erwiderte Jasi mit einem schwachen Lächeln.

Das wundert mich nicht, dachte Molly. Du bist über zweitausend Kilometer zu einem Mann geflogen, den du noch nie gesehen hast. Ihr habt vor zu heiraten. Aber was machst du, wenn es nicht funktioniert? Oder, vielleicht noch wichtiger, was, wenn es das tut?

»Das brauchst du nicht sein«, sagte sie laut und versuchte, das Mädchen aufzumuntern. »Du hast doch gesagt, am Telefon habe er so sympathisch geklungen.«

»Das stimmt schon. Er klang einfach wunderbar«, sprudelte es aus Jasi heraus. »Aber ich habe Angst, dass ich ihm nicht gefallen könnte.«

»Was soll er an dir nicht mögen?« Molly lächelte sie an. »Du bist liebenswürdig und intelligent und sehr hübsch.«

»Findest du mich wirklich hübsch?«

»Ja.«

»Wahnsinn. Das ist ja schon was, wenn jemand wie du das sagt. Jemand aus dem Mode-Business.«

Da war sie wieder, dachte Molly, die unvermeidliche Frage, die jedes Mädchen mit hübschem Gesicht und dem Traum, ein Star zu werden, stellte. Sie hatte schon vor langer Zeit gelernt, wie man auf taktvolle Weise erklärte, dass nicht all diese Mädchen Models oder Schauspielerinnen werden konnten. Doch Jasi starrte inzwischen schon wieder aus dem Fenster und traktierte ihr Haar. Molly seufzte leise und kontrollierte, ob ihre Fototasche sicher unter dem Vordersitz verstaut war. Sie hatte Jasmine Lewis erst vor ein paar Stunden am Flughafen von Sydney kennengelernt. *Australian Life* bezahlte Jasis Reise von Melbourne, damit sie Greg Anderson in Townsville kennenlernen konnte. Im Gegenzug hatten Jasi und Greg eingewilligt, dass Molly ein paar Tage mit ihnen verbrachte und Fotos für eine Story im Magazin machte. Molly machte sich im Geiste eine Notiz, sich bei Helen Woodleys Assistent zu bedanken, weil sie genau den Auftrag bekommen hatte, um den sie bei ihrem letzten Besuch in der Redaktion gebeten hatte. Greg und Jasi würden ein schönes Paar abgeben – zumindest optisch.

Das Flugzeug landete und rollte zum Terminal. Als die Anschnallzeichen erloschen, legte Molly eine Hand auf Jasis Arm.

»Lass mich vorgehen, Jasi.«

»Warum das denn?«

»Na ja, ich muss zuerst Greg finden. Ich möchte ein paar Bilder von ihm machen, auf denen man sieht, wie er darauf wartet, dass du herauskommst«, erklärte Molly. »Und was noch wichtiger ist, ich will fotografieren, wie ihr beide euch zum ersten Mal seht.«

Das arme Ding war so nervös, dass sie allem zugestimmt hätte.

Molly legte ihr beruhigend die Hand auf die Schulter. »Kannst du bis zum Schluss warten und als Allerletzte aussteigen?« Das würde ihr fünf Minuten oder sogar ein bisschen mehr geben, um alles vorzubereiten.

Jasi nickte.

»In Ordnung.« Molly nahm ihre Tasche und steuerte

auf den Ausgang zu, während Jasi allein in ihrem Sitz in der Business Class zurückblieb. Inzwischen kamen auch schon die Passagiere aus der Economy nach vorne.

Greg wartete unmittelbar vor dem Gate. Molly erkannte ihn sofort. Er sah so gut aus, wie sie schon beim Betrachten seines Fotos vermutet hatte. An diesem Nachmittag wirkte sein hübsches junges Gesicht jedoch besorgt, während er ängstlich die ankommenden Passagiere musterte. Er trug, was Molly für sein »Ich fahre in die Stadt«-Outfit hielt. In der Hand hatte er einen breitkrempigen Hut. Molly vermutete, dass er nicht einmal bemerkte, wie er ihn mit verkrampften Fingern permanent langsam drehte. Sie beschloss, ihn aus seiner Ungewissheit zu erlösen.

»Greg Anderson?« Sie streckte ihm die Hand hin. »Ich bin Molly Seaton, Fotografin für *Australian Life*.«

»Hallo.« Seine Stimme verriet Nervosität, während er ihre Hand schüttelte. »Ist Jasmine … Jasi … bei Ihnen?«

»Wir sind zusammen von Sydney hergeflogen.«

Seine Körpersprache drückte Erleichterung aus. Hatte er befürchtet, sie würde nicht kommen?

»Und wo …?«

»Ich habe sie gebeten, uns ein paar Minuten zu geben«, sagte Molly. »Ich möchte ein paar Bilder von Ihnen machen, während Sie warten.«

»Ach so. In Ordnung.«

Mollys Fototasche hing wie immer über ihrer Schulter.

»Was soll ich machen?«, fragte Greg und sah noch nervöser drein, sofern das überhaupt möglich war.

»Einfach so stehenbleiben«, bat sie ihn. »Um den Rest kümmere ich mich.«

Während sie um ihn herumging, das Licht und den Hintergrund prüfte, schien es Molly, als habe er sie schon wieder vergessen. Seine ganze Aufmerksamkeit war erneut auf den Ausgang für die Passagiere gerichtet. Sie machte ein paar schnelle Aufnahmen. Sie bezweifelte zwar, dass sie sie später verwenden würde, aber sie war nun mal gewissenhaft. Außerdem gaben sie ihr Gelegenheit, ein Gefühl für die Umgebung und sein Gesicht zu bekommen, bevor die wichtigeren Aufnahmen mit Jasi anstanden.

Die letzten Passagiere spazierten bereits durch die Absperrung. Greg trat ein bisschen näher, und Molly postierte sich so, dass sie sowohl einen Teil von Gregs Gesicht als auch die blonde Gestalt, die sich zögernd näherte, im Sucher sah. Als Jasi durch die Absperrung trat, hellte sich Gregs Miene auf, und ein breites, einladendes Lächeln kam zum Vorschein.

Molly begann zu fotografieren.

Ohne auf die Fotografin und das Klicken der Kamera zu achten, ging Greg rasch auf sie zu. Er griff nach ihren Händen und zog sie nahe zu sich heran. Er war ein ganzes Stück größer als sie. Die Augen weiterhin lächelnd in ihre versenkt, hielt er ihre Hände. Über Jasis Gesicht huschte ein scheues Lächeln.

»Hallo«, sagte sie. »Ich bin Jasi.«

»Willkommen in Townsville, Jasi. Ich bin froh, dass du da bist.«

Molly versuchte, sie telepathisch dazu zu bringen, dass sie sich küssten. Vergeblich.

Molly hatte alles abgelichtet, was sie brauchte. Greg und Jasi standen immer noch wie abwesend beieinander und ignorierten sie.

»Greg, Jasi?« Molly schob die Kamera in die Tasche. »Sollen wir unser Gepäck holen?«

»Wir müssen hier entlang.« Greg übernahm die Führung, als die drei sich auf den Weg zur Gepäckausgabe machten.

Mollys Gepäck bestand aus dem stabilen Metallkoffer mit ihrer Ausrüstung und dem Laptop sowie einem kleinen Rucksack mit ein paar Kleidern und anderen persönlichen Sachen. Jasis riesiger Koffer ließ darauf schließen, dass sie einen langen Aufenthalt plante – oder viele Outfits zum Wechseln dabeihatte, dachte Molly.

Mit Jasis Koffer in der Hand zeigte Greg ihnen den Weg durch die Glasschiebetüren nach draußen in die blendende Sonne und die glühende Hitze. Molly brach sofort der Schweiß aus. Als sie den Parkplatz überquerten, spürte sie, wie die Hitze des geschmolzenen Teers durch ihre Schuhsohlen drang.

»Meine Güte, ist das heiß«, sagte Jasi. »Ich dachte, um die Zeit sei es hier schon kühler.«

»So weit nördlich wird es eigentlich nie richtig kühl«, erklärte Greg ihr.

»Aber ich mag die Hitze.« Jasi lächelte tapfer, während Greg stehen blieb und in der Tasche nach seinem Schlüssel suchte. »Trotzdem freue ich mich schon auf die Klimaanlage im Auto.« Sie musterte den blauen Sedan, das aktuelle Modell, neben dem sie gerade standen.

»Äh …« Greg machte ein unglückliches Gesicht. »Das hier ist mein Wagen – und er hat keine Klimaanlage.«

Jasi fiel die Kinnlade hinunter, als sie sich umdrehte und den alten weißen Geländewagen erblickte. »Oh.«

»Aber wir brauchen nicht lange für den Heimweg«, beeilte sich Greg, ihr zu versichern.

»Das geht schon in Ordnung.« Jasi strahlte zu ihm hoch. »Ich bin noch nie in einem Geländewagen gefahren. Das ist bestimmt lustig.«

Molly applaudierte stumm. Jasi gab sich solche Mühe, obwohl sie sichtlich sehr nervös war. Auch Greg tat sein Bestes. Als sie ihren Rucksack auf die Ladefläche warf, bemerkte sie, dass das Auto frisch gewaschen war. Bestimmt, um Jasi zu beeindrucken.

Greg öffnete die Beifahrertür, und ein Hitzeschwall schlug ihnen entgegen. »Ich fürchte, wir müssen uns ein wenig zusammenquetschen«, meinte er entschuldigend.

Jasi stieg ein und rutschte zur Mitte der Sitzbank. Molly

setzte sich neben sie und nahm die Fototasche auf ihren Schoß. »Tut mir leid«, sagte sie zu Jasi. »Alte Gewohnheit. Ich kann sie einfach nicht nach hinten legen.«

Greg umrundete rasch das Fahrzeug und schob sich neben Jasi auf die Sitzbank. Er hatte recht. Zu dritt war es wirklich ziemlich eng. Und heiß.

»Es wird ein bisschen kühler, sobald wir losgefahren sind«, sagte er zu ihnen und kurbelte sein Fenster hinunter.

Er ließ den Motor an und steuerte auf die Ausfahrt zu. Nachdem er sich in eine Schlange eingereiht hatte, dauerte es nur wenige Augenblicke, bis sie vor einer automatischen Schranke standen.

»Oh, nein!«

Beide Frauen sahen ihn an.

»Was ist denn los?«, fragte Molly.

»Ich habe vergessen, am Automaten zu bezahlen«, gestand Greg.

Molly schaute sich um. Hinter ihnen hatte sich bereits ein Auto ans andere gereiht. Es gab keine Möglichkeit, aus der Reihe auszuscheren und die anderen vorbeizulassen.

»Da drüben ist ein Automat«, sagte Greg. »Bin gleich zurück.«

Er sprang aus dem Wagen, winkte den wartenden anderen Fahrern entschuldigend zu und rannte zu dem Automaten.

Molly sah Jasi an. Das Mädchen wirkte, als würde sie im nächsten Moment in Tränen ausbrechen. Wegen der Anspannung, der Hitze und dem Stress. Ungeduldiges Hupen aus der Schlange hinter ihnen tat ein Übriges.

»Weißt du, er ist genauso nervös wie du«, sagte Molly.

»Meinst du?«

»Ich weiß es. Er gibt sich solche Mühe, dich zu beeindrucken.«

Jasi lächelte schwach. »Er ist nett.«

»Ja, das ist er«, stimmte Molly ihr zu. »Und sehr süß.«

Jasis Lächeln wurde breiter. »Er sieht umwerfend aus!«

Sie schauten beide aus dem Fenster zu Greg, der gerade die Taschen seiner Jeans nach passenden Münzen durchwühlte.

»Hübscher Hintern«, fügte Molly hinzu.

Jasi kicherte.

»Dachtest du, das hätte ich nicht gleich bemerkt?«, sagte Molly. »Das würde jedem weiblichen Wesen im Umkreis von einer Meile auffallen.«

Falls Greg sich fragte, worüber die Mädchen lachten, als er wieder ins Auto stieg, so erwähnte er es zumindest nicht.

Auf der Fahrt zur Farm erzählte er Jasi ununterbrochen etwas über die Orte, an denen sie vorbeikamen. Molly schaute aus dem Fenster und versuchte, Greg und Jasi so viel Privatsphäre zu lassen, wie das bei drei Leuten, die auf der Sitzbank eines Geländewagens zusammengepfercht waren, eben möglich war. Sie schienen jedenfalls keiner großen Ermunterung zu bedürfen.

Die Fahrt endete, nachdem sie in eine lange Schotterstraße eingebogen waren. Hohe, dunkelgrüne Zuckerrohrpflanzen säumten den Weg wie eine massive Mauer. Greg hielt vor einem großen, weiß gestrichenen Holzhaus mit einer umlaufenden breiten Veranda.

Jasi stieg auf der Fahrerseite aus und blieb neben ihm stehen.

»Willkommen auf dem Hof, Jasi.«

Molly vermisste einen gewissen Besitzerstolz in seiner Stimme, mit dem sie gerechnet hatte, doch Jasi schien nicht irritiert.

»Das Haus ist ganz schön groß«, sagte Jasi. »Und die Veranda gefällt mir.«

»Das ist typisch für die Häuser hier oben«, erklärte Greg ihr. »Die breiten Veranden halten das Haus schön kühl. Kommt doch rein.«

Greg trug Jasis Koffer. Molly folgte ihnen mit ihren

Sachen. Sie hatte nicht vor, heute noch weitere Fotos zu machen. Morgen würde sie ein paar Aufnahmen rund um die Farm machen, nachdem sie sich die besten Motive gesucht hatte. Greg führte sie gleich in die Küche, die offenbar den Mittelpunkt des Hauses bildete. Sie sah aus wie eine ganz normale Küche – nur größer. Dieser eine Raum war fast so geräumig wie Mollys winziges Apartment in Sydney. Der Ofen war riesig, und im Kühlschrank ließ sich vermutlich locker der Proviant einer kleinen Armee unterbringen. Ein großer Holztisch stand an einer Wand. Darauf lag ein kleines, in buntes Papier gewickeltes Päckchen.

Greg überreichte es Jasi.

»Das ist für dich.«

»Oh.«

Molly fand, es hatte die richtige Größe und Form für eine Schmuckschatulle. Eine, in die ein Ring passte. Ein Blick in Jasis Gesicht verriet Molly, dass nicht nur sie das dachte. Nun ja, gemäß dem Zeitschriftenartikel suchte Greg nach einer Ehefrau. Deshalb war Jasi hier. Wenn alles passte, würde irgendwann wohl auch ein Ring ins Spiel kommen. Aber sicher hatte Greg nicht schon ... nicht so früh.

Jasis Hand zitterte, als sie das Papier aufriss. Die Schachtel war in weichen schwarzen Stoff gewickelt. Eine Sekunde lang zögerte sie, dann machte sie sie auf. Unwillkürlich reckte Molly den Hals.

Der Ring lag auf einem Stück von dem gleichen Stoff. Das breite Band aus Silber war flach und mit einem komplizierten verschlungenen Muster versehen. In der Mitte befand sich ein einzelner blassblauer Stein.

Er war wunderschön, aber kein Verlobungsring.

»Den habe ich für dich gemacht«, sagte Greg zögerlich. »Nachdem du gesagt hast, du würdest mich besuchen kommen. Ich hoffe, er gefällt dir.«

Molly fand, dass Jasi ihre Enttäuschung gut kaschierte. Sie steckte sich den Ring an den Mittelfinger der rechten Hand und küsste Greg auf die Wange, während sie sich bedankte und ihm sagte, sie fände ihn wunderschön.

Molly verspürte eine unerwartete Woge der Erleichterung.

Als Helen ihren Computer einschaltete, warteten 64 Mails in ihrem Postfach. Ein leichter Tag. Während sie sich daran machte, sie durchzusehen, fragte sie sich, ob E-Mails wirklich eine so wichtige Stütze des Tagesgeschäfts waren, wie alle behaupteten. Ihr kam es so vor, als würde sie täglich jede Menge Zeit mit Dingen verschwenden, die sonst nie den Weg auf ihren Schreibtisch gefunden hätten. Vielleicht war es an der Zeit, Gordon diese Post ebenso durchsehen zu lassen, wie sie das mit der herkömmlichen machten.

Die fünfte Mail stammte von Molly Seaton und war am Vortag kurz nach Mitternacht verschickt worden. Typisch Molly, dass sie so spät noch arbeitete. Helen überflog den Text nur und öffnete gleich die angehängten Fotos.

Das erste zeigte Greg Anderson, als er das von ihm ausgesuchte Mädchen am Flughafen traf. Helen hatte ein Bild von einem Kuss erwartet, aber als sie die Aufnahme näher betrachtete, fand sie sie sogar noch besser. Die rechte Bildhälfte zeigte Gregs hübsches Gesicht, in einer Mischung aus Angst und Freude sah er dem attraktiven blonden Mädchen entgegen, das aus der Ferne auf ihn zukam. An ihrem Gesicht konnte man die gleichen Emotionen ablesen. Es war ein wirklich ausdrucksstarkes Foto, das sowohl Romantik als auch sexuelle Spannung erahnen ließ.

Das zweite Bild war eine Nahaufnahme von der Hand des Mädchens. Sie trug einen Silberring mit einem blassblauen Stein. Den Ring zierten kunstvoll verschlungene Muster. Helen klickte zurück zu Mollys Nachricht. Natürlich. Greg Anderson war ja Goldschmied. Der Ring war sein Geschenk für das Mädchen, das so weit gereist war, um ihn zu besuchen. Das klang wie der Anfang einer wirklich guten Geschichte. Helen ging im Geiste die Riege ihrer Autoren durch und überlegte, wer sie schreiben konnte. Der- oder diejenige musste nicht einmal nach Townsville fliegen. Man konnte die Interviews telefonisch führen. Molly würde die Bilder liefern und könnte auch ihre Eindrücke schildern. Die Atmosphäre zwischen Greg und – wie war ihr Name? – Jasi wiedergeben.

Schnell schickte Helen ihr eine Antwort.

Helens Tag war wie immer randvoll. Erst am späten Nachmittag schaffte sie es, ihre Bürotür zu schließen und die unbeschriftete braune Mappe aus der abgeschlossenen Schublade zu holen. Sie schlug sie auf und betrachtete wieder die Fotos der beiden Hollywoodstars. Der Paparazzo hatte die zwei in einer wirklich sehr kompromittierenden Pose erwischt. Es wäre aussichtslos, diese Umarmung als Freundschaftsgeste zu deklarieren. Sie sagte sich, die Farmer-Kampagne würde ihre Aufmerksamkeit zu sehr beanspruchen, aber das stimmte nicht.

Helen stand auf und starrte aus dem Fenster. Unter ihr lag der Hafen von Sydney in all seiner Pracht. Es war ein weiter Weg gewesen, von der Kleinstadt im Westen Australiens, wo sie geboren worden war, bis hierher. Ihre Eltern lebten noch dort, aber sie war schon jahrelang nicht mehr hingefahren.

Unbewusst fuhr Helens Hand zu ihrem Bauch. Ihr Vater war ein harter Mann mit einer kompromisslosen, altmodischen Einstellung. Noch als sie sehr klein war, hatte er seinem einzigen Kind keinen Fehler verziehen. Er hatte sie nicht gerade hinausgeworfen, aber seine Kälte und die Unterwürfigkeit ihrer Mutter hatten Helen früh vertrieben. Die seltenen Anrufe zu Weihnachten und an Geburtstagen waren ihr eine freudlose Pflicht. Sie sagte sich, sie brauche ihre Eltern nicht mehr. Alles, was sie brauchte, war ihre Karriere.

Sie war die geborene Herausgeberin. Ein Titel, den sie sich hart erkämpft hatte. Ihr Alltag Leben begann mit der Arbeit und endete meist auch damit. Gesellschaftliche Anlässe besuchte sie selten zum Vergnügen. Der Besuch von Theatern oder Festen war ebenso Teil ihres Jobs wie die Entscheidung, wann und ob sie eine Story veröffentlichte. Aber wenn ihre Arbeit ihr Leben bestimmte, wollte sie dann wirklich, dass diese Bestimmung Ausdruck in einem Exposé über das Liebesleben von zwei Schauspielern fand? In einem Artikel, der ihre Karrieren zerstören und zwei Familien auseinanderreißen würde?

Helen schüttelte den Kopf. Entwickelte sie gerade so etwas wie ein Gewissen?

Das Telefon war eine willkommene Ablenkung.

»Helen«. Die Stimme ihres Assistenten klang unsicher. »Entschuldigen Sie, dass ich Sie störe, aber da ist eine Anruferin, die nur mit Ihnen sprechen will.«

Richard filterte all ihre Anrufe. Normalerweise wusste er genau, mit wem sie reden wollte und mit wem nicht. Genauso wie er wusste, dass sie eigentlich nicht gestört werden wollte, wenn ihre Bürotür zu war.

»Wer ist es denn?«

»Eine Alison Redmond.«

Helen durchforstete ihr Gedächtnis. »Ich kenne niemand, der so heißt.«

»Sie klingt ziemlich jung. Und sie sagt, Sie und ihr Vater wären … befreundet.«

Helen hörte das Zögern in Richards Stimme. In den zwölf Monaten, die er inzwischen als ihr Assistent arbeitete, hatte er noch nie einen privaten Anruf für sie entgegengenommen.

»Ich habe …« Helen verstummte.

Alison Redmond. Matt Redmonds Tochter. Die Studentin, die im Namen ihres Vaters einen Brief an ihr Magazin geschrieben und sich an der Bauer-auf-Brautschau-Kampagne beteiligt hatte. Ihr Blick fiel auf ihre Aktenmappe. Sie hatte den Brief, den Matt Redmond tatsächlich geschrieben hatte, bei sich. Sie hatte ihn vor zwei Tagen bekommen und noch nicht beantwortet. Sie wollte ihm zurückschreiben, und das beschäftigte sie fast ebenso sehr wie die Skandal-Story, die hier auf ihrem Schreibtisch lag. Warum das Mädchen sie wohl anrief?

»Stellen Sie sie durch«, trug sie ihrem Assistenten auf und lehnte sich in ihrem Sessel zurück.

»Hallo … Miss Woodley?« Das Mädchen klang jung, aber nicht im Geringsten eingeschüchtert, obwohl sie mit einer landesweit bekannten Medienvertreterin sprach.

»Hallo, Alison. Was kann ich für Sie tun?«

»Wissen Sie, wer ich bin?«

»Ja, das weiß ich. Ihr Vater hat Sie in seinem Brief erwähnt.«

»Ja, und genau deshalb rufe ich an«, beeilte das Mädchen sich zu erklären. »Dad hat mir von den Briefen erzählt. Er scheint interessiert … ich meine … er schien zu mögen … Nein …«

Helen sagte nichts. Sie würde es ihr nicht extra leicht machen.

»Wie auch immer«, setzte Alison erneut an. »Dad ist hier in Sydney. Er hat mir ein paar Sachen gebracht. Ich dachte mir, ob Sie beide nicht vielleicht …«

Helen konnte ein wirklich erstauntes Lachen nicht zurückhalten. »Alison, versuchen Sie hier ein Date für mich und Ihren Vater zu arrangieren?«

»Nein! Oder, irgendwie schon. Hm, also, ich denke, ja.«

Helen war sprachlos. Sie wusste nicht, ob sie laut auflachen oder gleich auflegen sollte. Eines musste man dem Mädchen ja lassen, sie hatte Courage.

»Weiß dein Vater, dass du mit mir telefonierst?«

»Noch nicht. Er ist gerade unterwegs, um … Oh verdammt! Tut mir leid. Da kommt er gerade. Miss Woodley, bitte reden Sie mit ihm.«

Helen hörte gedämpfte Stimmen, dann einen Ausruf.

»Miss Woodley, hier spricht Matt Redmond.«

Die Stimme passte perfekt zu seinem Foto. Sie klang tief und voll, ruhig, aber trotzdem kraftvoll. Selbst in dieser heiklen Situation vermittelte er Selbstvertrauen und Sicherheit. Helen spürte instinktiv, dass sie ihn mögen würde.

»Hallo, Mr. Redmond.«

»Ich muss mich für meine Tochter entschuldigen«, fuhr die Stimme fort. »Alison denkt manchmal nur mit dem Herzen, nicht mit dem Verstand. Sie hätte Sie nicht behelligen sollen.« Aus seinen kritischen Worten klang dennoch die Zuneigung zu seinem Kind.

»Machen Sie sich darüber bitte keine Gedanken, Mr. Redmond. Ich staune nur, wie es ihr gelungen ist, an zwei Empfangsdamen und meinem Assistenten vorbei bis zu mir durchzudringen. Sie muss eine bemerkenswerte junge Dame sein.«

»Sie kann ziemlich beharrlich sein.«

Helen musste lächeln. »Würden Sie …« Sie zögerte und sprach dann schnell weiter, bevor sie es sich noch einmal anders überlegen konnte. »Hätten Sie Lust auf einen Drink mit mir? Es wäre doch schade, wenn so viel Beharrlichkeit nicht belohnt würde.«

In den Augenblicken, die darauf folgten, konnte Helen undeutlich hören, wie Alison ihren Vater etwas fragte. Helen wappnete sich für die Antwort. Natürlich würde er ablehnen. Und das wäre auch gut so. Was dachte sie sich eigentlich dabei, ihn auf einen Drink einzuladen?

»Ich würde liebend gern einen Drink mit Ihnen nehmen.«

Helen hörte den gedämpften Freudenschrei eines Teenagers am anderen Ende der Leitung.

»Ich werde heute wohl lange arbeiten«, sagte sie rasch, »deshalb wäre es vielleicht am einfachsten, sich hier zu treffen.« Das wäre auch am ungefährlichsten, dachte sie. Ein schneller Drink in einer nahen Bar, dann konnte sie Arbeit vorschützen und in ihr Büro zurückkehren.

»Klingt perfekt«, sagte Matt.

Helen nannte ihm die Adresse und beendete das Gespräch. Vielleicht eine Spur zu abrupt.

Sie rief in ihr Vorzimmer durch. »Richard, bitte sagen Sie der Security Bescheid, dass Matt Redmond mich heute am späteren Abend aufsuchen wird.«

»In Ordnung, Helen.« Selbst ihr perfekter Assistent konnte die Überraschung in seiner Stimme nicht verbergen. »Soll ich länger bleiben, damit ich ihn hinaufbegleiten kann? Oder für den Fall, dass Sie –«

»Nein, Richard. Darum kümmere ich mich selbst.«

Kurz vor sechs schickte sie Richard nach Hause. Er ging nur widerstrebend, aber ihr war klar, dass dahinter eher Neugier steckte als die Notwendigkeit oder das Bedürfnis, länger an seinem Schreibtisch zu verweilen. Sie brauchte weder ihn noch irgendjemand anderen aus ihrem Team als Zeuge ihrer Begegnung mit Matt Redmond. Nicht, dass es ihr peinlich gewesen wäre. Oder doch? Ihre erste rein private Verabredung, seit sie diesen Job angetreten hatte, und noch dazu mit einem Farmer, den sie nur aus Briefen kannte. So gesehen, schien es … Sie war kurz davor, Matt anzurufen und abzusagen. Zu viel Arbeit vorzuschützen. Wenn er nur für einen Tag in der Stadt war, wäre die Sache damit erledigt.

Wenn sie nur seine Handynummer hätte!

Wie auf Kommando klingelte das Telefon auf ihrem Schreibtisch. »Ja?«

»Hier ist der Sicherheitsdienst, Miss Woodley. Ein Mr. Matt Redmond möchte zu Ihnen. Man hat mir gesagt, Sie würden ihn erwarten.«

»Das stimmt«, antwortete Helen. »Danke. Bitte zeigen Sie ihm, wo er hin muss. Sie brauchen ihn nicht nach oben zu begleiten, ich hole ihn am Aufzug ab.«

»In Ordnung, Miss Woodley.«

Helen sprang auf. Wenn sie sich beeilte, schaffte sie es vielleicht noch in den Waschraum. Sie sollte sich wenigstens die Haare bürsten. Und vielleicht etwas frischen Lippenstift auflegen. Aber schon während sie nach ihrer Tasche griff, wusste sie, dass dafür keine Zeit mehr war. Zum ersten Mal seit Jahren stand ihr ein Meeting bevor, für das sie sich alles andere als vorbereitet fühlte.

Der Mann, der aus dem Aufzug trat, war groß und kräftig und steckte in einem Sakko, das zwar nicht gerade modern war, ihm aber perfekt stand. Er sah sich abwartend, aber interessiert um, während sich die Tür hinter ihm wieder schloss. Alles an ihm verriet, dass er nicht in ein Büro aus Chrom und Glas in einem Wolkenkratzer mitten in der Stadt gehörte. Er brauchte Sonne und Weite. Dennoch wirkte er weder eingeschüchtert noch fehl am Platz. Vielmehr sprach aus ihm eine gewisse Neugier auf die Arbeitsabläufe dieser Welt, die er soeben betreten hatte. Er schien ein Mann zu sein, der ungeachtet seiner Umgebung absolut in sich ruhte.

Noch hatte er sie nicht entdeckt. Helen strich ihren Rock glatt und öffnete die Tür ihres Büros. Sie setzte ihr professionellstes Lächeln auf und trat mit flottem Schritt auf ihn zu. Die Augen, die ihr entgegensahen, waren tiefbraun, und das Lächeln, das seine Mundwinkel nach oben brachte, war ehrlicher als ihres.

»Mr. Redmond.« Helen streckte ihm eine Hand entgegen. »Wie schön, Sie kennenzulernen.«

Er schüttelte ihre Hand nicht, sondern hielt sie einfach nur ein paar Sekunden lang fest, während er sie mit einer Offenheit anblickte, die sie fast ein wenig beunruhigte.

»Bitte nennen Sie mich Matt.«

Ohne die Verzerrung des Telefons hatte seine Stimme ein noch ansprechenderes Timbre. Helen fragte sich, ob er wohl manchmal sang.

»Helen«, erwiderte sie automatisch, während sie ihre Hand sanft losmachte. »Danke, dass Sie hergekommen sind.«

Sie hasste es, wie das klang. Als würde sie einen Geschäftspartner begrüßen.

»Kein Problem«, sagte Matt. »Und wir haben meiner Tochter eine große Freude gemacht.«

Helen lächelte und erinnerte sich an den Freudenschrei am Telefon. »Ich habe sie jubeln gehört.«

»Sie meint, ich müsse öfter ausgehen.«

»Vermutlich ist das typisch für Teenager-Töchter, dass sie sich Sorgen um ihre Väter machen.«

»In diesem Fall hat sie vielleicht sogar recht.«

»Und was ist mit ihrer Mutter?«, platzte Helen heraus, ohne lange zu überlegen.

»Sie lebt in Queensland. Ali ist manchmal bei ihr, aber seit der Scheidung verbringt sie die meiste Zeit bei mir.« Matt schwieg und sah sich in ihrem Büro um. »Und was ist mit Ihnen? Ich vermute, Sie verbringen hier mehr Zeit, als Ihnen lieb ist.«

»Ich liebe meinen Job«, erwiderte Helen ein wenig steif. »Aber Sie haben recht. Er kostet eine Menge Zeit.« Selbst für ihre eigenen Ohren war das Bedauern in ihrer Stimme unüberhörbar. Das überraschte sie. Ihr Gespräch war sehr schnell persönlich geworden.

»Ich brauche nur noch einen Moment«, sagte sie fast brüsk, »dann können wir auf einen Drink irgendwo hingehen.«

»Das klingt gut.«

Helens Büro war sehr groß. Angemessen für die Herausgeberin einer überregionalen Zeitschrift. Matt trat ans Fenster und genoss die spektakuläre Aussicht auf den

Hafen und die Brücke. Helen trat an ihren Schreibtisch und fragte sich, warum ihr das Büro auf einmal so klein erschien. Obwohl er am entferntesten Ende ihres Schreibtischs stand, kam es ihr vor, als würde Matt ihr sehr nah sein.

»Das ist ja eine wirklich eindrucksvolle Aussicht.«

»Einer der Vorzüge dieses Jobs«, meinte Helen lässig, während sie ihren Computer ausschaltete. Dann sah sie selbst hinaus, und ihre Stimme wurde weicher: »Schön, nicht?«

»Ich frage mich«, fuhr Matt fort, »wie das in den Augen der ersten Siedler vor zweihundert Jahren hier ausgesehen haben mag. Bevor man die Bäume gefällt, die Wolkenkratzer und die Brücke gebaut hat.«

»Ich vermute, es war schon damals beeindruckend«, sagte Helen lächelnd. »Aber mir hätte die Brücke gefehlt. Dieses Riesenstück Metall ist mir irgendwie ans Herz gewachsen.« Sie stopfte einige Papiere in ihre Aktentasche.

Matt drehte sich um und musterte sie. Selbstkritische Gedanken überkamen Helen. Sie trug ein schwarzes Kostüm mit einem engen kurzen Rock und ein weißes Seidentop. Ihre Schuhe waren schwarz und elegant. Sie wusste, dass sie gut aussah, aber sie wünschte trotzdem, sie würde etwas anderes tragen. Etwas, das nicht ganz so ambitioniert wirkte.

»War genau das Ihr Ziel?«, fragte Matt.

»Wie bitte?« Helen verstand nicht ganz.

»All das hier.« Matt sah sich um. »Ich vermute, Sie haben ziemlich hart gearbeitet, um hierher zu gelangen. War genau das Ihr Ziel?«

Helen wollte schon automatisch mit Ja antworten, doch da fiel ihr Blick auf die Mappe in ihrer Hand. Darin lagen die Fotos, die ihr so viel Kopfzerbrechen bereiteten. Wenn dieser Job genau ihr Ziel war, wieso hatte sie dann solche Skrupel wegen dieser einen Geschichte?

»Matt, kann ich Sie in einer Sache nach Ihrer Meinung fragen?« Die Frage war ihr wie von selbst über die Lippen gekommen.

»Natürlich.«

Sie sollte eigentlich mit niemand darüber sprechen. Und schon gar nicht mit diesem Mann, den sie kaum kannte.

»Ich kann mich nur schwer entscheiden, was ich damit anfangen soll.« Sie hielt die Mappe hoch.

»Was ist das?«, fragte er.

»Eine Story. Eine ziemlich heiße. Ein Scoop, der meine Verkaufszahlen raketenmäßig in die Höhe treiben würde.«

»Und gibt es ein Problem?«

»Eigentlich kein Problem.« Helen holte tief Luft. »Es geht um zwei berühmte Männer. Und um ihre Beziehung.«

»Ich verstehe.« Matt zeigte erstaunlich wenig Neugier. Helen wartete darauf, dass er fragen würde, um wen es sich handelte. Doch das tat er nicht.

»Das wird ihre Familien zerstören.« Helen sprach hastig weiter und spürte dabei Matts Augen auf ihrem Gesicht. »Wahrscheinlich auch ihre Karrieren.«

»Warum sollten Sie das wollen?« Matt schien ehrlich verwirrt.

»Das will ich ja nicht.« Was auch stimmte. »Aber es ist ein großer Knaller. Und es gehört zu meinem Job, für den Erfolg der Zeitschrift zu sorgen. Der wäre mit so etwas gesichert.«

»Aber zu welchem Preis?«

»Das sind Promis. Sie verdienen daran, Personen von öffentlichem Interesse zu sein. Das macht sie zu Freiwild.« Schon als sie es aussprach, spürte Helen, wie kalt es klang. Sie fragte sich auch, ob das tatsächlich ihre Überzeugung war.

Matts Stimme klang sehr sanft. »Ich meinte nicht den Preis, den die beiden bezahlen würden.«

Die Antwort kam ihr ein bisschen zu nahe. Helen wusste

darauf nichts zu sagen. Sie wich seinem Blick aus, warf die Mappe in die Schublade und drehte den Schlüssel um.

Auf dem Weg zum Aufzug ging Helen vor. Die Tür öffnete sich sofort. Auf der kurzen Fahrt ins Erdgeschoss sprach keiner von beiden. Helens Gedanken rasten. Was sollte sie jetzt tun? Sie hatte vorgehabt, ihn in eine Bar in der Nähe mitzunehmen. Das Lokal war klein, trendig und laut. Der perfekte Ort für einen lässigen Drink mit jemandem, den sie vermutlich nie wiedersehen würde. Aber sie hatte ihre Meinung geändert. Matt war schließlich keiner dieser trendbewussten Medientypen, mit denen sie normalerweise ihre Zeit verbrachte. Es war schon sehr lange her, dass sie zuletzt aus rein privaten Gründen einen Abend mit jemand verbracht hatte.

»Wo würden Sie denn gerne hingehen?«, fragte sie, als sie das marmorverkleidete Foyer durch die gläsernen Schiebetüren verließen.

Matt sah sich auf dem vollen Gehsteig und der vielbefahrenen Straße um.

»An einen ruhigen Ort. Wo man sich in Ruhe unterhalten kann. Vielleicht mit Blick aufs Wasser oder an der frischen Luft.«

Helen zögerte. Aber plötzlich wusste sie genau, wo sie mit ihm hinwollte. Sie war schon so lange nicht mehr dort gewesen. Wahrscheinlich war es nicht das, was er erwartete, aber sie glaubte zu wissen, dass es ihm gefallen würde. »Ich weiß genau, wo wir hinsollten.«

»Brauchen wir eine Reservierung, oder bekommen Sie in Ihrer Position ohnehin immer den besten Tisch?«

Helen hob die Hand, um ein Taxi herbeizuwinken. »Dort, wo wir hinfahren, gibt's immer genug Platz für jeden.«

Nach Helens leisen Anweisungen fuhr der Taxifahrer mit ihnen über die große Stahlbrücke und verließ den Freeway danach sofort, um an einem der riesigen steinernen

Pfeiler zurückzusteuern. Direkt unter dem Bogen der Brücke fuhr er links ran.

Matt blickte nach oben, als sie ausstiegen. Von dort hörte man schwach den Lärm des Verkehrs auf der Brücke.

»Damit hätte ich nicht gerechnet«, sagte er.

»Es wird noch besser. Folgen Sie mir.«

Begeistert führte Helen Matt die schmale, von Läden gesäumte Straße zum Wasser hinunter. Der Imbissladen mit Fish and Chips lag direkt neben einem Getränkeverkauf. Sie schickte Matt zum Bierholen und bestellte ihr Abendessen.

Gemeinsam spazierten sie den lang gestreckten Wiesenhügel des Parks hinunter und hörten dabei immer noch den gedämpften Verkehrslärm. Dann setzten sie sich auf eine Bank mit Blick auf die Oper am anderen Ufer. Es wurde schon dunkel, und die Beleuchtung des Opernhauses flammte auf. Die Lichter der Fähren und der kleineren Boote bewegten sich langsam übers dunkle Wasser, während die hohen Gebäude der Stadtmitte auf der anderen Seite des Hafens eine spektakuläre Kulisse abgaben.

»Das müsste eigentlich eine alte Zeitung sein«, sagte Matt, als er den Fisch und die Kartoffelstückchen auswickelte.

»Das ist inzwischen verboten«, sagte Helen, »aber ich vermute, es hat aus den Nachrichten von gestern noch besser geschmeckt.«

Zum Essen tranken sie jeder ein Bier und unterhielten sich über unverbindliche Dinge. Die Aussicht. Die Brücke und das Opernhaus. Helen wusste nicht mehr, wann sie zuletzt so lange über etwas gesprochen hatte, das nichts mit ihrer Arbeit zu tun hatte.

Sie waren unter der Brücke auch nicht allein. In der Nähe saß eine junge Frau unter einer der Parklaternen über ein Buch gebeugt. Sie hatte offenbar schon gelesen, als die Sonne unterging, und konnte sich einfach nicht losreißen. Schließlich holte sie ihr Handy heraus und klappte es auf, um für die letzten paar Seiten etwas mehr Licht zu haben. Dann schloss sie das Buch mit einem zufriedenen Seufzer und ging, offenbar ohne zu merken, dass Matt und Helen sie beobachteten.

»So war ich auch mal«, sagte Helen, »nur dass ich kein Handy hatte, sondern eine Taschenlampe.«

»Du hast gerne gelesen?«

Irgendwann waren sie wie selbstverständlich zum Du übergegangen.

»Inzwischen habe ich nicht mehr viel Zeit, um etwas aus purem Vergnügen zu lesen.« Als sie das sagte, spürte Helen den Schmerz des Bedauerns. »Als Kind habe ich alles gelesen, was ich kriegen konnte. Ich habe eine Menge Batterien für meine Taschenlampe gebraucht, um unter der Bettdecke weiterlesen zu können, wenn meine Mutter das Licht schon ausgemacht hatte.«

Matt lachte. »Ich auch. Und ich lese immer noch viel. Aber inzwischen kann ich das Licht brennen lassen.«

»Erwachsen sein hat eben auch Vorteile.«

»Ja, das stimmt.«

»Irgendwann dachte ich, ich würde Schriftstellerin werden.« Helen lächelte in sich hinein.

»Bist du das denn nicht? Als Journalistin?«

»Na ja«, sagte Helen zögernd. »Aber eigentlich wollte ich Romane schreiben. Das große Australien-Epos. Ich habe sogar einige Bücher angefangen.«

»Und was geschah dann?«

»Das Leben ist mir dazwischengekommen. Von Träumen kann man nun mal keine Rechnungen bezahlen.«

»Du solltest dich nicht so bereitwillig von deinen Träumen verabschieden«, sagte Matt.

»Hattest du je einen Traum, der sich nicht so entwickelt hat, wie du dir das erhofft hattest?«, fragte sie leise.

»Ich glaube, das hat jeder«, erwiderte Matt. »Aber das bedeutet nicht, dass man sich von ihm verabschieden muss. Zumindest nicht, wenn er wichtig ist.«

Helen wusste, dass er recht hatte. Sie hatte ihre Träume aufgegeben. Ob es schon zu spät war, sich noch einmal auf die Suche nach ihnen zu machen?

»Du liest Gedichte«, sagte sie schließlich. »Das ist ziemlich ungewöhnlich.«

»Ist es das?«, fragte Matt. »Du liest doch auch welche. Also sind wir vielleicht beide ein wenig ungewöhnlich.«

Helen wusste keine Antwort darauf. Ebenso wenig wie auf das lange, leise Lächeln, das seine Worte begleitete. Doch das schien nichts auszumachen. Sie saßen noch eine ganze Weile in behaglichem Schweigen.

Irgendwann sah Matt auf seine Uhr. »Es widerstrebt mir, das hier zu beenden, aber ich sollte langsam aufbrechen. Ich habe noch eine lange Fahrt vor mir.«

»Fährst du heute Abend noch die ganze Strecke bis nach Scone?«

»Das ist das Farmerleben. Ich muss morgen früh zum Füttern und Bewegen der Pferde zur Stelle sein.«

Widerstrebend stand Helen auf. Sie spazierten schweigend den Hügel bis zur Straße hinauf.

»Ich besorge dir ein Taxi«, bot Matt an.

»Nicht nötig. Ich wohne gleich dort drüben.« Helen zeigte auf ihr Apartmenthaus.

»Deshalb wusstest du so genau, wo man das beste Abendessen von ganz Sydney bekommt«, scherzte er.

»Ich habe das schon viel zu lange nicht mehr gegessen«, sagte Helen. »Danke, dass du mir Gelegenheit dazu gegeben hast.«

»Sehr gerne.«

In diesem Moment bog ein Taxi um die Ecke. Matt winkte es heran.

»Ich muss zurück über die Brücke, um meinen Wagen zu

holen.« Er nahm Helens Hand und lächelte sie an. »Danke für einen wunderbaren Abend.«

»Ich habe ihn auch genossen«, sagte Helen. Matts dunkle Augen hielten ihren Blick fest, und sie spürte, wie Wärme ihren Körper durchströmte. Sie lächelte zurück. Matt beugte sich zu ihr hinab und berührte mit den Lippen ihre Wange.

»Gute Nacht«, sagte er leise und stieg ins Taxi.

Während Helen die Rücklichter um die Ecke verschwinden sah, überkam sie eine gewisse Enttäuschung. Oder vielleicht war es Bedauern. Sie berührte ihre Wange, die sich von Matts Kuss immer noch warm anfühlte. In der glamourösen Medienwelt war ein Wangenkuss kaum mehr als ein Händeschütteln. Eine Form der Begrüßung eben, oft ohne jegliche Bedeutung. Doch dieser kurze Moment, als Matts Mund ihre Wange gestreift hatte, war etwas ganz anderes gewesen. Die kurze Berührung hatte etwas in ihr ausgelöst. Auch als er ihre Hand gehalten hatte … Helen wurde plötzlich klar, dass es schon lange her war, dass ein anderer Mensch sie absichtlich berührt hatte. Es war eigenartig, aber gut. Sie blickte die Straße hinauf, aber das Taxi war schon verschwunden.

Helen machte sich auf den Heimweg. Vielleicht war es gut, dass er gefahren war, ohne von einem Wiedersehen zu sprechen. In ihrem Leben war ohnehin kein Platz für einen Mann wie Matt. Als sie noch jünger war, da hatte sie von einem Zuhause und einer Familie geträumt, aber dieser Traum war durch ihre eigene Schuld vor langer Zeit zerbrochen. Sie konnte um ihn trauern, aber was Matt auch gesagt haben mochte, es war ein Traum, den sie nie mehr verwirklichen konnte.

Sie hatte seine Attraktivität überschätzt. So musste es gewesen sein. Er war gutaussehend, das schon. Und nett. Er besaß schöne Augen und ein noch schöneres Lächeln. Aber …

Leigh musterte das Gesicht, das ihr aus dem Spiegel entgegensah. Die Leigh Kenyon im Spiegel trug eine Föhnfrisur und Wimperntusche. Und einen Rock. Das war doch nicht sie. Das war eine andere. Eine, die im Begriff war, zum x-ten Mal in der letzten halben Stunde auf die Armbanduhr zu schauen. Eine Frau, die so aufgeregt war wie ein Schulmädchen vor seinem ersten Date.

Er hatte sie am Dienstag angerufen. Und dann noch mal am Donnerstag. Gestern hatte er sich noch mal gemeldet, nur um ihre Verabredung zum heutigen Mittagessen ein letztes Mal zu bestätigen. Als ob sie es vergessen könnte!

Leigh warf ihrem Spiegelbild einen letzten Blick zu, verließ das Schlafzimmer und schwor sich, dass sie sich kein weiteres Mal umziehen würde. Das hatte sie heute Vormittag schon zweimal gemacht, und die Spuren davon lagen über ihr ganzes Bett verstreut.

Sie drehte sich um und kehrte sofort ins Schlafzimmer zurück, um die Kleider in den Schrank zu räumen. Nicht, dass Ian auch nur in die Nähe ihres Schlafzimmers käme. Es war ja bloß ein Mittagessen. Er würde nicht einmal zum Abendessen bleiben. Am Telefon hatte er gesagt, er müsse wegen irgendeiner Familienangelegenheit am Abend wieder in Sydney sein. Übernachten kam also gar nicht in Betracht. Leigh räumte ihr Schlafzimmer trotzdem auf. Das war wenigstens eine vernünftige Beschäftigung, während sie wartete. Sonst hätte sie sich womöglich ein weiteres Mal umgezogen.

Genervt knallte sie schließlich die Schranktür zu und verließ den Raum. Sie widerstand dem Verlangen, sich ans Fenster zu stellen und auf die Zufahrt hinaus zu starren, sondern ging in die Küche. Als sie Ian für Samstag zum Mittagessen eingeladen hatte, fehlte ihr noch jede Idee, was es geben könnte. Vielleicht ein schnelles Sandwich, damit sie ihm danach alles zeigen konnte. Ihm von ihren Plänen für die eigene Weinerzeugung und einen Ausschank für Kunden erzählen. Das war doch gar kein Date. Kein richtiges jedenfalls. Eher ein Treffen unter Kollegen.

Und warum hatte sie dann ein solches Festmahl vorbereitet? Garnelen mit Avocado. Gegrillten Spargel mit aromatischem Öl und fein gehobeltem Parmesan. Blattsalat mit Balsamicodressing und selbstgebackenes Brot. Eine Auswahl besonderer Käsesorten und frischen Obstsalat in einer Menge, die einer sechsköpfigen Familie eine Woche lang gereicht hätte.

Sie hatte sich damit verteidigt, dass es einfach Spaß machte, für zwei Leute zu kochen. Nach so vielen Monaten ... oder Jahren. Allein essen war einen Abend lang in Ordnung, auch eine Woche lang. Doch nach einem Monat oder einem Jahr hasste sie es. Seit diese Ratte von einem Ex-Verlobten sie verlassen hatte, aß Leigh allein. So wie sie auch allein arbeitete. Oder schlief. Das brachte ihre Gedanken wieder zurück zu Ian Rudd und seiner beunruhigenden Attraktivität. Selbst seine Stimme am Telefon hatte wie ein warmer Schauer gewirkt. Vielleicht wollte ihr Körper ihr irgendetwas sagen. Vielleicht trug sie deshalb diesen weißen weit schwingenden Rock und das Top mit den Spaghettiträgern. Sie wollte ...

Leigh lief aus der Küche und steuerte das Schlafzimmer mit einer sicheren Jeans und einem T-Shirt an. Sie würde auch noch irgendwelche Schuhe dazu finden. Die nackten Füße erschienen ihr plötzlich irgendwie zu leger ... zu intim. Aber sie schaffte es nicht mehr. Durchs Wohnzimmerfenster sah sie, dass vor dem Haus ein Auto parkte.

Sie sah Ian aussteigen. Er war lässig, aber gut angezogen. Mit dunkler Hose und einem Leinenhemd mit offenem Kragen. Er streckte sich nach der langen Fahrt; seine Brust und seine Schultern sahen verführerisch aus. Leigh spürte, wie sich ihr Magen zusammenzog. Sie brauchte sich nichts mehr vorzumachen. Ihre ganze Entschlossenheit war verschwunden. Sie wusste nicht, wovor sie mehr

Angst haben sollte – davor, dass er die gleiche überwältigende Anziehung verspürte wie sie, oder davor, dass er das nicht tat. Jetzt konnte sie sich auch nicht länger versteckt halten, sondern trat vor ihre Haustür, holte noch einmal lang und tief Luft und öffnete.

Ian holte gerade seinen Rucksack von der Rückbank. Ein Lächeln breitete sich auf seinem Gesicht aus, als er sich umdrehte und sie erblickte. Rasch überquerte er den Rasen und war mit zwei langen Schritten auf der Veranda.

»Hi, Leigh.« Er beugte sich herab und küsste sie wie eine Freundin oder gute Bekannte auf die Wange.

»Hast du gut hergefunden?«, fragte sie und drehte sich zum Eingang um, in der Hoffnung, er würde nicht sehen, dass sie von der leichten Berührung seiner Lippen und dem Hauch eines Aftershave rot geworden war.

»Es war ganz einfach«, antwortete Ian.

Das Wohnzimmer wirkte plötzlich geradezu lächerlich klein. Er stand einfach da, nah bei ihr und lächelte mit diesen schönen blauen Augen. Sie hätte nur die Hand auszustrecken brauchen, um ihn zu berühren…

»Möchtest du irgendwas zu trinken? Vielleicht einen Kaffee?«, beeilte sie sich zu sagen.

»Nein, danke. Alles bestens.« Er holte eine Flasche Weißwein aus dem Rucksack. »Den habe ich fürs Mittagessen mitgebracht. Und das hier ist für dich.« Er hielt ihr ein Buch hin.

»Danke.« *Frauen und Wein* stand auf dem Umschlag. *Der Aufstieg von Frauen im internationalen Weingeschäft.*

»Ich dachte, das könnte dich interessieren.«

»Das tut es auch. Vielen Dank.«

Sie blickte erneut in diese blauen Augen und gefühlte ein bis zwei Jahre lang sahen sie einander nur an.

»Der Wein sollte vielleicht in den Kühlschrank«, schlug Ian schließlich vor.

»Natürlich. Ich weiß gar nicht, wo ich mit meinen

Gedanken bin.« Sie drehte sich um und stürmte in die Küche. Sie wusste nur zu gut, wo sie mit ihren Gedanken war – sie wollte nur nicht, dass Ian das mitbekam.

»Das sieht aber gut aus.«

Leigh ließ fast die Weinflasche fallen. Vorsichtig deponierte sie sie im Kühlschrank und drehte sich zu Ian um, der am Türrahmen zu ihrer geräumigen Wohnküche lehnte und den Tisch musterte, den sie mit einer strahlend weißen Tischdecke und einer kleinen Vase mit gelben und roten Rosen gedeckt hatte.

»Möchtest du gleich essen?«, fragte sie, obwohl es noch keine zwölf Uhr war.

»Nach der Autofahrt würde ich mir ehrlich gesagt am liebsten erst noch ein wenig die Beine vertreten. Du hast mir ja eine Führung versprochen.«

»Das ist eine gute Idee.«

Sie versuchte, nicht den Eindruck zu vermitteln, sie würde aus der emotional aufgeladenen Atmosphäre der Küche fliehen, und öffnete die Hintertür. Sie schlüpfte in irgendwelche flachen Sandalen und gemeinsam traten sie ins helle Sonnenlicht.

»Womit sollen wir anfangen?«, fragte sie und hatte das Gefühl, wieder ein bisschen freier atmen zu können.

Ian schenkte ihr ein langes, tiefgründiges Lächeln. »Womit du willst.«

Die Zweideutigkeit war unüberhörbar. Leighs Herz machte einen Sprung. Früher hätte sie vielleicht unerschrocken zurückgeflirtet. Vielleicht sogar selbst die Initiative ergriffen. Aber das war lange her. Bevor Jack Thorne in ihr Leben getreten, wieder daraus verschwunden war und ihr Selbstvertrauen in Trümmer gelegt hatte. Bevor sie ihren Traum von Liebe verbannt und sich mit einem Leben allein abgefunden hatte. Sie wusste einfach nicht mehr, wie man auf so eine Aufforderung reagierte.

»Gehen wir erst mal in diese Richtung.« Zögernd drehte

sie sich um. »Ich zeige dir die Weingärten – und dann das Stück Land, das ich Ende des Jahres neu bepflanzen will.«

»Ich folge dir.« Falls er etwas anderes erwartet hatte, ließ er es sich zumindest nicht anmerken.

Schweigend nahmen sie den Weg, der vom Haus aus in den nächstgelegenen Weingarten hinaufführte. Leigh war sich der leichten Brise durchaus bewusst, die mit dem Saum ihres Rockes spielte und jeden Moment drohte, den leichten Stoff so weit hochzuwehen, dass sie vor Peinlichkeit sterben müsste. Hätte sie doch nur die Jeans angezogen!

»Wie ich sehe, bist du schon fast fertig mit dem Zurückschneiden«, sagte Ian, als sie die erste Reihe Weinstöcke erreicht hatten.

»Ja.« Hier waren sie auf sicherem Terrain. Ein Gespräch über Weinstöcke konnte nicht als Flirt missverstanden werden. Das war nicht im Geringsten sexy. »Jetzt kann ich nur noch warten und auf das richtige Wetter hoffen.«

»Hast du das alles allein geschafft?« Ian schien beeindruckt.

»Ja.« Leigh wollte nicht erzählen, dass ihr Ex-Verlobter daran beteiligt gewesen war. Bevor er in der Lotterie gewonnen hatte. Bevor er reich geworden war und sie betrogen hatte. »Der frühere Besitzer war schon alt. Manches war ein wenig heruntergewirtschaftet, als … als ich das Anwesen gekauft habe. Es war eine Menge zu tun, um alles wieder in Schuss zu bringen.«

»Du hast tolle Arbeit geleistet. Warum hast du dich entschlossen, Winzerin zu werden?«

»Das ist eigentlich eine alberne Geschichte«, sagte Leigh. »In der Schule hatte ich einen Freund, der aus einer italienischen Familie stammte. Dort trank man viel Wein. Mein Freund und ich haben uns hinters Haus geschlichen und auch davon probiert.«

Ian begann zu lachen.

»Eines Tages hat uns der Großvater erwischt. Daheim

in Italien war er selbst Winzer gewesen. Er erzählte uns einiges über Wein und erklärte uns, wie man ihn schätzen lernt. Und natürlich auch, dass man ihn nicht stiehlt.«

Ian musste noch mehr lachen. Er hatte ein sympathisches, freundliches Lachen.

»Wie auch immer«, fuhr Leigh fort, »so war mein Interesse jedenfalls geweckt. Je mehr ich darüber erfuhr, desto faszinierender fand ich Wein … und so bin ich hierhergekommen. Jetzt muss ich nur noch dafür sorgen, dass es auch funktioniert.«

»Ich habe keinen Zweifel, dass es dir gelingen wird.«

Leigh genoss die Bewunderung in seiner Stimme wie einen wohligen Schauer.

Bis sie den Gipfel des Hügels erreicht hatten, unterhielten sie sich weiter über Anbau und Produktion.

»Gehören die Weinstöcke dort auch dir?« Ian zeigte auf den nächsten Hügel.

»Nein.« Leigh versuchte, jede Verbitterung aus ihrer Stimme zu verbannen. »Die gehören zur Bradford Winery.«

»Die machen guten Wein«, bemerkte Ian.

»Ja.« Leigh zögerte. »Ich habe letzte Woche den Lkw vor deinem Laden gesehen. Ist Simon Bradford ein Freund von dir?«

»Wir machen natürlich Geschäfte miteinander.« Ian musterte sie mit gerunzelter Stirn. »Aus deinem Ton schließe ich, dass du irgendwelchen Ärger mit ihm hast.«

»Ach«, Leigh riss sich zusammen. »Simon und ich haben … aber das ist schon vorbei.«

»Oh?« Ian klang neugierig.

»Das ist nicht der Rede wert. Als Nachbarn kommen wir ganz gut klar. Er kauft mir meine Trauben ab. Mehr ist da nicht. Wirklich.«

»Na gut«, Ian lächelte, »dann lass ihn uns vergessen. Du hast letztens erzählt, dass du einen neuen Weingarten anlegst, wo ist der denn?«

»In diese Richtung«, sagte Leigh, erleichtert über den Themenwechsel. Sie führte ihn zu dem Hang, wo die neu gespannten Drähte in der Sonne funkelten und auf die Reben warteten.

»Hast du das auch allein gemacht?«, fragte Ian.

»Ja.«

»Ich bin beeindruckt!« Er drehte sich zu ihr um. »Du bist wirklich umwerfend.«

Er stand ganz nah bei ihr und lächelte sie an. Leigh schloss kurz die Augen, um das Kompliment zu genießen. Als sie sie wieder aufschlug, suchte sie nach mehr als Bewunderung für ihre Fähigkeiten im Umgang mit dem Seitenschneider.

Ian fasste nach ihrer Hand und drehte sie nach oben, um ihre Handfläche zu betrachten. Er strich mit den Fingern über die Reste der Blasen. Einen langen Augenblick schien es, als würde er sie an seine Lippen führen.

Doch das tat er nicht. Stattdessen umschloss er ihre Hand noch einen Moment lang mit seinen Händen, dann ließ er sie los.

»Ich habe eine Idee«, sagte er und rückte ein klein wenig von ihr ab.

Leigh trat ebenfalls einen Schritt zurück und fühlte sich beinahe verlassen. »Was für eine Idee?«

»Weinstöcke zu setzen, ist harte Arbeit.«

»Ich weiß.«

»Aber ich weiß, wie es leichter werden könnte. Ich habe in meinem Laden eine Gruppe, die regelmäßig Weinproben macht. Ich denke, ein paar von den Leuten würden nichts lieber tun, als einmal selbst einen Weinstock zu pflanzen.«

»Ich verstehe nicht ganz.«

Während er es ihr erklärte, wurde sein Lächeln immer breiter. »Du könntest den Weinclub einladen, an deinem Weingarten mitzuarbeiten. Ich habe das woanders schon gesehen. Die Leute setzen die Weinstöcke. Es wäre natürlich gut, eine Art Newsletter oder eine Homepage zu haben, auf der sie die Fortschritte mitverfolgen könnten. Wenn du den ersten Wein erzeugst, könnten wir eine spezielle Verkostung machen. Sie könnten ein Vorzugsangebot bekommen, den Wein zu kaufen – und das würden sie bestimmt tun.«

Die Idee war großartig, und Ians Begeisterung ansteckend.

»Ich könnte sie sogar an der Namensgebung des Weingartens oder des Weines beteiligen«, sagte Leigh.

»Tolle Idee.«

»Und ich würde die harte Arbeit umsonst erledigt bekommen.«

Ian lachte laut auf. »Leigh, du hast es noch nicht ganz verstanden. Diese Leute würden für das Privileg bezahlen, deine Weinstöcke pflanzen zu dürfen!«

»Bezahlen?«

»Ganz richtig. An der Geburtsstunde eines neuen Weines beteiligt zu sein, wäre ein besonderes Event. Ein Bus aus Sydney. Mittags ein Picknick hier oben. Die Leute könnten ein wenig Wein probieren und kaufen – entweder deinen, aber wenn du noch keinen eigenen hast, würde ich etwas arrangieren.«

»Ich könnte mich um das Picknick kümmern«, schlug Leigh vor. »Außerdem habe ich schon Pläne für meinen Verkaufsraum. Komm und sieh ihn dir an.«

Es fühlte sich ganz selbstverständlich an, seine Hand zu nehmen und ihn zu den Gebäuden zurückzuführen. Er schien weder überrascht noch versucht, seine Hand aus ihrer zu lösen.

Leigh führte ihn zu einem quadratischen Ziegelbau neben einem der größeren Gebäude des Weinguts. Sie ignorierte die großen Glastüren auf der Vorderseite und benutzte einen kleinen Eingang auf der Rückseite.

»Das war der Verkaufsraum des früheren Besitzers«,

erklärte sie ihm, während sie eintrat und nach dem Lichtschalter tastete. »Er ist seit ein paar Jahren unbenutzt. Aber ich denke, es kostet nicht viel Arbeit, ihn wieder herzurichten.«

Der große Raum war praktisch leer. Nur ein paar verstaubte Tische und Stühle standen in einer Ecke gestapelt. An einem Ende des Raums befand sich eine große hölzerne Theke. Durch eine offene Tür konnte man dahinter in eine Küche sehen.

»Ich werde es neu streichen. Vielleicht kann ich ein paar Künstler aus der Gegend dafür gewinnen, ihre Bilder hier auszustellen. Die Bar müsste auch ein bisschen renoviert werden, aber …«

Ian stand dicht hinter ihr, Begeisterung und Vorfreude im Gesicht. Es tat so gut, seine Träume mit jemandem zu teilen, der einen verstand.

»Das wird fantastisch«, versicherte er ihr und legte freundschaftlich einen Arm um ihre Schulter.

Seine warme Haut an ihrer nackten Schulter ließ sie alle Gedanken an Wein und Ausflugsbusse vergessen. Sie hielt den Blick fest auf die gegenüberliegende Wand gerichtet, weil sie fürchtete, was passieren könnte, wenn sie den Mann ansah, der so nah neben ihr stand. Da begann er seinen Arm zu bewegen. Aber nicht von ihr weg, sondern in einem sanften Streicheln. Seine Finger strichen über ihre Schulter und danach weich und vorsichtig ihren Rücken entlang. Leigh wagte kaum zu atmen. Sie neigte leicht den Kopf, als er über ihren Nacken fuhr. Endlich wandte sie ihm ihr Gesicht zu.

Seine blauen Augen strahlten nicht mehr vor Begeisterung oder Amusement. Tiefere Gefühle leuchteten aus ihnen. Er trat noch näher an sie heran und nahm ihr Gesicht in seine Hände. Dann küsste er sie.

Es war ein langer, sanfter und warmer Kuss, der tief in ihrem Inneren an etwas rührte, das so lange wie eingefroren gewesen war. Leigh bewegte sich unwillkürlich. Sie spürte nur ihre Hände auf Ian, seine festen Muskeln unter dem weichen Stoff des Hemdes. Er reagierte darauf, indem er sie fester an sich zog und mit den Händen bis zu ihrer Taille hinunterstrich.

Nach sehr langer Zeit löste Ian seine Lippen von ihren und trat einen Schritt zurück. Er holte tief Luft und lächelte sie an. Leighs heftige Atmung wurde ruhiger, und sie lächelte zurück.

Ian nahm eine ihrer Hände, und diesmal küsste er sie.

Mit rauer Stimme sagte er: »Du hast mir doch ein Mittagessen versprochen. Ich denke, jetzt wäre der richtige Zeitpunkt dafür.«

Leigh nickte nur und verließ als Erste den Raum.

Auf dem Rückweg zum Haus sprach Ian vom Weinbau, ihren Zukunftsplänen und Möglichkeiten zur Zusammenarbeit. Leigh meinte, vernünftige Antworten zu geben, doch ihre Gedanken waren ganz woanders.

Was machte sie da? Sie kannte ihn doch kaum. Und was noch schlimmer war, sie hatten sich über eine Zeitschrift kennengelernt. Sie hatten erst ein paar Stunden gemeinsam verbracht, warum wünschte sie sich also, er würde am Abend nicht nach Sydney zurückfahren? Seit ihr Verlobter sie verlassen hatte, war niemand mehr in ihrem Bett gewesen. Ja, sie hatte sich oft frustriert gefühlt, und ihr Körper hatte nach einer liebenden Berührung gegiert. Aber das war doch kein Grund, mit dem erstbesten gutaussehenden Mann, der ihr über den Weg lief, in die Federn zu springen.

Aber das war er auch gar nicht. Sie hatte vor ihm schon andere attraktive Typen getroffen, die ihr Interesse unmissverständlich zum Ausdruck gebracht hatten. Wäre es ihr nur darum gegangen, mit einem attraktiven Mann zu schlafen – Simon Bradford war immer gleich nebenan gewesen. Nein, sie suchte etwas anderes, und vielleicht, vielleicht konnte Ian es ihr geben. Er war auf schwer definierbare Weise anders, und sie war sich nicht einmal sicher, ob sie gegen die Gefühle, die er bei ihr auslöste, überhaupt ankämpfen wollte. Es tat so gut, sich endlich einmal wieder als Frau zu fühlen.

Im Haus servierte Leigh das Mittagessen, während Ian den Wein aufmachte. Sie stand an der Arbeitsplatte und rührte gerade das Dressing für den Spargel an, als sie plötzlich spürte, dass er ganz dicht hinter ihr war. Er legte seine Hände auf ihre Schulter und küsste zart ihren Nacken.

»Ich muss dir was gestehen«, flüsterte er ihr ins Ohr.

»Was denn?« Sie drehte sich nicht um, aber ihre Hände hielten inne.

»Ich habe dich angelogen.«

Einen schrecklichen Moment lang war Leigh wie erstarrt. Nur ihre Hände zitterten, während sie darauf wartete, dass er weitersprach.

»Ich muss heute Abend gar nicht nach Sydney zurück. Das habe ich nur gesagt, damit ich eine Ausrede hätte, wenn es nicht so gut laufen würde.«

Leigh drehte sich um und schaute ihm in die Augen. »Was Lügen angeht, so denke ich, dass ich mit dieser einen leben kann.«

»Und weiter?«

Leigh stellte sich auf die Zehenspitzen und küsste ihn.

»Bist du dir sicher, dass du das machen willst? Wirklich absolut sicher?«

Die Worte hallten in Donnas Kopf wider, lauter als das beständige Dröhnen des Flugzeugmotors.

War sie sich sicher? Donna blickte aus dem Fenster der winzigen Maschine. Zu allen Seiten erstreckte sich eine endlose rote Ebene bis zum Horizont. Die Gegend wirkte bis auf ein paar kümmerliche Bäume in der riesigen Einöde wie ausgestorben. Kleine Hügel und Ansammlungen zerklüfteter Felsen bildeten die einzige Abwechslung in der

Landschaft. Für Augen, die die Grün- und Gelbtöne der ländlichen Gegenden Englands gewohnt waren, wirkte das hier wie Wüste. Es schien unvorstellbar, dass man an so einem Ort leben konnte. Dennoch musste irgendwo dort draußen ein Anwesen namens River Downs liegen. Donna fragte sich, woher der Name kommen mochte, wo hier doch nirgends eine Spur von Wasser zu sehen war. Noch mehr Fragen stellte sie sich allerdings über Peter Nichols, den Mann, der sie am Ende dieses Fluges erwarten sollte. Peter Nichols und seine zwei Kinder, für die sie an diesen unwirtlichen Ort reiste.

Wirklich absolut sicher?

Nein, sie war sich nicht sicher.

Nach dem ersten Brief hatte sie E-Mails mit Peter ausgetauscht. Er hatte ihr alles über seine Kinder und sein Zuhause erzählt. Seine verstorbene Frau hatte er kaum erwähnt, sondern nur geschrieben, sie sei bei einem tragischen Unfall ums Leben gekommen. Zwischen den Zeilen hatte Donna aber deutlich gelesen, wie sehr er seine Kinder und die Hunderte von Quadratmeilen des wüstenähnlichen River Downs liebte. Seine Worte hatten bei ihr das Verlangen geweckt, die Zwillinge und die wilde Schönheit der Gegend kennenzulernen, die er so treffend beschrieb.

Und was Peter selbst betraf? Da war sich Donna etwas weniger sicher. Seine Mails hatten ihr ein paar Hinweise auf seinen Charakter gegeben, aber genügte das, um zu wissen, ob es für eine Beziehung zwischen ihnen reichen würde? Donna war sich nicht sicher. Sie wusste aber, dass sie es versuchen musste. Sonst hätte sie sich für den Rest ihres Lebens mit der Frage gequält, was gewesen wäre, wenn. Am nächsten Tag hatte sie gekündigt und angefangen, ihre Reise zu planen.

In Peters E-Mails war von Abgeschiedenheit die Rede gewesen, aber bis heute hatte sie nicht begriffen, was damit gemeint gewesen war. Die Landkarten, die sie studiert hatte, hatten sie nicht auf die Reise vorbereitet, die sie am frühen Morgen an der blauen Pazifikküste begonnen hatte und auf der sie sich nach etwa sieben Stunden über dem ausgedörrten Outback immer noch befand. Die Energie und Begeisterung, mit der sie aufgebrochen war, hatte sich mit der Entfernung und der Hitze langsam zersetzt. Vier Flugstunden in einer Linienmaschine hatten sie nach Darwin gebracht und ihr einen Vorgeschmack auf die feuchte Hitze des Nordens gegeben. Irgendwie hatte sie aus dem modernen Terminal zu der rostigen Baracke am äußersten Ende des Flughafens gefunden, wo ein gut gelaunter Mann in Shorts und mit einer spitzen Kappe auf sie wartete. Er hatte sich selbst als Buschpilot bezeichnet. Das Wort hatte Donna noch nie gehört, aber sie sollte bald verstehen, was damit gemeint war. Er hatte sie auf dem Co-Pilotensitz einer einmotorigen Cessna angeschnallt und ihr erklärt, die Passagiersitze hätte man entfernt, um Platz für die Fracht zu schaffen, die den Rest der Maschine einnahm. Dann hatte er das Flugzeug in den strahlend blauen Himmel gesteuert. Es war so laut, dass man sich kaum unterhalten konnte, aber das störte Donna nicht. Sie war froh, einfach nur aus dem Fenster schauen zu können, wo der Schatten des Flugzeugs sich über eine Landschaft bewegte, die sich langsam von Grün über Braun zu Rot veränderte.

Nach etwa zwei Stunden begann der Pilot einen raschen Sinkflug.

»Sind wir da?«, fragte Donna.

»In River Downs? Nein. Das ist nur einer meiner Zwischenstopps. Ich lade Post und ein paar Bestellungen aus. Das dauert nicht lange.«

»Verstehe.«

»River Downs liegt noch ein paar hundert Kilometer weiter südlich.«

Ein paar hundert Kilometer? In dieser Wüste? Donna lehnte sich ans Fenster und hoffte, unter sich irgendwas von dem Hof zu entdecken. Dann hätte sie vielleicht eher eine Vorstellung von dem, was sie am Ende ihrer langen Reise erwartete.

Doch sie sah nichts als rote Erde und verkrüppelte Bäume. Kein Gebäude und nichts, was auch nur entfernt an einen Flugplatz erinnerte. Die Maschine sank weiter. Donna hatte keine Angst vor dem Fliegen. Sie hatte die halbe Welt im Flieger umrundet. Doch als das Flugzeug eine scharfe Kurve beschrieb, packte sie die Angst. Sie sanken und immer noch keine Spur von einer Landebahn.

Der Pilot zeigte auf irgendwas am Boden. Donna sah zweimal hin. Er konnte doch nicht diese schmale Schotterpiste meinen! Das war doch keine Landebahn! Ihre Knöchel wurden weiß, so fest klammerte sie sich an ihren Sitz, während die Maschine holpernd aufsetzte und bis ans Ende der Piste rollte. Froh über ein paar Minuten frische Luft und festen Boden unter den Füßen stieg sie aus.

Ein Mann neben einem zerbeulten alten Geländewagen wartete auf sie. Wie der Buschpilot hatte auch er eine sonnengegerbte Haut – und er war etwa ebenso gesprächig.

»N'Tag.« Er berührte mit einem Finger seinen staubigen Hut und musterte Donna.

»Hallo.« Sie lächelte höflich und registrierte seine neugierigen Blicke.

Unfassbar, wie heiß es war, wenn man hier in der Sonne stand. Sie meinte zu spüren, wie ihre Haut verbrannte. Der goldene Hautton, den sie sich an der Küste geholt hatte, würde sie kaum vor dieser glühenden Sonne schützen. Ihr dickes lockiges Haar war ihr immer lieb gewesen, aber jetzt hob sie die dunkle Flut im Nacken an und wünschte sich, sie hier und jetzt komplett abschneiden zu können, damit ein wenig kühle Luft an ihre Haut kam. Doch die Luft war kein bisschen kühl. Ihre Haut fühlte sich überall gleich heiß an. Sie spürte, wie der Schweiß an ihrem Rückgrat hinunterlief, und auch ihre Stirn war feucht. Der leichte Baumwollrock und das Top waren ihr für die Hitze angemessen erschienen, doch in diesem Backofen half das alles nichts. Vielmehr wünschte sie sich inzwischen, ihre Haut wäre viel stärker bedeckt.

»Touristen verirren sich nicht oft hierher«, sagte der Mann in dem Versuch, seine Neugier zu befriedigen.

»Sie fliegt mit nach River Downs«, klärte der Pilot ihn auf.

»Ja? Warum das denn?«

Donna machte den Mund auf um zu antworten, doch da wurde ihr bewusst, dass sie keine Antwort parat hatte. Sie konnte diesem Fremden wohl kaum sagen, sie hätte auf eine Heiratsannonce in einer Zeitschrift geantwortet. Das klänge doch, als wäre sie eine Katalogbraut – und das war sie schließlich nicht. Oder doch? Aber wie sollte sie sonst ihre Reise über Tausende von Kilometern zu einem Mann, den sie noch nie getroffen hatte, erklären? Sie murmelte etwas von wegen ›Ferien-von-England-machen‹ und ging ein paar Schritte, um sich die Beine zu vertreten. Damit war sie erst einmal vor weiteren Fragen sicher.

Fünfzehn Minuten später kletterte sie wieder in die Maschine, schweißüberströmt von der geringen körperlichen Anstrengung und immer noch ohne Antwort für den Mann mit dem staubigen Hut – oder für sich selbst. Die Frage quälte sie weiter, und für den Rest des Fluges blieb sie in sich gekehrt. Als der Pilot sie ansprach, erschrak sie.

»Ich überfliege mal eben den Hof.«

»Verzeihung?«

»Ich werde jetzt mal über den Hof fliegen, damit die wissen, dass Sie kommen. Bin mir sicher, die werden Ihnen ein Empfangskomitee schicken.« Er lächelte ihr zu.

»Sind wir da?«

»Ja. Schauen sie mal aus dem Fenster. Da kriegen Sie einen guten Überblick.«

Donna zerrte an ihrem Sicherheitsgurt. Das Flugzeug verlor rasch an Höhe und sank auf eine kleine Ansammlung von Gebäuden zu. Sie konnte das Haupthaus erkennen. Und dazu eine Reihe größerer Scheunen. Ein paar unbefestigte Wege führten in verschiedene Richtungen, und sie erkannte Gehege und Holzzäune. Sonst gab es nicht viel zu sehen. Keine Spur von grünem Rasen.

Donna hatte in den Tagen vor ihrer Abreise noch so viel wie möglich über das Northern Territory gelesen, aber das hatte sie nicht auf die Realität vorbereiten können, die sie jetzt da unter sich erblickte. Die ungeheure Leere des Outback ließ sich wohl einfach nicht in Worte fassen. Vom Verstand her hatte sie begriffen, wo sie hinreiste und was ihr dort begegnen würde, aber das hier überstieg ihre kühnsten Erwartungen. Sie spürte Panik in sich aufkommen. Sie konnte das nicht. Schon gar nicht auf der Basis von ein paar E-Mails eines Mannes, den sie noch nie gesehen hatte. Was hatte sie sich bloß dabei gedacht?

Die Furcht, mit der sie den Gurt umklammerte, hatte nichts mit der scharfen Kurve zu tun, die die Cessna plötzlich beschrieb. Die Gebäude verschwanden aus ihrem Blickfeld. Ein paar Sekunden später tauchte eine schmale Spur in der roten Erde auf, und die Cessna steuerte steil auf die Landebahn zu. Nur Augenblicke später rollte die Maschine neben einer kleinen Blechhütte aus, und der Motor erstarb stotternd.

Nur mit größter Mühe gelang es Donna, den Gurt zu öffnen und die schmalen Stufen hinunterzuklettern. Ihr Unterbewusstsein schien zu glauben, sie könne dem, was sie hier erwartete, entgehen, wenn sie einfach an Bord bliebe. Sie könne in ihre gemütliche kleine Wohnung am Strand zurück. Oder auch zurück in ihre Heimat auf der anderen Seite der Erdkugel – dorthin, wo alles grün war und es überall Menschen gab.

Die Hitze traf sie wie ein Keulenschlag. Selbst zu dieser

späten Stunde brannte die Sonne schmerzhaft auf ihrer Haut. Der Pilot schien nichts davon zu bemerken, als er ihre Taschen aus dem Heck der Maschine auslud. Er trug sie ein paar Meter weit und setzte sie dann im Schatten einer großen, offenen Blechhütte ab, in der ein ganz ähnliches Flugzeug stand. Ohne ein weiteres Wort lud er weitere Kisten aus.

Donna beschirmte ihre Augen mit der Hand und drehte sich langsam um sich selbst. Es kam ihr vor, als wären sie und der Pilot die einzigen Menschen im Umkreis von Tausenden von Kilometern. Der Busch um sie herum gab keinen Laut von sich. Nicht die kleinste Brise bewegte die staubbedeckten Büschel von bräunlichem Gras. An der Landebahn standen zwei Gebäude. Eine kleine Blechhütte mit geschlossener Tür und ohne Fenster und der Hangar, der eine so hochtrabende Bezeichnung eigentlich gar nicht verdiente. In der Ferne war der Schrei einer einsamen Krähe zu hören. Das einzige weitere Geräusch war das Ticken des abkühlenden Motors.

Der Pilot trat neben sie.

»Ich würde ja gerne warten und Peter treffen«, sagte er, »aber ich habe keine Zeit. Grüßen Sie ihn von mir.«

»Müssen Sie schon weg?« Ihre Worte waren nur ein erschrockenes Flüstern.

»Ich muss weiter. Ich habe noch zwei Stopps zu erledigen, bevor es dunkel wird.«

»Aber …« Donna fehlten die Worte. Der einzige andere Mensch in dieser Wildnis war im Begriff aufzubrechen. Und sie zurückzulassen. Allein …

»Keine Sorge«, sagte der Mann aufmunternd. »Bestimmt kommt bald jemand.«

Er kletterte die Stufen hinauf und verschwand mit einem letzten Winken in der Maschine.

Der Flugzeugmotor heulte auf. Das kleine Flugzeug stieß eine riesige Abgaswolke aus, dann rollte es auch schon die

Startbahn hinunter und zog eine rote Staubfahne hinter sich her. Es hob ein paar Meter vom Boden ab und stieg brummend höher. Innerhalb von Sekunden war es nur noch ein Punkt am blauen Himmel. Kurz danach war das Motorengeräusch nicht mehr zu hören.

Donna stand wie angewurzelt und sah zu, wie der Staub sich langsam legte.

»Und wenn niemand kommt?«, flüsterte sie, aber da war niemand mehr, der sie hören konnte.

# 5.

»Verdammt!«

Peter packte das Lenkrad des alten Geländewagens fester, als er durch ein Schlagloch fuhr und das Auto heftig durchgerüttelt wurde. Er fuhr viel zu schnell, aber er musste rasch zur Landebahn kommen. Das Postflugzeug war früh gekommen, und er war spät dran. Er verfluchte den kaputten Generator, der ihn so viel Zeit gekostet hatte. Die neue Nanny musste schon seit über einer Stunde da draußen sitzen. Das arme Mädel dachte bestimmt, er hätte sie vergessen.

Der Wagen hüpfte durch das offene Tor und auf die Schotterstraße. Peter fuhr direkt auf die Blechhütte zu, bei der das Mädchen warten musste. Eine Wolke roten Staubs stieg auf, als er bremste. Er sprang aus dem Auto und schaute um sich.

Zwei Koffer standen neben dem Hangar, aber von dem Mädchen keine Spur.

»Hallo!«, rief er. Vielleicht hatte sie sich ein kühleres Fleckchen gesucht.

Als nach einer Minute immer noch niemand antwortete, griff Peter durch das offene Autofenster und drückte ein paarmal auf die Hupe. Die einzige Reaktion war das erstaunte Krächzen einer Krähe irgendwo in der Nähe.

Wohin war sie bloß verschwunden?

Mit gegen die Sonne zusammengekniffenen Augen drehte er sich langsam im Kreis. Weit konnte sie doch nicht sein. Seine Schwester hatte ihm gesagt, die neue Nanny stamme von einer Schaffarm. Da musste sie doch wissen, wie man sich im Outback verhielt. Sie wäre doch wohl nicht so dumm, zu Fuß loszugehen. Oder doch?

Peter trug keine Uhr. Er brauchte keine. Nachdem er sein ganzes bisheriges Leben auf dem Land verbracht hatte, wusste er jeweils genau, wie viele Stunden Tageslicht noch blieben. Hier draußen zählte auch nichts anderes. Er musterte die Sonne. Es würde nur noch eine gute Stunde lang hell sein. Er wuchtete die Koffer auf die Ladefläche seines Wagens. Dann hob er die Hände an den Mund und stieß einen durchdringenden Schrei aus: »Kuuuu-iiiiih!«

Keine Antwort, nur tödliche Stille.

Peter setzte sich hinters Steuer und ließ den Motor an. Sein Verstand raste, während er den Gang einlegte und den Weg zurückfuhr, den er gekommen war. Da er sie auf der Straße nicht gesehen hatte, musste sie querfeldein gegangen sein. Sie musste den Hof eigentlich vom Flugzeug aus gesehen haben. Es schien nicht allzu weit. Er wusste es besser. Aus der Luft täuschte die Entfernung. Wer die Strecke zu Fuß gehen wollte, musste sich auf gefährliches Gelände, wilde Tiere und natürlich die Hitze einstellen. Sie würde doch hoffentlich eine Flasche Wasser dabeihaben, oder? Peter fürchtete, wer so närrisch war, einen solchen Marsch durch unbekanntes Gelände zu wagen, war vermutlich auch verrückt genug, das ohne Wasser zu tun. Diese Vorstellung ließ ihn gleich noch etwas mehr Gas geben.

Jenny und die Kinder kamen aus dem Haus gestürmt, als er draußen hielt.

»Wo ist sie?«, fragten die Zwillinge im Chor.

»Keine Ahnung«, sagte Peter. »Sie ist zu Fuß losgegangen.«

Die Kinder verstummten. Selbst in ihrem Alter wussten sie bereits, was das bedeutete.

»Chris, Sara, ich möchte, dass ihr hier bei Tante Jenny bleibt.« Peter wandte sich an seine Schwester. »Wo ist Ken?«

Bevor Jenny antworten konnte, tauchte ihr Mann im Türrahmen hinter ihr auf. »Was ist passiert?«

»Ich vermute, sie ist zu Fuß von der Landebahn aus losgegangen.«

»Querfeldein?«

»Offensichtlich.«

»Willst du das Flugzeug nehmen?«

»Dafür reicht die Zeit nicht. Es wird bald dunkel.«

Ohne ein weiteres Wort langte Ken nach seinem Hut.

»Jenny, wenn wir bis Einbruch der Dunkelheit nicht zurück sind, mach alle Lichter an. Hier. Unten bei den Gehegen. An der Scheune. Einfach alles, was sie sehen könnte.«

Jenny nickte und machte ein sorgenvolles Gesicht.

Peter drehte sich um und ging auf die Scheune mit den Maschinen zu. Ken war ein paar Schritte vor ihm, als sie die Motorräder erreichten. Pferde wären besser, weil sie sie vom Pferd aus vielleicht rufen hören würden. Aber die Pferde standen auf einer weiter entfernten Koppel, und sie hatten keine Zeit, sie erst zu holen.

»Ich suche vom Zaun aus nach Süden«, sagte Peter zu Ken. »Fahr du nach Norden.«

»Das Flugzeug war erst vor etwa einer Stunde da, weit kann sie also noch nicht sein.«

Die beiden Männer ließen die Motorräder an und fuhren ohne ein weiteres Wort zu verlieren los. Beide hatten den gleichen Gedanken. In dieser Gegend musste man nicht weit gehen, um sich zu verirren. Wenn sie die falsche Richtung einschlug, würde sie nur Buschwerk und roten Fels finden. Kein Haus. Keine Menschenseele. Und nur Spuren der Rinder. Wenn sie denen folgte, würde sie sich immer weiter in Gefahr begeben. Ohne Wasser und vielleicht auch ohne Hut, würde sie nicht lange durchhalten. Wenn sie ohnmächtig zusammenbrach, konnten sie ein paar Meter an ihr vorbeikommen und sie nicht bemerken. Sie mussten sie einfach finden, bevor die Dunkelheit die Suche unmöglich machte.

Peter versuchte, seine Aufmerksamkeit zu teilen: zum einen musste er die Maschine bei der holprigen Fahrt aufrecht halten, zum anderen musste er den Busch nach einer Spur von dem Mädchen absuchen. Er wollte sich beeilen, aber auch nicht zu schnell unterwegs sein, um sie nicht zu übersehen. Er hatte ja keine Ahnung, was sie anhatte, und konnte nur hoffen, es wäre weiß. Wenn sie etwas Grünes oder Braunes trug, würde er sie niemals sehen. In seinem Kopf versuchte er River Downs so zu visualisieren, wie das Mädchen es aus der Luft gesehen haben mochte. Peter hatte den Hof schon Hunderte Male angeflogen. Er kannte jeden Fußbreit so gut wie seine eigene Hand. Aber wie würde jemand Fremdes die Landschaft sehen?

Die Maschine war von Norden gekommen, sodass der Hof links von der Landebahn lag. Aber wenn der Pilot eine Schleife geflogen war, konnte sie das verwirrt haben. Falls sie Richtung Westen losmarschiert war, hatte sie nichts als Wüste vor sich. Wenn sie überhaupt so weit kam. Peter durchforstete sein Gebiet noch fünfzehn Minuten lang und fand nichts. Die Schatten wurden länger, und bald käme die Dunkelheit. Er war sich ziemlich sicher, dass sie nach Westen, also weg von der Farm gegangen war. Er blieb kurz stehen und holte tief Luft. Wenn er sich irrte, wäre das umso schlimmer. Aber er irrte sich nicht. Er war sich absolut sicher.

Mit gesenktem Kopf setzte Donna entschlossen einen Fuß vor den anderen. Ansonsten hätte sie sich eingestehen müssen, dass sie einen schrecklichen Fehler gemacht hatte. Inzwischen hätte sie längst den Hof erreichen müssen. Oder ein Gatter. Oder irgendein anderes Zeichen von Zivilisation. Vom Flugzeug aus hatte die Entfernung nicht besonders groß ausgesehen. Daheim in England hätte sie das in einer halben Stunde geschafft, ohne auch nur ins Schwitzen zu geraten. Hier war sie inzwischen schweißgebadet. Sie hatte auf kühlere Temperaturen gehofft, jetzt, wo die Sonne unterging – aber das war ein Trugschluss gewesen. Bald würde es dunkel werden, aber daran wollte sie gar nicht denken.

Ihre Füße trugen sie kaum noch. Zuhause taten ihr nach einem Abend auf hohen Absätzen schon mal die Füße weh, aber das hier war eine ganz andere Dimension von Schmerz. Die Blasen begannen schon zu bluten, und ihre flachen Pumps schützten sie kein bisschen vor den scharfen Steinen und dem glühenden Sand.

Donna zwang sich zu einem weiteren Schritt. Warum hatte sie den Brief in diesem blöden Magazin beantwortet? Warum hatte sie sich zu dieser Reise aufgemacht? Und warum hatte Peter Nichols nicht am Flugplatz auf sie gewartet? Wenn er ernsthaft an einer Beziehung interessiert war, wäre das doch das Mindeste gewesen. Welcher Mann lockte sie hierher und überließ sie dann im Outback sich selbst? Donna verbot sich jeden Gedanken daran, dass sie die Sache vielleicht noch schlimmer gemacht hatte, als sie auf eigene Faust losgegangen war. Sie hüllte sich in ihren Zorn wie in einen Schutzpanzer und marschierte weiter.

In ihrem Dämmerzustand aus Erschöpfung und Schmerz drang ein fernes Geräusch zu ihr vor und ließ sie innehalten. Es klang wie ein Motor.

»Hallo!«, schrie sie. »Hallo.«

Ihre Stimme brach. Ihr Hals war für einen weiteren Versuch einfach zu trocken.

Sie ging im sandigen Bett eines ausgetrockneten Baches. Es schien ihr Stunden her zu sein, dass sie hier heruntergestolpert war, und sie hatte nicht die Kraft aufgebracht, wieder hinaufzuklettern. Außerdem ließ es sich hier einigermaßen gut gehen. Bestimmt würde das Bachbett sie zu einem größeren Fluss führen. Dort gäbe es Wasser, und wo Wasser war, mussten auch Menschen sein.

Donna sah die Böschung hinauf. Wenn jemand sie suchte, musste sie hinaufklettern. Sie holte tief Luft und machte sich an den Aufstieg. Es war gar nicht so hoch. Zwei Meter vielleicht, aber steil. Ein paar große Bäume säumten das Bachbett, und freiliegende Wurzeln ragten aus der Böschung. Donna packte eine davon und begann, sich hochzuziehen. Ihre Füße suchten nach einem Halt, bis ihr linker Fuß einen großen Stein fand. Sie ignorierte den stechenden Schmerz und griff nach einer weiteren Wurzel über ihrem Kopf. Langsam zog sie sich hoch, bis ihr Kopf und ihre Schultern über den Rand ragten. Sie keuchte vor Anstrengung, schaute hoch und – erstarrte.

Etwas bewegte sich durch das lange Gras auf sie zu. Langsam, schlängelnd und tödlich.

»Nicht bewegen!«

Die tiefe, kräftige Stimme drang von links an ihr Ohr. Donna rührte sich nicht.

Die Schlange zögerte und hob dann ihren länglichen, schmalen Kopf. Donna konnte ihre gespaltene Zunge sehen.

Da zerriss ein Schuss die Stille. Donna schrie auf, verlor den Halt und fiel nach hinten.

Eine starke Hand packte sie am Handgelenk.

»Ich hab dich«, sagte die tiefe Stimme, und Donna wurde hochgezogen. Eine zweite Hand umfasste ihre Taille und zog sie von der blutigen Schlange fort, die sich im Todeskampf wand.

»Alles ist gut. Du bist in Sicherheit.«

Instinktiv drehte sich Donna zu dem großen Mann um und barg ihren Kopf an seiner Brust. Vor Angst und Erschöpfung brach sie in Tränen aus. Der Mann sagte nichts. Er hielt sie nur fest.

Als ihr Atem wieder normal ging, machte sie sich los. Sie wischte sich die Tränen vom Gesicht und schaute in ein paar braune Augen und ein gebräuntes Gesicht, das sie schon aus der Zeitung angelächelt hatte.

»Sie sind Peter Nichols.«

»Und Sie müssen Donna Boyd sein.«

Donna nickte, und ein paar Sekunden lang standen sie einfach nur da. Er war einen ganzen Kopf größer als sie und sah aus wie das Klischee eines *bushman*. Donna wurde sich plötzlich ihrer verschwitzten Kleidung, ihrer furchtbar wunden Füße und ihres vermutlich sehr schmutzigen Gesichts bewusst. So hatte sie sich ihre erste Begegnung sicher nicht vorgestellt.

»Warum warst du nicht an der Landebahn?« Das war sicher nicht die beste Frage gleich zu Anfang, und sie fiel auch irgendwie automatisch ins Du, aber der Satz war wie von selbst über ihre Lippen gekommen.

»Es tut mir leid.« Er sah aus, als meine er es auch so. »Ich habe einen Generator repariert. Und der Flieger war ein bisschen zu früh dran. Ich wollte dich abholen, aber du warst schon weg. Du hättest nicht versuchen sollen, zu Fuß zu gehen.«

»Das weiß ich inzwischen auch.« Donna schaute schaudernd auf die tote Schlange. »War die gefährlich?«

»Sehr. Eine Königsbraunschlange. Von denen gibt's am Bachbett viele. Aber der Schuss dürfte die anderen gleich mit vertrieben haben.«

Das Motorrad stand nicht weit weg. Peter schob das Gewehr in das am Motorrad befestigte Halfter zurück. Eine rechteckige Stofftasche mit Metallgriff hing am Lenker. Er reichte sie Donna.

Sie brauchte einen Moment, um zu begreifen, was das war. Dann schraubte sie den Deckel ab und hob den Wassersack über ihren Kopf. Sie kämpfte ein paar Sekunden, und die Flüssigkeit schwappte heraus. Schließlich fasste sie nach dem Griff und drehte den Sack um. Das Wasser, das ihr übers Gesicht floss, war warm, aber es war das Beste, was sie je getrunken hatte. Sie musste husten, als sie ein wenig davon in die Nase bekam, und nahm noch ein paar große Schlucke. Nachdem sie Peter den Sack zurückgegeben hatte, sah sie zu, wie er geschickt einen Strahl daraus in seinen Mund lenkte, ohne auch nur einen Tropfen zu verschütten.

Als er den Wassersack wieder an den Lenker gehängt hatte, nahm er seinen staubigen Hut vom Sitz. Lässig schwang er ein Bein über die Maschine.

»Bist du schon mal mit so was gefahren?«

Donna schüttelte den Kopf.

»Es geht ganz leicht. Setz dich einfach hinter mich.«

Donna trat näher. Mit seinen langen Beinen und in Jeans mochte es einfach sein. Mit ihrem Rock tat sie sich nicht so leicht. Vorsichtig rutschte sie auf den Sitz.

»Stell deine Füße hier drauf.« Peter zeigte es ihr. »Und jetzt rutsch näher an mich ran.«

Sie rückte bis auf ein paar Zentimeter an ihn heran.

»Nein. Ganz nah. Und leg deine Arme um meine Taille.«

Sie kam näher, und der Rock schob sich über ihre Oberschenkel. Peter schien es nicht zu bemerken, und Donna war zu müde, um sich darum zu kümmern.

»Festhalten.«

Mit einer schnellen Bewegung warf er den Motor an. Das Dröhnen übertönte alle anderen Geräusche. Er schenkte Donna noch einen schnellen Blick, dann gab er Gas, und die Maschine machte einen Satz nach vorne.

Zunächst fuhren sie querfeldein durch den Busch und kamen nur langsam voran. Doch nach etwa zehn Minuten stießen sie auf einen schmalen Pfad, und Peter drehte stärker auf. Das Motorrad raste durch die Landschaft. Donna hatte die Arme fest um ihn geschlungen und presste ihre Wange zwischen seine Schulterblätter. Der Lärm und die Geschwindigkeit ließen sie bis auf die Wärme des kräftigen Körpers, das weiche Baumwollhemd an ihrem Gesicht und seinen kräftigen, erdigen Geruch alles andere vergessen.

Donna wusste nicht, wie lange sie so gefahren waren. Sie fühlte nur Erleichterung, als Peter vor einem großen Holzhaus hielt. Sie sprang vom Sattel, froh, wieder festen Boden unter den Füßen zu haben. Langsam drehte sie sich um die eigene Achse, und was sie da sah, vielleicht ihr neues Zuhause, war anders als alles, was sie je erblickt hatte. Sie hatte über diese Anwesen gelesen, ebenso wie über die Hitze und die Einsamkeit. Aber Lesen war nicht dasselbe, wie es selbst zu erleben. Sie fühlte sich, als sei sie auf einem fremden Planeten gelandet, und der Mann neben ihr war ihr ebenso fremd wie die Umgebung. In ihrem Kopf begann sich alles zu drehen.

»Alles okay?«

Peters Arm lag wieder um ihre Schulter, als im selben Moment die Tür des Hauses aufsprang und zwei kleine Energiebündel durch den Staub auf sie zustoben.

»Dad! Du hast sie gefunden.«

»Ist sie unverletzt?«

»Wo war sie?«

»Schluss!« Peters Stimme übertönte ihr Geschrei. »Miss Boyd ist müde. Sie muss sich erst einmal in Ruhe hinsetzen. Rein mit euch!«

Die Zwillinge rannten zurück und hielten die Tür auf. Peter führte Donna in eine hell erleuchtete Küche, wo eine schwangere Frau an einem Tisch saß, auf dem noch die Reste eines Abendessens standen.

»Ich bin so froh, dass Ihnen nichts passiert ist.« Die Frau nahm Donnas Hände und führte sie zu einem Stuhl. »Wir haben uns solche Sorgen um Sie gemacht. Ich bin Jenny, Peters Schwester.«

»Wir dachten, Sie wären tot!«, verkündete der kleine Junge.

»Nein, das dachten wir nicht«, korrigierte Peter seinen Sohn. »Wir dachten, Sie hätten sich verirrt.«

»Haben Sie sich verirrt?«, fragte eine schüchterne Stimme.

Donna sah in ein besorgtes Kindergesicht. Das musste Sara sein. Trotz ihres Schocks und der Erschöpfung fühlte

Donna den Schreck des kleinen Mädchens, das in seinem Leben schon einen viel zu großen Verlust erlitten hatte. »Weißt du, Sara, ich habe versucht, von der Landebahn zu Fuß hierherzukommen, aber ich habe die falsche Richtung eingeschlagen.«

»Okay, Kinder. Lasst Miss Boyd doch erst einmal zu sich kommen.« Peter wandte sich an Donna. »Sie müssen sie entschuldigen. Sie sind so aufgeregt, eine neue Nanny zu bekommen.«

»Eine neue – Nanny?« Donna meinte, sich verhört zu haben.

»Sicher hat Jenny Ihnen geschrieben, dass sie und ihr Mann bald wegziehen werden. Die Kinder hatten schon Angst, dann mit mir allein zurückzubleiben.« Er lächelte versonnen und strubbelte seinem Sohn durchs Haar.

»Und mit dem neuen Jackaroo«, erinnerte der Junge ihn. »Wann suchst du den eigentlich, Dad?«

»Ich bin ihre neue Nanny?« Donna blickte erschrocken um sich. Das musste ein Missverständnis sein. In seinen Mails hatte Peter nichts davon geschrieben. Natürlich hatte er von den Zwillingen erzählt, aber Donna war davon ausgegangen, sie sollte ein Mitglied seiner Familie werden – keine Angestellte.

»Ich glaube –«, begann sie, doch da fiel ihr Blick auf Peters Schwester, die leicht den Kopf schüttelte. Ihre Augen wollten ihr irgendetwas mitteilen, aber Donna begriff nicht, was. Sie war völlig verwirrt. Offenbar war sie unter falschen Voraussetzungen Tausende von Kilometern weit gereist. Jetzt war sie am Ende der Welt bei einem Mann gelandet, der sie hereingelegt hatte.

Nach einem so langen und anstrengenden Tag war das mehr, als Donna verkraften konnte. Sie wollte aufstehen, aber der Raum begann sich zu drehen. Blitzschnell hatte Jenny einen Arm um sie gelegt.

»Kommen Sie, ich zeige Ihnen Ihr Zimmer. Sie müssen

sich doch erst einmal ausruhen. Wir werden das alles später besprechen.« Jenny brachte sie aus der Küche und über einen langen Flur in ein Schlafzimmer.

»Donna«, sagte sie, als sie beide auf dem Bett saßen, »das ist alles meine Schuld.«

»Ich verstehe nicht ganz«, sagte Donna.

»Dieses Durcheinander. Ich war das. Ich werde Ihnen später alles erklären. Wenn Peter und die Zwillinge nicht da sind.«

»Ich muss ihnen doch sagen, dass ich keine Nanny bin.«

»Nein. Bitte. Noch nicht«, flehte Jenny. »Ich werde es in Ordnung bringen. Versprochen. Nur sagen Sie jetzt noch nichts.«

In der kühlen Stille des Zimmers wünschte sich Donna nichts mehr, als sich auf das weiche Bett fallen zu lassen und einen oder zwei Tage lang durchzuschlafen. Sie musterte Jenny angestrengt. Ihr blasses Gesicht sah sorgenvoll aus. Sie kauerte ängstlich am Rand des Bettes und hielt eine Hand schützend über ihren Bauch. Donna vermutete, dass Jenny ihr etwas verheimlichte. Aber irgendwie vertraute sie ihr trotzdem – zumindest für den Moment.

»Na gut«, flüsterte sie. »Aber morgen müssen wir ihnen alles sagen.«

»Das werden wir. Und jetzt ruhen Sie sich erst einmal aus«, sagte Jenny und war schon an der Tür.

Das Letzte, was Donna hörte, war das leise Geräusch der sich schließenden Tür.

»Die Temperatur des Lötkolbens muss genau stimmen«, erklärte Greg Molly, während er an seiner Werkbank saß. »Zu heiß oder kalt – und es funktioniert nicht.«

Molly beugte sich herüber, um besser sehen zu können. In einer Hand hielt Greg eine kleine Zange, in der anderen einen Lötkolben. Vor ihm lag eine Reihe feiner Silberdrähte, die er zuvor geschnitten, zusammengedreht und in die gewünschte Form gebracht hatte. Es war faszinierend, mit welcher Sicherheit er die weißglühende Flamme handhabte. Molly hatte ihn in seiner Werkstatt fotografieren wollen, aber die Kamera lag auf einem Stuhl.

»Ich habe Flügel studiert«, fuhr Greg fort. »Ein Vogelflügel ist ja nichts ohne Federn. Da sind nur ein paar Knochen, wie bei unserem Arm. Erst die Federn verleihen ihm seine unverwechselbare Form. Seine Schönheit.«

Er griff nach einem weiteren Stück Draht und sprach fast wie zu sich selbst. »Ein Fledermausflügel ist etwas ganz anderes, fast wie eine menschliche Hand. Mit langen Fingern, die die Membran des Flügels halten.«

»Willst du wirklich ein Schmuckstück in Gestalt eines Fledermausflügels herstellen?«

Greg kicherte. »Klingt nicht sehr ansprechend, was?«

»Vielleicht für Horrorfans und Gothics.«

»Vielleicht sollte ich es anders erklären.«

Er legte sein Werkzeug beiseite und nahm ein Vergrößerungsglas zur Hand.

Molly rückte noch ein bisschen näher. Greg hatte etwas geschmiedet, das nicht wirklich wie ein Flügel aussah. Es war schwer, aber trotzdem ließ es einen an Geschwindigkeit und Fliegen denken.

»Das ist wunderschön«, sagte sie.

»Findest du wirklich?« Gregs Augen musterten ihr Gesicht, als sei ihre Meinung ihm so wichtig wie sonst nichts auf der Welt.

»Ja, das finde ich«, antwortete sie mit voller Überzeugung.

Er lächelte, und sie lächelte zurück. Einen Moment lang ruhten ihre Blicke ineinander, dann wandte Greg sich wieder seiner Arbeit zu. Ohne sich dessen bewusst zu sein, rückte Molly noch ein wenig näher. Sie sah ihm gern bei der Arbeit zu. Er wirkte dann selbstvergessen und sicher. Seine Hände bewegten sich geschickt. Sie fragte sich, wie diese kräftigen und doch sensiblen Hände sich auf ihrer Haut anfühlen mochten. Sanft und doch kraftvoll.

Erschrocken trat Molly einen Schritt zurück. Was dachte sie da? Um ihre Verwirrung zu kaschieren, griff sie nach der Kamera. Sie sah eigentlich noch gar nichts, während sie am Objektiv herumdrehte. Wie konnte sie nur so etwas von Greg denken. Er war ihr Fotomotiv. Sonst nichts. Sie schob ihre Begeisterung allein auf seine Kunstfertigkeit und packte ihre Kamera fester.

»Stört es dich, wenn ich ein paar Aufnahmen mache?«

»Nein. Nur zu.« Greg schaute nicht auf.

Molly sah sich um und taxierte Licht und Perspektive. Dann trat sie beiseite und machte ein paar schnelle Schüsse. Als sie auf die andere Seite wechselte, entdeckte sie das Silberstück auf dem Regal über der Werkbank.

»Was ist das?«, fragte sie.

Greg wusste, was sie meinte. Er nahm es und legte es behutsam in ihre Hand. »Das ist etwas, das ich schon vor einiger Zeit gemacht habe. Eines meiner ersten Guss-Stücke.«

Molly studierte die Silberscheibe und die kunstvollen Linien darauf. »Wunderschön.«

»Danke. Inzwischen ist es so eine Art Glücksbringer.«

»Funktioniert der auch?«

»Vielleicht.« Er warf ihr ein rasches Lächeln zu und nahm den Glücksbringer wieder aus ihrer Hand. Dabei berührten seine Fingerspitzen ihre Handfläche, und da war er wieder. Dieser plötzliche, beunruhigende Schmerz irgendwo in Mollys Innerem. Sie fragte sich, ob Greg ihn wohl auch spürte.

Schnell konzentrierte sie sich wieder auf ihre Kamera und drehte am Objektiv.

»Wie hat das alles angefangen?« Mit dieser Frage wirkte es wieder mehr wie ein Interview. Wie ein Job. Nicht so persönlich.

»Nun, meine Mutter starb, als ich noch sehr klein war.«

»Ach, Greg!«

»Bei einem Autounfall. Ich kann mich nicht an sie erinnern. Dad hat nichts aufgehoben, was ihn an sie erinnern konnte. Aber ich habe ein Foto von ihr. Ein altes Schwarzweißbild. Als Kind habe ich es stundenlang angestarrt. Auf dem Foto trägt meine Mutter Silberschmuck. Einen Anhänger und Ohrringe. Ich denke, damit hat alles angefangen.«

Molly zoomte sein Gesicht heran, während er sprach. Er war so hübsch wie viele der Models, die sie schon fotografiert hatte. Doch durch ihre Linse sah sie mehr als nur sein Gesicht. Die Leidenschaft für seine Arbeit war sichtbar. Und auch eine tiefe Traurigkeit, die wohl mit dem Verlust seiner Mutter zusammenhing. Der Auslöser klickte, als sie mehrmals hintereinander abdrückte. Nicht für *Australian Life*. Diese Aufnahmen waren für Molly selbst.

»In der Schule«, fuhr Greg fort und schien den Blick der Kamera gar nicht zu spüren, »da hatte ich eine Kunstlehrerin, die auch Schmuck herstellte. Sie arbeitete zwar ganz anders, aber sie hat mich angespornt. Von ihr habe ich alles gelernt, was sie konnte, danach hat sie mir geholfen, einen Kurs am Technical College aufzutun. Seither experimentiere ich so vor mich hin.« Er griff nach seinem Glücksbringer. »Ich denke immer, dass mein Talent ein Erbe meiner Mutter ist. Ich fühle mich ihr nahe, wenn ich hier arbeite.« Er schwieg und sah Molly an. »Das klingt wahrscheinlich …«

»Das klingt sehr nachvollziehbar.«

Der Moment des stummen Einverständnisses wurde von einem Ruf beendet.

»Greg? Bist du da drin?«

Molly hatte beinahe ein schlechtes Gewissen, als sie Jasis Stimme hörte.

»Komm rein, Jasi«, antwortete Greg.

Grelles Sonnenlicht fiel herein, als Jasi die Tür aufmachte. Sie trug einen leichten Sommerrock und ein trägerloses Top. Ihre blonden Haare waren locker hochgesteckt, und sie sah umwerfend hübsch aus.

»Was machst du gerade?«, fragte sie und trat neben Greg.

»Das wird eine Brosche«, sagte er und lehnte sich zurück, um ihr seine Arbeit zu zeigen.

»Sieht ein bisschen wie ein Flügel aus«, sagte Jasi.

»Ja. Ein Engelsflügel.« Greg hatte die Worte an Jasi gerichtet, aber er suchte dabei Mollys Blick. Molly lächelte verständnisinnig und fühlte sich gleich wieder ein wenig schuldig. Hier ging es schließlich um Greg und Jasi.

»Das ist hübsch«, sagte Jasi.

»Freut mich. Danke.«

Jasi nahm Gregs Glücksbringer in die Hand. »Arbeitest du immer nur mit Silber?«, fragte sie.

»Ich mag Silber«, antwortete Greg. »Und ich arbeite gern damit. Ich dachte, du magst es auch. Du trägst doch Silberschmuck, oder?«

»Manchmal.« Jasis Lippen zeigten die Andeutung eines Schmollmunds. »Aber zu besonderen Anlässen finde ich Gold besser, du nicht? Ich hatte gehofft, du würdest mir etwas aus Gold machen.«

»Oh. Na ja, ich … ich könnte es versuchen«, sagte Greg zögernd. »Aber ich weiß nicht, ob ich das auch kann. Mit Gold habe ich keinerlei Erfahrung.«

»Es würde bestimmt wunderschön.« Achtlos warf sie die Silberscheibe auf die Werkbank und fiel Greg um den Hals.

Molly wandte sich ab und tat so, als müsse sie ihre Kamera überprüfen. Sie hatte die Kränkung in Gregs Augen gesehen, als Jasi sein Lieblingsstück so achtlos behandelt hatte. Molly hatte auch den Blick bemerkt, den er auf Jasis Hand geworfen hatte. Das Mädchen trug den Ring nicht, den Greg ihr geschenkt hatte.

»Ich dachte, es wäre vielleicht Zeit für eine Pause«, sagte Jasi. »Ich habe uns Tee gemacht.«

»In Ordnung, eine Pause wäre bestimmt gut.« Greg erhob sich. »Kommst du, Molly?«

»Geht schon mal vor. Ich mach noch ein paar Bilder von der Werkstatt und komme gleich nach.«

Greg griff nach seinem Glücksbringer und steckte ihn in die Vordertasche seiner Jeans.

Molly sah ihnen nach, wie sie auf das Haus zugingen. Das Mädchen hatte seine Hand in Gregs gelegt und sah lächelnd zu ihm auf. Sie waren ein sehr schönes Paar, aber Molly gefiel trotzdem nicht, was sie sah. In nur zwei Tagen schien Jasi entschieden zu haben, dass sie hierbleiben wollte. Sie benahm sich, als sei ihre Zukunft mit Greg bereits beschlossen. Greg schmeichelte ihre Aufmerksamkeit ganz offensichtlich. Aber Molly fragte sich, ob er sich hinsichtlich einer gemeinsamen Zukunft ebenso sicher war wie Jasi. Greg war sehr begabt, aber auch sehr verletzlich. Er brauchte Zeit und Raum, um seine Kunst ausleben zu können, und Jasi wirkte auf Molly einfach nicht wie die Art Mädchen, die ihm das geben konnte.

Greg und Jasi betraten das Haus durch die Haustür. Das kam Greg fast ein wenig seltsam vor. Solange er denken konnte, hatte er fast immer die Hintertür bei der Küche benutzt. Jasi hatte das geändert. Drinnen war der Tisch im Esszimmer gedeckt. Auch eine Neuerung. Mit seinem Vater hatte Greg stets nur am Küchentisch gesessen. Jetzt waren die schweren Vorhänge zurückgezogen, Licht fiel in das selten benutzte Zimmer und auf den mit einem weißen Tischtuch bedeckten großen Tisch. In der Mitte stand eine Kristallvase mit ein paar bunten Blumen.

»Das sieht ja toll aus«, sagte Greg.

»Danke.« Jasi lächelte zu ihm auf. »Ich hoffe, es war dir recht, dass ich ein bisschen in den Schränken gestöbert habe. Diese ganzen hübschen Sachen sahen aus, als wären sie seit Jahren unbenutzt.«

Greg konnte sich tatsächlich nicht erinnern, das blau gemusterte Porzellan oder diese Vase je gesehen zu haben. Vielleicht waren das sogar noch Hinterlassenschaften seiner Mutter. Er drückte Jasis Hand. Sie gab sich solche Mühe, alles richtig zu machen. Greg gefiel es, wie sie sein Zuhause verschönerte. Sie verstand zwar seine Kunst nicht und auch nicht sein Bedürfnis, schöne Dinge aus Silber zu erschaffen, aber das war nicht schlimm. Er mochte ihr Aussehen und ihren Duft und das Gefühl, das sie in ihm auslöste, wenn sie mit ihren blauen Augen zu ihm aufblickte.

Aus einem Impuls heraus legte er die Arme um sie. Er zog sie nahe zu sich heran und gab ihr einen langen, sanften Kuss.

Als sie sich voneinander lösten, strich sie mit der Hand zart über seine Wange und lächelte ihn an. »Ich kümmer' mich mal um den Tee.«

Greg nickte und bemerkte erst in dem Moment, dass Molly im Türrahmen stand. Er fühlte sich unbehaglich und fast ein bisschen schuldig, weil er Jasi geküsst hatte, wo Molly und er doch erst vor ein paar Minuten … Ja, was eigentlich? Molly war doch nur hier, um Fotos zu machen. Wenn sie etwas gespürt hatten, als ihre Hände sich berührten, waren das sicher nur ihre Künstlerseelen gewesen. Er brauchte sich nicht schlecht zu fühlen, weil Molly ihn beim Küssen beobachtet hatte. Schließlich war Jasi das Mädchen, das er sich ausgesucht hatte.

Das Läuten des Telefons war wie eine Erlösung. Greg stürmte ins Büro. Während er den Hörer abnahm, war er in Gedanken noch ganz woanders.

»Verzeihung«, sagte er. »Sie sind von *Australian Life*?«

»Genau«, antwortete die Frau in der Leitung. »Wir möchten in ein paar Wochen eine Geschichte über Sie und Jasi bringen. Helen Woodley, die Herausgeberin, hat mich beauftragt, den Artikel zu Mollys Bildern zu schreiben.«

»Oh.«

»Ich werde nicht zu Ihnen kommen. Ich möchte nur ausführlich mit Ihnen und Jasi telefonieren. Ihnen ein paar Fragen stellen …«

»Ich verstehe.«

»Ich hoffe, Sie sind damit einverstanden.«

»Ja, natürlich. Kein Problem.« Darauf hatte er sich schließlich eingelassen. Es ging nur schneller, als er erwartet hatte. Er und Jasi hatten doch gerade erst damit angefangen, sich kennenzulernen. Er hatte ihr noch nicht einmal von seinem Vater erzählt.

»Ich hatte nur gehofft …«

»Ja?« Die Frau am Telefon wartete.

»Könnten Sie uns vielleicht noch ein paar Tage Zeit lassen? Ich meine, es läuft wirklich gut. Aber wenn wir noch ein bisschen mehr Zeit hätten, also, dann würde die Geschichte vielleicht noch besser.«

»Meinen Sie? Gibt es denn etwas …« Die Frau ließ die Frage im Raum stehen.

Greg wusste, was sie hatte fragen wollen. »Ich kann Ihnen natürlich nichts versprechen.« Er hasste es, wie seine Stimme dabei klang.

»Verstehe«, sagte die Reporterin. »Wir können die Story sicher auch in eine andere Ausgabe verschieben. Ich würde mich dann einfach in zwei, drei Tagen noch einmal melden.«

»Ja, das wäre prima.« Greg fühlte sich erleichtert.

»Molly sollte ja eigentlich morgen zurückfliegen, aber vielleicht kann sie noch ein, zwei Tage dranhängen – wenn Sie meinen, dass sich das lohnen würde.«

Greg war nicht klar gewesen, dass Molly abreisen würde, sobald die Geschichte im Kasten war. Eigentlich wollte er überhaupt nicht, dass sie aus seinem Leben verschwand.

»Ich denke, es wäre gut, wenn sie noch bleiben würde«, sagte er aus voller Überzeugung.

Helen war schon fast vier Stunden gefahren, als sie den Briefkasten entdeckte. Oder, besser gesagt, die weiße Öltonne, die als Briefkasten diente. Mit dunkelgrüner Farbe hatte jemand »Willaring Downs« daraufgeschrieben. Als sie vom Highway auf die Schotterstraße abbog, wünschte sie fast, die Fahrt würde noch länger dauern. Bis jetzt hatte sie sich so auf die Strecke konzentriert, dass sie sich keine Gedanken darüber gemacht hatte, was nach ihrer Ankunft passieren würde.

Sie war sich nicht im Klaren darüber, warum sie Matt Redmonds Einladung angenommen hatte. Sie war seltsam erfreut gewesen, als er sie vor drei Tagen angerufen und sich für das Abendessen unter der Brücke bedankt hatte. Zunächst hatte sie es nur für altmodische Höflichkeit gehalten. Die Einladung, das Wochenende auf seinem Hof zu verbringen, hatte sie überrascht, noch erstaunter war sie allerdings von ihrer prompten Zusage gewesen. Sie hatte schließlich weder die Zeit, noch brauchte sie eine Beziehung, und schon gar nicht zu einem Pferdezüchter, der 250 Kilometer weit weg wohnte. Aber warum hatte sie dann diese nervöse Vorfreude gepackt?

Der Weg führte zu einer Ansammlung von Gebäuden. Zu ihrer Rechten stand ein großes Haus mit breiter, schattiger Veranda und gepflegtem Rasen. Rundherum ein weißer Lattenzaun. Das hätte sie Matt gar nicht zugetraut. Der Schotterweg führte am Haus vorbei zu einer Reihe von Ställen und Scheunen. Helen war sich nicht sicher, wo sie stehenbleiben sollte. Würde Matt am Haus auf sie warten, oder wäre er bei der Arbeit? Sie wusste genug vom Landleben, um zu verstehen, dass ein derart gepflegtes Anwesen nur mit ungeheuer viel harter Arbeit zu bewirtschaften war.

Sie parkte neben dem Haus, stieg aus und befand sich auf einen Schlag in einer anderen Welt. Außer dem Ticken des abkühlenden Motors war fast nichts zu hören. Da waren nur Vogelgezwitscher, der Wind in den Gummibäumen und gelegentliches Schnauben oder Wiehern von einem der Pferde in der Nähe. Die Nachmittagssonne beschien die weiß gestrichenen Gebäude. Und die ganze Szenerie war absolut friedlich und zugleich voller Leben. Sie schloss die Augen und holte tief Luft. Es roch gut nach Erde.

Als sie die Augen wieder aufschlug, stand Matt nur ein paar Schritte entfernt und beobachtete sie.

Sie fühlte sich wie ein ertapptes Schulmädchen. »Matt, ich wollte gerade …«

»Ich weiß«, sagte er lächelnd. »So geht es mir auch jedes Mal, wenn ich aus der Stadt komme. Die Geräusche. Die Gerüche.«

»Es ist herrlich.«

Matt nickte, zögerte einen winzigen Augenblick und trat dann auf sie zu, um sie auf die Wange zu küssen. »Willkommen.«

Helen spürte, wie die Nervosität von ihr abfiel. »Es tut gut, hier zu sein.«

Sie folgte ihm, als er ihre Tasche ins Haus trug. Und sie musste lächeln, als er den Hut abnahm und ihr die Tür aufhielt, um ihr den Vortritt zu lassen.

Von innen war das Haus geräumig und ordentlich. Viel weniger maskulin, als Helen das erwartet hatte. Während Matt ihre Tasche ins Gästezimmer trug, sah sie sich um. Bücherregale säumten die Wände des Wohnzimmers. Auf einigen standen silberne Pokale, die er zweifellos mit den Pferden gewonnen hatte, die auf den Fotografien daneben abgebildet waren. Es gab gemütliche Sessel und helle Vorhänge. An einer Wand hing ein großes Aborigines-Gemälde. Hinter einem offenen Durchgang konnte sie in eine helle, luftige Küche sehen.

»Bist du müde von der Fahrt?«, fragte Matt. »Möchtest du einen Tee oder etwas Kaltes zu trinken?«

»Nein, danke. Ehrlich gesagt, würde ich mir nach fast vier Stunden hinterm Steuer am liebsten ein wenig die Beine vertreten.«

»Das trifft sich gut«, sagte Matt. »Dann machen wir doch einen Rundgang, und ich zeige dir alles.«

Er führte sie vom Haus zu den Ställen und Weiden. Helen überließ hauptsächlich ihm das Reden und hörte sich interessiert die Geschichte des Anwesens an. Danach folgten Anekdoten über die Pferde und seine jeweiligen Pläne mit ihnen. Dabei musste Helen unwillkürlich an das Foto denken, mit dem sie die Kampagne »Bauer auf Brautschau« in *Australian Life* gestartet hatten. Der hübsche Junge mit den blauen Augen und den blonden Strähnen war das absolute Gegenteil von Matt Redmond gewesen. Das Foto war ein Fake gewesen. Der Mann, der jetzt neben ihr herging, war Realität – noch dazu eine Realität, die ihr sehr gefiel.

Es wurde schon dunkel, als sie zurück ins Haus kamen. Helen machte sich ein wenig frisch, und als sie aus dem Bad kam, war Matt mit der Vorbereitung des Abendessens schon fast fertig.

»Pasta und Salat?«, scherzte sie. »Ich hätte dich eher für den Typ Steak und Kartoffeln gehalten.«

»Dann wart' ab bis morgen Abend«, sagte Matt, stellte einen Teller vor sie hin und griff nach der Weinflasche.

Sie stießen miteinander an.

»Jetzt sag mir bitte«, fragte Matt sie beim Essen, »was du zu all dem hier meinst.«

»Es ist wunderschön. Und es muss eine Heidenarbeit sein.«

»Das ist es«, erwiderte Matt. »Aber die Arbeit geht einem leichter von der Hand, wenn man sie liebt.«

»Das kann ich mir vorstellen«, sagte Helen leise.

»Geht es dir mit deiner Arbeit nicht genauso? Ich denke, dass man sehr gut sein muss, wenn man es so weit bringen will wie du.«

»Ich habe diese Arbeit mal geliebt. Als junge Reporterin habe ich wirklich geglaubt, die Welt verändern zu können. Den Bösen die Maske vom Gesicht reißen, wichtige Kämpfe ausfechten.«

»Und was hat sich daran geändert?«

»Ich schätze, ich selbst. Ich bin erwachsen geworden, habe gelernt, dass die Welt sich nicht so leicht ändern lässt. Und so suche ich inzwischen Ehefrauen für einsame Farmer.« Sie lächelte dabei, um es nicht sarkastisch klingen zu lassen. »Außerdem enthülle ich die Geheimnisse der Reichen und Schönen. Das entspricht nicht ganz meinem Traum von früher.«

»Hattest du eine harte Woche?«

»Sie sind alle hart«, sagte Helen.

»Hast du schon entschieden, was du mit dieser Geschichte über die beiden Filmstars anfangen wirst?«

»Nein. Aber wenn mein Chef wüsste, dass ich auf so etwas sitze, würde er mich umbringen. Und wenn er wüsste, dass ich dir davon erzählt habe, wäre ich wahrscheinlich meinen Job los. Und das wohl zu Recht.«

»Warum hast du mir eigentlich davon erzählt?«

»Vermutlich, um dich zu beeindrucken.« Sie lächelte ihn an.

Er schüttelte den Kopf. »Das war es nicht, was mich beeindruckt hat«, sagte er.

Helen sah die Aufforderung in seinem Blick. Diesmal fürchtete sie, wirklich zu erröten. Es war an der Zeit, ihn wissen zu lassen, dass sie ebenso beeindruckt war. Aber wie sollte sie das anstellen? Wenn das hier ein Film wäre, dachte sie, würde jetzt jemand an die Tür klopfen, oder das Telefon würde läuten, um sie aus dieser misslichen Lage zu befreien.

Sie holte tief Luft. Irgendetwas musste sie jetzt sagen, auch wenn sie immer noch nicht wusste, was.

Da klingelte das Telefon.

Matt war versucht, es einfach läuten zu lassen. Er wollte an diesem Abend nicht gestört werden. Aber das Läuten war einfach zu beharrlich. Er zuckte mit den Schultern und stand auf.

»Hi, Dad.«

»Ali?« Die Stimme seiner Tochter hätte ihn eigentlich nicht überraschen sollen.

»Hast du jemand anders erwartet?«

»Wie geht's dir? Wie läuft's an der Uni? Studierst du auch ordentlich?«

»Alles bestens, Dad. Mach dir keine Sorgen.« Ali lachte ins Telefon.

Matt sah zu Helen hinüber und lächelte bedauernd. Helen lächelte zurück, nahm ihr Weinglas und trat auf die Veranda.

»Dad«, sagte Ali gerade, »ich habe mir überlegt, morgen nach Hause zu kommen.«

»Nach Hause?«

»Ja. Ein Freund fährt sowieso in die Richtung, und ich könnte mir gleich ein paar Sachen mitnehmen, die ich brauche. Er würde mich gegen Mittag bei dir absetzen und am Sonntag auch wieder mitnehmen.«

Matt schwieg. Damit hatte er nicht gerechnet.

»Dad?«

»Weißt du, Ali, ich würde dich wirklich gern sehen, aber …«

»Dad«, Ali klang besorgt, »ist irgendwas nicht in Ordnung?«

»Nein«, beeilte Matt sich zu versichern. »Es ist nur so, dass ... dass ich dieses Wochenende schon etwas vorhabe.«

»Du hast was vor?«

»Ja, genau.« Er wusste nicht, was er seiner Tochter erzählen sollte. Er wollte ihr nichts verheimlichen. Andererseits gab es ja gar nichts zu berichten. Noch nicht. Und wenn das Wochenende nicht funktionierte ...

»Dad! Es ist wegen ihr, oder? Du triffst dich noch mal mit Helen Woodley!«

Matt hielt den Hörer von seinem Ohr weg und war froh, dass Helen hinausgegangen war. Seine Tochter wurde manchmal ein wenig laut, wenn sie aufgeregt war.

»Also ... Ja. Das tue ich.« Er würde Ali nicht belügen, aber er war auch nicht bereit, mehr preiszugeben als unbedingt nötig.

»Das ist ja großartig! Wann? Wo? Du musst mir alles erzählen!«

»Nein. Ich werde dir nicht alles erzählen.« Matt lachte ins Telefon. »Und wenn du am Wochenende nach Hause kommen willst, kannst du das natürlich. Ich freue mich, dich zu sehen.«

»Ah, das bedeutet, sie kommt auch!«

»Ali!«

»Oder ist sie vielleicht schon da? Ach, du meine Güte! Hab ich euch bei irgendwas gestört? Dad ...«

»Das reicht!«

»Na, gut, Dad. Ich mach jetzt Schluss. Und sorg dich nicht. Ich werde nicht plötzlich vor der Tür stehen. Aber ich rechne am Montag mit deinem Anruf, und dann erzählst du mir alles.«

»Das kommt überhaupt nicht in Frage.«

Kurz danach trat er zu Helen auf die Veranda. »Entschuldige.«

»Deine Tochter?«

»Ja. Sie wollte morgen vorbeikommen und sich ein paar

Sachen holen, aber sie braucht sie doch nicht so dringend, wie sie dachte.«

»Hast du ihr gesagt, dass ich hier bin? Da wollte sie wohl nicht das fünfte Rad am Wagen sein.«

»Sie ist von selbst draufgekommen. Aber im Prinzip, ja.«

»Deine Tochter ist ein wirklich kluges Mädchen.«

»Ja, das ist sie.« Matt versuchte nicht, den Stolz in seiner Stimme zu verbergen. »Hast du keine Kinder?«

In dem Schweigen, das darauf folgte, blickte er zur Seite. Helen starrte in ihr Weinglas und ließ den Rest darin kreisen.

»Tut mir leid«, sagte er. »Ich wollte nicht neugierig sein.«

»Nein«, beruhigte Helen ihn. »Das ist nur eine dieser Fragen, die man mir dauernd stellt. Ich pflege darauf immer zu sagen, dass es sich einfach nicht ergeben hat.«

»Ich verstehe.« Matt spürte, dass eigentlich noch viel mehr dahintersteckte.

»Okay«, sagte Helen betont fröhlich. »Nachdem du das Abendessen gekocht hast, könnte ich mich doch vielleicht um den Kaffee kümmern?«

»Danke, gern«, sagte Matt. »Ich komme mit und zeige dir, wo alles ist.«

»Nein. Du wartest hier. Und wenn ich etwas nicht finden kann, rufe ich.«

Helen verschwand nach drinnen. Matt blieb draußen und betrachtete die mondbeschienenen Scheunen und Ställe. Er hätte sich ohrfeigen mögen. Offenbar hatte er einen wunden Punkt berührt. Gerade, als Helen begonnen hatte, sich zu entspannen. In den letzten paar Stunden hatte er gemerkt, wie die Anspannung von ihr abgefallen war, aber jetzt war sie wieder da. Er hasste diese strengen Falten rund um ihre schönen Augen.

Helen Woodley war die attraktivste Frau, die ihm seit Langem begegnet war. Und dabei war sie nicht nur sexy, auch wenn sie in ihrer engen Jeans zweifellos eine tolle

Figur hatte. Und es war auch nicht nur ihre Intelligenz, obwohl Matt befürchtete, dass sie wahrscheinlich klüger war als er. Und es war auch nicht allein ihr Humor, oder die Art, wie sie den Mund verzog, wenn sie lächelte. Es war vielmehr alles das und noch etwas anderes. Er hätte nicht genau zu sagen gewusst, was. Aber er wusste, dass er ihr näherkommen wollte. Sehr viel näher.

»Wie magst du deinen Kaffee?« Helens Stimme drang durch die offene Tür nach draußen.

»Schwarz. Ohne Zucker.«

Sie klang schon ein wenig besser, fand er. Helen mochte zwar Herausgeberin einer großen Zeitschrift sein und den Ruf einer toughen Geschäftsfrau haben, aber er spürte, dass ein Teil von ihr verletzlich war und sich vor der Nähe, die ihm vorschwebte, vielleicht sogar ein wenig fürchtete. Er würde warten. Und er hatte das Gefühl, es würde sich lohnen.

»Hast du schon ein Programm für morgen?«, fragte Helen aufgeräumt, als sie sich wieder neben ihn setzte.

»Das habe ich.« Matt freute sich über ihre gute Stimmung. »Reitest du?«

Helen lachte. »Früher mal, als ich noch Zöpfe und eine Schuluniform trug.«

Matt verschüttete fast seinen Kaffee.

»Also dann«, sagte er eifrig, »dann stelle ich dir morgen Granny vor.«

»Granny?«

»Ein Pferd. Ich denke, ihr beiden werdet euch gut verstehen.«

»Ich habe gar keine Reitstiefel mit«, wandte Helen ein.

»Die Ausrede gilt nicht. Ich wette, dass Alis Stiefel dir passen. Hast du Lust?« Matt sah ihr direkt ins Gesicht. Sie lächelte, und er wusste, dass sie die unangenehme Erinnerung an was auch immer für den Moment überwunden hatte.

»Hab ich.«

Sie unterhielten sich noch ein wenig und tranken ihren Kaffee aus, doch dann bemerkte Matt, dass Helen müde aussah. Er schaute auf seine Uhr. Es war noch vor zehn.

»Das macht die viele frische Luft«, sagte er. »Warum gehst du nicht schlafen?«

»Ich denke, das werde ich tun«, sagte Helen schüchtern. »Gute Nacht.«

»Gute Nacht.« Matt küsste sie auf die Wange und hielt ihr die Tür nach drinnen auf.

Leigh entdeckte ihr Spiegelbild in der Glastür und war mit sich zufrieden. Anfang der Woche hatte sie sich aufgemacht, um etwas zum Anziehen für den heutigen Abend zu besorgen. Sie hatte an ein klassisches schwarzes Cocktailkleid mit Spaghettiträgern und passender Jacke gedacht. Aber so etwas war nicht zu finden. Stattdessen hatte sie sich im allerersten Laden in ein trägerloses, goldfarbenes Kleid verliebt, das ihren Körper regelrecht umschmeichelte. Der glänzende Satin hatte die Farbe von reifem Weizen. Winzige Tulpen waren in den Stoff geprägt. Auf dem Satingürtel und dem hauchdünnen Schultertuch glitzerten Pailettensäume. Ihre sorgsam lackierten Fußnägel schauten unter den Riemchen der strassbesetzten Sandalen hervor, die so hohe Absätze hatten, dass sie bei jedem Schritt ihre Knöchel in Gefahr brachte.

Das ganze Ensemble war jung, witzig und wahnsinnig sexy. Leigh war sofort Feuer und Flamme. Sie war voller Vorfreude.

Leigh konnte ihr Glück kaum fassen, dass sie aus den Dutzenden Zuschriften ausgerechnet Ians Brief ausgesucht hatte. Er hatte ihr Leben, nein, sie selbst auf den Kopf gestellt. Die Frau, die sie im Spiegel sah, war nicht mehr der verbitterte Workaholic von vor zwei Wochen. Die alte Leigh Kenyon hatte sich durchgeschlagen, nachdem ihr treuloser Verlobter sie verlassen hatte. Aber jetzt war sie Aschenputtel, kurz bevor es zum Ball ging. Und dieses Jahr hatte sie einen Prinzen an ihrer Seite. Keine hochgezogenen Augenbrauen der Leute mehr, die die Geschichte von Jack Thorne gehört hatten. Und keine mitleidigen Blicke mehr von Typen wie Simon Bradford.

Dieser Abend würde ihr gehören.

Ian kam vom Parkplatz zurück. Er sah in seinem Smoking ausgesprochen gut aus. Aber eigentlich sah er in allem, was er trug, gut aus – genauso wie wenn er nichts trug. Leigh wurde beinahe rot wegen der Richtung, die ihre Gedanken genommen hatten. Am vergangenen Wochenende war Ian nicht nur am Samstag, sondern auch sonntags über Nacht geblieben. Seit Jack sie verlassen hatte, war Leigh mit keinem Mann mehr zusammen gewesen. Und Ian schien etwas in ihr geweckt zu haben, das viel zu lange geschlummert hatte. Sie hatten sich geliebt und waren in einer Umarmung eingeschlafen. Danach war alles anders gewesen. Sie konnte sich nicht erklären, wie ein Wochenende so viel verändern mochte, doch als Ian seinen Arm um sie legte und sie in das Hotel führte, da wusste sie, dass sie auf diesem Weg weitergehen wollte.

Der Ballsaal war mit Ballons und Papiergirlanden geschmückt, und auf der Bühne am gegenüberliegenden Ende spielte eine Band. Die Tische waren mit gestärkten weißen Tischtüchern und Silber gedeckt sowie mit Weinblättern und üppigen Trauben dekoriert. Um die Tische, an der Bar und auf der Tanzfläche begrüßten sich die festlich gekleideten Gäste lächelnd und scherzend.

»Das sieht klasse aus«, sagte Ian und musterte sie anerkennend.

»Nicht wahr?«, stimmte Leigh ihm zu.

»Ich denke, ein Glas Champagner könnte nicht schaden, was meinst du?«

Die Bar war umlagert, und Leigh wartete, während Ian

sich einen Weg durchs Gedränge bahnte. Zwischendrin blieb er stehen, um Freunde und Bekannte zu begrüßen, von denen auch Leigh viele kannte. Sie fühlte sich rundum glücklich.

»Leigh, du siehst fantastisch aus.«

Die tiefe Stimme so nah an ihrem Ohr ließ sie vor Schreck zusammenzucken. Sie drehte sich um und entdeckte Simon Bradford dicht hinter sich.

»Hallo, Simon«, sagte sie und trat so weit zurück, wie das in dem Gedränge möglich war.

Simon erwiderte nichts, sondern ließ nur seine Augen langsam von ihrem Gesicht bis zu ihren roten Zehennägeln und wieder zurück wandern. Leigh fühlte sich, als hätte er sie angefasst.

Er sah auch ziemlich gut aus. Aber das tat er ja immer, schließlich war er der zu ihrem Ärger stets perfekte Simon Bradford. Und aus irgendeinem Grund ärgerte sie das heute Abend besonders. Vielleicht, weil er sie so bewundernd und zugleich beunruhigend anstarrte.

»Ah, Simon.« Ians Stimme war ihr höchst willkommen.

»Ian.« Simon schüttelte ihm die Hand. »Ich habe Leigh gerade gesagt, wie großartig sie aussieht.«

»Das tut sie tatsächlich.« Er gab Leigh ihr Champagnerglas und legte dann einen Arm um ihre Taille. Leigh bemerkte, wie Simons Lächeln eine Spur nachließ, und trat näher an Ian heran.

»Ich habe mich richtig auf diesen Abend gefreut«, fuhr Ian fort. »Der angemessene Abschluss eines erfolgreichen Weinjahres.«

»Ja, ein gutes Jahr«, stimmte Simon unkonzentriert und eher desinteressiert zu. »Wenn ihr mich entschuldigen würdet. Ich glaube, Tania sucht mich.«

Leigh sah ihm nach, wie er in die Menge eintauchte und auf seine Freundin zusteuerte. Tania trug eine smaragdgrüne Designerrobe, die ihre Kurven perfekt betonte. Jeder Zoll ein Model.

»Weißt du, dass sie dir nicht das Wasser reichen kann?« Ians sanfte Stimme war an ihrem Ohr. »Hier im Saal gibt es keinen Mann, der mich nicht beneiden würde – selbst Simon Bradford gehört dazu.«

Leigh sah in sein hübsches Gesicht. Er meinte zweifellos, was er sagte. Sie fasste ans Revers seiner Jacke, zog ihn sanft zu sich heran und küsste ihn.

»Bist du dir sicher, dass du noch bleiben möchtest?«, neckte Ian sie. »Wir könnten doch auch einfach nach Hause fahren und …«

»Nein«, antwortete Leigh lachend. »Ich möchte mich unterhalten und tanzen …«

Sie gingen immer noch herum, um Bekannte zu begrüßen, als alle aufgefordert wurden, ihre Plätze einzunehmen. Die runden Tische waren nummeriert und für jeweils zehn Personen gedeckt. Leigh hatte es sich gerade bequem gemacht, als sie Simon und seine Freundin auf sich zusteuern sah. »Oh nein!«, flüsterte sie.

»Was ist los?«, fragte Ian und folgte ihrem Blick. »Du magst Simon wohl nicht besonders?«

»Ich hasse ihn.« Die Heftigkeit ihrer Reaktion erschreckte sie selbst.

»Warum?«

»Das ist eine lange Geschichte«, sagte Leigh nur.

»Wir können immer noch mit jemandem Platz tauschen«, bot Ian an.

Leigh drückte seine Hand. Simon und Tania waren stehen geblieben, um sich mit jemandem zu unterhalten. Ihnen wäre also noch genug Zeit geblieben. Sie wollte schon fast zustimmen, doch dann überlegte sie es sich anders.

»Nein«, sagte sie entschieden. »Nicht nötig.«

Schließlich lagen der Betrug ihres Exverlobten und Simon Bradfords Verhalten dabei schon lange genug zurück. Es war wirklich an der Zeit, dass sie darüber hinwegkam. Ian war an ihrer Seite. Das Gesicht voller Mitgefühl. Und noch mehr war darin zu erkennen. Wenn nicht Liebe, dann zumindest etwas Ähnliches.

Simon nickte Leigh und Ian zu, bevor er sich an den nächsten Tisch setzte. Trotz ihres neu entdeckten Selbstvertrauens war Leigh erleichtert. Sie wünschte sich, dass nicht der kleinste Schatten auf diesen Abend fallen sollte.

Das Essen war ausgezeichnet. Erst gab es Parmaschinken und Melone, danach Lachs mit Spargel. Es floss eine Menge Wein, und die Unterhaltung plätscherte angenehm dahin. Ian flirtete heftig mit Leigh. Und diese erlaubte sich sogar, von der weißen Schokoladenmousse zu probieren.

Zwei Reden wurden gehalten. Zuerst vom scheidenden, dann vom neu gewählten Präsidenten des Winzerverbandes. Danach tanzte man. Ian zog Leigh auf die Tanzfläche und kostete den langsamen Rhythmus. Leigh schmiegte sich widerstandslos an ihn und schien in seinen Armen dahinzuschmelzen.

»Ein Glück, dass sie endlich den Tanz eröffnet haben«, flüsterte Ian in ihr Ohr.

»Warum?«

»Weil ich es fast nicht mehr ausgehalten habe, mit dir am Tisch zu sitzen, ohne das hier tun zu dürfen …« Seine Hand rutschte tiefer, und seine Lippen strichen über ihr Ohr.

Sie hätte ihn ermahnen sollen, damit aufzuhören. Schließlich befanden sie sich in der Öffentlichkeit. Aber es war ihr egal. Sie nahm die Hand von seiner Schulter und schob sie unter seine Jacke. Als ihre Handfläche auf seiner Brust ruhte, konnte sie durch den dünnen Stoff seinen Herzschlag spüren. Es musste am Wein liegen, dass sie glaubte, in seinen Armen zu schweben.

Nach ein paar Minuten spielte die Band ein schnelleres Stück, aber Ian ließ sie nicht los.

»Ist dir klar, dass das hier ein Hotel ist«, flüsterte er und strich mit dem Finger über die zarte Haut an ihrem Schlüsselbein. Leigh schaute zu ihm auf und sah das Verlangen in seinem Blick. In diesem Moment wünschte sie sich nichts mehr, als sich von dem Mann, der sie im Arm hielt, leidenschaftlich lieben zu lassen.

»Die sind doch bestimmt schon längst ausgebucht.«

»Das waren sie.« Ian zog einen Schlüssel aus seiner Tasche. »Nur die Hochzeits-Suite war noch frei. Ich hoffe, das macht dir nichts aus.«

Leigh schüttelte den Kopf. Ian zog sie noch näher an sich und küsste sie lang und leidenschaftlich.

»Ich bin gleich wieder zurück.« Leigh musste fast nach Luft schnappen, als sie sich von ihm löste.

»Lass mich nicht zu lange warten.«

Ihre Knie zitterten, als sie an den Tisch zurückkam. Sie schnappte sich ihre Tasche und ihr Tuch und steuerte auf die Damentoilette zu. Dort erkannte sie die Frau, die ihr aus dem Spiegel entgegenblickte, fast nicht. Sie wusste zwar, dass sie eine attraktive Frau war, aber ihr Ebenbild war mehr als das. Leigh konnte sich nicht erinnern, jemals glücklicher gewesen zu sein, und das sah man ihr an.

Als die Tür aufging und sie den Blick vom Spiegel abwandte, schaute sie in die Augen von Simons Freundin Tania.

»Hi, Leigh.«

Leigh kannte Tania nicht besonders gut. Sie und Simon waren noch nicht allzu lange zusammen – auf jeden Fall waren sie es noch nicht, als Leigh und ihr Verlobter sich mit ihrem Nachbarn angefreundet hatten. Und auch erst, nachdem Jack Thorne sie betrogen hatte. Das konnte sie dem Model also nicht anlasten, das zudem ziemlich nett wirkte.

»Was für ein hübsches Kleid«, sagte Tania.

»Danke.« Leigh lächelte. »Aber nichts gegen die Designersachen, die du immer trägst.«

»Unsinn«, kommentierte Tania und kontrollierte ihr perfektes Make-up. »Jeder Mann im Saal hat dich heute Abend bewundert.«

»Danke«, sagte Leigh noch einmal und überlegte, wie sie hier rasch wegkam, ohne unhöflich zu erscheinen. Aber schließlich wartete Ian auf sie.

»Dein Begleiter sieht auch toll aus. Hat er auf deinen Brief in der Zeitschrift geantwortet?«

Leigh fühlte sich überrumpelt. »Also ... ja, das hat er. Ich wusste nicht, dass du ihn gelesen hast.«

»Ich lese eine Menge Zeitschriften.« Tania lächelte. »Das gehört zu meinem Job. Aber wir haben sehr gestaunt, als wir dein Foto entdeckten.«

»Wir?«

»Simon und ich.«

»Ach so.«

»Du hast das toll hingekriegt.«

Jetzt musste Leigh auch lächeln. »Ja, das finde ich auch.«

Beide verließen die Toilette, und Leigh machte sich auf die Suche nach Ian. Er stand halb von der Band verdeckt in einer Ecke des Saales. Die Musik machte gerade Pause, und Leigh eilte zu ihm.

»Ich denke nicht, dass dich das etwas angeht.« Ian klang verärgert.

Leigh blieb erschrocken stehen. Mit wem er wohl sprach?

»Hast du vor, heute noch mit ihr zu schlafen?«

Leigh erkannte die zweite Stimme in dem Moment, als Simon mit vor Zorn gerötetem Gesicht einen Schritt auf Ian zumachte.

»Halt dich da raus, Simon«, sagte Ian mit leiser, aber deutlicher Stimme. »Das geht nur Leigh und mich etwas an.«

Leigh wollte schon vortreten, um Ian beizustehen, als der nächste Satz sie erstarren ließ.

»Du hast schon mit ihr geschlafen, oder?« Simons Worte waren eher gefaucht als gesprochen. »Du verdammter Kerl. Ich habe dir gesagt, dass du ihr schreiben, aber nicht, dass du mit ihr ins Bett gehen sollst!«

Die Musik und das Lachen wurden schwächer. Das Licht wurde dämmrig, und alles schien stillzustehen. Leigh spürte, wie ihr Herz einen Moment lang aussetzte, bevor es brach.

»Du hast vielleicht den Anstoß gegeben, aber …«

Ians Stimme klang schrecklich laut in Leighs ansonsten totenstiller Welt.

»… aber das gibt dir nicht das Recht, mir Vorschriften zu machen.«

»Nein.« Das Wort kam wie ein Krächzen aus Leighs Mund.

Die beiden Männer drehten sich abrupt zu ihr um.

»Leigh.« Ian machte mit sorgenvoller Miene einen Schritt auf sie zu.

Sie wich zurück. »Sag mir, dass das nicht wahr ist.«

»Leigh, es ist nicht so, wie es klingt.«

»Nein? Wie ist es dann? Sag es mir.«

Ian zögerte.

»Lüg mich nicht an, Ian. Was auch immer geschehen sein mag. Bitte, lüg mich nicht an. Hast du mir geschrieben, weil er es dir aufgetragen hat?«

»Ich werde nicht lügen. Simon hat mich angerufen und mir von deinem Brief in der Zeitschrift erzählt.« Ians Augen waren fest auf ihr Gesicht geheftet, während er hastig weitersprach. »Aber das war alles. Als wir uns begegneten, habe ich sofort gespürt –«

»Hör auf. Ich will nichts mehr hören.« Leigh holte langsam und tief Luft. Es fühlte sich an, als würde die Erde sich unter ihr auftun.

»Leigh, bitte hör mir zu. Ich kann verstehen, wie dir –«

Sie schüttelte den Kopf. Sie wollte seine Ausflüchte nicht

mehr hören. Er würde behaupten, ihr die Wahrheit zu sagen, aber wie konnte noch irgendetwas wahr sein, wenn ihre erste Begegnung auf einer Lüge beruhte? Tränen traten ihr in die Augen. Sie hatte wirklich geglaubt, diesmal wäre alles anders. Sie hatte geglaubt, Ian wäre anders.

Simon hob erneut an. »Leigh, ich habe doch –«

»Du Scheißkerl!« Damit wandte sie sich an ihren Nachbarn. »Was gibt dir das Recht, dich in mein Leben einzumischen?«

»Ich habe gar nicht versucht, mich einzumischen. Ich –«

»Was, Simon, was hast du nur?« Ihr Zorn wirkte wie ein Schutzschild, als sie ihm ins Gesicht sah. »Es ist deine Schuld, dass Jack und ich uns getrennt haben. Hast du dich schuldig gefühlt? Wolltest du einen Ersatz für mich finden?«

»Ich weiß nicht, wovon du redest«, sagte Simon.

»Komm, Leigh, lass uns irgendwo hingehen, wo wir in Ruhe reden können.«

Sie spürte Ians Hand auf ihrem Arm, zuckte zusammen. Kurz zuvor hatte seine Berührung sie noch vor Lust erschauern lassen, jetzt fühlte sie sich davon beschmutzt.

»Fass mich nicht an. Ich will dich nie wieder sehen. Lasst mich in Ruhe, beide.«

Leigh drehte sich um und ignorierte Tania, die mit verwirrtem Gesichtsausdruck neben ihr stand. Und sie war nicht die Einzige. Die kleine Gruppe neben der Bühne zog Blicke aus dem ganzen Saal auf sich. Leighs Zorn machte dem Gefühl von Demütigung Platz. Sie rang um Fassung und versuchte, die Tränen zurückzuhalten, wenigstens bis sie aus diesem Saal heraus war. Aber ihr Stolz reichte nicht. Auf halbem Weg zur Tür liefen ihr bereits unaufhaltsam die Tränen übers Gesicht. Stolpernd stürzte sie hinaus.

# 6.

*I am sitting in my dingy little office, where a stingy*
*Ray of sunlight struggles feebly down between the*
*houses tall,*
*And the foetid air and gritty of the dusty, dirty city*
*Through the open window floating, spreads its foulness*
*over all.*

Die Worte des Gedichts von Banjo Paterson beschäftigten Helen, während sie an ihrem Schreibtisch saß. Ihr Büro war alles andere als klein oder schäbig, und die Fenster ließen sich sowieso nicht öffnen. Die Luft war dank der Klimaanlage frisch und wohltemperiert, trotzdem spürte sie genau, was der Autor gemeint hatte. Es war Montagmorgen, und sie hatte keine Lust, hier zu sitzen und zu arbeiten. Sie wollte »dem Murmeln des Windes« und »dem Fluss an seinen Gestaden« lauschen.

Und wie Clancy, der Held des berühmten Gedichts, passte Matt Redmond perfekt in dieses Bild.

Helen rutschte vorsichtig auf ihrem Bürosessel nach vorn. Das war der Preis dafür, dass sie bei Matt fast den ganzen Samstag im Sattel verbracht hatte. Ihre Beine schmerzten, ihr Rücken war steif, und unter dem sorgfältigen Make-up verbarg sich ein Sonnenbrand. Trotzdem fühlte sie sich so gut wie noch nie, seit sie vor einem Jahr ihr Büro bei *Australian Life* bezogen hatte. Die einzige Enttäuschung war, dass zwischen ihr und Matt nichts passiert war. Sie waren gemeinsam ausgeritten, hatten viel gelacht, sich über Literatur, Poesie und Musik unterhalten. Er hatte sie mit Granny bekannt gemacht und ihr geholfen, das Vertrauen der nervösen jungen Stute zu gewinnen. Aber er hatte sie nicht richtig geküsst.

Helen verstand es nicht. Zumal Matt sich auch zu ihr hingezogen zu fühlen schien. Sie fragte sich, ob sie ihm vielleicht die falschen Signale gegeben hatte. Vielleicht hatte sie in seinen Augen ja einen Makel. Unsinn, schalt sie sich. Sie hatte keinen Makel, und ein einziger Fehler vor so vielen Jahren konnte schließlich nicht darüber bestimmen, wer sie heute war. Sie war eine erfolgreiche, attraktive Frau, und wenn Matt das nicht so sah, konnte sie ihm auch nicht helfen!

»Helen?« Ihr Assistent stand mit leicht gerunzelter Stirn in der Tür.

»Ja, Richard?«

»Die Redaktionskonferenz – alle warten schon …«

»Ich komme sofort.«

Der Stapel mit den vorgeschlagenen Storys für die nächste Nummer lag auf Helens Schreibtisch. Die Mappe mit dem Knaller über die schwulen Schauspieler obenauf. Das war eindeutig eine Titelstory. Wie würde sie sich fühlen, wenn ihr Geheimnis, das sie all die Jahre gehütet hatte, auf der Titelseite irgendeines Magazins prangen würde? Sie fasste einen Entschluss und warf die Mappe in die Schublade ihres Schreibtischs zurück.

Zum ersten Mal, seit sie die Leitung von *Australian Life* übernommen hatte, gelang es Helen nicht, sich auf die Redaktionskonferenz zu konzentrieren.

»Was für Fortsetzungen haben wir in der Farmer-Kampagne?«, fragte sie ihr Team.

»Ich habe mit dem Zuckerrohrfarmer gesprochen – Greg Anderson«, antwortete eine der Journalistinnen. »Molly ist mitgeflogen, um Bilder zu machen. Sie hat auch schon ein paar gute Aufnahmen, aber ich habe ihm zugesagt, wir würden noch warten.«

»Warum das?«

»Also, er hat angedeutet, dass das mit ihm und diesem Mädchen aus Melbourne etwas Ernstes werden könnte.

Das wäre doch was. Vielleicht unsere erste Verlobung. Das wäre doch eine noch bessere Story.«

Helen war überrascht. »Ganz schön flott. Na gut. Molly kann ja noch ein paar Tage dableiben und abwarten, ob sich was tut. Irgendwelche anderen Reaktionen? Was ist mit der Weingutsbesitzerin aus Hunter Valley? Ich möchte unbedingt etwas über sie bringen. Jemand ruft sie bitte heute noch an.«

Mit einer gewissen Unruhe kehrte Helen in ihr Büro zurück. Sie hatte eine Ausgabe abgesegnet, aber die war nicht optimal. Wenn sie das Niveau ihrer Verkaufszahlen halten wollte, brauchte sie aufregendere Neuigkeiten. So etwas wie in der Schublade ihres Schreibtischs.

Richard tauchte erneut in ihrer Tür auf. »Helen, Matt Redmond ist in der Leitung.«

»Ich übernehme das Gespräch. Schließen Sie bitte die Tür.«

Richard tat wie ihm geheißen, aber Helen konnte die Verwunderung in seinem Gesicht sehen. Er würde noch viel mehr staunen, wenn er wüsste, was für eine Geschichte sie zurückhielt.

»Hallo, Matt.«

»Hallo.«

Kaum hörte sie seine Stimme, hatte sie die Landschaft wieder vor Augen. Und natürlich ihn selbst, seinen offenen, lächelnden Blick und seine sanfte Stärke.

»Ich hätte mich heute Abend bei dir gemeldet, um mich für das Wochenende zu bedanken. Ich habe es sehr genossen.«

»Ich auch.«

Helen spürte, dass er es genauso meinte.

»Ich hoffe, du nimmst es mir nicht übel, dass ich dich bei der Arbeit störe, aber ich habe nur diese eine Nummer von dir.«

»Natürlich nicht. Wenn du willst, gebe ich dir gleich meine anderen Nummern.«

»Der Grund, warum ich anrufe«, fuhr Matt fort, »ist, dass ich im Laufe der Woche in die Stadt komme. Ali braucht ein paar Dinge, und ich würde dich gern sehen.«

Helen spürte, wie Aufregung von ihr Besitz ergriff. »Liebend gern. Wann kommst du denn?«

Ein paar Augenblicke blieb es still. »Matt?«

»Ich bin noch da.« Er lachte ein wenig. »Ich kann eigentlich an jedem Tag. Ich dachte, ich frage erst dich nach deinen Terminen, um zu sehen, wann es dir passen würde.«

»Freitag ist mein ruhigster Tag«, antwortete sie, ohne lange zu überlegen. »Vielleicht könnte diesmal ich für dich ein Abendessen kochen. Es sei denn, du musst rasch zurück, um die Pferde zu versorgen …«

Schweigen in der Leitung, und einen Herzschlag lang fürchtete sie schon, einen Fehler gemacht zu haben.

»Ich werde da sein«, versprach Matt.

Nachdem sie aufgelegt hatte, kam eine ihrer Reporterinnen mit bekümmertem Gesicht in Helens Büro. »Ich habe die Frau im Hunter Valley angerufen. Da ist wohl nichts mehr zu retten. Sie hat sich mit einem der Typen getroffen, aber er hat sich als Arschloch erwiesen. Sie klang ziemlich fertig, deshalb habe ich nicht nachgebohrt.«

»In Ordnung.«

Als Helen wieder allein war, suchte sie Leigh Kenyons Unterlagen heraus. Auf dem Foto wirkte sie ziemlich jung und verletzlich. Helen hoffte, dass sie klarkam. Als sie sich die Kampagne ausgedacht hatte, war sie nicht davon ausgegangen, dass sie damit jemandem wehtun könnte.

Der Regen trommelte auf die Scheiben des Wintergartens. Simon starrte aus dem Haus auf seine Weinberge. Es war Montag. Am Wochenanfang herrschte üblicherweise viel Betrieb in seinem Probierlokal, doch heute war der Besucherparkplatz fast leer. Nur ein einziger Bus versuchte gerade, möglichst nah am Eingang zu parken. Er erkannte das Logo darauf und musste lächeln. Diese japanischen Touristen hatten eine weite Reise hinter sich und würden sich von ein bisschen Regen ihre Weinprobe nicht verderben lassen.

Simon sollte eigentlich auch in seinem Keller sein. Er hatte eine Million Dinge zu erledigen, aber er konnte einfach nicht die nötige Energie aufbringen, was ganz untypisch für ihn war. Der tiefhängende graue Himmel entsprach genau seiner Stimmung.

Hinter sich hörte er Tania packen. An sich hatte sie eine Woche bleiben wollen, aber nun fuhr sie doch schon heute. Der strömende Regen konnte sie nicht von der langen Autofahrt nach Sydney abhalten. Und Simon konnte sich nicht dazu aufraffen, sie zum Bleiben zu überreden. Er verübelte ihr die Abreise auch nicht. Dafür war sein Benehmen beim Winegrowers' Dinner einfach zu schlecht gewesen.

»Ich werde mich dann mal auf den Weg machen.« Ihre Stimme holte ihn aus seinen Grübeleien. »Ich will heute Nachmittag noch in der Agentur vorbeischauen.«

Tanias Agentin hatte morgens angerufen und ihr ein Jobangebot für die Mailänder Modewoche gemacht.

»Dann wirst du den Job übernehmen?«

»Ich wäre dumm, wenn ich es nicht täte.«

Simon war nicht sehr traurig über die Möglichkeit, dass Tania nach Europa gehen könnte. Sie hatten jetzt seit über einem Jahr etwas miteinander, nachdem Tania für eine Weinkampagne gemodelt hatte. Beide hatten ihre Beziehung locker gesehen und immer gewusst, dass das nichts von Dauer war. Er hing zwar an ihr, aber eher als Freundin.

»Es regnet aber heftig.«

»Das geht schon. Ich mache mir eher Gedanken, ob du klarkommst.«

Simon trug ihr die Taschen zum Wagen und fragte sich, was sie wohl damit gemeint hatte. Zum Abschied küsste sie ihn sanft auf die Wange.

»Auf Wiedersehen, Simon. Pass auf dich auf – und bring das mit Leigh in Ordnung. Sie bedeutet dir mehr, als du wahrhaben willst.«

Er stand an der Tür, als sie losfuhr, aber er schaute durch das regengraue Tal zu Leighs Anwesen hinüber. Wie es ihr wohl ging? Wahrscheinlich noch schlechter als ihm.

Wie hatte diese Sache nur so schrecklich schiefgehen können?

Wie die meisten Männer im Ballsaal hatte auch Simon Leigh bei ihrem Eintreten sofort wahrgenommen. Wie denn auch nicht? Er hatte sie schon immer attraktiv gefunden, aber an diesem Abend war sie ihm schöner denn je erschienen. Doch es war nicht allein ihr Aussehen, auch wenn dieses Kleid einen Heiligen verführt hätte. Es war auch nicht ihr Gang, der etwas geradezu Schwebendes hatte. Ihr Lächeln hatte die Kronleuchter überstrahlt. Sie hatte eine solche Vitalität ausgestrahlt, dass alles und alle in ihrer Umgebung verblasst waren. In diesem Moment war sie ihm wie die Frau vorgekommen, von der er immer schon geträumt hatte – wie die einzige Frau der Welt.

Als Simon den Mann an ihrer Seite bemerkte, war er von widerstreitenden Gefühlen wie betäubt. Es freute ihn einerseits, dass sein Plan funktioniert hatte. Damals war es ihm als brillante Idee erschienen, Ian vorzuschlagen, sich auf Leighs Annonce zu melden. Ian war ein netter Kerl. Aus derselben Branche. Womit Simon allerdings nicht gerechnet hatte, war, dass Leigh ... Ja, was eigentlich? Er beobachtete Leighs Gesicht, als sie sich lächelnd ihrem Begleiter zuwandte. Hatte sie sich in Ian verliebt? Schlief sie schon mit ihm? Allein der Gedanke verursachte Simon eine leichte Übelkeit.

Den ganzen Abend hatte Simon die Augen nicht von ihr

lassen können. In jedem Moment hatte er genau gewusst, wo sie war und mit wem sie sich unterhielt. Wen sie anlächelte. Er hatte ihre Stimme und ihr Lachen über die Musik und alle anderen Unterhaltungen hinweg wahrgenommen. Er hatte es jedes einzelne Mal bemerkt, wenn Ian Rudd sie angefasst hatte. Und schließlich hatte er die Nerven verloren. Aus Frust und einem Gefühl heraus, das sich so ähnlich wie Eifersucht anfühlte, war er explodiert und hatte etwas sehr, sehr Dummes getan.

Wenn er jetzt die Augen schloss, sah er Leigh nicht als strahlende Schönheit vor sich, sondern er sah den Schock und den Schmerz in ihrem Gesicht. Und das war allein seine Schuld. Zum Glück hatte sie nicht mehr gesehen, wie es weitergegangen war. Seine Fingerknöchel schmerzten immer noch. Er würde Ian anrufen und sich entschuldigen müssen, damit nicht am Ende noch die Polizei bei ihm auftauchte. Es sah ihm gar nicht ähnlich, eine Schlägerei anzufangen, aber genau das hatte er getan. Zum Glück hatte Tania ihn nach draußen gezerrt, bevor er sich weiter blamieren konnte.

Simon hatte auch wegen Tania ein schlechtes Gewissen, aber irgendwie schien sie ihn zu verstehen.

Simon beobachtete einen dicken Tropfen, der langsam über die Glastür rutschte und sein Spiegelbild durchschnitt, das so schlecht aussah, wie er sich fühlte. Sein lockiges Haar war ungekämmt, und er hatte sich nicht rasiert.

Nachdem er eine Entscheidung gefällt hatte, drehte er sich um und griff nach seinen Autoschlüsseln. Er war sich nicht sicher, was für einen Empfang sie ihm bereiten würde, er wusste nur, dass er Leigh sehen musste. Er musste sich entschuldigen und herausfinden, was zum Teufel zwischen ihnen beiden vor sich ging.

Er dachte nicht einmal daran, eine Jacke anzuziehen, und schüttelte deshalb auf der Fahrt dauernd Wasser aus seinen Haaren. Der Regen war sogar noch heftiger geworden. Er parkte neben Leighs Haus und rannte zur Tür. Er klopfte mehrmals, aber aus dem Haus war nichts zu hören. Ihr Auto stand da, und bei dem Wetter würde sie wohl kaum in den Weingärten arbeiten.

Er stürmte zu den Nebengebäuden und fragte sich, warum er sich eigentlich so beeilte, wo er doch ohnehin schon völlig durchweicht war. Durch die halb geöffnete Tür des alten Verkaufsraums fiel ein Lichtschein nach draußen. Er trat unter das Vordach und schüttelte sich wie ein Hund.

Der große Raum lag im Dämmerlicht. An so einem trüben Tag fiel durch die zwei kleinen Fenster wenig Licht auf die paar alten Tische, Kartons und sonstigen Überreste zerplatzter Träume. Eine einzige nackte Glühbirne warf am äußersten Ende des Raumes Licht auf einen Tisch. Dort saß Leigh zwischen staubigen Kartons, Papieren und Flaschen. Sie wirkte sehr klein in der großen, fast leeren Scheune. Bevor Simon etwas sagen konnte, vergrub sie plötzlich das Gesicht in den Händen und begann zu schluchzen.

Simon schloss stumm den Mund. Leigh weinte! Sie war die stärkste und klügste Frau, der er je begegnet war. Eine Kämpferin, mutig und entschlossen. So jemand weinte nicht.

Er musste an das schreckliche Wochenende zurückdenken, das ihr und sein Leben verändert hatte. Leigh hatte ihm die Schuld an der Trennung von Jack Thorne gegeben. Doch Simon wusste nicht, warum. Sie war schließlich nicht die Einzige, deren Verlobung in jener Nacht in die Brüche gegangen war. Er hatte schon lange nicht mehr daran gedacht, aber er wusste noch genau, wie es sich anfühlte, von jemandem betrogen zu werden, den man liebte. Er hatte von einer eigenen Familie geträumt. Hatte sogar schon den Ring besorgt. Als Jack Thorne damals sein wahres Gesicht gezeigt hatte, waren Simons Träume ebenso zerstört worden wie Leighs. Simon schämte sich nicht zuzugeben, dass er die eine oder andere Träne darüber vergossen hatte. Wochenlang hatte er sich in einem Nebel aus Schmerz bewegt. Aber Leigh? Sie doch nicht. Leigh hatte ihr Leben in den Griff bekommen und einfach weitergemacht. Er hatte nie auch nur eine Träne in ihren Augen gesehen. Bis heute.

Simon war dankbar für das laute Trommeln des Regens auf dem Dach. Er hätte es wohl nicht ertragen, ihr Weinen auch noch zu hören.

Leise zog er sich zurück. Er wollte sie nicht beschämen. Ohne auf den Regen zu achten, ging er langsam zu seinem Wagen zurück. Eine zentnerschwere Last lag auf seinen Schultern. Er schwor sich, Leigh nie wieder auch nur den geringsten Schmerz zuzufügen.

Leigh suchte in ihrer Hosentasche. Verdammt. Nie hatte sie ein Taschentuch zur Hand, wenn sie eines brauchte. Dann würde sie sich die Nase und die feuchten Augen eben am Ärmel ihres Sweatshirts abwischen. Sie meinte, etwas gehört zu haben, aber als sie zur Tür schaute, war dort nur der strömende Regen. Wahrscheinlich bloße Einbildung, war ja auch kein Wunder. In den letzten paar Tagen war sie nicht gerade in Hochform gewesen. Und jetzt saß sie da und heulte wie ein kleines Mädchen.

Nur wegen eines Kartons mit Gläsern.

Sie wischte sich mit dem anderen Ärmel noch einmal über die Nase und klappte den Karton auf. Vorsichtig nahm sie zwei Weingläser heraus.

Sie waren hoch und stilvoll. Mit langem Stiel und elegant geschwungen. Ein Logo aus zwei Weingläsern war ins Glas eingraviert, versehen mit roten und gelben Kristallen, die es so aussehen ließen, als wäre Wein in den Gläsern. Darüber der Schriftzug *Bangala-Weine*.

Das Wort Bangala hatte Leigh in einem Wörterbuch mit

Aborigine-Ausdrücken entdeckt. Es bedeutete Wassergefäß. Die kristallverzierten Gläser waren ebenfalls ihre Idee gewesen. Diese Ansichtsexemplare waren ein paar Tage bevor sich all ihre Pläne in nichts aufgelöst hatten, eingetroffen.

Wenn sie nicht achtgab, würde sie gleich wieder anfangen zu heulen. Sie packte eines der Gläser und schleuderte es zornig gegen die Wand. Sie war wütend auf Jack Thorne. Auf Ian Rudd. Auf Simon Bradford. Und auf alle anderen Männer auch! Sie hob den Arm erneut, hielt inne und ließ ihn wieder sinken.

Kostbare Weingläser zu zerschmettern, würde ja nicht das Geringste ändern.

Leigh drehte das Glas in ihren Händen. Es war eine gute Idee gewesen. War es immer noch. Und es war ihre Idee gewesen. Alle guten Ideen waren von ihr gekommen. Keine von Jack. Als er sie verließ, nahm er fast ihr ganzes gemeinsames Geld mit. Aber mehr auch nicht. Keine der guten Ideen, denn er hatte nie welche gehabt. Er hatte ihr Herz gebrochen. Aber darüber war sie nun definitiv hinweg. Musste es sein, sonst hätte sie doch nie eine Affäre mit Ian Rudd begonnen.

Ian hatte noch am Samstag zweimal angerufen und Entschuldigungen auf ihrem Anrufbeantworter hinterlassen. Am Sonntag hatte sie schließlich mit ihm gesprochen. Nachdem sie seine Entschuldigung angenommen hatte, hatte sie sich von ihm verabschiedet. Inzwischen war sie gar nicht mehr so wütend auf ihn. Schließlich hatte sie seinen Brief aus dem Stapel gezogen. Und sie hatte ihn in ihr Bett eingeladen. Aber welcher Zauber auch immer zwischen ihnen gewesen sein mochte, der Abend des Winegrowers' Dinner hatte ihn unwiederbringlich zerstört.

Wegen seiner Verbindung zu dem verhassten, verdammten Simon Bradford!

Leigh stellte das Glas ab und blätterte ziellos in den alten

Unterlagen. Es waren Probedrucke der Etiketten für Bangala-Shiraz und -Cabernet. Etiketten, die sie nie benutzt hatte. Der Regen machte sie melancholisch. Ja, das musste es sein. Der Regen und diese alten Kartons, auf die sie beim Aufräumen gestoßen war.

Sie hatte doch keinen Grund zu trauern, sondern nur Grund, wütend auf Simon Bradford zu sein. Mochte er noch so attraktiv und erfolgreich sein, für sie war er der schrecklichste Kerl, den sie sich vorstellen konnte. Wie konnte er es wagen, ihr das anzutun! Hatte er ihr das Leben nicht schon schwer genug gemacht? Leigh spürt schon wieder Tränen in sich aufsteigen, aber sie verbiss sie sich.

Sie hatte immer noch das Weingut und stand kurz davor, ihren eigenen Wein zu produzieren. Ian Rudd war zumindest ein schönes Abenteuer gewesen. Eigentlich sollte sie sich bei ihm bedanken, weil er ihr geholfen hatte, endlich über Jack hinwegzukommen. Die Szene beim Ball war peinlich gewesen, sie selbst aber nicht ganz ohne Schuld. Sie hatte überreagiert. Aber nur wegen Simon Bradford. Eigentlich konnte sie ihn für alles verantwortlich machen. Und das wollte sie auch. Woher nahm er das Recht, sich dauernd in ihr Leben einzumischen? Nur weil seines so perfekt war – mit seinem erfolgreichen Gut, seinem brillanten Aussehen und seiner Model-Freundin.

Es war an der Zeit, dass sie aufhörte, sich in Selbstmitleid zu ergehen. Dass sie diese Gläser entdeckt hatte, war genau der Anstoß gewesen, den sie gebraucht hatte. Sie war bereit, mit der Bank über einen neuen Kredit zu verhandeln. Im Keller hatte sie sogar schon ein paar Flaschen, die sie in den letzten beiden Jahren abgefüllt hatte. Sie konnte die Etiketten daraufkleben. Eine solche Flasche und die dazu passenden Gläser wären vielleicht ein Geschenk, das den Bankmanager zu ihren Gunsten beeinflussen konnte.

Und was Simon anging, da würde der Erfolg ihre Rache sein. Vielleicht würde sie sogar einen neuen Mann finden. Das würde ihn sicher treffen.

Leigh stand auf und griff nach dem Karton. Sie würde damit beginnen, die Gläser zu waschen.

Donna lag im Bett und lauschte in die Stille. Die Sonne war noch kaum über den Horizont geklettert, aber die Temperatur stieg bereits. Über ihrem Bett drehte sich träge ein Ventilator, aber er erzeugte keine Spur eines kühlenden Lufthauchs. Von Zeit zu Zeit vernahm sie ein leises Geräusch, das klang, als würde das Haus seufzen, während sich das korrodierte Blechdach in der Sonne erwärmte. Einmal hörte sie einen Hund bellen. Verkehrslärm gab es keinen. Auch keine Geräusche menschlicher Aktivitäten. Das ferne Krächzen von Krähen machte ihr umso klarer, wie fern sie von allem und allen war, die sie kannte und liebte.

Diese Reise in den Outback entwickelte sich nicht gerade so, wie sie es geplant hatte. Genau genommen war das ganze Unternehmen ein Desaster.

Am Morgen nach ihrer traumatischen Anreise hatte Donna lange geschlafen. Aber auch als sie wach war, verließ sie nur ungern die Sicherheit ihres Zimmers. Sie war verwirrt und fürchtete sich auch ein bisschen. Sie verstand nicht, warum Peter glaubte, sie sei als Nanny für seine Kinder gekommen. Sie wusste, dass sie mit ihm darüber sprechen musste, aber zugleich hatte sie auch ein wenig Angst, einem Mann gegenüberzutreten, der fähig war, derart zu lügen, um seine Wünsche durchzusetzen.

Wie sich herausstellte, war ihre Sorge unnötig gewesen. Peters Schwester Jenny klopfte leise an ihre Tür und brachte ihr eine Tasse Tee ans Bett. Außerdem berichtete sie, Peter habe mit den Kindern einen Tagesausflug unternommen, um ihr Gelegenheit zu geben, sich auszuruhen.

Donna brauchte allerdings eher Erklärungen als Ruhe. Bei mehreren Tassen starken Tees gestand Jenny ihr schließlich alles.

Erst war Donna wütend. Jenny hatte zugegeben, den ersten Brief und das Foto an *Australian Life* geschickt zu haben. Tränen standen in ihren Augen, als sie von Peters fortdauernder Trauer um seine verstorbene Frau erzählte. Donna sah, wie sehr sie ihren Bruder liebte und dass sie in bester Absicht gehandelt hatte. Das konnte sie ihr auch vergeben, doch mit der Fortsetzung der Lügen fiel ihr das schon schwerer. Jenny hatte Donna glauben gemacht, ihre E-Mails kämen von Peter. Dass sie auch Peter belogen hatte, machte die ganze Situation zu einem schier unlösbaren Problem.

Trotz allem spürte Donna Zuneigung zu Jenny. Die schwangere Frau musste ihren Bruder und dessen Kinder sehr lieben. Donna hatte sich darauf eingelassen, Peter nichts zu sagen, bis Jenny ihm alles erklärt hätte. Sie würde mit diesem starken, hartgesottenen Mann reden, der so schnell zur Waffe griff. Allerdings blieb auch dann noch eine Frage offen – würde Donna in River Downs bleiben?

Zwei Tage später war noch immer nichts geklärt. Peter hatte keine Ahnung. Denn bevor Jenny mit ihm hatte reden können, waren Ken und er zu einem Nachbaranwesen geflogen, um dabei zu helfen, einen verletzten Stallburschen ins Krankenhaus zu transportieren. Sie erwarteten sie heute Morgen zurück, und Donna war entschlossen, der Wahrheit noch heute ans Licht zu verhelfen.

Sie sprang aus dem Bett. Ihr Zimmer war eigentlich Teil der schattigen Veranda. Man hatte einfach eine Wand eingezogen, um Platz für ein Schlafzimmer und ein kleines Bad zu schaffen. Der Raum war lang und schmal, aber eine Wand war nur Fensterfläche und ging auf die braunen Koppeln hinaus. Das einzige Zeichen menschlicher Anwesenheit war ein Zaun, der in weiter Ferne im Busch verschwand. Die Aussicht war der größtmögliche Gegensatz zu der ihres Londoner Appartements.

Donna war gerade auf dem Weg zur Küche, als sie das Fluggeräusch der Cessna vernahm, die tief übers Haus flog, um allen anzukündigen, dass die Männer bald daheim sein würden. Donna füllte genug Wasser für eine große Kanne Tee in den Kessel. Zumindest das hatte sie hier schon gelernt.

Sie wunderte sich, dass Jenny noch nicht auf war. Kurz überlegte sie, ob sie nach ihr schauen sollte. Am Tag zuvor hatte sie nicht besonders gut ausgesehen. Donna beschloss, dass es wohl das Beste wäre, sie und die Zwillinge ausschlafen zu lassen. Sie konnte sich ja um die Männer kümmern. Sobald Jenny auf war, würden sie sich zusammensetzen und dieses Chaos auflösen, in dem sie sich momentan befand.

Der Tee war fertig, und sie holte gerade Brot aus dem Tiefkühlschrank, als Peter und Ken sichtlich müde hereinkamen.

»Willkommen zu Hause. Der Tee ist gerade fertig.« Es war seltsam, dass ausgerechnet sie das zu den beiden sagte, die doch schließlich hier lebten.

»Ist Jenny noch nicht auf?«, fragte Ken.

Donna schüttelte den Kopf.

»Ich bringe ihr einen Tee ans Bett.« Ken nahm sich zwei Becher und verschwand in Richtung der Zimmer, die er mit Jenny bewohnte.

Donna setzte sich an den großen Holztisch. Der Mann ihr gegenüber war ihr völlig fremd. Ihre einzige Begegnung war kurz und traumatisch gewesen. Und noch dazu beruhte ihre Anwesenheit auf einer Lüge, die sie nicht aufdecken konnte, ohne ihr Versprechen, das sie Jenny gegeben hatte, zu brechen. Dabei war diese die einzige Person im Umkreis von tausend Kilometern, mit der sie schon mehr als ein paar Sätze gewechselt hatte. Sie beschloss, auf Nummer sicher zu gehen.

»Wie geht es dem verletzten Mann?«

»Schon etwas besser«, antwortete Peter. »Bis wir am Samstag hinkamen, war es schon zu dunkel, um wieder loszufliegen. Deshalb hatte er eine ziemlich schwere Nacht. Sein Bein war kompliziert gebrochen. War haben unser Bestes getan und ihn gestern gleich bei Tagesanbruch nach Darwin geflogen.«

»Ist das nächste Krankenhaus erst in Darwin?«

»Katherine ist näher«, sagte Peter zögernd. »Aber Darwin ist größer und besser für schwere Verletzungen.«

Donna hätte sich ohrfeigen mögen. Jenny hatte ihr doch erzählt, dass Peters Frau gestorben war, weil sie sie nicht schnell genug nach Darwin hatten bringen können. Sie sah über den Tisch zu ihm hinüber, während er in seinen Becher starrte. Der Flug mit dem Verletzten musste schreckliche Erinnerungen in ihm wachgerufen haben. Er sah ziemlich mitgenommen aus.

»Seid ihr über Nacht in Darwin geblieben?«, fragte Donna rasch, um das Thema zu wechseln.

»Nein. Wir haben nur ein paar Vorräte besorgt und sind dann zurückgeflogen. Übernachtet haben wir in Richmond.«

»Richmond?« Donna musste grinsen. »So heißt auch eine Stadt in Yorkshire, nicht weit von dort, wo ich aufgewachsen bin.«

»Das muss ganz schön anders aussehen. Das Anwesen meines Nachbarn umfasst einige hundert Quadratkilometer, die praktisch schon Wüste sind. Wie sieht dein Richmond aus?«

»Grün«, sagte sie lächelnd. »Mit einem fast tausend Jahre alten Schloss und einer Klosterruine.«

Peter sah sie an und musste ebenfalls lächeln. Das machte ihn jünger.

»Tut mir leid, dass ich so überstürzt wegmusste, nachdem du erst ein paar Stunden hier warst. Aber so ist das im Outback. Wenn jemand um Hilfe ruft, lässt man alles liegen und stehen.«

»Das ist schon in Ordnung. Ich verstehe das«, sagte sie. Seine simple Erklärung gefiel ihr.

»Um ehrlich zu sein«, sein Lächeln verschwand, »fürchte ich, dass es dir hier nicht gut genug gefallen wird. Es ist so anders als England.«

Das war ihre Chance zu einem Geständnis. Nur das Versprechen, das sie Jenny gegeben hatte, hielt sie zurück. Aber sie wusste auch, dass das Lügengebäude mit jedem Moment, der verstrich, größer wurde.

»In meinen E-Mails habe ich ja schon geschrieben, dass ich aus England komme«, sagte sie nur.

»Jenny muss vergessen haben, es mir zu erzählen. Ich war jedenfalls sehr überrascht, als ich deinen Akzent hörte.«

»Jenny und die Zwillinge haben mich ein bisschen herumgeführt, während ihr weg wart«, sagte Donna. »Und ich muss sagen, dies ist ein aufregender und ausgesprochen schöner Ort.«

Nachdenklich musterte Peter sie ein paar Sekunden lang, aber bevor er darauf antworten konnte, unterbrach Ken ihr Gespräch.

»Jenny fühlt sich nicht besonders«, sagte er.

»Ich hoffe, es ist nichts mit dem Baby.« Peter sah besorgt aus.

»Ich glaube nicht«, beruhigte Ken ihn. »Aber ich würde heute lieber in ihrer Nähe bleiben.«

»Kein Problem. Ich habe da sogar eine Idee.« Peter lächelte Donna zu. »Wenn Ken hierbleibt und auf Jenny und die Kids schaut, kann ich eine Führung mit dir machen. Wenn du für eine Weile bleiben willst, musst du schließlich wissen, wie hier alles läuft.«

Die kleinen Fältchen rund um seine braunen Augen sprachen von vielen Stunden in der Sonne. Und von Gelächter. Sie schienen die Falten auszugleichen, die die Trauer auf seiner Stirn hinterlassen hatte.

»Das wäre schön«, sagte Donna.

Sie tranken ihren Tee aus und machten sich auf den Weg. Sie waren erst ein paar Schritte vom Haus entfernt, als Peter stehenblieb. »Du hast keinen Hut.«

»Nein. Hab ich nicht.«

»Warte hier.«

Peter lief zurück ins Haus. In der Waschküche hingen ein paar Hüte. Rasch suchte er nach einem, der dem Mädchen passen könnte. Er öffnete einen Schrank und entdeckte einen gelbbraunen Damen-Akubra, der noch fast neu aussah. Peter runzelte die Stirn. Er hatte den Hut noch nie gesehen und glaubte nicht, dass er Jenny gehörte. Und die Hüte seiner Mutter waren schon lange weg. Ob er Karen gehört hatte? Er konnte sich nicht erinnern, dass seine verstorbene Frau je so einen getragen hatte.

Er wollte ihn schon zurücklegen, da hielt er inne. Warum sollte er ihn nicht der Nanny geben? Wenn er sich nicht an ihn erinnerte, würden die Kinder es erst recht nicht tun. Es war schließlich nur ein Hut, und das Mädchen brauchte einen. Donna brauchte einen, verbesserte er sich.

Auf dem Rückweg blieb er im Schatten der Veranda stehen und sah zu Donna hinüber. Sie war in die Abzäunung getreten, wo Chipper und ihre Welpen spielten. Als sie sich hinunterbeugte, sprangen die jungen Hunde an ihr hoch und versuchten, ihre Finger abzulecken. Er hörte sie fröhlich lachen, und dieses Geräusch umfing seinen müden Körper und nahm ihm etwas von seiner Anspannung.

Der Hut passte perfekt. Peter setzte ihn behutsam auf Donnas kastanienbraune Locken.

»Er steht dir«, sagte er.

»Danke.« Sie gingen weiter über den Hof. Peter musste

sein Tempo verlangsamen, damit sie Schritt halten konnte. Sie ist ziemlich zierlich, dachte er bei sich. An jenem Abend, als er sie aus dem Bachbett gehoben hatte, war sie ihm leicht wie ein Kind erschienen. Als sie an seiner Schulter geweint hatte, fühlte er seinen Beschützerinstinkt erwachen.

»Was haben die Zwillinge dir denn gezeigt?«

»Die Welpen natürlich. Und die Ponys. Und das Spielhaus unter dem Wassertank.«

Peter lächelte. »Verstehe. Dann werde ich dir jetzt mal ein paar unwichtige Dinge zeigen – den Generator, und wie das Satellitentelefon funktioniert. Und vielleicht auch den kürzesten Weg zur Landebahn.«

Donna blieb stehen. Sie sah ihn unter der Krempe ihres neuen Huts hervor an. »Es tut mir wirklich leid. Mir ist jetzt klar, wie dumm es von mir war, zu Fuß loszugehen. Ich verspreche, so was nie wieder zu tun.«

Peter registrierte, dass ihr Gesicht von zu viel Sonne immer noch ein wenig verbrannt war. Aber es würde nicht lange dauern, bis sie so braun wäre wie er und die Kinder. Oder vielleicht auch nicht. Dieser helle englische Teint verbrannte vielleicht nur. Sie würde aufpassen müssen. Ihre helle Haut mit den Sommersprossen war zu süß für einen Sonnenbrand.

Zu süß? Er stellte sich selbst zur Rede. Wie kam er denn auf so etwas?

»Nannys sind ganz schön schwer zu bekommen«, hörte er sich sagen. »Es hat lange gedauert, dich zu finden. Ich würde nur ungern schnell wieder nach einem Ersatz suchen.« Er lächelte, um ihr zu zeigen, dass er scherzte, aber sie lächelte nicht. Irgendetwas in ihrem Gesicht gab ihm das Gefühl, er habe einen wunden Punkt berührt.

Die Führung ging weiter, und Peter zeigte Donna die riesigen Batterien, die von den Solarzellen auf dem Hausdach und den Schuppendächern gespeist wurden. Er zeigte ihr, wie man den Reserve-Dieselgenerator startete. Er ließ sie mit dem zerbeulten Geländewagen zur Landebahn fahren, wo sie die restlichen Vorräte aus dem Flugzeug in den Kofferraum luden. Später schlossen sich die Kinder ihnen an, und es ging wieder zu den Welpen und Ponys.

Peter war beeindruckt von Donnas schneller Auffassungsgabe. Sie war zweifellos intelligent und schien ein Faible fürs Landleben zu haben. Für eine Britin gar nicht so schlecht, dachte er.

Als sie zum Haus zurückkehrten, lag Jenny immer noch im Bett. Donna machte sich daran, das Mittagessen zu kochen. Peter überlegte noch, an die Tür seiner Schwester zu klopfen, als das Telefon klingelte.

Er nahm den Anruf im Büro an.

»Ich hoffe, ich störe Sie gerade nicht, Mr Nichols. Ich rufe von der Zeitschrift *Australian Life* an.«

»Sie meinen, Sie rufen mich aus Sydney an, um mir ein Zeitschriften-Abo zu verkaufen?«

»Nein«, sagte die Frau. »Es ist wegen der Kampagne ›Bauer auf Brautschau‹. Wir haben so viele Zuschriften auf Ihren Brief bekommen, also fragen wir uns, ob Sie auf eine davon geantwortet haben.«

»Entschuldigen Sie, aber ich habe keine Ahnung, wovon Sie reden.« Peter lauschte den Erklärungen der Frau mit wachsendem Entsetzen. »Da muss ein Missverständnis vorliegen«, sagte er. »Ich habe an Ihrer Kampagne nicht teilgenommen.«

»Aber wir haben doch Ihre Angaben und Ihren Brief …«

»Falsch verbunden.«

Peter legte auf. Er hasste es, so unhöflich zu sein, aber er hatte dieses Telefonat beenden müssen, weil in ihm der Verdacht wuchs, die Frau könnte recht haben.

Donna blickte auf, als Peter zurück in die Küche kam. Sein Gesicht sagte ihr alles. Irgendwie musste er die Wahrheit erfahren haben. Und er nahm sie nicht gut auf.

Sie wandte sich an die Zwillinge. »Ich brauche Tomaten fürs Mittagessen und für heute Abend ein paar Karotten. Könntet ihr mir die besorgen?«

Mit begeistertem Geschrei stürmten die beiden los in Richtung des sorgsam gehegten Gemüsegartens ihrer Tante hinter dem Haus.

»Ich habe gerade einen sehr seltsamen Anruf erhalten«, sagte Peter, sobald sie verschwunden waren. Seine Stimme klang kalt und scharf.

Donna antwortete nicht.

»Von einer Zeitschrift namens *Australian Life.*« Er beobachtete sie genau, während er das sagte. Er musste das Aufblitzen eines Schuldgefühls in ihrer Miene entdeckt haben.

»Du bist keine Nanny.« Es war keine Frage gewesen.

»Peter.« Donna machte einen Schritt auf ihn zu und legte eine Hand auf seinen Arm. »Ich wollte es dir ja sagen, aber –«

Er schüttelte sie ab. »Sag es mir jetzt.«

Das tat sie. Sie berichtete ihm von Jennys Wunsch, eine neue Frau für ihn zu finden. Von ihrer Vereinbarung, nichts zu sagen, bis Jenny ihm alles erklärt hätte. Und dass die Aufklärung sich wegen der Umstände und Jennys Gesundheitszustand verzögert hatte. Während sie sprach, merkte Donna, dass sich sein Gesicht zunehmend verfinsterte.

»Ihr dachtet, hier könnte einfach jemand auftauchen und meine Frau ersetzen? Einfach so?« Er sprach leise, sehr beherrscht und sehr wütend.

»Nein … ich … ich …« Donna schwieg und sah ihn nur an. Sie suchte nach einer Spur Vergebung in seinem Gesicht. Aber davon war nichts zu entdecken.

»Ich denke, es ist das Beste, wenn du gleich wieder abreist«, sagte er kalt, bevor sie noch etwas sagen konnte.

»Peter …«

»Ich buche einen Platz im nächsten Postflieger nach Darwin. Wenn du möchtest, kaufe ich dir auch ein Ticket zurück an die Gold Coast. Wenn du irgendwo anders hinwillst, ist das deine Sache.«

»Aber …« Donna war sich nicht sicher, was sie sagen sollte. Sie spürte nur, dass sie nicht wegwollte. In nur zwei Tagen hatte sie die Zwillinge bereits liebgewonnen. Und das Leben im Outback war genau das, wovon sie in ihrer kalten, feuchten Wohnung in England geträumt hatte. Und was war mit Peter? Dieser kalte, wütende Mann war derselbe, der sie gerettet und ihr ihre Dummheit verziehen hatte. Er war bereit gewesen, ihr alles zu erklären, und hatte mit ihr gelacht. Sie kannte ihn noch kaum und wusste nicht, wie sich ihre Gefühle für ihn entwickeln mochten, aber ihr war klar, dass sie nicht den weiten Weg hierhergekommen war, um jetzt einfach wieder zu verschwinden.

»Du hast mich getäuscht«, fuhr Peter fort. »Ich kann dir nicht vertrauen. Du musst gehen.«

»Das kann sie nicht.« Die Stimme von der Tür erschreckte sie beide.

Ken und Jenny kamen Hand in Hand herein. Jenny setzte sich sofort, während Ken sich beschützend hinter sie stellte.

»Donna kann nicht abreisen«, sagte Jenny, »weil wir das tun.«

»Was meinst du damit?«, fragte Peter. »Das wird doch erst in ein paar Monaten sein.«

»Nein, wir reisen in ein paar Tagen«, sagte Jenny leise.

Donna setzte sich neben die Frau, die ihr schon eine Freundin war. »Alles okay?«, fragte sie.

Jenny zuckte mit den Achseln und hatte Tränen in den Augen.

»Wir haben beschlossen, früher als geplant abzureisen.« Ken sprach jetzt für sie beide. »Jenny fühlt sich nicht gut, und ich will…wir wollen näher bei einem Arzt, einem Krankenhaus sein. Nicht dass wir glauben, dass irgendwas schiefgehen würde, aber für alle Fälle.«

»Schwesterchen?« Peter betrachtete sie schockiert und voller Sorge.

»Mir geht's gut, Peter.« Jenny lächelte ihn an. »Ehrlich. Und du wusstest doch, dass wir gehen würden. Das tun wir jetzt nur etwas früher als geplant.«

»Die Zwillinge werden dich schrecklich vermissen«, sagte Peter. »Wir alle.«

»Dafür habt ihr jetzt Donna«, sagte Jenny.

Donna sah durch den Raum zu Peter. Seine Miene verfinsterte sich erneut. Er würde sie dableiben lassen, weil er musste. Zumindest für den Moment. Aber es behagte ihm nicht.

Molly saß am Küchentisch und arbeitete auf ihrem Computer, als sie das Auto vor dem Haus hörte. Greg und Jasi waren zurück. Sie hatte gerade die Fotos bearbeitet, die sie von Greg an der Werkbank gemacht hatte. Sie spielte auch mit ein paar Bildern seiner Schmuckstücke. Die wollte sie ihm zu Werbezwecken, zum Beispiel für seine Website, überlassen.

Als sie die Vordertür hörte, fuhr sie den Computer rasch herunter. Greg und Jasi waren, weil Jasi so gebettelt hatte, am Strand gewesen. Sie hatte sich beschwert, noch keine Gelegenheit zum Baden oder Sonnen bekommen zu haben, wo das Meer doch so nah war. Nun ja, in ihrem Outfit würde sie auch so braun werden: Die blauen Shorts und das winzige rückenfreie Oberteil ließen der Fantasie nicht viel Spielraum.

Genauso wenig Raum blieb der Fantasie bei der Art und Weise, wie sie Greg küsste. Ihre Arme lagen um seinen Hals, und ihr Körper war fest an seinen gepresst. Molly sah schnell wieder weg, aber da hatte sie schon registriert, wieviel weniger Enthusiasmus Greg bei dieser Umarmung aufbrachte.

Molly hoffte, die beiden hätten sie noch nicht gesehen, klemmte sich ihren Laptop unter den Arm und verließ den Raum. Es war nicht so, dass sie Jasi nicht mochte. Das Mädchen war nett, wenn auch nicht übermäßig intelligent. Molly hatte nur einfach das Gefühl, dass sie nicht die Richtige war für Greg. Er brauchte jemanden, der seine Kreativität verstand und zu schätzen wusste. Jemanden, der ihn in seinen künstlerischen Ambitionen unterstützte. Eher jemanden wie …

Sie versuchte, den Gedanken beiseitezuschieben, aber zu spät. Jemanden, der mehr war wie sie. Nicht, dass sie selbst interessiert wäre. Sie war an überhaupt keiner längerfristigen Beziehung interessiert. Mit keinem Mann, aber schon gar nicht mit einem Zuckerrohrfarmer aus North Queensland, wie attraktiv er auch sein mochte. Sie wollte nicht aus Sydney fortgehen. Sie liebte die Stadt, und ihre Karriere dort fing gerade erst richtig an. Wenn Greg in Sydney leben würde, wäre das vielleicht etwas anderes. Sie seufzte und griff nach ihrem Handy. Es war Zeit, am Flughafen anzurufen und sich um einen Flug nach Hause zu kümmern.

Als Molly in die Küche zurückkam, fand sie dort Greg und Jasi vor.

»Wie war's am Strand?«

»Wunderbar«, sprudelte es aus Jasi heraus. »Schau mal, ich bin schon ein bisschen braun geworden!«

Sie drehte sich langsam herum, um ihre leicht gerötete Haut zu präsentieren. Molly hatte den Eindruck, dass sie das eher für Greg als für sie machte. Doch Greg hob kaum den Blick von einem Stapel Papiere, den er vor sich liegen hatte.

»Das freut mich für dich.« Molly bemühte sich um einen munteren Ton. »Ich fliege übrigens morgen nach Sydney zurück.«

Das ließ Greg aufhorchen. »Ich dachte, du würdest noch ein paar Tage bleiben«, sagte er rasch.

»Das wollte ich auch, aber es ist was Neues reingekommen.« Sie fühlte sich nicht gut dabei, ihn anzulügen, aber so war es am einfachsten. Sie war ohnehin schon einen Tag länger da, als mit *Australian Life* vereinbart. Die Zeitschrift würde sicher nicht dafür aufkommen, aber Molly war trotzdem geblieben. Sie hatte sich eingeredet, ein paar Aufnahmen für ihr eigenes Archiv machen zu können. Aber in Wirklichkeit wollte sie einfach nicht weg. Doch nachdem sie heute beobachtet hatte, wie Greg und Jasi sich geküsst hatten, wusste sie, dass es höchste Zeit war.

»Es gibt Arbeit«, fügte sie hinzu. »Mein Flieger geht morgen Nachmittag.«

»Wo reist du als Nächstes hin?«, fragte Jasi. »An irgendeinen aufregenden Ort?«

»Das weiß ich erst, wenn ich zu Hause bin und mit einigen Leute gesprochen habe«, erwiderte Molly automatisch, während ihr Blick auf Greg ruhte.

»Also, ich stell mir das wahnsinnig aufregend vor, all diese tollen Locations«, plapperte Jasi weiter. »Für mich wäre das aber nichts. Ich bleibe lieber zu Hause.«

Ihre Worte waren offensichtlich an Greg gerichtet, der sie aber gar nicht zu hören schien. Mollys Abreise musste für Jasi eine gute Nachricht sein, weil sie so mehr Gelegenheit haben würde, mit dem Mann, den sie so offensichtlich begehrte, allein zu sein. Greg schwieg für eine Weile und schien sich auf seine Papiere zu konzentrieren. Schließlich sagte er nur: »Ich bringe dich dann zum Flughafen.«

»Danke.«

Eine unbehagliche Stille senkte sich über den Raum.

»Ich muss ein paar Besorgungen machen«, sagte Greg, bevor er aufstand.

»Oh, kann ich auch mitkommen?«, sagte Jasi. »Du

könntest mir ein bisschen die Stadt zeigen. Und wir könnten vielleicht irgendwo zu Abend essen.«

»Tut mir leid«, antwortete Greg schnell. »Ich komme nicht in die Nähe von Geschäften. Vielleicht ein andermal.«

Er verschwand aus der Küche, bevor Jasi darauf reagieren konnte.

Molly sah, wie sie enttäuscht die Schultern hängen ließ, und fühlte Mitleid. »Sobald ich weg bin, habt ihr mehr Zeit, um euch besser kennenzulernen«, sagte sie mit aufgesetzter Fröhlichkeit.

»Stimmt.« Jasi lächelte schon wieder. »Ich finde, es läuft ziemlich gut zwischen Greg und mir. Er küsst mich inzwischen schon.«

Molly nickte nur. Wenn sie eines nicht wollte, dann das: irgendwelche Vertraulichkeiten von Jasi hören.

»Weißt du eigentlich, dass ich meinen Job gekündigt habe, um hierherzukommen und zu bleiben?«

Diese Eröffnung überraschte Molly. »Tatsächlich?«

»Ja. Ich habe in einem Laden gearbeitet. Aber ich wollte schon immer heiraten und Babys bekommen. Ich weiß ja, dass wir uns erst seit ein paar Tagen kennen, aber vielleicht ist Greg ja der Richtige für mich.«

Molly murmelte etwas von wegen Packen und flüchtete in die Einsamkeit ihres Zimmers.

Greg umklammerte fest das Lenkrad, als er mit dem alten Geländewagen auf den Highway fuhr. Der Zeiger der Geschwindigkeitsanzeige wanderte langsam nach oben.

Der Besuch bei seinem Vater war noch frustrierender gewesen als sonst. Robert Anderson hatte wissen wollen, warum er seinen Sohn in der vergangenen Woche so selten zu Gesicht bekommen hatte. Es war nicht die Liebe zu seinem Sohn, die ihn danach fragen ließ. Greg wusste, dass sein Vater argwöhnte, irgendetwas geschähe hinter seinem Rücken. In gewisser Weise hatte er damit ja sogar recht.

Während Greg nach dem silbernen Glücksbringer in seiner Tasche tastete, ging sein Vater die Papiere der Farm mit noch größerer Akribie durch als sonst. Offensichtlich fürchtete er, Greg würde die Bücher manipulieren oder seiner kostbaren Farm sonstigen Schaden zufügen.

Zwei Frauen, dachte Greg, als er vom Krankenhaus wegfuhr. Genau darin bestand das Problem. Zwei von ihnen. Morgen würde nur noch eine da sein. Die falsche.

Er wollte nicht, dass Molly abreiste.

Greg war vollkommen ehrlich zu sich selbst. Jasi war hübsch und sexy, und als sie ihn geküsst hatte, hatte er ihr Verlangen gespürt. Dieser Kuss im Flur hätte bei ihm ähnliche Gefühle wecken müssen, doch das war nicht passiert. Jasi war süß, aber nicht besonders intelligent oder an ihrer Umgebung interessiert. Sie hatte eine fordernde Art, aber kein echtes Verständnis für sein Bedürfnis nach Kreativität. Er fürchtete, zu hart über sie zu urteilen. Wahrscheinlich weil er sie unbewusst mit Molly verglich. Die kluge, kreative, interessante Molly, die vielleicht nicht so hübsch war wie Jasi, aber wunderschöne grüne Augen und ein so natürliches Lächeln besaß. Sie war selbstbewusst und unabhängig und offen und einfach umwerfend. Und was das Allerbeste an ihr war – sie schien ihn zu verstehen.

Das Problem war nur, dass Molly niemals auf einer Zuckerrohrfarm versauern würde. All das, was ihn zu ihr hinzog, trieb sie von dort fort. Jasi hatte ihm dagegen deutlich zu verstehen gegeben, dass sie gerne mit ihm auf der Farm leben würde. Aber er konnte Jasi doch nicht bitten, bei ihm zu bleiben, wenn er in Wirklichkeit lieber Molly wollte.

Ein Wagen überholte und schnitt ihn. Er sah auf den Tacho und ging sofort vom Gas. Sich auf dem Highway totzufahren, wäre schließlich keine wünschenswerte Lösung für seine Probleme.

Ein dunkler Fleck in der Ferne fesselte seine Aufmerksamkeit. Zuckerrohrfeuer. Es war dafür eigentlich noch ein bisschen zu früh im Jahr. Der dicke, dunkelgraue Rauch, der zum Himmel stieg, erinnerte ihn daran, dass er auch bald mit der Ernte anfangen musste. Jasi würde das nicht gefallen. Sie sah es am liebsten, wenn er all seine Zeit mit ihr verbrachte. Seit ihrer Ankunft hatte er kaum Zeit in seiner Schmuckwerkstatt verbracht. Nur das eine Mal, als Molly fotografiert hatte. Wenn erst die Ernte begann, würde er nur noch sehr wenig Zeit für Jasi und keine mehr für sein Hobby haben.

Er musterte den Rauch. Ob Molly das Feuer wohl fotografieren wollte? Brennendes Zuckerrohr war ein spektakulärer Anblick, vor allem nachts. Jetzt war später Nachmittag. Sie würde später ein paar gute Aufnahmen machen können. Etwas, das sie an ihn erinnerte.

Molly war von seinem Vorschlag begeistert, Jasi wirkte dagegen weit weniger angetan. Sie hatte bereits begonnen, ein Abschiedsessen für Molly zuzubereiten, und konnte nicht alles liegen und stehen lassen, um sich das Zuckerrohrfeuer anzusehen. Insgeheim war Greg darüber erfreut, und er versprach ihr, dass Molly und er in jedem Fall rechtzeitig zum Essen wieder zurück wären.

Als Greg und Molly auf das Feuer zufuhren, unterhielten sie sich über Zuckerrohr. Wie man es anbaute, niederbrannte, erntete und verarbeitete. Molly stellte die Fragen, und Greg beantwortete sie.

»Und warum machst du das?« Die Frage kam unerwartet.

»Wie meinst du das?« Greg warf Molly, die neben ihm saß, einen Blick zu.

»Warum bleibst du hier?«, legte sie nach. »Wenn man dich so reden hört, ist klar, dass es dir eigentlich nicht gefällt, Zuckerrohrfarmer zu sein. Du bist mit Leib und Seele Silberschmied. Ein guter noch dazu. Also, was machst du dann auf einer Zuckerrohrfarm?«

Ohne ein Wort zu sagen, fuhr Greg an den Straßenrand. Er stellte den Motor ab und ließ die Stirn auf seine Hände sinken, die das Lenkrad noch fest umklammert hielten.

Molly wartete, bis er bereit wäre zu reden.

»Mein Vater«, sagte Greg schließlich. »Er ist es, der mich hier festhält.« Mit einigen wenigen Sätzen hatte er Molly von der Erkrankung seines Vaters erzählt. Und davon, dass er die Farm am Laufen halten musste, um die Behandlungskosten zu bezahlen.

»Er würde niemals verkaufen«, schloss er. »Also habe ich gar keine andere Wahl.«

»Du musst ihn sehr gern haben«, sagte Molly.

»Nein«, sagte Greg mit tonloser Stimme. »Er ist ein hartherziger Mann. Er war auch kein guter Vater. Vielleicht lag es an der Trauer nach dem Tod meiner Mutter, aber trotzdem hatte er kein Recht, das an mir auszulassen. Ich habe alles versucht, damit er mich liebt. Aber er hat keine Liebe, für niemanden. Nicht einmal für seinen Sohn.«

Greg hatte diese Dinge bisher noch nie laut ausgesprochen. Nicht sich selbst und schon gar keinem anderen Menschen gegenüber. Es fühlte sich an, als sei irgendwas Angespanntes in seinem Inneren endlich gerissen. Und er spürte eine sanfte Berührung an seinem Arm. Er hob den Kopf, und da legte sich Mollys Hand auf seine.

»Das tut mir leid«, sagte sie.

Greg legte seine freie Hand kurz auf ihre, dann ließ er den Motor wieder an. Ein paar Minuten lang fuhren sie schweigend.

»Hast du Jasi schon davon erzählt?«, fragte Molly leise.

»Nein.«

Danach sagten sie nichts mehr, bis Greg den Wagen in einen Feldweg lenkte. Der Rauch des Zuckerrohrfeuers war dicht und schwarz und direkt vor ihnen.

»Wow«, sagte Molly.

»Ganz schön beeindruckend, wenn man es zum ersten Mal sieht, oder?«, fragte Greg.

Sie stiegen aus, und Molly nahm eine Kamera in die Hand, eine andere hängte sie sich um.

»Bleib dicht bei mir«, sagte Greg.

»Ist das gefährlich?« Molly spürte eine Spur von Angst.

»Eigentlich nicht. Aber wenn der Wind dreht und man zur falschen Zeit am falschen Ort ist...«

Molly schauderte bei dem Gedanken.

Das Zuckerrohr wuchs ihr über den Kopf. Die dicken Halme und dunkelgrünen, breiten Blätter bildeten eine schier undurchdringliche Wand. Greg stellte sie den Männern vor, die das Feuer überwachten. Sie hatten kleine brennende Fackeln bei sich, mit denen sie die Feuer legten. Eine ziemlich große Fläche brannte bereits. Der süßlich riechende Rauch stieg rasch in die Luft. Molly ging herum und fotografierte die Männer, die sich entlang einer Feuersperre aus Erde bewegten und mit ihren Fackeln die dürren Blätter am Fuß der Pflanzen berührten. Jedes Mal schoss dann eine rotgoldene Flamme blitzartig nach oben, tanzte den Halm hinauf. Innerhalb von Sekunden wurde es so heiß, dass Molly meinte, die Hitze würde ihre Haut verbrennen. Das Bersten der brennenden Blätter wurde so laut, dass es bald alles andere übertönte.

Molly nahm die Kamera herunter. Die wilde Hitze des Feuers erzeugte einen Wind, der die gierigen Flammen weiter in das Feld hineintrieb. Sie bewegten sich schneller als das Schritttempo eines Erwachsenen. Sie spürte eine gewisse Furcht in sich aufkommen und sah sich suchend nach Greg um. Er stand direkt hinter ihr.

Gemeinsam gingen sie an der Feuersperre aus Erde entlang, und Molly fotografierte unentwegt. Die Sonne ging rasch unter, und zusammen mit dem Feuerschein ließ sie den Himmel in Rot- und Goldtönen leuchten. Die Männer, die an der Feuerlinie arbeiteten, waren jetzt nur noch schwarze Silhouetten.

Als die Sonne verschwunden und es bereits dunkel war, tippte Greg auf Mollys Schulter.

»Wenn du hier fertig bist, möchte ich dir gern noch etwas anderes zeigen.«

Sie brauchten mit dem Wagen nur ein paar Minuten, um aus den brennenden Feldern herauszukommen. Greg nahm eine schmale Schotterstraße, die auf die Spitze eines steilen Hügels führte. Er parkte an einer Stelle, von der aus man freie Sicht auf die brennenden Felder hatte.

Molly stieg aus. Greg musterte ihr Gesicht. In ihren Augen glänzte noch etwas anderes als der orangefarbene Feuerschein. Sie schnappte sich ihre Kameras und begann zu fotografieren. Gregs Anwesenheit schien sie dabei vergessen zu haben.

Ihm genügte es, auf der Motorhaube zu sitzen und ihr zuzusehen.

Schließlich ließ sie die Kamera sinken und gesellte sich zu ihm.

»Unglaublich«, sagte sie.

»Ich weiß.«

Ein paar Minuten saßen sie schweigend nebeneinander und lauschten dem gedämpften Brüllen des Feuers.

»Molly, ich hab da was für dich.«

Greg griff in die Tasche seiner Jeans, um den Glücksbringer herauszuholen. Er nahm ihre Hand und legte das Silberstück vorsichtig hinein. Molly betrachtete lächelnd, wie sich der rötliche Feuerschein in dem polierten Silber spiegelte.

»Nein«, sagte sie leise und gab es ihm zurück. »Das kann ich nicht annehmen. Du brauchst es, damit es dich daran erinnert, wer du wirklich bist, wenn dir das hier alles zu viel wird.«

Greg erwiderte nichts. Er schob den Glücksbringer nur in die Tasche zurück.

»Du musst hier weg«, fuhr Molly fort. »Das weißt du auch. Um deinetwillen. Du musst hier weg.«

Sie drehte sich zu ihm um. Greg erwiderte den Blick aus diesen wunderschönen grünen Augen und nickte.

Dann beugte er sich vor und küsste sie.

Ihr Gesicht war von Ruß und Schweiß überzogen, und ihre Lippen schmeckten nach verbranntem Zuckerrohr. Doch es war der süßeste Kuss, den er je gespürt hatte.

Nachdem sie sich voneinander gelöst hatten, saßen sie noch ein paar Minuten mit verschränkten Fingern und beobachteten die Feuer.

»Es ist spät geworden«, sagte Greg schließlich. »Wir sollten zurückfahren.«

»Ja, das sollten wir wohl«, sagte Molly leise. »Jasi wird sich ärgern, wenn wir uns verspäten.«

Greg holte tief Luft, ließ Mollys Hand los und setzte sich hinters Steuer.

Als sie in der Schlange an der Kasse stand, wurde Helen plötzlich bewusst, dass dies die erste Mahlzeit sein würde, die sie in ihrer Wohnung je für zwei Leute gekocht hatte. Sie runzelte die Stirn. War sie so einsam? Vielleicht war sie es gewesen, und vielleicht, aber nur vielleicht, war sie es nun nicht mehr.

Sie begann ihre Einkäufe auszupacken. An diesem Delikatessenladen war sie schon oft vorbeigelaufen, aber es war das erste Mal, dass sie hier einkaufte. Die Lebensmittel waren teuer, aber auch außergewöhnlich gut. Als Vorspeise hatte sie Räucherlachs und als Hauptgang Hühnerbrust vorgesehen. Zum Huhn würde sie eine Estragonsauce machen. Dessert war keines geplant, denn Süßspeisen gelangen Helen einfach nicht. Aber sie würde eine gute Käseplatte zusammenstellen. Und sie war sich sicher, dass Matt damit zufrieden sein würde.

Nachdem sie bezahlt hatte, verließ sie den Laden. Ihr

Fahrer wartete draußen. Sie ließ die Tüten auf den Sitz fallen und bat ihn, noch einen Moment zu warten, während sie in die Weinhandlung ging. Als sie das Geschäft mit einigen Flaschen verließ, erkannte sie in der abendlichen Rushhour auf dem Gehsteig ein Gesicht. Ihre Blicke kreuzten sich, und der Mann wandte sich geradezu schuldbewusst ab. Helen suchte in ihrem Gedächtnis nach dem passenden Namen. Es war ein Fotograf, fiel ihr ein, spezialisiert auf Schnappschüsse von Prominenten. Über eine Agentur hatte sie gelegentlich Material von ihm gekauft, ihn aber noch nie persönlich engagiert. Als ihr sein Name endlich einfiel, war er längst verschwunden, und sie dachte nicht länger an ihn.

Zurück in ihrer Wohnung, sprang Helen als Erstes unter die Dusche, um sich frisch zu machen. Danach schlüpfte sie in einen langen, schwingenden Baumwollrock und in ein Top mit ein wenig Spitze. Das sah ein bisschen nach Boheme-Chic aus, aber sie hatte Lust auf etwas ganz anderes als ihre maßgeschneiderten Bürokostüme. Ihr Haar war frisch gebürstet, und sie trug nur wenig Make-up. Sie fühlte sich jünger und irgendwie erleichtert, nachdem sie die Rolle der Herausgeberin quasi abgelegt hatte. Der Summer an ihrer Tür meldete sich, als sie gerade die Kräuter hackte.

»Matt?«, sagte sie in die Sprechanlage.

»Hallo.« Seine Stimme klang leicht verzerrt, war aber trotzdem unverkennbar.

Helen drückte den Knopf, der die Tür im Erdgeschoss öffnete. Sie war froh, sich noch die Hände waschen und ihre Frisur überprüfen zu können, bevor sie Matt klopfen hörte.

Er war so groß, braungebrannt und attraktiv, wie sie ihn in Erinnerung gehabt hatte. Helen spürte ein leichtes Flattern in der Brust. Über der Schulter trug er eine kleine Sporttasche. Bedeutete das …

»Hi.« Sie lächelte und stellte sich auf die Zehenspitzen, um ihn auf die Wange zu küssen. Dabei bemerkte sie seine gerunzelte Stirn.

»Ist etwas nicht in Ordnung?«, fragte sie.

»Eigentlich nicht.« Matt trat ein und stellte seine Tasche ab. »Da war nur so ein Typ. Mit einer Kamera. Ich glaube, er hat mich fotografiert.«

»Das ist ja seltsam.« Helen schob die Glastüren auf, die zur Loggia führten. Matt folgte ihr und lehnte sich übers Geländer. Von dort sah er die zwölf Stockwerke zum Eingang hinunter.

»Von hier oben wirst du nicht viel erkennen«, sagte Helen.

»Meinst du?« Matt zeigte auf die Brücke, die die Aussicht dominierte. »Das ist doch mehr als nicht viel.«

Helen kicherte und vergaß den Mann mit der Kamera augenblicklich. »Ganz schön imposant, das stimmt.«

»Aber man kann die Oper nicht sehen«, sagte Matt. »Ich hätte gedacht, das wäre für eine Wohnung wie diese inakzeptabel.«

»Ich habe auch überlegt zu verlangen, dass sie den Brückenpfeiler wegreißen, aber dann dachte ich, Opernblick hat jeder. Meine Aussicht ist doch wenigstens etwas Besonderes.«

Lachend traten sie zurück in die Wohnung.

»Ich hab dir was mitgebracht.« Matt holte seine Tasche und nahm eine große, braune Schuhschachtel heraus.

»Die meisten Männer bringen Blumen mit. Oder Wein. Und du bringst mir Schuhe?« Helen nahm die Schachtel entgegen und öffnete sie.

»Reitstiefel«, erklärte Matt. »Damit du beim nächsten Besuch nicht wieder ein Paar von deinen teuren Halbschuhen ruinierst.«

Helen lächelte schuldbewusst. An ihrem Wochenende in Willaring Downs hatte sie zwar Reitstiefel von Ali anprobiert, doch die hatten nicht gepasst. Deshalb hatte sie ihre Designer-Slipper getragen, die jetzt mit Lehm und Pferdemist verkrustet im Müll lagen. Sie drehte die Stiefel in ihren Händen.

»Woher wusstest du meine Größe?«

»Ich gestehe, dass ich sie auf deinen Schuhen nachgeschaut habe. Probier sie doch mal an.«

»Jetzt gleich?« Helen zögerte.

»Warum nicht?«

Helen eilte in ihr Schlafzimmer, um sich ein Paar Socken zu holen. Die Stiefel passten perfekt.

»Sie sind richtig gemütlich«, sagte sie lachend. »Aber ich denke, sie passen nicht unbedingt zu diesem Rock.«

»Ach, ich weiß nicht«, brummte Matt wie ein Cowboy. »An manchen Frauen sehen Reitstiefel zu Röcken sogar richtig sexy aus.«

Helen stockte der Atem. Sie blickte in seine dunklen Augen. »Meinst du wirklich?«, fragte sie unschuldig.

»O ja.«

Matt trat noch einen Schritt näher und küsste sie. Sehr, sehr lange.

Helen wurde langsam wach. Durch die geschlossenen Lider konnte sie spüren, wie das Tageslicht in ihr Schlafzimmer fiel. Sie streckte sich und schlug die Augen auf. Als Erstes erblickte sie ein Paar brauner Reitstiefel auf dem Teppich neben der Tür. Matt hatte sie gestern Abend dort fallen lassen, nachdem er sie ihr langsam und vorsichtig ausgezogen hatte. Matt tat viele Dinge langsam und mit großer Sorgfalt, deshalb fühlte sie sich im Moment auch so gut. Ihr Körper glühte noch regelrecht.

Der Platz neben ihr im Bett war zwar leer, aber Helen konnte Matts Wärme noch spüren; seinen Duft noch auf den Kissen riechen. Es duftete nach Sonne und frischer Luft, nach allem, was stark und gut war.

Sie fand ihn in der Küche beim Kaffeekochen. Er sah auf, als sie auf ihn zuging, und umfing sie mit einem Lächeln, das sie eine nie gekannte Wärme spüren ließ.

Helen nahm einen Kaffeebecher entgegen.

»Ich habe mich gefragt«, sagte Matt und nippte am Kaffee, »ob du wohl Lust hättest, Ali zum Brunch zu treffen.«

»Dann musst du nicht ganz schnell nach Hause und die Pferde füttern?«, fragte Helen.

»Nein. Ich habe einen Jackaroo eingestellt«, sagte Matt. »Aber wenn du Ali lieber noch nicht kennenlernen möchtest, ist das auch okay.«

»Ich treffe sie gern«, sagte Helen, »aber dann wird sie wissen, dass du die Nacht hier verbracht hast.«

»Sie ist ziemlich helle«, sagte Matt. »Also würde sie ohnehin bald dahinterkommen. Macht dir das was aus?«

Tat es das? Matts Liebe zu seiner Tochter stand ihm ins Gesicht geschrieben. Heute Morgen konnte Helen in seinen Augen allerdings auch etwas anderes lesen. Sie war noch nicht bereit zu glauben, dass es Liebe zu ihr war, aber zumindest etwas sehr Ähnliches.

»Ruf sie doch an, und ich gehe so lange unter die Dusche«, sagte sie.

»Kann ich, wenn ich mich beeile, nachkommen und dir den Rücken waschen?«

Es war schon später Vormittag, als sie die Wohnung verließen. Im Aufzug hielten sie wie zwei Teenager Händchen. Es fühlte sich gut an.

Helen entdeckte sie in dem Augenblick, als sie und Matt ins Foyer traten. Vier Männer lungerten auf dem Gehsteig vor dem Gebäude herum. Sie blieb stehen und ließ Matts Hand los.

»Verdammt!«

»Was ist denn?«, fragte Matt.

»Siehst du die Männer da draußen? Hat einer von denen dich gestern Abend fotografiert?«, fragte Helen.

»Der in dem blauen Hemd. Kennst du ihn?«

»Das ist ein Paparazzo.« Helen drängte Matt in die hintere Ecke des Foyers, wo man sie von der Straße aus kaum sehen konnte.

»Arbeitet er für deine Zeitschrift?«, fragte Matt mit verwirrter Miene.

»Nein. Er ist selbstständig. Ich habe ihm schon ein paar Bilder abgenommen, aber er verkauft an alle.«

»Und was macht er hier?«

»Er hat mich gestern Abend beim Einkaufen entdeckt«, erklärte Helen. »Er muss mir in der Hoffnung auf einen guten Schnappschuss nach Hause gefolgt sein. Das ist seine Methode.«

»Einen Schnappschuss von wem? Von mir?«

»Von uns. Zusammen. Es gibt durchaus Zeitungen, die für so was zahlen.«

Matt schüttelte ungläubig den Kopf. »Warum? Was geht die das an?«

»Das liegt an meinem Job. Ich bin ziemlich prominent. Es wäre nicht das erste Mal, dass ich mich in den Klatschspalten wiederfände, wenn auch … wenn auch unter anderen Umständen …« Sie verstummte.

»Also, dann gehen wir doch einfach wieder in deine Wohnung und warten, bis er abhaut.«

»Das wird er aber nicht«, sagte Helen. »Er muss schon die ganze Nacht gewartet haben, und er wird erst gehen, wenn er bekommen hat, was er will. Und er ist auch nicht mehr allein. Es hat sich schon rumgesprochen, dass er hier auf etwas wartet. Die Meute rottet sich zusammen. Das ist jetzt eine Art Wettbewerb. Wem die beste Aufnahme gelingt, der kriegt auch das meiste Geld.«

»Wir können sie doch einfach ignorieren«, sagte Matt. »Ihnen zeigen, dass es uns egal ist.«

»Das wird nicht funktionieren«, sagte Helen. »Die werden uns verfolgen.«

»Was? Vielleicht sogar bis zu Alis Haus?«

Helen nickte.

»Wenn sie sich auch nur in die Nähe meiner Tochter wagen …«, Matts Stimme klang erstaunlich unerschrocken.

»Ich weiß.« Helen legte eine Hand auf seinen Arm.

»Das ist eine seltsame Welt, in der du da lebst«, sagte Matt. »Ich weiß nicht, warum du das mit dir machen lässt.«

»Es gibt Zeiten, da frage ich mich das auch.«

Nach einem kurzen Schweigen teilte sie ihm die Entscheidung mit, die sie unweigerlich treffen musste.

»Matt, ich kann damit umgehen«, sagte sie und schämte sich zum ersten Mal in ihrer Karriere für diesen Beruf. »Aber du musst verschwinden. Am besten, ohne dass sie dich sehen.«

»Was sollen wir machen?«

»Wo steht dein Wagen?«

»Gleich um die Ecke.«

»Prima.« Helen war jetzt ganz Profi. »Ich werde sie ablenken. Sie von hier weglocken. Du wartest, bis die Luft rein ist, und dann schaust du, dass du so schnell wie möglich hier wegkommst.«

»Und unsere Pläne?«

»Matt«, sagte sie sehr sanft, »die werden mir das ganze Wochenende auf den Fersen sein. Wir können nicht …«

Matt nickte. Schweigend kehrten sie in ihre Wohnung zurück, und Matt holte seine Tasche. Auf dem Weg nach unten hielten sie wieder Händchen, aber es fühlte sich anders an. Eher tröstend.

»Fährst du heute Abend nach Hause zurück?«, fragte Helen, als sie erneut ins hell erleuchtete Foyer traten.

»Ja. Ich ruf dich dann an.« Matt drückte ihre Hand und lächelte aufmunternd. »Bist du sicher, dass es keinen anderen Weg gibt?«

»Ja.«

»Pass auf dich auf.«

»Das mach ich.« Helen stellte sich auf die Zehenspitzen, um ihm einen raschen Kuss zu geben, dann drehte sie sich um und ging auf die Eingangstür zu.

Die Glastür glitt auf, und die kleine Gruppe der Männer auf dem Gehsteig kam in Bewegung.

»Wer ist er, Helen?«

»Wo ist er?«

Die Fragen wurden vom Klicken der Kameras begleitet.

»Wer ist wer?«, fragte Helen und zwang sich zu einem Lächeln, während sie die Stufen hinuntereilte.

»Du weißt, wen wir meinen«, sagte einer der Fotografen.

»Ist er einer von deinen Farmern?«, rief ein anderer.

»Jungs«, sagte Helen, während sie sich anschickte, die Straße zu überqueren, »ich habe keine Ahnung, wovon ihr redet.«

Die Fotografen umgaben sie im Pulk und behinderten den Verkehr.

Mit einbetoniertem Lächeln steuerte Helen auf den Zeitungsstand vor dem U-Bahnhof zu. Der Verkäufer musterte sie leicht irritiert.

»Guten Morgen«, begrüßte Helen ihn aufgeräumt.

»Äh, guten Morgen«, erwiderte der Mann.

Helen nahm sich ein paar Augenblicke Zeit, um Zeitungen und Magazine durchzublättern. Dabei riskierte sie einen raschen Blick zu ihrem Haus hinüber. Matt hatte gerade das Foyer verlassen und würde in wenigen Schritten um die Ecke verschwunden und in Sicherheit sein.

»Ich suche nach ein bisschen Lesestoff für einen ruhigen Tag daheim«, sagte Helen zu den Fotografen und nahm sich zwei Zeitungen. Obenauf legte sie gut sichtbar die aktuelle Ausgabe von *Australian Life*.

Die Fotografen lachten.

Helen bezahlte den Zeitungsverkäufer, der immer noch leicht verwirrt dreinblickte.

»Wiedersehen«, sagte sie und zwinkerte ihm zu.

Sie hielt beharrlich an ihrem Lächeln fest, während sie wieder auf ihr Apartmenthaus zuging. Erst als sie sicher im Aufzug stand, ließ sie sich gegen die Wand sinken, und ihr Lächeln verblasste. Die Wohnung erschien ihr verwaist. Sie warf die Zeitungen auf den Couchtisch. Zu wütend und frustriert, um zu lesen, lief sie durch die Wohnung und tat so, als würde sie aufräumen.

Als sie die Reitstiefel neben der Schlafzimmertür entdeckte, brach sie in Tränen aus.

# 7.

Simon nieste laut, während er durch das Zentrum von Newcastle lief und die Scharen von Kauflustigen ignorierte.

»Verdammt«, murmelte er keuchend. Er suchte nach einem Taschentuch und musste schon wieder niesen. Er fühlte sich elend. Seine Nase lief, er hustete, und sein Kopf fühlte sich an, als sei er mit nassem Zement gefüllt.

»Hallo, Simon.« Ein Bekannter spazierte mit einem breiten Lächeln an ihm vorbei. »Wie geht's?«

»Bestens, danke«, grummelte Simon und blieb erst gar nicht stehen. Dabei ging es ihm keineswegs bestens. Er hatte Grippe und fühlte sich sterbenskrank. Das würde ihm eine Lehre sein – nie mehr ohne Jacke im Regen herumzulaufen. Seit jenem Abend beim Winegrowers' Dinner war aber auch alles schiefgegangen. Einfach alles.

Er versank in Selbstmitleid, verbarg sein Gesicht im nächsten Taschentuch und nieste wieder.

Als er aufschaute, stand Leigh genau vor ihm. Simon erstarrte mit dem zusammengeknüllten Taschentuch in der Hand.

Leigh war sehr chic gekleidet, in langen Hosen und einem leichten Jackett. Sie hatte eine Aktenmappe in der einen und einen mittelgroßen Karton in der anderen Hand.

»Hallo, Leigh. Wie geht's dir?« Simon hätte sich für diese unpassende Begrüßung am liebsten geohrfeigt, aber was hätte er nach ihrer letzten Begegnung bei dem Dinner auch sagen sollen?

»Danke, Simon, gut. Im Gegensatz zu dir.«

»Ich bin ein bisschen erkältet«, sagte Simon. »Nichts Ernstes.«

Leigh nickte, und ein paar schreckliche Sekunden lang standen sie einfach nur da und starrten einander an.

»Leigh, ich möchte –«

»Simon, ich denke –«

Sie redeten und verstummten gleichzeitig. Dann nickte Simon, um ihr zu bedeuten, sie möge zuerst sprechen. Sie versuchte, das Gewicht des Kartons auszubalancieren.

»Kann ich dir helfen?«, bot er an und streckte die Hand aus.

»Nein danke –« Ihre Stimme erstarb, als sie seine Hand sah. Sie runzelte die Stirn, und Simon fielen seine aufgeschürften Knöchel ein.

»Du hast ihn also tatsächlich geschlagen.« Leigh sprach leise und mit ungläubiger Stimme.

»Das hätte ich nicht tun sollen. Leigh, ich entschuldige mich –«

Sie schüttelte den Kopf. »Lass uns nicht mehr davon anfangen, Simon. Okay? Nicht heute. Ich habe ganz andere Sachen im Kopf. Lass es uns einfach vergessen.«

»Aber ich –«

»Simon, ich wünsche dir gute Besserung. Ich muss jetzt los. Ich habe einen wichtigen Termin.«

Sie drehte sich um und ging.

Simon blieb wie angewurzelt stehen, das zerknüllte Taschentuch noch immer in der Hand. In seinem Kopf drehte sich alles, und das lag nicht an seiner Erkältung. In den letzten Tagen hatte er dauernd überlegt, was er Leigh bei ihrer nächsten Begegnung sagen würde. Sie hatte ein Recht auf eine Entschuldigung und eine Erklärung. Aber es schien, als wolle sie keine. Die Leigh, die ihn gerade stehengelassen hatte, war eine ganz andere Frau als die, die er in der halbleeren Scheune hatte weinen sehen. Mit ihrem eleganten Hosenanzug und hoch erhobenen Hauptes hatte sie stille Entschlossenheit ausgestrahlt. Sie hatte zufrieden ausgesehen. Und noch dazu sehr attraktiv.

Die Leute drehten die Köpfe nach ihm um, als er sehr laut nieste. Schneuzend setzte Simon seinen Weg fort und fragte sich, was diese Veränderung bei Leigh wohl bewirkt haben mochte. Hatte sie sich wieder mit Ian versöhnt? Simon wünschte ihr Glück, aber die Vorstellung, dass sie wieder mit Ian zusammen sein könnte, fühlte sich an wie ein harter kalter Klumpen in seiner Magengrube. Fast wie Eifersucht. Aber das konnte doch nicht sein, denn schließlich war Leigh doch nur eine Nachbarin, die unter anderen Umständen eine Freundin hätte sein können. Oder etwa nicht?

Simon war so in Gedanken, dass er an seinem Ziel vorbeilief und umkehren musste.

Der Juwelierladen war perfekt beleuchtet, um die kostbaren Schätze in den Glasvitrinen optimal zur Geltung zu bringen. Eine elegant gestylte Frau in Schwarz war augenblicklich an Simons Seite.

»Kann ich Ihnen helfen, Sir?«

Simon griff in seine Tasche und legte ein schwarzes Samtschächtelchen auf die Theke. Die Verkäuferin nahm es und sah ihn an. Als er nickte, öffnete sie die Verpackung.

Der brillant geschliffene Diamant besaß die blassrosa Farbe von zarten Rosenblütenblättern und saß auf einem schlichten Ring aus Weißgold. Die Frau drehte die Schachtel so, dass die Oberfläche des Steins das Licht einfing.

»Er ist wunderschön«, sagte sie. »Stammt der Stein aus den Kimberley Ranges in Westaustralien?«

»Ja«, antwortete Simon knapp. »Ich möchte den Ring verkaufen.«

»Selbstverständlich, Sir. Wenn Sie mir bitte folgen wollen.«

Sie führte ihn in ein kleines Hinterzimmer und ließ ihn dort Platz nehmen, während sie den Chef holen ging.

Simon betrachtete inzwischen den Ring und wartete auf

die Erinnerungen. Er hatte so viel Zeit und Gedanken darauf verwendet, den Stein zu kaufen und einen Juwelier mit seiner Verarbeitung zu beauftragen. Vor drei Jahren, am Abend des großen Weinfestes, zu dem er nach der Lese auf sein Gut eingeladen hatte, hatte er ihn der Frau, die er liebte, geben wollen. Er hatte sich mit dem Ring in der Tasche auf die Suche nach ihr gemacht und sie dann bei Jack Thorne gefunden. Manchmal fragte Simon sich, ob sie auch dann hinter Jack und seinem frisch gewonnenen Geld her gewesen wäre, wenn sie von dem Ring gewusst hätte. Oder wäre er dann heute mit ihr verheiratet? Und wenn ja, wäre er wohl glücklich?

»Tut mir leid, dass Sie warten mussten, Sir.« Der Juwelier war ein Mann in den Vierzigern und schien seine Augen permanent zusammenzukneifen. »Meine Mitarbeiterin sagte mir, Sie hätten einen Ring, den Sie verkaufen möchten.«

Simon reichte ihn ihm. Der Juwelier klemmte sich eine Lupe vors Auge und untersuchte den Ring und den Stein ausgiebig.

»Das ist ein bemerkenswertes Stück. Wer hat es angefertigt?«

Simon nannte ihm den Namen und händigte ihm auch das Zertifikat für den Stein aus.

»Sind Sie sicher, dass Sie ihn verkaufen wollen? Ein so besonderes Stück ist eine gute Wertanlage.«

»Es hätte ein Verlobungsring sein sollen«, sagte Simon. »Er wurde nie getragen. Ich habe keine Verwendung mehr dafür.«

Der Juwelier schwieg taktvoll.

Kurze Zeit später verließ Simon den Laden mit der Versicherung des Juweliers, ihn in naher Zukunft um einige Tausend Dollar reicher zu machen. Doch das Geld war Simon gar nicht wichtig. Er hatte den Ring am Morgen eher zufällig entdeckt, als er in seinem Büro nach alten

Unterlagen gesucht hatte. Er erinnerte sich, ihn ganz hinten in eine Schreibtischschublade gelegt zu haben, und zwar am Tag nach dem Fest, als er ihn nicht mehr brauchte. Seither hatte er ihn kein einziges Mal angesehen. Die Entscheidung, ihn jetzt zu verkaufen, war spontan gefallen. Er hatte erwartet, etwas dabei zu fühlen. Trauer oder Bedauern. Vielleicht auch einen gewissen Schmerz. Aber er fühlte nichts. Vielleicht bedeutete das, dass er bereit für einen Neuanfang war.

Er lächelte schwach, als er sich hinter das Steuer seines Wagens setzte und seinen Schnupfen kaum noch spürte.

Leigh holte tief Luft, während sie die Straße hinunterging. Die Begegnung mit Simon Bradford war nicht gerade ein optimaler Start in den Tag gewesen. Seit dem Winegrowers' Dinner hatte sie immer wieder überlegt, was sie ihm bei der nächsten Gelegenheit sagen wollte. Sie war eigentlich gar nicht mehr wütend auf ihn. Zumindest nicht wegen der Sache mit Ian. Ihr Zorn auf Simon stammte aus der Zeit mit Jack Thorne. Und es war höchste Zeit, dass sie auch darüber hinwegkam. Aber nicht heute. Heute hatte sie Besseres zu tun.

Leigh spazierte durch die Glastür der Bank und meldete sich am Empfang an.

Der für Kredite zuständige Bankangestellte war etwa in ihrem Alter und gut angezogen. Er hob die Augenbrauen, als Leigh die mitgebrachten Sachen neben ihrem Stuhl auf den Teppich legte.

»Nun, Miss Kenyon, lassen Sie uns über Ihre Anfrage bezüglich eines Geschäftskredits sprechen.«

»Ja«, Leigh holte tief Luft, »ich habe Jahr für Jahr meine Trauben verkauft. Aber in dieser Saison möchte ich mit der Weinerzeugung beginnen. Selbst abfüllen und verkaufen. Aber um das zu schaffen, brauche ich ein wenig Kapital. Ich habe alles durchgerechnet…«

Sie griff nach der ledernen Aktenmappe zu ihren Füßen, doch der Banker hob abwehrend die Hand.

»Das haben Sie sicher. Und wir werden die Zahlen gemeinsam sorgfältig durchsehen. Jetzt möchte ich aber erst einmal nur mit Ihnen reden. Um ein Gefühl dafür zu bekommen, was Sie erreichen möchten.«

Leigh verbarg ihr Erstaunen. Er war nicht wie die Bankleute, mit denen Sie bisher zu tun gehabt hatte. Er wirkte nett. Interessiert. Kein bisschen furchterregend.

»Ich denke, dass es ausreichend Potenzial für ein kleines, aber feines Weingut gibt. Der Tourismus boomt und …«

Leigh redete lange, beflügelt von den Zwischenfragen des Mannes auf der anderen Seite des Schreibtischs. Zunächst war sie um kühle Professionalität bemüht, doch bald gab sie es auf, die Leidenschaft, mit der sie an ihren Traum glaubte, zu verbergen.

»Und warum glauben Sie, dass Sie das bewerkstelligen können?«, fragte ihr Gegenüber schließlich.

Leigh griff in den Karton. Sie stellte zwei Flaschen auf den Tisch. Auf den Etiketten stand ›Bangala-Weine‹.

»Ich bin eine gute Winzerin«, sagte sie voller Selbstvertrauen. »Ich habe in den letzten drei Jahren von jedem Jahrgang ein Probefass gemacht. Und ich bin überzeugt, mindestens ebenso guten Wein zu erzeugen wie alle anderen.«

»Das klingt schon mal vielversprechend«, sagte der Banker.

»Und ich habe Ideen.« Leigh stellte zwei der kristallverzierten Gläser auf den Tisch. »Sachen wie diese hier. Das wird etwa japanische Kunden ansprechen. Aber es ist nur ein Beispiel. Ich werde mir jedes Jahr etwas Neues – ein Extra oder ein neues Verkaufsargument einfallen lassen.«

Der Kreditmanager nahm eines der Gläser in die Hand und drehte es langsam zwischen den Fingern.

»Na gut, dann lassen Sie uns doch jetzt einen Blick auf Ihre Zahlen und Prognosen werfen. Wenn die genauso überzeugend sind, kommen wir ins Geschäft.« Er wollte ihr den Wein und die Gläser zurückgeben.

»Bitte, behalten Sie den Wein und die Gläser ruhig.«

»Das ist nett gemeint, Miss Kenyon.« Der Mann lächelte. »Aber das kann ich nicht annehmen. Es ergäbe keine gute Optik.«

»Oh.« Leigh packte alles rasch wieder ein und holte ihre Unterlagen heraus.

Als sie schließlich die Bank verließ, drehte sich in ihrem Kopf alles. Der Bankangestellte hatte ihre Buchhaltungsunterlagen und Prognosen im Detail geprüft. Er besaß eine rasche Auffassungsgabe und war blitzschnell im Rechnen. Am Schluss schien er zufrieden. Sie würde den offiziellen Bescheid abwarten müssen, aber er hatte ihr geraten, inzwischen mit ihren Planungen ruhig fortzufahren.

Daraufhin hätte sie ihn am liebsten geküsst, und wenn sie jetzt so darüber nachdachte, war er ja auch ziemlich attraktiv. Vielleicht würde sie ihn, wenn der ganze Papierkram erledigt war, zu einer Weinprobe einladen. Bei dem Gedanken daran musste sie laut auflachen.

Ein Ehepaar mittleren Alters, das ihr gerade entgegenkam, musste lächeln. Leigh blieb vor den beiden stehen.

»Sie kennen mich zwar nicht, aber ich habe da etwas für Sie.« Sie stellte den Karton auf den Gehsteig.

»Schauen Sie mal«, sagte sie und holte eine Flasche Wein heraus. »Mit dem heutigen Tag ist dies die erste offizielle Flasche Bangala-Wein. Das ist mein eigener Wein. Ich möchte ihn Ihnen gerne schenken.«

Mit einer angedeuteten Verbeugung überreichte sie die Flasche dem Mann, der ihn lächelnd entgegennahm.

»Na dann, vielen Dank«, sagte er.

»Herzlichen Glückwunsch, meine Liebe«, meinte seine Frau.

»Danke sehr. Und dann würde ich Ihnen gerne auch noch …« Leigh holte die beiden Gläser aus dem Karton, »die hier geben.«

»Ach, wie nett.« Die Frau drehte die Gläser in den Händen. »Die sind aber hübsch. Und die wollen Sie wirklich verschenken?«

»Absolut.«

»Dann werden wir damit auf Ihren Erfolg anstoßen«, sagte die Frau.

»Danke. Ich hoffe, der Wein wird Ihnen schmecken.«

Leigh nahm die fast leere Kiste unter den Arm, marschierte weiter und ließ das leicht irritierte Paar zurück.

»Hörst du mir überhaupt zu?«

Robert Andersons nörgelnde Stimme zwang Greg in die kahle und desinfizierte Gegenwart des Krankenzimmers zurück.

»Entschuldige, Dad.«

»Ich habe dich gefragt, ob du mir die neue Ausgabe der Zeitschrift des Zuckerrohrfarmerverbands mitgebracht hast.«

»Ja, hab' ich.« Greg zog das Heft aus dem Stapel Unterlagen, der bereits am Fußende des Bettes lag.

Mit zitternden Händen blätterte der alte Mann die Seiten um. Er sah viel schlechter aus als noch vor ein paar Wochen. Er hatte viel Gewicht verloren, war blass, und seine Haut wirkte trocken und rissig wie altes Pergament. Aber er klammerte sich nach wie vor an die Illusion, dass er eines Tages auf die Farm zurückkehren und dort wieder das Regiment übernehmen würde. Und immer noch hatte er an allem, was sein Sohn tat, etwas auszusetzen.

Greg saß schweigend da und war froh, dass sein Vater ihn wenigstens für eine Weile ignorierte. Jasi war natürlich nicht dabei. Er hatte es noch immer nicht geschafft, ihr von seinem Vater zu erzählen. Er hatte etwas von einem Termin in der Zuckermühle gesagt. Dabei hasste er es, sie anzulügen. Schließlich gab sie sich solche Mühe, eine Beziehung mit ihm aufzubauen. Ständig schlug sie irgendwelche unterhaltsamen Unternehmungen vor. Ausflüge an den Strand oder zum Abendessen. Sie hatte sogar angedeutet, dass sie sich vorstellen könne, aus dem Gästezimmer in sein Schlafzimmer umzuziehen. Und Greg wusste, dass er sie enttäuscht hatte, als er nicht darauf eingegangen war.

Aber er konnte doch nicht mit Jasi schlafen, wenn er eigentlich Molly wollte.

Er riss sich selbst aus seinen Tagträumen und begann, die Papiere zurück in die Aktenmappe zu stopfen.

»Was machst du da?«, fragte Robert. »Ich bin damit noch nicht durch.«

»Gut. Dann behalt sie eben.« Greg ließ die Mappe auf den Boden fallen. »Ich muss jetzt los.«

Er drehte sich um und floh fast aus dem Zimmer. Auf die erstaunten Rufe seines Vaters reagierte er nicht. Draußen lehnte er sich an sein Auto und wünschte sich, er würde rauchen. Jedes Mittel wäre ihm recht gewesen, um sein Gleichgewicht wiederzufinden. Noch ein paar Minuten in diesem Zimmer, und er wäre erstickt.

Er starrte in den wolkenlosen blauen Himmel hinauf und fragte sich, wo Molly wohl gerade war. Seit ihrer Rückkehr nach Sydney hatte er nichts mehr von ihr gehört. Aber das war auch nicht zu erwarten gewesen. Jener Kuss am Abend des Zuckerrohrfeuers konnte zu nichts führen. Zumindest nicht, solange er hier in der Falle saß und sie im fernen Sydney lebte. Und auch sicher nicht, solange Jasi bei ihm war.

Von Rastlosigkeit getrieben, setzte er sich hinters Steuer und fuhr heimwärts. Als er vor dem Haus parkte, wäre er am liebsten direkt in seine Werkstatt gegangen, aber er musste erst zu Jasi. Sonst würde sie das Auto bemerken und ihn suchen kommen, und er wollte von ihr nicht bei der Arbeit gestört werden. Dieser Gedanke schnürte ihm die Kehle zusammen. So konnte es nicht weitergehen. Das hatte Jasi nicht verdient. Er musste Molly vergessen und sich auf das Mädchen konzentrieren, das hier bei ihm war.

»Jasi«, rief er auf dem Weg ins Wohnzimmer.

Zunächst war nichts zu hören, dann trat sie in einem kurzen Rock und einer leichten Jacke auf den Flur. Sie kam offenbar gerade aus der Dusche, denn sie wirkte strahlend frisch und hatte noch ein paar Wassertropfen auf der Haut. Ihre nassen blonden Haare tropften und ließen den dünnen weißen Stoff ihres Tops fast durchsichtig erscheinen. Greg konnte ihre sich dunkel darunter abzeichnenden Brustwarzen erkennen.

»Hi, Greg«, sagte sie, trat auf ihn zu und lächelte.

Sie stellte sich auf die Zehenspitzen, um ihm einen Kuss zu geben, und roch nach Blumen und Seife. Greg zog sie näher zu sich heran und küsste sie. Lang und leidenschaftlich. Sie schmolz in seinen Armen, und der Stoff ihrer Kleider verbarg nichts, als er mit seinen Händen über ihre Schultern und ihren Rücken fuhr und ihre Hüften fest gegen seine presste.

Ihre Lippen waren ebenso hungrig wie seine. Sie legte die Arme um seinen Hals und zog ihn noch näher an sich. Greg spürte, wie sie erschauerte, als seine Lippen die weiche Haut in ihrem Nacken berührten. Er spürte den Puls unter ihrer noch feuchten Haut. Sie schloss die Augen und überließ sich ihm ganz. Es fühlte sich gut an. Alles würde sich finden, wenn er sich in ihr verlieren könnte. Sie lieben könnte. Molly lieben könnte.

Greg erstarrte. Seine Hände fielen kraftlos herab, und sein heftiger Atem stockte.

»Greg?« Jasi runzelte die Stirn. »Was ist los?«

Greg schaute in ihre strahlend blauen Augen und wusste, was er zu tun hatte. Vorsichtig löste er er sich von ihr. Er nahm Jasi bei der Hand und führte sie zur Couch, setzte sich aber nicht neben sie, sondern in einen Sessel gegenüber.

»Jasi«, sagte er leise, »wir müssen miteinander reden.«

Ihr Gesichtsausdruck sagte ihm, dass sie bereits wusste, was jetzt kommen würde.

»Es ist wegen Molly, oder?«, fragte sie und hatte bereits Tränen in den Augen. »Du willst Molly, nicht mich.«

Sie hatte recht. Aber wie sollte er ihr das ins Gesicht sagen? Sie war von so weit her gekommen. Und sie hatte nichts falsch gemacht, außer dass sie nicht Molly war. Er konnte sie nicht anlügen, aber er konnte den Schlag etwas abmildern.

»Das allein ist es nicht«, sagte er. »Da gibt es noch eine Menge Dinge, von denen ich dir nichts erzählt habe. Jetzt ist es Zeit dafür. Wem, glaubst du, gehört das alles hier?«

Jasi sah ihn erstaunt an. »Na, dir. Oder etwa nicht?«

»Nein.« Greg sah, wie der Schock an die Stelle der Trauer trat. »Die Farm mit allem, was dazugehört – auch mir – gehört meinem Vater.«

»Ich verstehe nicht ganz …«

Greg erklärte ihr alles. Die Krankheit seines Vaters. Seine eigene Entscheidung, ein Foto an *Australian Life* zu schicken. Er zeigte ihr sogar die Kiste mit den ungeöffneten Briefen, die immer noch in dem kleinen Büro stand, und erzählte ihr, dass ihrer der Erste gewesen war, der ein klein wenig vielversprechend geklungen hatte.

»Es ist nicht deine Schuld«, versicherte er ihr. »Du bist wirklich ein netter Kerl und hast getan, was du konntest. Ich bin schuld. Ich will die Farm nicht. Und auch dieses Leben nicht. Nichts davon.«

Jasi hatte immer noch feuchte Augen, aber sie weinte nicht mehr.

»Jasi«, sagte Greg sanft, »ich glaube, wenn du ganz ehrlich bist, möchtest du das auch nicht. Du bist nicht dafür gemacht, die Frau eines Farmers zu sein. Dafür gefällt dir das Stadtleben viel zu gut.«

Sie lächelte beinahe und schniefte ein wenig. »Na ja, meine Freunde vermisse ich schon. Und die Partys und die Clubs.«

»Dann solltest du nach Hause fahren.«

Sie nahm es leichter, als er erwartet hatte. Während sie packte, rief er am Flughafen an. Er bezahlte ihr den Rückflug. In seinen Augen war das das Mindeste, und Jasi hatte keine Einwände. Sie freute sich bereits darauf, ihre Freunde wiederzusehen, und sprach von einem Jobangebot als Kosmetikverkäuferin in einem Kaufhaus. Am Spätnachmittag war es schon so, als wäre sie nie da gewesen. Greg hatte das Haus wieder für sich allein. Er stand im Wohnzimmer und hielt seinen Glücksbringer in der Hand. Er hatte einen Schritt in die richtige Richtung unternommen, aber es fühlte sich nicht gut an. Sein Leben erschien ihm einsamer denn je, und er musste immerzu an Molly denken.

Nach einigem Suchen fand er das Stück Papier mit dem Namen und der Telefonnummer.

»Greg«, meldete sich die Frau aus Sydney in erfreutem Ton. »Ich freue mich, dass Sie anrufen. Ich würde gern bald mit dem Schreiben der Story anfangen. Ich hoffe, Sie haben gute Neuigkeiten für mich ...«

»Ich fürchte, eher nicht.« Er erzählte der Journalistin, dass aus der erhofften Geschichte nichts werden würde.

»Verstehe«, antwortete sie enttäuscht.

Greg schämte sich ein bisschen. Er hatte sie absichtlich in die Irre geführt, nur damit Molly ein paar Tage länger blieb. »Ist Molly da?« Er versuchte, die Frage möglichst beiläufig klingen zu lassen.

»Molly? Nein, sie ist eine freie Mitarbeiterin und kommt nicht oft hierher.«

»Ach so, ja.« Er hatte nicht wirklich erwartet, dass sie

da wäre, aber er hatte gehofft … Er war sich nicht einmal sicher, was er gehofft hatte. »Also, wenn Sie sie sehen, können Sie ihr vielleicht schöne Grüße ausrichten.«

»Mach ich.«

Der Ton ihrer Stimme gab ihm nicht viel Hoffnung, dass sie die Nachricht weitergeben würde.

Molly arbeitete, als das Telefon in ihrer Wohnung klingelte. Der große Bildschirm ihres Desktop-Computers war voller Bilder, die sie von ihrem Laptop kopiert hatte. Bilder vom Zuckerrohrfeuer. Sie hatte eine Handvoll besonders spektakulärer Fotos ausgesucht. Vielleicht würde sie einen Käufer dafür finden.

Sie sortierte auch die Bilder, die sie von Greg und Jasi gemacht hatte. *Australian Life* wartete bereits darauf. Aber diese Arbeit machte ihr definitiv keinen Spaß. Jedes Foto, das die beiden zeigte, wirkte irgendwie falsch.

Seufzend arbeitete sie weiter. Morgen um diese Zeit hätte sie alles abgeliefert. Dann konnte sie ihre Rechnung stellen und versuchen, Greg endgültig zu vergessen.

Ausnahmsweise freute sie sich, als sie vom Klingeln ihres Handys gestört wurde. Es war Richard, der Assistent von Helen Woodley.

»Morgen früh hast du die Bilder von meinem Townsville-Trip auf dem Tisch«, sagte Molly.

»Genau deshalb rufe ich an«, sagte Richard. »Wir brauchen sie nicht mehr. Tut mir leid.«

»Ach.« Molly war verwirrt. Es kam äußerst selten vor, dass eine Zeitschrift in Auftrag gegebene Fotos nicht verwendete. Aber das war nicht der Grund ihres Staunens. »Warum denn?« Sie bemühte sich um einen lockeren Ton.

»Ich weiß nicht genau. Ich habe nur gerade eine Nachricht von der Kollegin bekommen, die die Story schreiben sollte. Darin heißt es, die Geschichte sei gecancelt.«

»Oh.«

»Vielleicht haben die beiden sich wieder getrennt. Soll ich mal nachfragen?«

»Nein, nein. Nicht nötig«, sagte Molly rasch. »Ist ja auch egal. Ich dachte nur, du wüsstest was darüber.«

»Molly«, Richards Stimme klang zögerlich. »Ein paar von uns gehen heute Abend zusammen was trinken. Ich dachte, vielleicht hast du Lust mitzukommen.«

Es war nicht das erste Mal, dass Richard so einen Vorschlag machte. Ihre spontane Antwort wäre wie schon in der Vergangenheit ein Nein gewesen. Aber sie zögerte. Das war ja eigentlich kein Date. Vielmehr war es quasi geschäftlich, wenn mehrere Leute von *Australian Life* zusammen ausgingen. Vielleicht konnte sie sogar einen neuen Auftrag akquirieren. Und eventuell erfuhr sie dort Näheres über die abgesagte Geschichte von Greg und Jasi. Möglicherweise hörte sie sogar, wie es Greg ging.

»Wo geht ihr denn hin?«

»Ins Lord Nelson.«

Molly war schon oft in dem alten Pub im historischen Rocks-Viertel gewesen. Man traf dort eine Menge Leute aus der Medienbranche. Eigentlich war sie bei ihren Eltern zum Abendessen angekündigt, aber das konnte sie problemlos verschieben. Sie würde ihrer Mutter einfach sagen, dass sie ein Date hätte, was ja auch beinahe stimmte. Ihre Mutter erzählte ihr sowieso andauernd, dass sie sich häufiger mit Männern verabreden sollte.

»Alles klar«, sagte sie.

»Großartig.« Richard klang überglücklich. Sie würde aufpassen müssen, dass er sich keine falschen Hoffnungen machte. »Wir werden so circa ab sechs dort sein. Bis dann also.«

Molly legte das Telefon auf ihren Schreibtisch. Greg starrte sie von einem Foto auf ihrem Bildschirm aus an. Sie lächelte ihm zu. Sie war froh, dass er die Beziehung zu Jasi beendet hatte. Würde er wohl auch den Mut finden, die

Farm zu verlassen? Vielleicht konnte sie ihn dabei ein wenig unterstützen.

Sie traf rasch eine Auswahl von Aufnahmen, die sie von Gregs Schmuck gemacht hatte. Dann klickte sie auf »Neue E-Mail erstellen« und begann zu schreiben.

*Ich dachte, die würdest du vielleicht gern haben. Du kannst sie für deine Website oder für Werbezwecke nutzen, wenn du magst.*

Molly hielt inne. Sollte sie Jasi erwähnen? Aber was konnte sie dazu sagen? Sie fragte sich, wer den Anstoß gegeben hatte, und hoffte, dass es Greg nicht gekränkt hatte. Letztlich beschloss sie, das Thema nicht anzuschneiden.

*Ich kenne einen Juwelier hier in Sydney, dem deine Arbeiten bestimmt gefallen würden. Vielleicht kauft er einige von deinen Sachen oder hat einen Auftrag für dich. Wenn du mit ihm Kontakt aufnimmst, kannst du gerne erwähnen, dass ich ihn dir empfohlen habe.*

Sie fügte den Namen und die Kontaktdaten des Juweliers hinzu. Dann die Fotos. Anschließend saß sie einfach nur da und starrte die Mail an. Das war alles, was sie tun konnte. Jetzt musste Greg selbst aktiv werden. Sie zögerte einen Moment über der Tastatur, dann setzte sie nur ihren Namen darunter und drückte schnell auf »Senden«, bevor sie es sich noch einmal anders überlegen konnte.

Als sie die Dateien eine nach der anderen schloss, blieb schließlich nur noch ein großes Foto auf dem Bildschirm. Das würde sie nicht verkaufen. Es zeigte Gregs Gesicht im goldenen Feuerschein. Er schaute auf etwas in der Ferne und schien die Kamera überhaupt nicht zu bemerken. Die dramatische Beleuchtung ließ ihn älter, aber zugleich auch attraktiver wirken. Auf dem Bild hatte er etwas Düsteres,

Grüblerisches an sich. Wie Heathcliff, Mr. Rochester, Mr. Darcy oder irgendein anderer umstrittener Held aus einem viktorianischen Roman.

Matt war fünf Minuten zu früh am Restaurant. Aber er war nicht der Erste. Sie winkte ihm von der anderen Straßenseite aus zu, und Matt runzelte die Stirn. Sie hatte sich ein Tuch um die Haare geschlungen und trug eine riesige Sonnenbrille, obwohl es fast schon dämmerte. Nachdem sie sich prüfend nach allen Seiten umgesehen hatte, kam sie über die Straße geeilt.

»Lass uns schnell reingehen.« Sie nahm seinen Arm und zog ihn schon durch die Tür ins Restaurant, bevor er auch nur ein Wort sagen konnte.

Im Lokal blieb Matt abrupt stehen. »Was soll denn das Theater?«

Sie nahm die Sonnenbrille und das Tuch ab und schüttelte ihr lockiges kastanienbraunes Haar. »Ich versuch nur, die Paparazzi abzuhängen. Jetzt, wo mein Dad ein Promi ist, muss ich ein bisschen vorsichtig sein.« Sie stellte sich auf die Zehenspitzen, um ihn auf die Wange zu küssen.

»Red keinen Unsinn.« Matt umarmte seine Tochter. »Aber es ist schön, dich zu sehen.«

Die Kellnerin führte sie zu einem Tisch, der für drei gedeckt war.

»So, und jetzt erzähl mir alles«, sagte Ali.

»Sollte das nicht ich sagen?«, fragte Matt.

»Ach, Dad. Sei doch nicht so altmodisch.« Ali lachte.

Die Kellnerin brachte ein Mineralwasser für Matt und ein Glas Wein für Ali, und Matt wurde mal wieder bewusst, dass sein kleines Mädchen sich in eine wunderschöne junge Frau verwandelt hatte. Auch wenn ihr Verhältnis sich verändert hatte, so standen sie sich doch immer noch sehr nahe, wofür Matt überaus dankbar war. Trotzdem war ihm nicht wohl bei der Vorstellung, mit ihr über seine

Beziehung zu Helen zu reden. Als er am vergangenen Wochenende allein zum Mittagessen aufgetaucht war, hatte er Ali von den Fotografen vor Helens Haus erzählt. Das hatte Ali derart abgelenkt, dass sie ihm nicht allzu viele schwierige Fragen gestellt hatte. Aber er befürchtete, diese heute Abend beantworten zu müssen. Zumindest bis zu Helens Eintreffen. Und er wusste immer noch nicht genau, was er ihr sagen sollte.

Verliebte er sich gerade in Helen? Das erschien ihm als eine viel zu simple Beschreibung. Fühlte er sich zu ihr hingezogen und von ihr verwirrt? Wie konnte man sich in jemanden verlieben, den man erst so kurz kannte? In jemanden, der so viel von sich verbarg? Er hatte zwar die Narbe auf ihrem Bauch gesehen und von Entscheidungen, die sie getroffen hatte, gehört, aber es gab immer noch eine Menge Geheimnisse. Sie mochte ihm von der Story, die sie verschlossen in ihrem Schreibtisch aufbewahrte, erzählen, doch die Erlebnisse, die sie in ihrem Innern verschlossen hatte, behielt sie für sich. Eines Tages vielleicht …

»Los, Dad. Gestehe.« Ali riss ihn aus seinen Gedanken.

»Was soll ich gestehen?«

»Das mit Helen. Du weißt schon … deine Freundin.«

Matt machte sich nicht die Mühe, ihr zu erklären, dass die Bezeichnung »deine Freundin« nicht ganz auf Helen zutraf. Er beschloss, auf ihren Ton einzugehen.

»Na gut. Also, sie ist blond und alt genug, um mir nicht zu verraten, wie alt sie ist.«

»Dad!«

»Ich schätze, sie ist knappe vierzig«, fuhr er fort. »Aber sie sieht jünger aus.«

»Und …«, insistierte Ali.

»Nun ja, sie ist Herausgeberin von irgendeiner Zeitschrift.«

»Irgendeiner Zeitschrift?« Ali war entsetzt. »*Australian*

*Life* ist doch nicht irgendeine Zeitschrift. Es ist *die* Zeitschrift. Wirklich cool. An der Uni lesen sie praktisch alle.«

Sie griff in ihre Umhängetasche und zog nach kurzem Suchen triumphierend ein etwas zerknittertes Exemplar heraus. Sie gab es Matt, der ein wenig darin herumblätterte.

»Dad, du hast die Zeitschrift noch nie gelesen, oder?«

»Äh, nein.«

»Wie kannst du mit der Herausgeberin ausgehen und noch nicht eine Ausgabe gelesen haben? Das ist doch echt…« Ali fehlten die Worte.

»Lies drin, solange ich mich frisch mache.«

Allein am Tisch tat Matt, wie ihm geheißen. Die Mode- und Beauty-Seiten kamen bei der weiblichen Leserschaft bestimmt gut an. Ein Großteil des Hefts schien aber aus Klatsch über Leute zu bestehen, von denen er noch nie gehört hatte. Er kannte auch die Fernsehsendungen nicht, in denen viele von ihnen offenbar auftraten. Dann war da die Story über einen Milchbauern und das Mädchen, das er über die Kampagne »Bauer auf Brautschau« kennengelernt hatte. In dem Artikel wurde die Möglichkeit einer nahen Verlobung angedeutet. Matt hoffte, dass die beiden wussten, was sie taten. Er wunderte sich immer noch, dass seine Tochter sich in seinem Namen beworben hatte. Sie musste doch wissen, dass er so etwas niemals machen würde. Andererseits, dachte er, während er Helen durch die Tür treten sah, andererseits hatte es ja ziemlich gut funktioniert.

Helen schien direkt von der Arbeit zu kommen. In einem schwarzen Hosenanzug, die blonden Haare hochgesteckt. Auch in diesem Outfit zog sie die Blicke auf sich. Sie war einfach eine schöne Frau, sicher und selbstbewusst. Das Bild, das sie nach außen abgab, unterschied sich sehr von der Frau, mit der er vor ein paar Tagen das Bett geteilt hatte.

Da schien sie die Sicherheit mit ihren Kleidern abzulegen. Nackt war sie zwar ebenso schön, aber geradezu schüchtern. Vielleicht auch unerfahren. Matt vermutete, dass sie nicht vielen Männern erlaubt hatte, ihr körperlich oder emotional wirklich nahezukommen. Doch trotz der Geheimnisse, die sie wahrte, hatte sie sich ihm in vielerlei Hinsicht geöffnet. Sie war eine sinnliche, verschwenderische Geliebte mit großer Lust. Als Matt sie kommen sah, gestand er sich ein, dass er sich womöglich doch gerade in sie verliebte.

Helen war froh, Matt allein anzutreffen. So würde sie noch ein paar Minuten haben, bis seine Tochter kam. Man konnte das lächerlich finden, aber sie war nervös. Sie hatte zwar schon prominente Politiker und Wirtschaftsbosse, Künstler und Kriminelle interviewt, aber jetzt fürchtete sie sich vor der Begegnung mit dieser 18-jährigen.

Aber bevor Helen Matt erreicht hatte, trat ein Mädchen an seinen Tisch, das nur seine Tochter sein konnte. Matt sagte etwas zu ihr, und sie sah Helen an und lächelte. Ali war ausnehmend hübsch. Mit ihren braunen Locken und dem herzförmigen Gesicht. Sie trug einen kurzen Rock und eine modische Jacke. Helen wünschte, sie hätte sich im Büro noch umgezogen, aber dafür war es jetzt zu spät.

Matt stand auf, als Helen an den Tisch kam, und küsste sie auf die Wange.

»Helen, das ist Ali. Ali, Helen. Obwohl ihr beide euch ja hinter meinem Rücken schon am Telefon miteinander bekannt gemacht habt.«

»Hi, Helen.«

»Wie schön, dich persönlich kennenzulernen, Ali«, sagte Helen aufrichtig. »Und irgendwann musst du mir mal erzählen, wie du es geschafft hast, bei deinem ersten Anruf an meinem Assistenten vorbeizukommen. Das gelingt nämlich nur ganz wenigen.«

»Das ist etwas, das ich von meinem Vater geerbt habe«,

scherzte Ali. »Das nennt man, glaube ich, Hartnäckigkeit.«

»Vorsicht, meine Tochter«, tadelte Matt. »Ich kann dich jederzeit enterben und aus Willaring Downs ein Asyl für betagte Esel machen.«

»Als ob du …«

Vater und Tochter lachten, und Helen fühlte sich einen Moment lang ausgeschlossen. Doch dann sprach Ali sie an.

»Dad hat erzählt, dass du neulich auf Granny geritten bist. Was hältst du von ihr? Ist sie nicht toll?«

»Das ist sie«, stimmte Helen zu. »Und sie war sehr nett, denn es ist schon eine Ewigkeit her, dass ich zum letzten Mal geritten bin.«

»Ich denke, Granny könnte Preise gewinnen, aber Dad möchte ja unbedingt ein Arbeitspferd aus ihr machen …«

Sie unterhielten sich auch beim Essen angeregt weiter, vor allem über Pferde und Willaring Downs, aber auch über Alis Studium.

»Die tiermedizinische Fakultät ist wirklich toll«, lautete ihr Urteil. »Man hat richtig viel zu tun, aber ich mag die Uni insgesamt, die Leute, das Freizeitangebot.«

»Nicht zu viel Freizeitprogramm, bitte«, mischte Matt sich ein und täuschte elterliche Strenge vor.

»Die sozialen Kontakte sind doch ein wichtiger Teil des Studiums«, protestierte Helen.

Ali warf ihrem Vater einen triumphierenden Blick zu, bevor sie sich einem anderen Thema zuwandten.

Helen hörte ein paar Minuten lang einfach nur zu. So musste es sich anfühlen, wenn man Teil einer funktionierenden Familie war. Sie dachte, sie hätte die Gelegenheit dazu schon vor langer Zeit verspielt. Durch eigene Dummheit. Sie hatte sich in ihr Schicksal gefügt und all ihre Energie in die Karriere gesteckt. Jetzt fühlte es sich fast an, als würde sie eine zweite Chance bekommen. Nach dem Dessert klingelte Helens Handy.

»Entschuldigt mich«, sagte sie, »das Bürohandy ist aus, aber das hier ist mein privates. Die Nummer haben nur sehr wenige Leute. Da muss ich drangehen.«

Sie nahm das Telefon und ging damit auf die Straße hinaus. Erst dort klappte sie es auf. »Richard, was gibt's?«

»Tut mir leid, wenn ich störe, Helen.« Seine Stimme klang irgendwie atemlos. »Aber jemand hat versucht, dich zu erreichen, und ich habe ihm deine Nummer gegeben. Jetzt wollte ich dich vorwarnen.«

»Diese Nummer?« So etwas machte Richard eigentlich nie ohne ihre Zustimmung. »Und wem hast du sie gegeben?«

Richard nannte einen Namen, und Helen war sprachlos. Der Mann war Chef eines der größten internationalen Medienkonzerne. Warum wollte der sie anrufen?

»Ich habe mit seiner Assistentin gesprochen. Er wird dich in ein paar Minuten anrufen.«

»Hat sie gesagt, worum es geht?«

»Kein Wort, nein.«

»In Ordnung. Danke, Richard.«

Helen klappte ihr Telefon zu und schaute durch die Scheibe ins Restaurant. Matt und Ali lachten gerade über irgendetwas. Matt sah auf und bemerkte Helens Blick. Sie hob ihr Telefon hoch, um ihm zu bedeuten, dass sie noch einen Anruf erwartete. Er nickte und beugte sich wieder zu seiner Tochter hinüber. Da klingelte auch schon Helens Handy.

»Ms. Woodley?« Sie erkannte die Stimme von den Interviews, die sie im Fernsehen gesehen hatte.

»Ja.«

»Ich hoffe sehr, ich komme mit meinem Anruf zu so später Stunde nicht ungelegen.«

»Kein bisschen«, antwortete sie und fragte sich, wo auf der Welt er sich wohl gerade aufhielt und wie spät es dort sein mochte.

»Ich will Sie auch gar nicht lange stören. Aber Ende nächster Woche werde ich in Sydney sein. Und ich dachte, wir könnten uns möglicherweise treffen. Vielleicht zum Abendessen?«

»Ja, natürlich. Mit dem größten Vergnügen.« Helen staunte über ihre ruhige Stimme.

»Ich freue mich auf Sie. Gute Nacht, Ms. Woodley.«

»Gute Nacht.«

Helen starrte auf ihr Telefon. Das musste ein Jobangebot sein. Warum sollte jemand wie dieser Mann sich sonst mit ihr treffen wollen? Das war *das* Jobangebot schlechthin. Davon träumte sie schon ewig. Dafür hatte sie so hart gearbeitet. Es musste New York sein. Jetzt schlug ihre Stunde. Sie wunderte sich, dass ihre Hände nicht zitterten.

Langsam drangen die anschwellenden Geräusche des Restaurants wieder in ihr Bewusstsein. Sie schaute zu dem Tisch hinüber, an dem Matt und Ali auf sie warteten. Matt musterte sie, und ihr Magen zog sich schmerzhaft zusammen.

Sie setzte ein Lächeln auf und ging langsam auf ihn zu, bereit, ihn das erste Mal anzulügen.

Der Gewehrschuss ließ die Krähen in der Umgebung krächzend aufflattern. Die alte Farbdose stand nach wie vor auf dem Felsvorsprung.

»Deine Trefferquote würde sich wahrscheinlich erhöhen, wenn du deine Augen aufließest, Donna.« Peter bemühte sich, ein Grinsen zu unterdrücken. »Versuch's noch mal.«

Donna starrte ihn finster an. Sie bewegte ihre steifen Schultern und öffnete das Gewehr, um nachzuladen. Sie bemühte sich, alles zu beherzigen, was Peter ihr beigebracht hatte. Mit dem Gewehr immer umgehen, als wäre es geladen, selbst wenn es das nicht ist. Die Mündung immer auf den Boden richten. Nie auf jemanden oder etwas zielen, das man nicht schießen will.

Sie schaute über die Schulter zu Peter, der sie beobachtete. Sie entdeckte Wohlwollen in seinen Augen, und das gefiel ihr.

»Fertig?«

Donna postierte sich neben ihm und fixierte mit den Augen die Dose. Sie hob das Gewehr und zielte sorgsam.

Diesmal flog die Dose durch die Luft.

»Ich hab getroffen!«

Donna wirbelte herum und sah sein breites Grinsen. Sie machte einen Schritt in seine Richtung und wollte ihm vor Freude um den Hals fallen. Im letzten Moment schreckte sie zurück.

»Gut gemacht!«, lobte er sie.

»Danke.« Sie nahm den Akubra ab und wischte sich den Schweiß aus den Augen. »Darf ich's noch mal versuchen?«

»Klar. Einen Moment nur ... und erschieß mich nicht aus Versehen.«

Er stellte die Dose wieder auf.

Seit Jennys und Kens Abreise hatte Peter viel Zeit mit Donna verbracht, um ihr alles Mögliche zu zeigen, was es über den Alltag im Outback zu wissen gab. Anfangs war die Anspannung zwischen ihnen mit Händen zu greifen gewesen. Aber das hatte sich rasch gelegt. Donna fragte sich, ob das daran lag, dass er keine andere Wahl hatte, oder daran, dass sie recht gut miteinander auskamen. Wenn Peter entspannt war, lief es bestens. Und die Zeit, die sie gemeinsam mit den Zwillingen verbrachten, war das reine Vergnügen.

Donna wusste nicht, wo ihr Aufenthalt auf River Downs hinführen würde. Offiziell war sie in seinen Augen wohl eine Art Angestellte, doch von einem Gehalt war nie die Rede gewesen. Nun, im Umkreis von hundert Kilometern gab es ohnehin keine Gelegenheit, es auszugeben. Also hatte sie beschlossen, einfach abzuwarten, was der jeweils nächste Tag bringen würde. Ein paar Wochen konnte sie so zubringen, und vielleicht, ja vielleicht …

Peter hatte die Dose wieder auf den Felsen gestellt. Donna sah zu, wie er mit seinen langen Beinen über den trockenen braunen Boden zurückkam. Seine Bewegungen gefielen ihr. Er war groß und kräftig, aber er bewegte sich mit einer natürlichen Geschmeidigkeit, die ihn attraktiv machte. Donna seufzte und zwang sich zur Konzentration auf das Gewehr.

Nach einigen weiteren Versuchen erklärte Peter das Schießtraining für beendet.

»Ich habe zweimal getroffen«, sagte Donna mit breitem Grinsen. »Das war doch nicht schlecht.«

»Das war überhaupt nicht schlecht«, stimmte Peter ihr zu. »Jetzt musst du nur noch die Schlangen dazu bringen, sich auf einen Felsen zu legen und stillzuhalten.«

»Das lern ich schon noch. Wart's nur ab.«

Auf dem Rückweg zum Haus erzählte sie ihm vom aktuellen Schulstoff der Zwillinge. Ihn interessierte immer, womit sie sich gerade beschäftigten. Wie auf Kommando tauchten Chris und Sara auf der Veranda auf. Sie schleppten eine der großen Kühlboxen mit sich, die als Vorratsbehälter in den Camps beim Viehtrieb verwendet wurden. Oben auf dem Treppenabsatz schienen die beiden auf sie zu warten.

»Was haben sie wohl vor?«, fragte Peter.

Die Zwillinge kicherten und tuschelten.

»Ich habe keine Ahnung«, sagte Donna, »aber ich denke, wir werden es gleich erfahren.«

Als Donna und Peter den Fuß der Treppe erreicht hatten, öffneten die Kinder die Kühlbox. Sie griffen hinein und holten etwas Weißes, Glitzerndes heraus.

»Was zum …« Peter kam nicht weiter, weil ihn etwas

sehr Kaltes und Nasses traf. Einen Augenblick später erwischte es auch Donna.

»Schneeballschlacht!« Die Zwillinge stürmten die Stufen hinunter und tanzten um die beiden verdutzten Erwachsenen herum. »Wir haben Schneebälle gemacht, haha!«

»Schneebälle?« Peter musterte Donna, die sich vor Lachen schüttelte.

»Ich habe ihnen vom Schnee in Yorkshire erzählt«, meinte sie lachend. »Und von den Schneeballschlachten in meiner Kindheit.«

»Wir haben sie aus dem Eis im Tiefkühlschrank gemacht!«, verkündete Chris stolz.

»Wir haben das Eis einfach abgekratzt«, erklärte Sara.

»Ganz offensichtlich«, meinte Peter. »Und ich wette, das waren die besten Schneebälle, die es je im Territory gegeben hat.«

»Du meinst wohl die *einzigen* Schneebälle, die es je im Territory gegeben hat«, verbesserte ihn Chris mit stolzgeschwellter Brust.

Donna blickte zu Peter auf. Ein paar Eiskristalle hingen noch an seiner Wange und glitzerten auf seiner gebräunten Haut. Einem Impuls folgend wischte Donna sie weg. Dabei fuhren ihre Finger sanft über seine Wange, und sie spürte die rauen Bartstoppeln an ihrer weichen Haut. Als sie ihre Hand sinken ließ, senkte sich sein Blick in ihren und hielt ihn so fest, dass sie meinte, die Wärme seines Atems zu spüren. Ihr Lächeln wurde schwächer, ihre Lippen öffneten sich ein wenig, und die ganze Welt schien den Atem anzuhalten. Bewegten sich seine Lippen auf ihre zu?

»Dad!«

Saras Stimme holte sie in die Realität zurück. Donna zuckte zusammen, als Peter sich abwandte, um seiner Tochter zu antworten.

»Können wir nach England fahren und uns echten Schnee anschauen?«

»Irgendwann vielleicht«, meinte er abwesend. »Jetzt möchte ich, dass ihr die Kühlbox wieder wegräumt. Es ist bald Zeit fürs Mittagessen.«

»Okay, Dad«, murrten die Zwillinge.

Donna hatte sich nicht gerührt. Peter drehte sich zu ihr um, und sie wartete darauf, dass er etwas sagen oder sie berühren würde.

Da zerriss das Geräusch eines Flugzeugmotors über ihren Köpfen die Stille: der Postflieger auf seiner üblichen Runde.

»Ich sollte wohl besser los und sehen, was er uns bringt«, meinte Peter.

Donna nickte und sah ihm nach. Vor Kurzem hätte sie fast ihr Leben verloren. Und jetzt drohte sie ihr Herz zu verlieren.

Peter stürmte in Richtung Maschinenscheune und kämpfte gegen das fast übermächtige Verlangen umzukehren. Er wusste, dass Donna ihm nachsah. Er hätte auf dem Absatz kehrtmachen können. Sie in die Arme nehmen. Sie küssen. Aber er ging weiter.

Und auch das Dröhnen seines Motorrads konnte den Klang ihrer Stimme nicht aus seinem Kopf vertreiben. Genauso wenig wie der heiße, trockene Fahrtwind auf dem Weg zur Landebahn den Duft ihres Haars. Er packte die Griffe des Lenkers so fest, als wollte er sie verbiegen. Als er neben ihr gestanden und auf die glitzernden Eisflocken auf ihrem dunklen Haar hinuntergeschaut hatte, war er sich wie ein Schuljunge bei seiner ersten Verabredung vorgekommen. Wie schön sie war, mit ihrer hellen, aber schon leicht gebräunten Haut und ihren Sommersprossen. Ein Mann konnte in ihren Augen ertrinken. Fast wäre ihm das passiert. Er hätte nichts lieber getan, als sie geküsst, aber er hatte Angst davor.

Am Ende der Landebahn stand schon der Pilot und schaute ihm entgegen.

»Tag«, sagte er, sobald Peter den Motor abgestellt hatte.

Peter grüßte zurück und nahm den Sack mit der Post in Empfang.

»Deine Vorräte hab ich noch hinten drin«, sagte der Pilot und warf einen fragenden Blick auf das Motorrad.

»Lass sie uns einfach neben den Hangar stellen«, sagte Peter. »Ich hol sie dann später mit dem Wagen.«

Die beiden Männer machten sich daran, die Kisten auszuladen.

»Wie geht's Donna?«

Die Frage traf Peter völlig überraschend, bis ihm einfiel, dass Donna ja mit dem Postflieger hergekommen war.

»Äh, gut«, sagte er rasch.

»Sie hat einen ziemlich netten Eindruck gemacht. Bleibt sie länger?«

Das war an sich eine harmlose Frage, aber Peter wusste keine Antwort darauf. Er murmelte nur irgendetwas und redete dann vom Wetter, dem Zustand der Straßen und dem bevorstehenden Viehtrieb. Kurz darauf bestieg der Pilot wieder seine Maschine und flog davon.

Peter hätte die Post zum Haus bringen sollen. Und den Geländewagen holen, um die Vorräte abzutransportieren. Außerdem gab es noch jede Menge anderer Dinge zu tun, nicht zuletzt ein Gespräch mit Donna. Aber Peter lenkte das Motorrad zu einem Ort, an dem er schon immer gut hatte nachdenken können.

Der Fluss suchte sich langsam seinen Weg zwischen den Felsbrocken am Rande der Wüste. Er gab River Downs mehr als nur den Namen. Er war die Lebensader des Anwesens. Selbst in den trockensten Jahren blieb in den tiefsten Rinnen des Flussbetts noch Wasser zurück. Peter fuhr zu einem kleinen Hügel neben einer Biegung des Flusses. Er ließ die Maschine an seinem Fuß stehen und stieg hinauf. Von dort aus hatte man einen wunderbaren Blick über die Flussufer bis hin zu seinem Anwesen und weiter zu den roten Bergen am Horizont. Seit seiner Kindheit war dies einer seiner Lieblingsplätze. Karen hatte ihn auch geliebt, und jetzt lag sie hier begraben.

Peter schaute auf den roten Block aus Sandstein hinunter. Er hatte ihn selbst hier heraufgebracht und dann ihren Namen in die weiche Oberfläche gemeißelt. Nur ihren Namen. Karen. Mehr hatte er nicht gebraucht.

Peter legte seine Hand sanft auf den Stein, so wie er es immer machte, wenn er herkam. Er schloss die Augen und versuchte, sich das Gesicht seiner Frau in Erinnerung zu rufen. Die dunkelbraunen Augen waren leicht, denn die Zwillinge hatten beide die Augen ihrer Mutter. Karens Haar war dunkel und lockig gewesen, und sie hatte das schönste Lächeln gehabt. Das hatte ihm als Erstes an ihr gefallen.

Das Gesicht in seiner Vorstellung hatte ein gewinnendes Lächeln. Aber es war nicht Karens Gesicht.

In den wenigen Augenblicken am Fuß der Treppe war etwas passiert. Als die Schneebälle zerfallen waren und Donna ihm die Eisstückchen vom Gesicht gewischt hatte, da war etwas in Peter erwacht, das lange geschlafen hatte. Es war mehr als das körperliche Verlangen, obwohl allein das ihn mit der Kraft eines Wirbelsturms erfasst hatte. Aber es gab noch den Hauch von etwas anderem. Etwas, das er sehr, sehr lange nicht mehr gespürt hatte.

Peter öffnete die Augen und starrte den Namen auf dem Stein an.

»Verzeih mir, Karen.«

Er spürte Tränen in sich aufsteigen. Galten sie Karen? Oder weinte er um sich selbst und wegen der schrecklichen Einsamkeit, die ihn seit ihrem Tod nicht mehr verlassen hatte?

Er kehrte dem Grabstein den Rücken zu und kauerte sich mit Blick auf die Farm auf den Boden. Dort kochte Donna gerade das Mittagessen für die Kinder. Ob sie an ihn dachte und sich fragte, wo er war? Hatte sie auch etwas gespürt, als die Kinder die Schneebälle geworfen hatten?

Peter blieb lange so sitzen.

Als er sich schließlich erhob, hatte er eine Entscheidung getroffen. Er konnte nichts unternehmen, bis der Viehtrieb nicht abgeschlossen war, aber gleich danach musste Donna nach Hause zurückkehren. Er hatte eine Frau an diesen entlegenen Ort gebracht, und sie war hier gestorben. Er würde nicht zulassen, dass dies ein zweites Mal geschah.

Als er den Hügel hinunterging, drehte er sich nicht noch einmal nach dem einsamen Stein um.

# 8.

»Okay, alle mal herhören. Ihr könnt Pause machen, bis ich mir die hier angesehen habe.« Molly ließ die Kamera sinken. »Wenn sie gut sind, machen wir uns an die nächste Serie.«

Die Models entspannten sich und begannen zu plaudern. Molly setzte sich an ihren Laptop, um die Aufnahmen herunterzuladen, die sie soeben gemacht hatte. Es handelte sich um ein Shooting für einen Artikel über Luxus-Accessoires. Der Raum war voller Designerschuhe und -taschen, dazu die passenden Klamotten. Das Ganze fand in einer Fliesenfabrik statt. Jedes Model posierte vor einer anderen Musterwand. Angefangen bei schlichter Terracotta bis hin zu kunstvoll von Hand bemalten und glasierten Kacheln. Molly hatte Spaß an diesem Job.

»Oh, der sieht aber gut aus.«

Ein männliches Model stand hinter ihr und warf einen Blick auf ihren Bildschirm. Der Bildschirmschoner zeigte eine Diashow ihrer Fotos. Gerade war Gregs Gesicht im Schein der Zuckerrohrfeuer zu sehen.

»Der ist nicht zufällig schwul?«, fragte der Mann hoffnungsvoll.

Molly musste an den Abend denken, als sie dieses Bild gemacht hatte. Ein einziger Kuss unter flammenhellem Himmel.

»Tut mir leid, Drew. Kein bisschen.«

Das Model seufzte theatralisch und ging weg. Molly betrachtete Gregs Foto. Dann seufzte auch sie und klickte das Bild weg, um sich auf die neuen Aufnahmen zu konzentrieren. Schließlich hatte sie hier einen Job zu machen. Und außerdem hatte Greg noch nicht einmal auf ihre Mail geantwortet.

»Hi, Molly!«

»Hi, Chatri.« Sie drehte sich zu dem Neuankömmling um.

»Ich habe dir eine gute Auswahl mitgebracht.«

Chatri stellte einen Koffer auf den Tisch, öffnete ihn und ließ sie den darin verstauten Schmuck sehen. Der kleine Mann mit den strahlenden Augen hatte sein Handwerk in Thailand gelernt, bevor er nach Australien ausgewandert war, um hier seine eigene Firma zu gründen. Er hatte alles Konventionelle und bei Touristen Beliebte hinter sich gelassen und den Ruf eines innovativen Designers erworben. Er war der Juwelier, den sie Greg als Anlaufstelle empfohlen hatte.

»Da sind einige wirklich hübsche Sachen dabei, Chatri«, sagte Molly.

Es war eine große Versuchung, aber sie würde ihn nicht fragen. Falls Greg ihn kontaktiert hatte, würde Chatri von sich aus darauf zu sprechen kommen. Sie musste sich jetzt voll auf ihre Arbeit konzentrieren.

Das Shooting dauerte noch ein paar Stunden. Als sie zusammenpackten, war Molly ziemlich erschöpft. Sie hörte die Nachrichten auf ihrer Mailbox ab. Eine war von Richard. Vielleicht ein neuer Auftrag. Vielleicht auch die Möglichkeit, mehr über Greg zu erfahren. Sie drückte die Rückruftaste.

»Wir haben nächste Woche einen Job für dich«, sagte Richard. »Ein Team nur aus Frauen bei den Vorbereitungen für irgendein Autorennen. Helen möchte einen Bericht von vor dem Rennen und das Team dann auch dabei begleiten. Das Ganze findet in Western Australia statt. Kannst du da für ein paar Tage hin?«

Molly überflog in Gedanken ihren Terminplan. »Ich denke schon. Das klingt aufregend.«

»Klasse. Ich habe mich auch echt bemüht, was für dich zu finden, nachdem diese Farmer-Story durchgefallen ist.«

»Danke. Hast du darüber noch irgendwas gehört?« Sie klang extra beiläufig.

»Nein«, sagte Richard. »Die Kampagne ist gut gelaufen, aber ich denke, wir haben da schon alles rausgeholt. Jetzt muss was Neues kommen.«

Was Neues. Genau das sollte sie jetzt auch tun. Molly sagte zu, am nächsten Tag in Richards Büro vorbeizukommen.

Die Ausrüstung war verpackt, die Models gingen, als Chatri zu Molly kam, um sich zu verabschieden.

»Ach, ich habe übrigens eine Nachricht von jemandem aus Queensland bekommen«, sagte er. »Er hat mir auch ein paar Fotos seiner Arbeiten geschickt. Gute Sachen.«

»Fand ich auch«, sagte Molly.

»Ich habe ihm jedenfalls geantwortet, dass er vorbeischauen soll, wenn er mal nach Sydney kommt. Ich denke, wir könnten zusammenarbeiten.«

»Danke, Chatri.« Molly gab ihm einen Abschiedskuss auf die Wange. Sie freute sich, dass Greg zu Chatri Kontakt aufgenommen hatte. Aber sie fragte sich, ob Greg jemals die Kraft und den Mut aufbringen würde, aus dem Leben, das er hasste, auszubrechen.

Als Greg das Krankenzimmer betrat, saß sein Vater auf dem Bett und kämpfte mit einem Hemd. Das Gesicht des alten Mannes war gerötet, sein Atem ging keuchend.

»Das wurde auch langsam Zeit, dass du auftauchst«, schimpfte Robert Anderson. »Das ist doch mindestens schon zwei Stunden her, dass ich angerufen habe und an diese grässliche Maschine geraten bin.«

Es war erst eine knappe Stunde vergangen, seit sein Vater die Nachricht hinterlassen hatte. Greg hatte sie abgehört, als er für eine Pause aus der Werkstatt gekommen war. Und er hatte sich sofort auf den Weg gemacht.

»Was ist denn los?«, fragte er.

»Ich verschwinde hier. Ich bleibe keinen Tag länger. Aber ich brauche deine Hilfe.«

Greg blieb vor Schreck der Mund offen stehen. »Hier verschwinden? Aber ich dachte, der Arzt hätte gesagt –«

»Vergiss, was er gesagt hat.« Robert spuckte die Worte geradezu aus. »Ich komme nach Hause, und du wirst mir dabei helfen.«

Greg verließ wortlos das Zimmer und machte sich auf die Suche nach dem Arzt.

»Ich habe ihm gesagt, er braucht es gar nicht erst zu versuchen«, erklärte der Arzt ihm in seinem Büro. »Er ist sehr krank. Ich fürchte, ohne fremde Hilfe wird er es nicht einmal bis zum Parkplatz schaffen.«

»Und warum ist er dann so wild entschlossen?«

»Greg, Sie kennen doch Ihren Vater. Altwerden ist nicht leicht, und für jemanden wie Robert ist eine Krankheit noch viel schwerer zu akzeptieren.«

»Jetzt mal ganz ehrlich, könnte er denn nach Hause?«

Der Arzt überlegte einige Augenblicke. »Vielleicht. Wenn er rund um die Uhr betreut würde. Und ich meine wirklich rund um die Uhr.«

»Verstehe.« Greg spürte, wie ihn der Mut verließ. Er wusste, was ihm bevorstand. Als pflichtbewusster Sohn hatte er sich um seinen Vater zu kümmern. Das hieß, seine Träume aufgeben und einen verbitterten alten Mann pflegen. Es blieb ihm gar nichts anderes übrig, sonst würde die Last seines Gewissens ihn erdrücken.

»Ich weiß, was Sie denken«, schaltete sich der Arzt ein. »Und ziehen Sie bitte nicht einmal in Erwägung, das selbst zu übernehmen. Das ist für einen allein zu viel. Sie sind dafür nicht ausgebildet. Und Sie haben auch nicht die nötigen Voraussetzungen zu Hause. Auch wenn es hart klingt und Ihr Vater es noch so hasst, in der Klinik zu sein, es ist weitaus besser für ihn, hierzubleiben.«

Greg sah den Arzt an und versuchte, seine Erleichterung

zu verbergen. »Aber wenn er es doch so unbedingt möchte …«

»Das wird ihm nichts nützen«, sagte der Arzt leise. »Er möchte wieder jung und stark sein. Das können Sie ihm nicht geben. Niemand kann das. Vergeuden Sie Ihr Leben nicht mit dem Versuch, es zu tun.«

Greg dachte über die Worte des Arztes nach, als er langsam zum Zimmer seines Vaters zurückging. Robert saß auf der Bettkante. Er war ihm gelungen, das Hemd anzuziehen, und er schloss gerade langsam die Knöpfe. Gregs Blick fiel auf seine Hände. Sie zitterten schrecklich.

»Dad, ich habe mit dem Arzt gesprochen«, sagte er so sanft wie möglich. »Er sagt, dass du hierbleiben musst.«

»Natürlich sagt er das, du Narr«, erwiderte Robert. »Er ist ein Geier. Das sind alles Geier.«

»Dad, er sagt, dass du mehr Pflege brauchst, als ich dir zu Hause geben kann.«

»Du willst mir doch nur nicht helfen«, giftete der alte Mann zurück. »Nach allem, was ich für dich getan habe. Welcher Sohn würde seinen Vater hierlassen?«

Greg erwiderte nichts. Instinktiv suchte seine Hand nach dem silbernen Glücksbringer in seiner Hosentasche. Er stand hilflos da, und seine Finger umklammerten das Amulett, während Robert sich weiter mit den Hemdknöpfen abmühte.

»Gib mir meine Hose«, befahl Robert. »Sie hängt in dem Schrank da.«

»Nein, Dad. Das werde ich nicht tun.«

»Was?«

»Ich werde dir deine Hose nicht geben. Dir geht es nicht gut genug, um das Krankenhaus zu verlassen. Der Arzt sagt, dass du hier besser aufgehoben bist, und ich werde nicht gegen seinen Rat handeln.«

»Hol sie mir!« Robert schrie fast.

»Wenn es dir gut genug ginge, könntest du sie dir selbst holen«, sagte Greg.

Robert funkelte seinen Sohn an, dann erhob er sich langsam vom Bett. Greg hielt den Atem an. Ein paar endlose Sekunden lang stand Robert, dann knickten seine Beine ein, und er fiel rücklings aufs Bett.

»Dad!« Greg stürzte zu ihm.

»Verschwinde!« Der alte Mann schlug nach Gregs Hand. Der Glücksbringer, den Greg darin gehalten hatte, flog durch die Luft und landete auf dem Linoleum. Greg bückte sich, um das Amulett aufzuheben.

»Was ist das?«, rief Robert mit schriller Stimme.

»Nichts«, sagte Greg und steckte das Silberstück wieder in die Tasche.

»Wieder was von diesem lächerlichen Kunstkrempel, oder? Darum willst du mich hierlassen. Damit du die Farm vernachlässigen und deine ganze Zeit in dieser Werkstatt zubringen kannst. Und ich wette, dass du das alles auf meine Kosten machst. Stimmt's? Aber das werde ich dir nicht durchgehen lassen!«

Greg hielt es nicht mehr aus. Er ging auf die Tür zu.

»Genau. Lass mich nur im Stich. Du bist genau wie deine Mutter. Nichtsnutzig, alle beide.«

Greg blieb stehen. Robert hatte nie von seiner Frau gesprochen. Wenn Greg etwas wissen wollte, hatte er danach fragen müssen. Und meistens waren die Antworten ziemlich unbefriedigend gewesen.

»Was meinst du damit?«

»Sie hat mich auch im Stich gelassen.«

Greg drehte sich um und sah den Mann im Bett an. Roberts Lippen zitterten, und aus einem Mundwinkel tropfte Speichel.

»Du hast mir immer gesagt, sie ist bei einem Autounfall ums Leben gekommen«, sagte Greg leise.

»Das stimmt auch. Und es geschah ihr recht. Sie hat

mein Auto gestohlen und wollte abhauen. Du warst damals fast noch ein Baby. Sie wollte dich mitnehmen, aber weit ist sie nicht gekommen.«

»Der Unfall passierte, als sie dich verlassen wollte.« Gregs Stimme war nur noch ein Flüstern. »Deshalb hast du also alle Fotos vernichtet. Und nie von ihr gesprochen.«

»Sie hat's verdient. Sie war ein schlechter Mensch.«

Greg hörte ihn kaum. Seine Gedanken rasten.

»Ich habe dich großgezogen«, tönte Robert. »Ganz allein. Ich habe dich gefüttert und angezogen. Ich verdiene eine Gegenleistung für das alles.«

»Ist es nicht so: Manchmal hast du dir gewünscht, ich wäre bei dem Unfall auch getötet worden«, sagte Greg mit ruhiger Stimme.

Robert antwortete nicht.

Greg musterte den alten Mann auf dem Bett mit einem Anflug von Grauen. Welcher Vater würde seinem eigenen Kind so etwas wünschen?

Tausend Bilder schossen durch Gregs Kopf. Bilder von einem Jungen, der seinen Vater verehrte. Als er klein war, hatte er Roberts Sprache und Verhalten nachgeahmt und versucht, wie er zu sein. Mit der Taschenlampe unter der Bettdecke hatte er gelernt, um mit einem guten Zeugnis zumindest ein Lächeln zu ernten. Als Teenager hatte er auf der Farm geholfen, bis seine Hände bluteten, um sich auch nur ein einziges Wort des Lobes zu erarbeiten. Und selbst in den dunkelsten Stunden hatte er immer daran geglaubt, dass es irgendwo tief im Innern bei ihnen beiden ein kleines Flämmchen familiärer Zuneigung gäbe, das sie einander eines Tages näherbringen könnte.

Doch das würde nie passieren.

Diese Erkenntnis hätte ihn eigentlich zutiefst erschüttern müssen. Er hätte Schmerz und Trauer empfinden sollen. Doch so war es nicht. Greg fühlte sich, als sei eine schwere Last von seinen Schultern genommen. Es war nicht seine

Schuld, dass sein Vater ihn nicht liebte. Er hatte nichts falsch gemacht. Er betrachtete Robert und sah nur einen verbitterten alten Mann, der seine Liebe nicht wollte und verdiente. In seinem Herzen war nichts außer Mitleid.

Ohne ein weiteres Wort machte er auf dem Absatz kehrt und ging hinaus. Er ignorierte die wütende Stimme, die ihn zurückrief. Am Schwesternzimmer blieb er stehen.

»Mein Vater braucht Hilfe«, sagte er ruhig. »Könnten Sie bitte nach ihm sehen.«

Dann ging er den langen Flur hinunter und verließ das Krankenhaus.

Irgendetwas machte Helen Sorgen. Matt konnte es ihr ansehen.

Sie ritten am Flussufer entlang. Helen saß wieder auf Granny und Matt auf einem großen braunen Wallach. Beide Pferde waren jung und gerade erst zugeritten. Daher hatte Matt einen unspektakulären Ausritt in den Flussauen geplant. Die Pferde waren entspannt und schnaubten hin und wieder.

Helen versuchte, ihre Anspannung zu verbergen, aber Matt konnte sie an der verkrampften Haltung ihrer Schultern ablesen.

»Hattest du eine anstrengende Woche?«, fragte er.

Helen schien ihn nicht zu hören. Ihre Augen waren auf irgendeinen Punkt in der Ferne gerichtet, aber er wusste, dass sie weder die Bäume noch den Fluss sah.

»Helen?« Er sprach jetzt etwas lauter.

»Entschuldige.« Jetzt war sie mit ihrer Aufmerksamkeit wieder bei ihm. »Ich war gerade so weit weg.«

»Schon in Ordnung«, sagte er. »Ich habe nur gefragt, ob du eine harte Woche hattest. Du wirkst so angestrengt.«

»Es lief nicht gerade optimal. Ich musste auf eine Story verzichten, die für die nächste Ausgabe eingeplant war. Die letzte der Farmer-Kampagne.«

»Wie schade«, sagte er. »Was hast du inzwischen mit der Geschichte über die beiden Filmstars gemacht?«

»Nichts. Die Mappe liegt immer noch verschlossen in meinem Schreibtisch.«

Matt beobachtete ihr Gesicht, während sie sprach. Er liebte es, zuzusehen, wie ihre Lippen sich bewegten und sich beim Lächeln kleine Fältchen um ihre Augen bildeten. Ihr Gesicht verriet ihm viel mehr, als sie vermutet hätte, und heute sagte es ihm, dass sie immer noch ihre Geheimnisse hatte. Er würde sie nicht drängen. Wenn sie dazu bereit war, würde sie sich von sich aus öffnen.

Sie kehrten zu den Ställen zurück und saßen ab. Helen dehnte sich und rieb ihren Nacken. Matt trat hinter sie und begann langsam, ihre Schultern zu massieren. Helen lehnte sich seufzend gegen ihn.

»Das fühlt sich gut an.«

»Ich sag dir was«, meinte er sanft. »Bis wir hier fertig sind, wird es fast dunkel sein. Du könntest ein schönes Bad nehmen, während ich mich ums Essen kümmere.«

»Das klingt gut«, sagte Helen. »Ich hätte mir irgendein Schaumbad mitbringen sollen.«

»Hab ich da«, meinte Matt. »Ich war mal bei den Pfadfindern, und du kennst doch das Motto – allzeit bereit.«

Helen kicherte.

Sie führten Granny und den Wallach in den Stall und kümmerten sich um die abendliche Fütterung und frisches Stroh für die Nacht. Helen arbeitete gewissenhaft an Matts Seite. Als sie fertig waren, dämmerte es bereits.

Im Haus schob Matt Helen sanft in Richtung Badezimmer mit der riesigen weißen Emailwanne.

»Hier sind Schaumbad, frische Handtücher und ein paar Kerzen, wenn du magst.«

»Klingt himmlisch«, sagte Helen mit erschöpfter Stimme. »Den meisten Männern würde so etwas nie einfallen.«

»Wie ich dir vielleicht schon einmal verraten habe, bin ich ja nicht die meisten Männer.«

Helen drehte sich um und betrachtete ihn nachdenklich. »Nein, das bist du nicht.«

Sie küsste ihn, und es war das erste Mal seit ihrer Ankunft. Ein langer, leidenschaftlicher Kuss. Fast ein bisschen wehmütig. Dann verschwand sie im Bad.

Matt war noch beim Kochen, als Helen aus dem Bad kam. Sie trug kein Make-up und hatte ihre Haare zu einem Pferdeschwanz gebunden. In der weißen Hose, dem hellblauen Hemd und barfuß sah sie aus wie achtzehn.

»Was gibt's denn?«, fragte sie und kletterte auf einen Hocker an der Frühstückstheke.

»Wenn's beliebt, servieren wir heute Abend gebratenes Lamm mit Knoblauch und Rosmarin.«

»Deshalb riecht's hier so gut. Wenn du so weitermachst, werd' ich noch kugelrund.«

»Bestimmt nicht.« Matt freute sich, dass Helen jetzt etwas lockerer wirkte.

Das Essen verlief angenehm. Das Lamm schmeckte. Der Wein ebenso. Sie unterhielten sich über Bücher und Lyrik. Über Alis Erfolge an der Uni. Matt überließ es Helen, das Gespräch in die von ihr gewünschte Richtung zu lenken.

Sie tranken gerade ihren Kaffee auf der Veranda aus, als Matt plötzlich Geräusche bemerkte, die von den Ställen kamen. Helen hörte sie auch.

»Was ist das?«, fragte sie.

»Wenn es das ist, was ich vermute, bekommst du etwas Tolles zu sehen«, sagte Matt. »Warte hier.«

Helen sah ihm nach, wie er in Richtung Ställe verschwand. Matt hatte einer Frau so viel zu bieten. Ihr so viel zu bieten. Sie nahm noch einen Schluck von ihrem Kaffee.

Am Tag zuvor hatte sie um die gleiche Uhrzeit Kaffee

getrunken mit einem anderen Mann, der ihr ebenfalls viel zu bieten hatte. Sein Angebot war allerdings rein beruflicher Natur gewesen. Eine Schlüsselposition in einem weltweit engagierten Medienkonzern. Ein Büro in New York. Macht. Glamour. Und mehr Geld, als ihr vermutlich jemals wieder bezahlt würde. Das war der Job, auf den sie schon ihr ganzes Berufsleben hinarbeitete.

Warum also hatte sie nicht Ja gesagt?

Sie hatte allerdings auch nicht Nein gesagt. Man war vielmehr so verblieben, dass sie sich ein paar Tage Bedenkzeit nehmen und nächste Woche Bescheid geben würde. Sie wussten beide, dass ihre Antwort Ja lauten würde. Das Angebot war zu gut, um abgelehnt zu werden, und falls sie das aus irgendeinem seltsamen Grund doch täte – ein vergleichbares würde nie wieder kommen.

Sie war hier, um Matt zu sagen, dass sie weggehen würde. Aber irgendwie brachte sie es nicht über sich.

»Helen, zieh deine Stiefel an und komm mit.« Matt stand am Fuß der Treppe.

Verwirrt tat sie wie ihr geheißen, und gemeinsam liefen sie zu den Ställen zurück.

»Was ist denn los?«, fragte Helen.

»Das wirst du gleich sehen. Aber du musst ganz, ganz leise sein. Wir wollen sie nicht stören.«

»Wen stören?«

»Psssst!«

Sie schlüpften in die riesige alte Scheune, in der Matt Heu und anderes Pferdefutter lagerte. Ein Ende des Gebäudes war zu einer großen Box umgebaut. Darin entdeckte Helen ein graues Pferd, das ruhelos herumlief. Matt führte sie zu einem Stapel aus Heuballen. Sie kletterten hinauf und setzten sich auf einen dicken Teppich, den er dort ausgebreitet hatte.

»Das ist Cassie«, flüsterte er in Helens Ohr. »Sie wird heute Nacht fohlen.«

»Oh!« Helen unterdrückte den überraschten Ausruf, weil sie die Stute nicht erschrecken wollte. »Ich dachte, Pferde würden beim Fohlen am liebsten allein sein«, flüsterte sie.

»Das stimmt. Aber ich möchte ein Auge auf sie haben. Sie ist schon in den Wehen, und wenn wir still sind, wird sie uns gar nicht bemerken.«

»Ist das nicht die falsche Jahreszeit für ein Fohlen?«

»Doch, aber es war auch nicht geplant.«

»Was ist passiert?«, fragte Helen.

»Ich hatte sie auf eine Ausstellung mitgenommen. Und irgendein Idiot dachte, es wäre lustig, nachts alle Ställe zu öffnen und die Pferde rauszulassen. Sie war damals rossig. Eines der anderen Tiere war ein Hengst, und so nahm die Natur ihren Lauf. Was nicht gut ist, denn eigentlich ist sie noch zu jung dafür.«

»Hast du überlegt ... Also, hättest du die Schwangerschaft abbrechen können?«

»Das Fohlen abtreiben? Ich denke, das hätte man können. Aber das hätte Cassie vielleicht Schaden zugefügt. Dann hätte sie später vielleicht nicht mehr trächtig werden können. Abgesehen davon war es aber ohnehin schon ziemlich spät, als ich es überhaupt bemerkt habe.«

Helen verstummte. Das Thema ging ihr nahe. Matt hatte die Narbe auf ihrem Bauch gesehen. Sie hatte es ihm erzählen wollen, aber es war schwer, ein so lange gehütetes Geheimnis preiszugeben.

Sie machten es sich gemütlich und warteten.

In der Box lief die graue Stute weiterhin rastlos hin und her, schnaubte gelegentlich und roch an dem dicken Belag aus Sägespänen unter ihren Hufen. Als sie sich hinlegte, wurde Matt unruhig. Ein paar Minuten später sprang sie wieder auf. Nachdem sie sich noch einmal hingelegt hatte und erneut aufgestanden war, meinte Matt: »Ich glaube, da stimmt was nicht.«

Langsam näherten sie sich der Box. Das Pferd beobachtete sie mit rollenden Augen. Als es sich bewegte, war unter dem Schweif deutlich ein winziger Huf zu erkennen.

»Das sollten zwei sein«, sagte Matt. »Ein Bein scheint abgeknickt zu sein, und jetzt steckt es fest.«

»Was wirst du tun? Einen Tierarzt rufen?«

»Nein, dafür bleibt keine Zeit. Ich werde das zweite Bein strecken. Aber ich brauche deine Hilfe.«

Bevor Helen widersprechen konnte, war Matt durch die Tür geschlüpft, hielt die Stute am Halfter, streichelte sie und redete beruhigend auf sie ein.

»Komm rein«, rief er Helen im gleichen sanften Tonfall zu.

Das tat sie und trat an den Kopf des Pferdes.

»Nimm sie am Halfter. Sprich mit ihr. Ich werde versuchen, das zweite Bein des Fohlens zu erwischen. Vielleicht versucht sie, mich abzuschütteln. Streichel sie. Wenn's sein muss, zwick sie ins Ohr, damit sie abgelenkt ist.«

»Aber ...« Helen spürte Panik in sich aufsteigen.

»Sprich mit sanfter Stimme zu ihr«, mahnte Matt ruhig. »Gut, wenn du sie hast, dann ...«

Helen fasste das Halfter fester und ging ganz nah an den Kopf der Stute heran.

»Schon gut, Cassie«, sagte sie und versuchte, Matts Stimme zu imitieren. »Das wird jetzt nicht angenehm. Aber Matt versucht nur, dir zu helfen. Deshalb musst du ganz stillhalten.«

»Gut so. Red weiter mit ihr.«

Plötzlich verspannte Cassie sich und versuchte, einen Schritt nach vorn zu machen. Helen hielt sie fest und legte eine Hand beruhigend zwischen ihre Nüstern.

»Halt sie!« Matts Stimme klang vor Anstrengung verzerrt.

Helen sah nicht zu ihm hin. Sie richtete ihre ganze Aufmerksamkeit auf die graue Stute und redete ununterbrochen mit sanfter Stimme auf sie ein, ohne darauf zu achten, was sie da eigentlich sagte. Die Zeit schien ihr endlos langsam zu verstreichen.

»Gut gemacht, ihr beide«, sagte Matt schließlich. »Jetzt sollte alles glattgehen. Helen, wir gehen jetzt einfach langsam raus und lassen sie allein weitermachen.«

Sie verließen die Box und schlossen die Tür. Cassie schien sie sofort vergessen zu haben. Matt trat an ein Waschbecken und wusch sich Arme und Hände. Da hörten sie, wie Cassie sich schwer auf den Boden fallen ließ.

»Abwarten«, sagte er.

Helen spähte über die Wand der Box. Das Pferd schwitzte und grunzte und schlug heftig mit dem Schwanz. Dann glitt plötzlich etwas Dunkles, Nasses auf die Sägespäne. Sofort drehte sich die Stute um und begann den Neuankömmling zu beschnuppern und mit ihrer langen, rauen Zunge abzulecken. Als das Fohlen den Kopf hob, ließ sie ein leises Wiehern vernehmen.

»Oh!« Helen schnappte nach Luft. »Wie schön es ist!«

Matt trat neben sie und legte den Arm um ihre Schulter. »Das sind sie alle.«

Cassie kämpfte sich auf die Beine und begann das Fohlen anzustupsen, damit es ebenfalls hochkam. Das Kleine streckte seine langen Beine, taumelte und fiel wieder hin.

»Armes Ding«, flüsterte Helen. »Wie soll es mit diesen vielen langen Beinen zurechtkommen.«

Irgendwann gelang es, und das Fohlen stand, zitternd vor Anstrengung, auf eigenen Beinen.

»Gut gemacht, kleiner Mann«, murmelte Matt.

Nach ein paar Sekunden aufgeregten Suchens hatte das Fohlen das Euter seiner Mutter gefunden. Sein Kopf verschwand unter ihrem Bauch, und der kleine Schweif wackelte heftig im Rhythmus der schmatzenden Sauggeräusche.

»Dem geht's schon richtig gut«, stellte Matt fest.

»Ist das nicht das Schönste, was du je gesehen hast?«, fragte Helen mit belegter Stimme.

»Fast.«

Helen sah ihn an.

»Der schönste Augenblick war Alis Geburt«, beantwortete Matt ihre unausgesprochene Frage.

»Natürlich.« Helen spürte, wie die Worte sie schmerzten. »Ich kann keine Kinder mehr bekommen«, flüsterte sie. »Und das wegen eines dummen Fehlers.«

Matt sagte nichts.

»Ich war fast noch ein Kind. Frisch von der Uni. Er war ein großer Fisch im Medienteich. Ein One-Night-Stand, aber das reichte schon.« Helen machte eine Pause. Sie hatte nie einer Menschenseele davon erzählt, aber nachdem sie es angesprochen hatte, gab es kein Zurück mehr. »Ich hatte eine Abtreibung. Es ging nicht anders. Ich war zu jung. Er verheiratet. Ich wollte Karriere machen. Es war auch keine große Sache, bis irgendwas schiefging. Ich wäre fast gestorben. Und als es vorbei war, erfuhr ich, dass ich nie wieder schwanger werden könnte.«

»Das tut mir leid.«

»Darum habe ich auch nie geheiratet. Welcher Mann würde mich nach dieser Geschichte schon wollen?«

Seine Stimme war so leise, dass sie ihn fast nicht hörte.

»Ich.«

Der Nachthimmel war so energiegeladen, dass er zu glühen schien. Über River Downs braute sich ein Gewitter zusammen. Schwarze Wolken türmten sich höher und höher über der ausgedörrten roten Erde. Der ganze Outback schien den Atem anzuhalten und auf den ersten Blitz zu warten.

Donna stand auf den Stufen des Hauses und holte tief Luft. Die Zwillinge waren im Bett und Peter am Telefon, sie allein, nach draußen geschlüpft. Die Luft hier war heiß, feucht und schwer, aber immer noch leichter zu atmen als die drinnen im Haus, wenn sie und Peter allein miteinander waren.

Ihr Verhältnis hatte sich mit dem Tag geändert, als die Kinder Schneebälle nach ihnen geworfen hatten. Allerdings nicht zum Guten. In dem Moment, als die Eiskristalle in ihrem Haar geschmolzen waren, hatte Donna sich verliebt. Sie hatte in Peters Augen geblickt und erkannt, dass er genau das besaß, wonach sie sich immer gesehnt hatte. Er war stark, aber dennoch sanft. Entschlossen, aber freundlich und liebenswürdig. Ein attraktiver Mann und liebender Vater. Sie hatte sich in ihn verliebt und ein paar Sekunden lang gedacht, er würde genauso fühlen. Doch nachdem er fortgegangen war, um den Postflieger zu treffen, war ein anderer Peter zurückgekehrt.

Seit jenem Tag war er so distanziert, dass es fast schon unfreundlich war. Er vermied es, mit ihr allein zu sein, und wenn ihre Hände sich aus Versehen berührten, zuckte er zurück, als hätte er sich verbrannt. Zunächst hatte Donna geglaubt, das einfach ignorieren zu können. Sie hatte gehofft, was immer ihm solche Schwierigkeiten bereitete, würde vorübergehen, sodass sie zu dem Punkt zurückkehren konnten, an dem sie schon – oder doch beinahe – gewesen waren.

Aber das war nicht geschehen. Und inzwischen fragte Donna sich, ob sie nicht einfach abreisen sollte. Allein der Gedanke brachte sie fast zum Weinen, vor Kummer darüber, was sie beinahe bekommen und dann doch verloren hätte.

Ein ferner Blitz ließ sie aufschauen. Sie wartete auf den dazugehörigen Donner, doch es blieb still. Das Gewitter war noch zu weit weg, aber es würde sich rasch nähern. Von Rastlosigkeit getrieben, stieg Donna die Stufen hinunter und ging mitten auf den Hof. Dort breitete sie die Arme aus, um ein wenig vom Wind zu spüren. In ihren leichten Baumwollshorts und einem Top fühlte sie sich dem Gewitter fast nackt ausgesetzt. Sie schloss die Augen und spürte, wie die elektrisch aufgeladene Luft sie an den nackten Armen und Beinen kitzelte. Sie hob das Gesicht, um die ersten Regentropfen damit aufzufangen.

Ein weiterer Blitz zuckte über den Himmel, und in dem kurzen Aufleuchten sah sie Peter auf sich zukommen.

»Es gibt ein Gewitter«, sagte er barsch. »Du solltest ins Haus gehen.«

»Ich möchte nur den Regen spüren«, sagte Donna. »Mir war den ganzen Tag so heiß. Ich dachte, ich könnte mich ein wenig abkühlen.«

»Es wird keinen Regen geben. Jetzt ist Trockenzeit. Also nur Elektrizität. Blitz und Donner, aber kein Regen.«

Donna ließ die Arme sinken und kam sich dumm vor. Wieder einmal hatte er ihr ihre Unkenntnis in Sachen Outback vor Augen geführt.

»Waren das die Leute vom Viehtrieb am Telefon?«

»Ja. Sie werden morgen hier sein.«

Sie erwarteten die Männer seit einigen Tagen. Diese Tagelöhner reisten zwischen den Rinderfarmen der Gegend umher. Jetzt, wo Ken fort war, brauchte Peter sie dringender denn je.

»Bist du dir sicher, dass du hier allein zurechtkommen wirst?«, fragte er. »Wir werden mindestens –«

»Ich komme prima zurecht«, fuhr Donna ihn an. »Und den Kindern wird es an nichts fehlen.«

Sie wirbelte herum und lief schnell fort, während Tränen in ihren Augen brannten. Sie würde ihm nicht zeigen, dass sie weinte, und wenn sie zu Fuß zurück nach Darwin gehen müsste!

Mit ein paar schnellen Schritten war er neben ihr.

»Donna …« Er streckte die Hand aus und fasste sie am Arm.

Als er sie berührte, flammte der nächste Blitz auf. Eine

Sekunde lang standen sie wie erstarrt im grellen Licht, dann ließ ein mächtiger Donnerschlag die Erde erzittern.

Donna wusste später nicht, wer sich zuerst bewegt hatte. Sie wusste nur, dass sie sich in den Armen lagen. Peters Kuss fühlte sich an wie ein Stromschlag. Tage mit stummem Groll, unbeschreibliche Einsamkeit, der Wunsch nach Vergebung und ein Wirbelsturm aufgestauter Leidenschaft explodierten zwischen ihnen. Inmitten des Gewitters gab Donna sich dem Geschmack von Peters Lippen hin, dem Gefühl seines kräftigen, harten Körpers, der sich gegen ihren presste, und der Berührung seiner Hände auf ihrer Haut.

»Donna …« Er atmete ihren Namen an ihren Lippen aus, und sie war verloren.

Unbemerkt tobte das Gewitter über ihren Köpfen, bis etwas Hartes, Kaltes ihr Gesicht berührte.

Sie traten beide einen Schritt zurück. Donna fühlte sich, als würde sie am Rand einer Klippe stehen. Würde sie stürzen oder sich in den Himmel hinaufschwingen?

Ein zweites Hagelkorn traf sie im Gesicht. Dann eines an der nackten Schulter. Es hagelte weiter, als bereits die ersten Regentropfen fielen.

Peter packte sie an der Hand und zog sie mit sich aufs Haus zu. Sie rannten die Stufen hinauf in den Schutz der Veranda.

Keuchend wandte Donna sich Peter zu. »Hast du nicht gesagt, es würde keinen Regen geben?«

Peter beugte sich zu ihr hinab und leckte mit der Zungenspitze die Wassertropfen von ihrem Hals.

»Ich habe mich geirrt«, sagte er und zog sie an sich.

Am Morgen nach dem Gewitter war der Himmel vollkommen ungetrübt. Donna schaute von ihrem Bett aus zum Fenster und wünschte sich, das würde auch für ihr Verhältnis zu Peter gelten. Er lag nicht neben ihr, sondern musste aufgestanden sein, während sie noch schlief. Nur das angenehme Nachglühen ihres Körpers und die Furcht in ihrem Herzen gaben ihr die Gewissheit, dass er überhaupt da gewesen war.

Sie warf einen Blick auf ihren Wecker. Schon nach sieben. Als sie sich auf die Ellbogen stützte, vernahm sie ein mechanisches Klopfen, das immer lauter wurde. Das Haus erzitterte, als ein Hubschrauber es in geringer Höhe Richtung Landebahn überflog. Das mussten die Männer für den Viehtrieb sein.

Donna zog sich schnell an. Als sie nach draußen kam, herrschte auf dem Hof bereits reges Treiben. Sie hielt Ausschau nach Peter, konnte ihn aber zwischen all den anderen Männern, Pferden, Motorrädern und Lastwagen nicht entdecken.

»Morgen, Miss.« Ein hochgewachsener, sonnengebräunter Mann tippte sich an den Hut. »Vermute mal, es wird knapp mit 'ner schnellen Tasse Tee, bevor's losgeht, oder? Die Jungs sind fast die ganze Nacht unterwegs gewesen.«

»'Ne Tasse Tee? Doch. Wie viele seid ihr denn?«

»Ein glattes Dutzend, Miss.«

»Oh – na gut. Ich werde sehen, was ich tun kann.«

»Schönen Dank.«

Der Mann zog ab. Und nachdem Peter nirgends zu sehen war, machte sich Donna auf den Weg in die Küche, um Tee zu kochen. Sie füllte gerade den Kessel mit Wasser, als Peter hereinkam.

Sie erstarrte, als er ans Waschbecken trat und den Hahn zudrehte.

»Das reicht niemals für alle«, sagte er sanft und nahm ihr den Kessel aus der Hand. Er öffnete die Tür zur riesigen Speisekammer, stöberte darin herum und kam schließlich mit zwei riesigen Blechkanistern an Drahthenkeln wieder zum Vorschein.

»Mach einfach die Billies hier voll. Die Jungs bedienen sich dann selbst.«

»Billies?«

Peter vermied ihren Blick, während er die Kanister mit Wasser füllte, auf die Gasflamme stellte und sehr genau kontrollierte, ob die Deckel fest schlossen.

»Peter?« Donna spürte Panik in sich aufsteigen. Sie mussten miteinander reden, bevor er aufbrach.

Er drehte sich langsam zu ihr um und sah sie endlich an. »Ich –«

Bevor er ein weiteres Wort sagen konnte, stürmten die Kinder lärmend herein.

»Dad, kann ich im Hubschrauber mitfliegen?«

»Dad, darf ich dieses Jahr mit? Bitte!«

Peter zuckte hilflos mit den Schultern. »Nein, du kannst dieses Jahr noch nicht mit«, sagte er zu seinem Sohn. »Und Sara, vielleicht darfst du eine Runde mitfliegen, wenn der Viehtrieb vorbei ist.«

»Ich auch«, rief Chris.

»Ich habe vielleicht gesagt«, erinnerte Peter sie. »Ihr wisst doch, dass die Arbeit vorgeht.«

»Jaaa!«, riefen die beiden im Chor.

Peter drehte sich zum Herd um, hob die Deckel von den Billies und warf jeweils eine ganze Handvoll Teeblätter hinein.

»Jetzt zeigen wir Donna mal, wie man Billy-Tee macht«, sagte er zu den Zwillingen. »Kommt mit nach draußen. Die Jungs warten schon.«

Chris und Sara nahmen Donna an den Händen und führten sie hinaus. Ihr blieb gar keine Wahl, und Peter kam sowieso gleich nach. Er trug seine ledernen Arbeitshandschuhe und in jeder Hand einen Billy.

»Smoko!«, rief er mit lauter Stimme, »Zeit für Tee und 'ne Zigarette!«

Donna traute ihren Augen kaum, als er begann, die Kanister herumzuwirbeln. Die Behälter mit dem kochenden Wasser kreisten hoch über seinem Kopf, doch er brachte sie auf den Boden, ohne auch nur einen einzigen Tropfen zu verschütten.

»So macht man Billy-Tee«, jubelten die Zwillinge.

Die Viehtreiber, die sich mit Emailbechern in den Händen um sie versammelten, taten laut ihre Zustimmung kund.

Donna hätte sich bei all dem Lärm am liebsten die Ohren zugehalten. Sie musste doch mit Peter reden, und zwar allein.

Die Männer stürzten den schwarzen Tee rasch herunter, und der Mann, der sie vorhin angesprochen hatte, bedankte sich bei ihr.

»Wir sind bereit zum Aufbruch, Boss«, sagte er zu Peter.

»Dann nichts wie los.«

Einer nach dem anderen tippten die Jungs vor Donna an ihre Hüte und trollten sich. Schließlich blieb sie allein mit Peter zurück, aber nicht für lange.

»Ich weiß, dass es jetzt hier wie im Tollhaus zugeht, aber das ist vor Beginn des Viehtriebs immer so. Ich werde versuchen, in ein oder zwei Tagen zurück zu sein«, sagte er. »Mach dir aber auch keine Sorgen, wenn ich mich die ganze Woche nicht blicken lasse.«

Er zögerte einige Sekunden lang, sah ihr in die Augen und hielt ihrem Blick zum ersten Mal an diesem Morgen stand. Schließlich holte er tief Luft und schien nach den richtigen Worten zu suchen.

»Tut mir leid«, sagte er dann, drehte sich um und ging rasch davon.

Donna blieb zurück und fragte sich, was ihm wohl leidtat.

Peter pfiff seinem Hund und schwang ein Bein über den Motorradsattel. Er wartete kaum, bis der Hund hinter ihm saß, bevor er den Motor startete und Richtung Camp losfuhr. Doch das Dröhnen der Maschine konnte die Gedanken in seinem Kopf nicht übertönen.

Was hatte er sich eigentlich dabei gedacht?

Hatte er so hart gekämpft, um seine Gefühle für Donna zu verleugnen, nur um sich im denkbar schlechtesten Moment hinreißen zu lassen? Er konnte dem Gewitter die Schuld geben. Oder Donna. Aber versagt hatte er und nur er. Das hätte nie passieren dürfen, aber wie gut es sich angefühlt hatte, sie im Arm zu halten! Ihre Lippen zu schmecken. Den Duft ihrer Haut zu riechen. Selbst jetzt hätte er nichts lieber getan, als auf der Stelle umzudrehen und zu ihr zurückzufahren.

Er beschleunigte so stark, dass das Motorrad einen Satz machte.

Letzte Nacht hatte er seine Frau zum zweiten Mal verloren. Im Laufe der Jahre war es ihm immer schwerer gefallen, die Erinnerungen an sie festzuhalten. Wenn er jetzt die Augen schloss, sah er nur Donna. Wenn er an sein Zuhause dachte, sah er eine lachende Donna in der Küche. Donna mit seinen Kindern. Donna in seinen Armen. Donna in seinem Bett.

Er wusste nicht, was er machen sollte. Er wünschte sich so sehr, dass sie bleiben würde. Dass sie mehr als nur das Bett mit ihm teilte. Er wollte sein Leben mit ihr teilen. Aber konnte er sie bitten, ihre Welt für seine aufzugeben? Konnte er sie bitten, sich dem Leben zu stellen, das Karen umgebracht hatte? Und würde er die Kraft aufbringen, dafür zu sorgen, dass sie abreiste?

Er sagte sich, dass die harte Arbeit im Camp beim Viehtrieb ihm helfen würde, einen klaren Kopf zu bekommen und die richtige Entscheidung zu treffen.

Doch das geschah nicht. In den folgenden drei Tagen schuftete er vom Morgengrauen bis Sonnenuntergang, um verwilderte Rinder zu Pferd oder mit dem Motorrad zusammenzutreiben. Und obwohl er jeden Abend total erschöpft war, saß er lange am Lagerfeuer und dachte an Donna. Und wenn er in seinem Schlafsack lag und in die Sterne schaute, sehnten sich sein Herz, sein Verstand und sein Körper nach ihr.

Nach der Teepause am dritten Tag dachte Peter gerade wieder an Donna, als er sein Pferd losband und in den Sattel steigen wollte. Er stellte einen Fuß in den Steigbügel und schwang sich lässig hinauf. Aber seine Wildlederhose hatte den Sattel kaum berührt, als das Pferd, ein riesiges halbwildes Tier, den Kopf nach unten riss und bockte. Peter presste mit aller Kraft die Beine um den Bauch des Pferdes, packte mit einer Hand den Sattelknauf und zerrte mit der anderen am Zügel. Mit steifen Beinen sprang und buckelte das Pferd unter den johlenden Rufen der Viehtreiber durchs Camp. Peter hielt sich wacker, aber schließlich flog er in hohem Bogen durch die Luft und landete unsanft auf dem Boden.

Er hörte das Gelächter der Männer, während er sich aufrappelte, seinen Hut abklopfte und ihn wieder aufsetzte. Er hätte sich besser auf das Pferd konzentrieren sollen. Dann müsste er sich jetzt nicht um sein schmerzendes Hinterteil sorgen, das ihm die kommenden Stunden im Sattel noch erschweren würde.

»Hey, Boss.« Der Hubschrauberpilot kicherte immer noch. »Ich denke, ich fliege heute Nachmittag mal zurück zur Landebahn, muss was an der Hydraulik richten.«

»Alles klar.« Wenn es um die Instandhaltung und Sicherheit des Helikopters ging, war das Wort des Piloten Gesetz.

»Ich bin zurück, bevor's dunkel wird. Willst du mitfliegen?«

Er wünschte sich nichts mehr. Dann könnte er Donna sehen. Vielleicht mit ihr reden. Etwas klären. Aber ihm würde nur circa eine Stunde bleiben. Die Zwillinge würden ihn komplett mit Beschlag belegen. Er würde sich um alles Mögliche kümmern müssen. Also nein.

»Flieg du nur«, sagte er. »Ich hab hier noch was mit einem Pferd zu klären.«

Der Pilot gluckste, und gerade als Peter die Zügel seines bockigen Pferdes von einem Viehtreiber in Empfang nahm, setzten sich die Rotorblätter des Hubschraubers in Bewegung. Bevor er aufstieg, traf Peter eine Entscheidung. Morgen würde er auf den Hof zurückkehren. Er würde Donna sehen. Und er würde ihr sagen ...

Etwa eine Stunde später jagte Peter gerade schweißüberströmt einem Stück Jungvieh durchs Gebüsch hinterher, als er plötzlich einen der Männer in gestrecktem Galopp auf sich zureiten sah. Er blieb stehen und ließ ihn herankommen.

»Da ist Jim am Funk. Auf dem Hof brennt es.«

Der Mann hatte kaum ausgesprochen, als Peter sein Pferd auch schon gewendet hatte und Richtung Camp losgeprescht war. Zurück zu dem Funkgerät, das hier draußen ihre einzige Kommunikationsmöglichkeit war. Mit der Rinderpeitsche trieb er sein müdes Reittier an, galoppierte mitten ins Camp und sprang aus dem Sattel.

»Was ist passiert?«, rief er den Männern zu.

»Jim hat sich gemeldet«, sagte einer von ihnen und reichte ihm das Funkgerät.

»Jim, hier ist Peter. Was ist da los?«

Das Funkgerät knackte. Sie befanden sich am äußersten Rand seiner Reichweite, und Jims Stimme war kaum zu verstehen.

»Jim, wiederhol das«, schrie Peter fast.

»... Gewitter letzte Nacht ...« Die Stimme des Piloten war schwach. »Buschfeuer ... das Haus ... komm her ...«

Peter starrte entsetzt auf das Funkgerät. Ein Buschfeuer!

»Sind alle unverletzt? Die Kinder? Donna?« Er hätte sie niemals allein lassen dürfen.

»... in Ordnung. Aber wir müssen ... Feuer bekämpfen. Bring alle Männer. Schnell.«

Peter drehte sich zu den Viehtreibern um, aber die waren bereits im Aufbruch. Pferde wurden losgebunden, andere kletterten auf den Lastwagen. Doch sie würden mindestens eine Stunde brauchen.

»Jim. Flieg her und hol mich.« Der Hubschrauber wäre schneller.

»... hier gebraucht. Komm.«

Peter beendete das Gespräch nicht einmal. Er stürzte zu seinem Motorrad und ließ den Motor an. Mit einem Aufheulen war er verschwunden und wusste, die anderen würden ihm so schnell folgen, wie der alte Truck es zuließ. Er wartete nicht auf sie. Er musste zu Chris und Sara. Und zu Donna.

Bitte, Gott, betete er, während er in halsbrecherischem Tempo durch den Busch jagte, lass es nicht wieder passieren.

Leigh stand an der Tür und schaute in den leeren Raum. Der ganze Müll war weg. Sie hatte die kaputten Glühbirnen ausgetauscht, die blinden Fenster geputzt. Jetzt waren die Türen weit geöffnet, um Sonnenlicht hereinzulassen. Später würde der Maler vorbeikommen, um ihr einen Kostenvoranschlag zu machen. Die bestellten Tische und Stühle würden nächste Woche geliefert. Die lange Bar am Ende des Raums blitzte. Es würde nicht mehr lange dauern, bis sie ihre Probierstube eröffnen konnte.

Zufrieden lächelnd ging sie in die Küche. Auch hier strahlte alles. Die neuen Kühlschränke summten leise, und hinter den Schranktüren warteten stapelweise Teller und Schüsseln auf die ersten Gäste. Leigh war sehr fleißig gewesen, seit die Bank ihr den Kredit bewilligt hatte. Sie hatte jeden Tag lange und hart gearbeitet – geputzt, mit Lieferanten und Handwerkern verhandelt. Abends hatte sie über ihrer Buchhaltung gesessen und E-Mails verschickt.

Doch jede Minute war es wert gewesen. Ihre Pläne nahmen langsam Gestalt an. Sie würde deutlich früher aufmachen können, als sie erhofft hatte. Alles lief bestens! Oder zumindest fast alles. Denn da war ja noch Simon Bradford.

Seit ihrer kurzen Begegnung in Newcastle hatte sie ihn weder gesehen noch gesprochen. Eigentlich hatte sie damit gerechnet, dass er noch einmal versuchen würde, sich zu entschuldigen. Doch das hatte er nicht. Offenbar war nun sie am Zug.

Als Erstes musste sie ihm mitteilen, dass sie ihre Ernte nicht mehr an sein Weingut verkaufen würde. Das konnte sie auch schriftlich machen. Sie hatte mehrere Anläufe genommen. Aber irgendwie gelang es nicht recht. Außerdem gab es Dinge, die sie mit ihm klären musste und die nichts mit Trauben und Wein zu tun hatten.

Leigh trug einen Karton mit Gläsern zur Bar und begann, sie auszupacken. Viele Weingüter benutzten bei ihren Weinproben Plastikbecher. Sie nicht. Bangala-Weine würden so probiert, wie man sie auch trinken sollte – aus anständigen Gläsern. Die Weine selbst lagerten in einem großen, fensterlosen Raum neben der Bar. Sie musterte die Kistenstapel darin voller Befriedigung. Sie hatte nicht viel, nur die Testweine, die sie jedes Jahr gemacht hatte, aber es würde reichen, um das Probierlokal bis zum nächsten Jahrgang zu versorgen. Danach würde sie nichts mehr aufhalten können.

Jetzt musste sie nur noch Simon wegen der Trauben Bescheid geben. Wenn sie das persönlich tat, wäre vielleicht auch endlich die Erinnerung an die Nacht überwunden, als er Jack Thorne geholfen hatte, ihr das Herz zu brechen.

Leigh ging zurück in die Küche und öffnete einen der Kühlschränke. Darin hatte sie Kostproben für ihre Speisekarte. Sie würde alles allein machen – das Essen zubereiten, den Wein servieren, also konnte es nur einfache Speisen geben. Sandwiches und Käseplatten, italienische Antipasti und vielleicht ein paar besondere Brotsorten. Natürlich auch Tee und Kaffee. Sie holte ein paar Kostproben aus dem Kühlschrank. Es war schon weit nach Mittag, und sie fühlte sich ein wenig hungrig. Da konnte sie doch gleich etwas von ihren Rezeptideen kosten.

Sie aß gerade ein Sandwich mit Hummus und gegrillten Paprika, als sie ein Auto hörte. Sie nahm noch schnell einen Bissen und ging zur Tür. Erstaunt blieb sie stehen. Das sah doch aus wie Simon Bradfords Wagen. Was tat der hier? Sie war noch nicht bereit, ihm gegenüberzutreten.

Aber der Mann, der ausstieg, war nicht Simon. Der war groß mit blondgesträhnten Haaren und blauen Augen. Dieser Mann war kleiner und dunkel. Sein Haar war schon von Grau durchsetzt.

»Hallo. Sie müssen Leigh Kenyon sein.«

Leigh riss sich zusammen. Schließlich war Simon nicht der einzige Mensch auf der Welt, der einen weißen Toyota fuhr. »Ja. Bitte kommen Sie herein.«

Sie hatten schon über die Farben und die Möglichkeiten des Anstrichs gesprochen, als Leigh auffiel, dass der Maler einen Blick auf die Überreste ihres Mittagessens warf.

»Haben Sie schon gegessen?«

»Ehrlich gesagt, nein«, sagte er grinsend. »Ich wollte unseren Termin nicht verpassen.«

Er hatte ein sympathisches Lächeln. »Lassen Sie mich Ihnen schnell etwas herrichten.«

»Ich will Ihnen keine Umstände bereiten«, wehrte er ab.

»Das macht keine Umstände. Ich bin gerade dabei auszusuchen, was auf die Speisekarte soll. Da können Sie mir doch gleich Ihre Meinung verraten.« Nach kurzem Nachdenken fügte sie noch hinzu: »Wissen Sie was, ich mache dazu gleich eine Flasche Wein auf, damit wir sehen, wie er mit dem Essen harmoniert.«

Sie öffnete eine Flasche von ihrem Cabernet, aber ihr Gast nahm nur einen kleinen Schluck davon. »Ich muss ja noch fahren«, meinte er und griff nach dem zweiten Sandwich.

Um fünf brach der Maler schließlich auf und versprach, ihr in den nächsten Tagen ein Angebot zu schicken. Leigh kehrte höchst zufrieden an die Bar zurück. Die Arbeit würde viel weniger kosten, als sie veranschlagt hatte. Außerdem hatte der Handwerker ihr ein paar hübsche Komplimente bezüglich ihrer Ideen und des Essens gemacht. Voller Genugtuung schenkte sie sich ein zweites Glas Wein ein. Er war ziemlich gut, bestätigte sie sich selbst, während sie die Teller aufräumte.

Sie öffnete einen Karton und entdeckte noch mehr von den Gläsern mit den bunten Kristallen aus der Zeit mit Jack Thorne. Ihr fiel auf, dass sie noch nie aus einem getrunken hatte. Dann, so sagte sie sich selbst, während sie sich großzügig den Rest der Flasche einschenkte, will ich doch endlich auf den Tag trinken, als Jack sich aus dem Staub gemacht hat. Diese kleine Feier hatte sie sich verdient. Sie hatte Jack Thorne überlebt. Mehr als nur überlebt.

Sie leerte die letzten Tropfen in ihr Glas und trat an die Tür. Dort erhob sie ihr Glas in Richtung Bradford Winery.

»Nimm dies, Simon Bradford, du Scheißkerl«, sagte sie und leerte ihr Glas.

Als sie an die Bar zurückging, überlegte sie, dass sie zu Simon nie ein Wort über jenen denkwürdigen Abend gesagt hatte. Aber wenn sie darüber hinwegkommen wollte, würde sie sich das wohl von der Seele reden müssen.

Die Autoschlüssel lagen im Haus, aber sie zögerte. Schließlich hatte sie ein paar Gläser Wein getrunken. Drei oder vier vermutlich. Wahrscheinlich sollte sie besser nicht mehr fahren. Aber zu Fuß war es sehr weit, und sie fühlte sich ein bisschen wackelig. Am besten würde sie den Pick-up nehmen. Wenn sie durch die Weingärten bis zum hinteren Zaun fuhr, war sie nahe genug, um den Rest zu Fuß zu gehen. Dann führe sie nicht einmal auf einer öffentlichen Straße, sondern nur auf einem Privatweg …

Höchst zufrieden mit dieser Lösung, setzte Leigh sich hinters Steuer. Sie ließ den Motor an und bog sehr vorsichtig in den Weg zwischen den Weingärten ein. Es war nicht weit, und sie würde nur im zweiten Gang fahren. In Gedanken probte sie, was sie zu Simon sagen würde. Sie würde ihm erzählen, dass er ihre Träume zerstört hatte. Offenbar waren ja alle Männer Mistkerle, und der verdammte Simon Bradford bildete da keine Ausnahme! Während ihr Zorn wuchs, trat sie fester aufs Gaspedal. Der Pick-up hüpfte über den unbefestigten Weg, aber sie hatte den Blick fest auf die Gebäude gerichtet, die in der Dämmerung gerade noch zu sehen waren. Simon war bestimmt zu Hause, jetzt würde er endlich etwas zu hören bekommen!

Als der Wagen an der letzten Reihe mit Weinstöcken vorbei war, tauchte plötzlich ein Zaunpfahl vor ihr auf. Leigh trat die Bremse voll durch, aber der Pick-up brach seitlich aus und schlitterte über den Weg, bis er knirschend an einem anderen Pfosten hängenblieb. Glas splitterte. Leigh wurde nach vorne geschleudert und knallte mit dem Kopf aufs Lenkrad. Von irgendwoher ertönte ein durchdringendes Hupgeräusch. Es hörte erst auf, als sie den Kopf hob und nach hinten in ihren Sitz sank.

Das Hupen drang bis zu Simon, der gerade in seinem Arbeitszimmer beschäftigt war. Er trat an die Glastüren und sah auf den Hof hinaus. Dort war alles ruhig, seine Arbeitskräfte waren schon weg. Da fiel ihm das fahle

Licht eines Scheinwerfers in der Nähe seines Zauns auf. Ein beschädigtes Auto? Simon riss die Tür auf und lief los.

Das Hupen hörte auf, als er noch auf halbem Weg war. Am Wagen angekommen, erkannte er Leigh, die benommen nach dem Türgriff tastete. Er riss die Tür auf und streckte die Hand nach ihr aus.

»Leigh, was ist denn passiert? Bist du verletzt?«

»Lass mich. Mir geht's gut.« Sie versuchte, seine Hände abzuschütteln, und taumelte aus dem Auto.

»Hast du dich verletzt?«, fragte er und fasste sie an den Schultern.

»Lass mich endlich los.« Sie machte ein paar unsichere Schritte von ihm weg.

Simon musterte sie mit wachsendem Erstaunen. »Du bist ja betrunken.«

»Na und?«, erwiderte sie angriffslustig. »Was geht dich das an? Ich kann trinken, soviel ich will.«

Simon war sich nicht sicher, ob er lachen oder einen Arzt rufen sollte. »Komm wenigstens mit ins Haus, damit ich sicher sein kann, dass dir wirklich nichts fehlt.«

»Mir geht's gut. Mir geht's sogar mehr als gut«, beharrte Leigh, erlaubte ihm aber, sie am Arm zu fassen und vom Wagen wegzuführen. »Das war lange anders. Und daran warst nur du schuld.«

»Tatsächlich?«, sagte Simon sanft und lotste sie die Stufen hinunter und ins Haus.

»Natürlich warst du das. Du. Und deine Party. Und deine Stripperin.«

»Meine Stripperin?« Wovon redete sie da?

»Ja. Die Stripperin. Jack hat mir alles erzählt. Dass du für die Party eine Stripperin engagiert hast. Dass er sie gevögelt hat. Ich konnte sie an ihm riechen, als er nach Hause kam. Der Scheißkerl.«

Simon drückte Leigh vorsichtig auf die Couch. Dann

strich er ihr das Haar aus der Stirn, um sich die Beule anzusehen, die dort wuchs.

»Du brauchst Eis«, sagte er. »Rühr dich nicht.«

Er eilte in die Küche und an den Tiefkühlschrank. Sein Verstand raste. Wovon redete sie? Eine Stripperin? Es hatte auf dieser Party keine Stripperin gegeben. Die Frau, die Jack Thorne damals verführt hatte, war Simons Freundin gewesen. Sie war es gewesen, für die er den Diamantring gekauft hatte und die er hatte heiraten wollen.

Er beschloss, dass es sinnlos war, weiter darüber nachzudenken. Leigh war betrunken und stand wegen des Unfalls unter Schock. Er wickelte ein paar Eiswürfel in ein Geschirrtuch und brachte sie ihr. Sie jammerte, als er die Eispackung vorsichtig auf ihre Stirn legte.

»Halt das fest«, sagte er zu ihr.

»Es war alles deine Schuld.« Sie redete weiter, als sei ein Damm gebrochen. »Jack hat mir alles gestanden. Dass du eine Stripperin engagiert hast. Er wollte unseren Lotteriegewinn feiern. Ich lag mit einer Grippe im Bett, und du hast sie ihm überlassen. Das war sehr großzügig von dir, Simon. Aber damit hast du mein Leben ruiniert.« Sie hatte jetzt Tränen in den Augen. Simon begann sich ernstlich um sie zu sorgen.

»Bleib sitzen«, sagte er. »Ich rufe den Arzt.«

Doch der Arzt beruhigte ihn. Leigh war nicht bewusstlos gewesen. Sie zeigte keine Anzeichen von Übelkeit oder Gedächtnisverlust. Und ihre Verwirrung verdankte sich wohl eher dem Alkohol als dem Schlag gegen den Kopf. Der Arzt riet Simon, sie von weiterem Alkohol fernzuhalten und die ganze Sache ausschlafen zu lassen. Allerdings empfahl er, sie nicht allein zu lassen. Für den Fall, dass sie Symptome einer Gehirnerschütterung zeigte.

Als Simon ins Wohnzimmer zurückkam, hatte Leigh die Eispackung fallen gelassen und sich auf der Couch eingerollt. Sie schien fast eingeschlafen.

»Komm, Leigh«, sagte er. »Ich denke, wir bringen dich besser ins Bett.«

»Na gut«, murmelte sie leise.

Es war ganz leicht, sie hochzuheben. Sie schlang die Arme um seinen Hals und legte den Kopf an seine Brust. Simon genoss, wie sich das anfühlte.

»Du hast mein Leben nicht wirklich ruiniert«, sagte Leigh mit leiser, schläfriger Stimme, den Mund ganz nah an seinem Ohr. »Ohne Jack bin ich besser dran. Er war ein Arschloch. Das weiß ich jetzt. Du bist fast genauso schlimm. Warum falle ich nur immer auf die Scheißtypen rein?«

Sie küsste ihn auf den Mund.

Vorsichtig legte er sie auf sein Bett. Sie schlief schon fast, seufzte leise, rollte sich auf die Seite und hatte die Augen schon geschlossen. Ihr Atem ging leise und langsam, aber stark und gleichmäßig. Es würde ihr bald wieder gut gehen, dachte er.

Behutsam, um sie nicht zu stören, setzte er sich auf die Bettkante und dachte über das nach, was sie gesagt hatte. Jack Thorne war offenbar ein noch mieserer Kerl, als er angenommen hatte. Wenigstens verstand er jetzt Leighs Verhalten. Die ganze Zeit über hatte sie Simon für die Ereignisse in jener Nacht verantwortlich gemacht. Für den Bruch ihrer Verlobung. Ohne zu wissen, dass Thorne auch Simons Hoffnungen zerstört hatte. Morgen würde er ihr die Wahrheit erzählen. Vielleicht wäre dann etwas anders zwischen ihnen.

Eine Weile saß er nur da und schaute ihr beim Schlafen zu. Sie sah so jung und verletzlich aus, mit dem Schatten der Beule auf ihrer Stirn, die sich bereits dunkel färbte. Am liebsten hätte er sich neben sie gelegt und sie in die Arme genommen. Er wollte ihren Schmerz lindern. Er wollte …

Er zwang sich aufzustehen. Er hatte kein Recht, hier zu sitzen und sie zu beobachten. Kein Recht, zu denken, was er dachte. Morgen würde sich das vielleicht ändern. Und heute Nacht würde er ihr Freund sein. Er würde im Gästezimmer schlafen und die Tür offen lassen, damit er hörte, wenn sie aufwachte. Wenn sie ihn brauchte, würde er da sein.

# 9.

Das Telefon klingelte zweimal, bevor Helens Mailbox sich meldete. Matt hinterließ eine kurze Nachricht und legte auf. Was er ihr sagen wollte, eignete sich nicht für eine Mailbox. Wenn er es sich recht überlegte, dann war das, was er sagen wollte, auch nicht für ein Telefonat geeignet. Morgen früh würde er nach Sydney fahren, um dort mit Helen zu sprechen.

Nachdem er diesen Entschluss gefasst hatte, verließ er das Haus und ging zu den Ställen. Eine Zeit lang beobachtete er Cassie und ihr Fohlen. Sie mochte zu jung dafür sein, aber alles lief prächtig. Der kleine Hengst war kräftig und gesund. Matt hatte die beiden am Morgen auf eine kleine, geschützte Weide geführt. Dem Kleinen gefiel es offenbar im Grünen, aber er blieb noch ganz nah bei seiner Mutter. Für mehr war es noch zu früh.

Matt fragte sich, ob es wohl auch für Helen noch zu früh war. Sie kannten einander erst so kurz. Ihre Lebensentwürfe waren so verschieden. Er glaubte ernsthaft, dass sie eine Chance auf eine gemeinsame Zukunft hätten – aber er konnte sich kaum vorstellen, wie diese aussehen sollte. Sie war eine Großstadtpflanze und hatte eine erfolgreiche Karriere. Er war Pferdezüchter und fühlte sich nur auf dem Land richtig wohl. Aber trotz allem glaubte er, dass sie gut für einander wären. Seit der Nacht, als Cassies Fohlen auf die Welt kam, war er sich dessen sicher. Er vermutete, der Einzige zu sein, dem Helen je von ihrer Abtreibung erzählt hatte.

Es war so bedauerlich, dass sie keine Kinder hatte, denn sie wäre bestimmt eine gute Mutter geworden. Schon nach dem einen gemeinsamen Abendessen sah es so aus, als ob sie und Ali gute Freunde werden könnten.

Matt war nicht der Typ, der an Unabänderlichkeiten verzweifelte. Die Fehler in Helens Vergangenheit aber waren genau das – unabänderlich. Und zumindest hatten sie sie zu der Frau gemacht, die sie heute war. Der Frau, mit der Matt den Rest seines Lebens verbringen wollte.

Aber irgendetwas schien sie immer noch voneinander zu trennen. Irgendwelche Geheimnisse schien Helen noch vor ihm zu haben. Er hatte das bei ihrem Besuch am vergangenen Wochenende gespürt. Nach den kurzen Telefonaten, die sie seither geführt hatten, war es ihm sogar noch deutlicher geworden. Jetzt war er entschlossen herauszufinden, worum es sich handelte.

Matt war bei den Stallungen zugange, als das Telefon klingelte. Er wusste, dass es Helen sein würde.

»Tut mir leid, dass ich deinen Anruf verpasst habe«, sagte sie. »Aber hier ist heute die Hölle los.«

»Schon in Ordnung«, sagte er.

»Bleib kurz dran.«

Er hörte, wie sie mit jemandem sprach.

»Das war Richard, mein Assistent. Ich habe ihn gebeten, die Tür zuzumachen. Jetzt habe ich ein paar Minuten.«

»Worum dreht sich die Aufregung denn?«, fragte Matt.

»Na ja, ein Konkurrenzblatt hat eine große Story platziert. Über zwei berühmte Schauspieler und ihre Beziehung.«

»Ah, verstehe.« Matt wusste, dass sie von der Geschichte sprach, die sie schon so lange zurückhielt.

»Ja. Und jetzt versuchen alle aufzuholen und sich da dranzuhängen. Wir eingeschlossen.«

»Du wirst doch niemand wissen lassen …« Matt wusste nicht, wie er es formulieren sollte.

»Nein«, sagte sie und schwieg kurz. »Aber das spielt jetzt ohnehin keine Rolle mehr.«

Matt hörte ihr an, dass sie sich unbehaglich fühlte. »Ich verstehe, wenn du darüber nicht weiter reden möchtest –«

»Nein. Das ist es nicht«, unterbrach Helen ihn. »Matt,

es gibt da etwas, das ich dir schon am Wochenende hätte sagen sollen.«

Jetzt, wo sie damit herausrückte, fürchtete Matt sich auf einmal vor dem, was sie vielleicht sagen würde.

»Ja?«

»Ich … Man hat mir einen anderen Job angeboten.«

Matt wartete, dass sie weitersprach.

»Es ist ein großartiger Job. Mit einem Büro in New York«, beeilte sie sich zu sagen. »Ich habe versprochen, heute Bescheid zu geben.«

Matt fühlte sich, als würde ihm der Boden unter den Füßen weggezogen. »Wirst du annehmen?«

»Darauf habe ich mein ganzes Leben lang gewartet.« Ihre Stimme zitterte ein wenig.

»Also, dann herzlichen Glückwunsch.« Matt flüchtete sich in die Konvention, weil er den Schmerz, den er empfand, ohnehin nicht in Worte fassen konnte. »Ich bin sicher, du wirst das toll hinkriegen.«

»Danke.«

Sehr lange sagte keiner von ihnen mehr etwas, und Matt wusste nur, dass er am nächsten Tag nicht nach Sydney fahren würde.

»Ich muss jetzt weitermachen«, brach Helen schließlich das Schweigen.

Helen legte auf und schloss die Augen. Keine Minute länger hätte sie es am Telefon ausgehalten. Selbst auf diese Entfernung war Matts Schmerz spürbar gewesen. Sie konnte ihn auch deshalb so gut nachempfinden, weil er ihr eigenes Gefühl widerspiegelte. Es würde sehr schwer werden, sich zu verabschieden.

Helen schloss ihre Schreibtischschublade auf und holte die unveröffentlichten Unterlagen heraus. Wenn jemand die Fotos bei ihr zu Gesicht bekäme, wäre ihre Karriere im Eimer. Beim nächsten Mal würde sie anders handeln. Müsste sie anders handeln. In der mörderischen Konkurrenz des New Yorker Mediendschungels müsste sie so etwas veröffentlichen, ohne sich um die Folgen zu scheren. Nicht einmal ein Zögern wäre erlaubt. Sie saß einen Moment lang nur da und starrte auf die Mappe, dann trug sie die Blätter zum Reißwolf in einer Ecke ihres Büros. Was auch immer jetzt mit den beiden Schauspielern und ihren Familien geschah, wenigstens hatte sie ein reines Gewissen. Ihre Erinnerungen an diesen Job wären mit der Bauern-Kampagne verbunden, nicht mit der Zerstörung des Rufs von zwei Celebrities. Eines nach dem anderen steckte sie die Blätter in den Schredder und schaute auf die schmalen Streifen, die auf der anderen Seite des Geräts in den Papierkorb fielen.

Zu ihren Erinnerungen an diesen Job würden auch die an Matt gehören.

Ein Buschfeuer ist etwas Schreckliches. Es verschlingt alles, was sich ihm in den Weg stellt. Der damit verbundene Wind treibt die Flammen schneller vor sich her als ein galoppierendes Pferd. Das Feuer springt in Baumwipfel hinauf, über Menschen hinweg, dann wieder zu Boden und kann Mensch und Tier wie in einer Falle einschließen. Es saugt seinen Opfern die Luft aus den Lungen und hinterlässt nichts als Zerstörung und Schmerz.

Peter hatte schon mit eigenen Augen gesehen, was Buschfeuer anrichten können, und während er heimwärts raste, malte er sich Schreckensbilder aus, die ihn zu noch höherer Geschwindigkeit antrieben.

Von jeder kleinen Erhebung aus konnte er die schwarze Rauchwolke sehen. Sie wurde mit jeder Minute größer, bis sie praktisch den ganzen Himmel ausfüllte. Er beschleunigte sein Motorrad maximal und scherte sich nicht mehr um seine Sicherheit, getrieben von dem verzweifelten Wunsch, zu Donna und den Zwillingen zu kommen.

Je näher er dem Hof kam, desto stärker wurde der

Rauchgeruch. Er spürte schon Ascheflocken und schmerzhaft immer wieder Funken in sein Gesicht wehen. Die Koppel neben ihm war nur noch eine verkohlte, rauchende Wüste. Entweder hatte die Schotterstraße das Feuer am Vordringen gehindert, oder der Wind hatte gedreht. Im Moment bewegte das Feuer sich parallel zur Straße – und wie er auf die Farm zu. Peter fuhr mit Höchstgeschwindigkeit, um den Flammen zuvorzukommen.

Auf dem Hof blieb er abrupt stehen und sah sich panisch um. Noch war keines der Gebäude betroffen, aber es würde nicht mehr lange dauern, bis das Feuer sie erreichte.

»Donna!«, schrie er. »Chris! Sara!«

Er erhielt keine Antwort. Außer sich vor Panik wirbelte er herum und suchte nach ihnen. Dann hörte er das Geräusch des Dieselgenerators und der Wasserpumpe am anderen Ende des Hauses. Er rannte den Geräuschen nach. Die Zwillinge standen im Schutz des riesigen Wassertanks. In den Händen hielten sie den dicken Schlauch, mit dem sonst Wasser aus dem unterirdischen Reservoir in den Tank gepumpt wurde. Jetzt kam das Wasser aus dem Tank, und die Kinder richteten den Schlauch auf die Veranda und das Dach des Hauses.

»Dad!«, schrien die beiden im Chor, als sie ihn entdeckten. Sie ließen den Schlauch fallen und warfen sich in seine Arme. Peter fiel auf die Knie und hielt sie fest.

»Gott sei Dank ist euch nichts passiert«, seufzte er.

»Donna hat uns gesagt, dass wir hierbleiben und so viel Wasser aufs Haus spritzen sollen, wie wir können«, erklärte Chris. »Das Haus wird doch nicht niederbrennen, oder, Dad?«

»Ich weiß es nicht, mein Sohn«, sagte Peter. »Aber wir werden alles tun, um es zu retten. Wo ist Donna?«

»Bei dem Piloten. Sie arbeiten an der anderen Wasserstelle.«

Peter spürte eine Welle der Erleichterung.

»Dad, ich hab solche Angst!« Peter konnte die Stimme seiner Tochter kaum hören, weil sie in sein Hemd hineinmurmelte.

»Es ist in Ordnung, Angst zu haben«, sagte er mit sanfter Stimme. »Aber euch wird nichts zustoßen. Die anderen Männer kommen gleich alle, und sie werden uns helfen, das Feuer zu bekämpfen.«

Sara nickte, und Peter umarmte sie fest.

»Chris«, sagte er zu seinem Sohn. »Ich muss nach Donna sehen, aber ich möchte, dass ihr beide hierbleibt. Spritzt weiter. Und geht nicht von dem Tank weg. Hast du mich verstanden?«

Wenn die Lage gefährlicher wurde, wären sie in der Nähe des Tanks noch am ehesten in Sicherheit. Rundherum standen keine Bäume, und das spärliche Gras war kurz geschnitten. Wenn sie weiter Wasser versprühten, sollte nichts passieren.

»Ja, Dad«, sagte Chris.

»Gut. Ich verlasse mich darauf, dass du auf Sara aufpasst.«

»Mach ich.«

Es kostete Peter ungeheure Überwindung, sie zurückzulassen, aber er musste Donna finden. Der Wind frischte auf und blies Rauch über den Hof, der in seinen Augen und in seiner Lunge brannte. Er hustete und rannte zur Maschinenscheune. Dort gab es eine zweite Wasserstelle und eine Pumpe, um das Wasser heraufzuholen. Er hoffte, Donna dort zu finden.

Als er zur Pumpe kam, entdeckte er Jim, den Piloten. Er schleppte Säcke mit Sägemehl. Die hielt er unter den Strahl der Pumpe, bis sie tropfnass waren.

»Jim!«, rief Peter.

Der Pilot drehte sich um.

»Der Wind ändert seine Richtung«, keuchte er. »Wir versuchen, das Feuer am Zaun aufzuhalten.«

»Donna?«, schrie Peter gegen das Brüllen der Flammen an.

Der Pilot zeigte in eine Richtung.

Peter entdeckte ihre dunkle Silhouette vor dem Feuer. In den Händen hielt sie tropfende Säcke, mit denen sie gegen die Flammen kämpfte. Aber er sah noch etwas anderes. Ein schwarzer Koloss raste mit qualmendem Fell durch das brennende Gras. Bevor Peter auch nur den Mund öffnen konnte, durchbrach der Wildschweinkeiler den Zaun und trampelte Donna nieder.

Peter hörte sie aufschreien.

»Donna! Nein!«

Peter rannte los. Er hatte kein Gewehr bei sich. Wenn der Eber wendete und erneut auf sie zulief, war er nicht zu stoppen. Doch von Schmerz und Angst gepeinigt, stürmte das Tier davon.

Innerhalb von Sekunden waren Peter und Jim bei Donna. Ihr Hemd war bereits blutdurchtränkt. Vor Schmerz hatte sie die Augen aufgerissen, und panisch umklammerte sie Peters Arm.

Er riss ihr Hemd auf. Die Stoßzähne des Keilers hatten ihr an der Seite eine tiefe Wunde gerissen.

»Peter …« Donnas Stimme war nur ein Flüstern und neben dem Brüllen des Buschfeuers kaum hörbar.

»Alles wird gut. Ich bin da.«

Er wusste nicht, ob sie ihn gehört hatte. Langsam fielen ihre Lider zu, und sie verlor das Bewusstsein.

»Ich muss sie ins Krankenhaus bringen«, sagte Peter zu dem Piloten, während er sich sein Hemd vom Leib riss. Er presste es auf die Wunde und nahm dann noch das Hemd dazu, das Jim ihm anbot. Jim hatte jede Menge Buscherfahrung und wusste genau, was zu tun war.

»Hol die Kinder«, sagte Peter. »Sie sind beim Wassertank. Im Haus ist ein Erste-Hilfe-Kasten. Sie werden dir zeigen, wo.«

Peter hob die bewusstlose Donna hoch und rannte mit ihr auf die Maschinenscheune zu. Dort bettete er sie vorsichtig auf ein paar Getreidesäcke neben dem Geländewagen. Kurze Zeit später kam Jim mit den Zwillingen herbeigestürzt. Als die Kinder Donna sahen, wurden sie aschfahl. Sara begann zu weinen.

»Es wird alles wieder gut«, sagte Peter zu dem verängstigten Mädchen. »Wir bringen sie ins Krankenhaus. Mit dem Flugzeug. Aber zuerst muss ich die Wunde verbinden. Du und Chris, ihr steigt inzwischen schon in den Wagen.«

Peter suchte den Blick des Piloten, und Jim brachte die beiden zum Auto. Erst als sie außer Sichtweite waren, nahm Peter die blutdurchtränkten Hemden von Donnas Seite. Die Wunde blutete immer noch stark. Er kämpfte seinen Schrecken nieder und nahm eine dicke Kompresse aus dem Verbandskasten. Die legte er auf und verband alles fest. Aus einer kleinen Dose holte er noch eine Spritze und eine Ampulle. Unter normalen Umständen musste ein so starkes Schmerzmittel von einem Arzt verabreicht werden. Aber Peter hatte entschieden, dass in River Downs nicht die üblichen Regeln galten, und sich für jeden Notfall ausgerüstet. Vorsichtig schob er jetzt die Nadel unter Donnas Haut.

Für mehr blieb ihm keine Zeit. Er hob Donna in den Wagen und setzte sich hinters Steuer. Das Feuer brannte noch, aber die Straße zur Landebahn war frei. Seine kleine Cessna stand immer vollgetankt und startbereit zur Verfügung. Er hob Donna hinein und setzte sie vorsichtig in einen Sitz. Dann schnallte er die Kinder an und gab ihnen eine Wasserflasche und ein paar Tabletten.

»Wenn Donna zu sich kommt«, trug er Sara auf, »dann wird ihre Verletzung sehr wehtun. Deshalb sollst du das hier bereithalten. Wenn sie aufwacht, musst du ihr das geben. Schaffst du das?«

»Ja, Daddy«, sagte Sara mit leiser, ängstlicher Stimme.

Peter nahm sie kurz in den Arm und betete, dass Donna bewusstlos bleiben würde. Dann schnallte er sich selbst auf dem Pilotensitz an und drückte den Knopf für die Zündung. Der Propeller des kleinen Flugzeugs begann sich zu drehen. Er holte tief Luft und zwang alle Gedanken an Donna aus seinem Bewusstsein. Er musste sich jetzt ganz aufs Fliegen konzentrieren.

Nachdem die kleine Cessna das äußerste Ende der Landebahn erreicht hatte, startete er durch und zog die Maschine nach oben in die rauchgeschwängerte Luft. Er flog eine Kurve und sah, wie sich die breite Front des Buschfeuers langsam vorwärtsbewegte und alles zerstörte, was ihr im Weg war. Irgendwo dort unten kämpften die Männer vom Viehtrieb, um sein Zuhause zu retten. Er wünschte ihnen Glück und drehte die Nase des Fliegers nach Nordosten Richtung Katherine.

Dann schaltete er den Bordfunk ein.

»Bravo Tango India ruft Tindal. Ich nähere mich mit einem medizinischen Notfall an Bord. Bitte um Hilfe.«

»Bravo Tango India, hier ist Tindal. Was ist Ihre voraussichtliche Flugzeit?«

»Tindal, meine voraussichtliche Flugzeit ist eine Stunde.«

»Roger. Eine Stunde. Brauchen Sie einen Krankenwagen?«

»Bestätigt, Tindal. Ich habe eine Verletzte mit einer offenen Wunde an der Seite. Sie ist bewusstlos und verliert Blut.« Peter hatte Mühe, mit ruhiger Stimme zu sprechen.

»Roger, Tango India. Ich bin gleich wieder bei Ihnen. Tindal out.«

Peter drehte sich in seinem Sitz um und schaute zu den Zwillingen und Donna. Sie war immer noch bewusstlos, und ihr Kopf lehnte schief am Sitz. Sara saß neben ihr und hielt ihre Hand ganz fest.

»Habt ihr das gehört?«, sagte Peter. »Sie werden uns

mit einem Krankenwagen für Donna erwarten. Alles wird gut.«

Er zwang sich zu einem Lächeln und wandte sich dann wieder seinem Flugzeug zu. Mit einem Blick überflog er die Instrumente und hoffte inständig, dass er sich nicht irrte.

Donna wollte nicht aufwachen. Wenn sie aufwachte, würde sie erneut gegen die Flammen kämpfen müssen. Die waren so heiß, und die fliegenden Funken verbrannten ihre Haut. Aufwachen hätte auch bedeutet, den Schmerz zu spüren, der sie bis in den Schlaf verfolgte. Aufwachen, das hieß, wieder diesem wilden Tier mit seinen feurigen Augen und den riesigen, fleckigen Hauern zu begegnen. Sie bewegte den Kopf. Nein … nein. Sie würde nicht aufwachen.

Dann fühlte sie eine Hand an ihrer Wange, eine kühle, weiche Hand. Sie schlug die Augen auf und schaute in das lächelnde Gesicht einer jungen Aborigine.

»Jetzt sind Sie endlich wieder bei uns.« Die Frau sprach mit sanfter Stimme.

»Was? Wo?«

»Sie sind im Krankenhaus von Katherine«, sagte die Schwester. »Und Sie werden bald wieder gesund.«

»Im Krankenhaus?«

»Machen Sie sich keine Sorgen, wenn alles noch ein wenig verschwommen wirkt. Das liegt an den Schmerzmitteln.« Sie half Donna, den Kopf zu heben und einen Schluck angenehm kühles Wasser zu trinken.

»Ihre Familie hat Sie hergebracht«, sagte die Schwester. »Sie haben die ganze Nacht hier bei Ihnen gewacht.«

»Meine Familie?« Donna war verwirrt. Ihre Familie war doch daheim in England. Wovon redete dieses Mädchen?

Die Schwester deutete mit dem Kopf aufs Nachbarbett. Vorsichtig drehte Donna sich hinüber. Dort lagen Sara und Chris zusammengekuschelt und schliefen fest. Als sie sie das letzte Mal gesehen hatte, waren sie rußverschmiert gewesen, aber jetzt waren sie sauber, und jemand hatte sie in Krankenhauspyjamas gesteckt. Sie sahen wunderschön aus, wie sie so dalagen. Donnas Herz zog sich zusammen, wenn sie daran dachte, in welcher Gefahr sie geschwebt hatten. – War das erst gestern gewesen? Allein auf dem Hof, als der Blitz einschlug und das Feuer ausbrach. Peter nicht da, um zu helfen …

»Peter?« Es war nur ein Flüstern.

Da zeigte die Schwester auf einen Sessel am Fußende der zwei Betten. Peter saß dort zusammengesunken und schien ebenfalls fest zu schlafen. Er hatte sich wohl ein wenig gewaschen, aber es waren noch Spuren von Ruß auf seinem Gesicht zu sehen. Er trug ein Krankenhaushemd über der zerrissenen, schmutzigen Lederhose.

»Er war die ganze Nacht hier«, sagte sie. »Soll ich ihn wecken?«

Donna schüttelte den Kopf.

Die Schwester lächelte. »Wenn Sie irgendwas brauchen, drücken Sie einfach auf diesen Knopf.«

Donna nickte, und die Schwester verließ das Krankenzimmer.

Langsam und vor Schmerz keuchend schob Donna sich ein wenig höher. An der Seite trug sie einen dicken Verband, und an ihrer Hand war eine Infusionsnadel befestigt. Trotzdem fühlte sie sich gar nicht so schlecht, aber vielleicht lag das auch am Anblick von Peter und den Kindern.

Ihre Familie hatte die Schwester sie genannt. Wenn es doch nur so wäre!

In dem Sessel am Fußende begann Peter, sich zu rühren. Seine Augenlider flatterten, dann riss er sie auf.

»Hi«, sagte Donna.

In einer einzigen schnellen Bewegung war Peter aus dem Sessel und an ihrer Seite. »Du bist ja wach! Wie geht es dir?«

»Gar nicht so schlecht«, sagte Donna. »Das verdanke ich wohl den Medikamenten.«

»Mein Gott! Ich hab mir solche Sorgen um dich gemacht.«

»Ich kann mich nicht an viel erinnern«, sagte Donna. »Nur an das Feuer, und dass der Hubschrauber kam, und der Pilot ...«

»Jim.«

»Ja, Jim. Er hat geholfen, die Flammen aufzuhalten. Dann kam etwas aus dem Busch. Es rannte auf mich zu ...«

»Das war ein Wildschweineber.« Peter setzte sich auf die Bettkante. »Der war auf der Flucht vor dem Feuer. Er hat dich niedergetrampelt und deine Seite mit seinem Hauer aufgeschlitzt. Der Arzt sagt, du hast auch eine gebrochene Rippe.«

Donna zuckte bei der Erinnerung an den Schmerz zusammen. »Da haben wir's wieder«, sagte sie in bitterem Ton. »Immer zur falschen Zeit am falschen Ort.«

»Nein. Nicht immer«, sagte Peter. Er holte tief Luft, bevor er weitersprach. »Im Flugzeug ... auf dem Flug hierher, als du bewusstlos warst. Dann als ich letzte Nacht hier saß. Da hatte ich eine Menge Zeit zum Nachdenken.«

Donna sagte nichts.

»Meine Frau ... Karen ... sie ist fort. Nur meine Schuld ist geblieben. Es war meine Schuld, dass sie starb.«

»Nein ...«

»Nicht direkt. Sie stürzte von einem Pferd und schlug gegen einen Baum. Dabei brach sie sich den Rücken und starb, bevor man ihr helfen konnte. Es war ein schrecklicher Unfall. Aber in all den Jahren seither habe ich mich schuldig gefühlt, weil ich sie nach River Downs gebracht habe.«

»Hätte sie dir denn die Schuld daran gegeben?«, fragte Donna vorsichtig.

»Nein. Keine Sekunde lang. Aber ich konnte diese

Schuld nie loswerden. Als du dann aufgetaucht bist, begann ich mich so … Also, das hat es nur noch schlimmer gemacht.«

Er nahm Donnas Hand und streichelte sie abwesend, während er weiterredete.

»Ich erinnere mich daran, wie es war, sie zu lieben. Ich schätze, tief in meinem Innern liebe ich sie immer noch. Aber wenn ich am Ende eines Tages nach Hause komme, suche ich nach dir. Ich denke an dich, wenn ich nachts wachliege. Ich liebe dich, und das macht mir Angst.«

Donna konnte kaum atmen. »Warum?«

»Was, wenn so etwas noch einmal passiert?« In seinen Worten schwang die ganze Angst des vergangenen Tages mit. »Als ich den Funkspruch wegen des Feuers bekam, und als ich sah, wie das Wildschwein dich niedertrampelte, da hatte ich solche Angst, dich auch zu verlieren. Das hätte ich nicht ertragen.«

»Du wirst mich nicht verlieren, Peter«, sagte Donna. »Als ich verletzt war, habe ich aufgeschaut, und du warst da. Da wusste ich, dass du dich um mich kümmern würdest.«

»Ich werde mich immer um dich kümmern. Das heißt, falls du mit zurückkommst. Ich würde verstehen, wenn das, was passiert ist, für dich –«

Donna legte einen Finger an seine Lippen, um ihn zum Schweigen zu bringen.

»Du kannst ja versuchen, mich loszuwerden«, sagte sie scherzhaft. »Aber ich möchte nie mehr irgendwo anders hin.«

Peter nahm sie in seine Arme und küsste sie. Ohne auf den Schmerz zu achten, schlang sie die Arme um seinen Hals und erwiderte den Kuss. Als sie sich losließen, sank sie zurück in die Kissen und zuckte dabei zusammen.

»Brauchst du den Arzt?«, fragte Peter ängstlich. »Vielleicht noch mehr Schmerzmittel?«

»Ja, ich denke, ich brauche noch ein paar Drogen.« Donna lächelte kläglich.

»Ich hol dir einen Arzt.« Peter erhob sich.

»Warte noch einen Augenblick. Lass uns erst die Kinder wecken und ihnen sagen, dass alles in Ordnung ist.«

»Das kann auch noch einen Augenblick warten«, sagte Peter und küsste sie wieder.

Leigh hatte einen Wahnsinnskater. Sie lag im Bett und traute sich nicht, die Augen aufzuschlagen. Wenn man sich so fühlte, nachdem man ihren Wein getrunken hatte, sollte sie ihr Weingut wohl am besten sofort schließen. Niemand würde etwas trinken wollen, nach dem man sich derart schlecht fühlte wie sie momentan.

Sie hob die Hand, um sich die Haare aus den Augen zu streichen.

»Autsch!«

Das war gar kein Kater. Vorsichtig fuhr sie sich mit den Fingerspitzen über die Stirn und entdeckte dort eine Beule mit den gefühlten Ausmaßen des Opernhauses von Sydney.

Langsam machte sie die Augen auf. Die Wände und die Zimmerdecke sahen irgendwie fremd aus, aber ihr größtes Problem bestand darin, sich aufzusetzen, ohne dass ihr Kopf zersprang. Das dauerte ein paar schier endlose Minuten, und als der Raum schließlich aufhörte, sich zu drehen, war ihr klar, dass ihr diese Umgebung tatsächlich fremd war. Sie hatte keine Ahnung, wo sie sich befand.

Sie entdeckte die Tür zu einem Badezimmer und widmete sich erst einmal der Herausforderung, ihre Beine dazu zu bringen, sie dorthin zu tragen. Das Bad war ihr ebenso unbekannt wie das Schlafzimmer, aber darum konnte sie sich jetzt nicht kümmern. Sie spritzte sich etwas kaltes Wasser ins Gesicht und trank auch einige Schlucke. Dann musterte sie ihre Stirn. Die Beule war nicht ganz so groß wie die Oper, dafür schillerte sie bereits in den seltsamsten Lila- und Blautönen.

Sie trank noch ein wenig Wasser und kehrte danach ins Schlafzimmer zurück. Sie musste versuchen, herauszufinden, was gestern Abend passiert war.

Sie erinnerte sich noch daran, eine Flasche Wein geöffnet zu haben, um dem Maler ein Glas anzubieten. Sie erinnerte sich daran, eines der kristallverzierten Gläser benutzt zu haben. Sie meinte, sich auch an die leere Flasche zu erinnern, aber danach … Es würde vermutlich helfen, wenn sie wüsste, wo sie sich befand. Weil sie sich weder gut noch mutig genug fühlte, um die Sicherheit dieses Schlafzimmers zu verlassen, trat sie nur ans Fenster und schob die Vorhänge auseinander.

»O nein!«

Sie erkannte die Gebäude jenseits des perfekt getrimmten Rasens. Simon Bradfords Weingut lag genau vor dem Fenster … Sie war in Simons Haus! Sie musterte das Zimmer genauer. Auf dem Bett lagen keine Kissen. Hinter der Tür hing ein schlichter blauer Bademantel. Sie begab sich erneut ins Bad – keine Spur von Make-up oder Parfum oder sonstigen Frauensachen. Das war das Zimmer eines Mannes. Das war Simons Zimmer. Sie hatte die Nacht offenbar in Simon Bradfords Bett zugebracht!

Leigh vergrub den Kopf in den Händen und zuckte unwillkürlich zusammen, als sie ihre Beule berührte. Sie musste herausfinden, was passiert war. Sie unterzog sich einem Kontrollblick: Bis auf die Schuhe, die ordentlich vor dem Bett standen, war sie vollständig angezogen. Das war ja zumindest ein gutes Zeichen. Vielleicht würde alles zurückkommen, wenn sie ein paar Minuten still sitzen blieb.

Gestern Nachmittag hatte sie, nachdem der Maler gegangen war, den restlichen Wein getrunken. Dann … dann hatte sie beschlossen, irgendwohin zu fahren. Offenbar hierher. Sie musste betrunken gewesen sein. War sie auf die Hauptstraße gefahren? Das sah ihr nicht ähnlich.

Und plötzlich war alles wieder präsent. Ihre Fahrt durch den Weingarten. Dass sie gegen den Pfosten geknallt war. Damit konnte sie sich zumindest die Beule erklären sowie die Kopfschmerzen, die ihr fast den Schädel zu spalten drohten. Sie konnte sich auch noch vage erinnern, dass Simon sie zu seinem Haus geführt hatte, aber danach war Schluss.

Jede schnelle Bewegung vermeidend, trat Leigh noch einmal ans Fenster. Das Weingut schien verwaist. Simons Arbeitskräfte mochten noch nicht da sein, konnten aber jeden Moment auftauchen. Sie musste zusehen, dass sie hier wegkam. Also schlüpfte sie in ihre Schuhe und schlich zur Tür. Sie öffnete sie einen Spalt und horchte. Im Haus war nichts zu hören. Wo Simon wohl die Nacht verbracht hatte? Wenn sie Glück hatte, schlief er noch. Auf Zehenspitzen ging sie zur Haustür, öffnete sie geräuschlos und schlüpfte hinaus.

Sie schauderte in der kühlen Morgenluft, aber das konnte auch an ihrem Kater liegen. Vor Schreck wäre sie fast gestolpert, als sie ihren Geländewagen erblickte. Er war gegen einen ihrer eigenen massiven Zaunpfähle gekracht. Ein Scheinwerfer war zersplittert, Stoßstange und Kühlergrill waren eingedrückt. Die Fahrertür stand offen.

Leigh ließ sich ins Gras neben dem Weg fallen. Eigentlich war es momentan egal, wie stark das Auto beschädigt war, sie würde es ohnehin nicht nach Hause fahren können. Ihr Kopf schmerzte, und sie wäre nicht so dumm, in ihrem Zustand zu fahren. Heute Morgen war sie klug genug dafür. Im Gegensatz zum gestrigen Abend…

Langsam tauchten weitere Erinnerungen an den vergangenen Abend auf. Sie erinnerte sich, von Jack Thorne gesprochen zu haben, auch wenn sie nicht mehr wusste, was sie über ihren Exverlobten gesagt hatte. Sie konnte sich auch vage an Simons Umarmung erinnern. Oder nein. Das stimmte nicht. Simon hatte sie getragen. Und sie hatte …

»Guten Morgen. Du bist früher auf, als ich gedacht hätte.« Simon ließ sich neben ihr im Gras nieder.

Leigh schrie fast auf. Sie hatte ihn nicht kommen gehört, und jetzt hatte sie keine Chance mehr, sich fortzustehlen, ohne ihm zu begegnen.

»Du siehst aus, als könntest du das hier brauchen.« Er zauberte einen Becher mit dampfendem Kaffee hervor.

»Danke.« Leigh klammerte sich an den Becher wie ein Ertrinkender an einen Rettungsring. Sie nahm mehrere Schlucke von der starken, schwarzen Flüssigkeit. Das half ein wenig, aber es machte die bevorstehenden Minuten trotzdem nicht leichter.

»Ich wollte ihn dir ins Schlafzimmer bringen, aber dann stellte ich fest, dass du schon an die frische Luft gegangen warst.« Simon nippte an seinem eigenen Kaffee und schien Leighs Anspannung gar nicht zu bemerken. »Wie fühlst du dich?«

»Mir ging's schon mal besser«, erwiderte Leigh.

»An wie viel von gestern kannst du dich noch erinnern?«

»Genug.« Sie wollte die Peinlichkeiten des gestrigen Tages wirklich nicht noch einmal durchleben. Ihm machte es wohl Spaß zuzusehen, wie sie sich wand.

»Ich frage nur, um rauszukriegen, ob du eine Gehirnerschütterung hast«, erklärte er ihr freundlich. »Der Arzt meinte, wenn du dich nicht an gestern erinnern könntest, sollte ich dich zum Durchchecken ins Krankenhaus bringen.«

»Ach so«, Leigh überlegte einen Moment lang. »Ich erinnere mich, ins Auto gestiegen zu sein. Und auch an den Unfall. Ich weiß, dass du mich ins Haus gebracht und mir einen Eisbeutel gegeben hast.« Das war ihr gerade wieder eingefallen.

»Prima. Weißt du auch noch, was du mir erzählt hast?«

Bekümmert stellte Leigh fest, dass dem durchaus so war.

Simon drehte sich zu ihr und schaute ihr ins Gesicht. »Ich sehe, dass du das tust. Und ich möchte, dass du mir das noch mal sagst.«

Das kam für Leigh keinesfalls in Frage.

»Hör zu«, sagte sie schroff. »Ich danke dir für deine Fürsorge. Ich kann mich an alles erinnern. Also habe ich offenbar keine Gehirnerschütterung. Du kannst dem Arzt also mitteilen, dass er sich keine Sorgen um mich machen muss.«

»Mir geht es hier nicht um den Arzt, sondern um mich. Ich möchte, dass du wiederholst, was du gestern zu mir gesagt hast. Jetzt bist du nüchtern, also ergibt es diesmal vielleicht mehr Sinn.«

»Da gibt es nichts zu sagen. Das ist eine alte Geschichte, und du kennst sie ohnehin.«

»Erzähl sie mir trotzdem.«

Leigh war zu müde, und ihr Kopf schmerzte zu sehr, um sich auf einen Streit einzulassen. Offenbar war sie ja am vergangenen Abend hierhergefahren, um genau dieses Gespräch zu führen. Dann würde sie es also jetzt tun. Der Morgen konnte ohnehin kaum schlimmer werden.

»Vor drei Jahren«, begann sie sachlich, »nicht lange, nachdem wir das Weingut gekauft hatten, haben Jack und ich im Lotto gewonnen. Keine Millionen, aber doch eine ganze Menge. Jedenfalls genug, um unsere Pläne umzusetzen und dann noch ein wenig für die Zukunft beiseitezulegen. Für unsere Zukunft. Das war ein Witz.«

Es fühlte sich an, als würde sie ein Stück glühender Kohle fallen lassen, das ihr seit Jahren die Hände verbrannte.

»Du hattest eine Party gegeben, ich weiß nicht mehr, warum. Ich war erkältet, deshalb ging Jack allein. Als er heimkam…« Ihre Stimme brach. Der Schmerz war verflogen, aber nicht die Erinnerung daran. »Als er heimkam, wusste ich, dass er mit einer anderen Frau zusammen gewesen war.«

»Und er hat dir erzählt…«, warf Simon ein, als sie nicht weitersprach.

»Er hat mir erzählt, du hättest eine Stripperin engagiert. Eine Prostituierte. Er sagte, du hättest sie ihm überlassen. Als Geschenk.«

»Und das hast du ihm geglaubt?«

»Natürlich habe ich ihm geglaubt. Ich war mit ihm verlobt. Ich musste ihm doch glauben…«

»Wolltest du die Trennung?«

»Er sagte, sie habe ihm nichts bedeutet – aber für mich hat das, was er getan hat, alles bedeutet. Ich konnte ihm nicht mehr vertrauen. Nachdem er es einmal gemacht hatte, würde er es vielleicht wieder tun. Und auch wenn ich ihn nicht rausgeworfen hätte, wäre er wahrscheinlich sowieso gegangen. Der Lottoschein war auf seinen Namen ausgefüllt. Er hat das ganze Geld genommen und ist abgehauen. Ich konnte das Weingut und alle Schulden behalten.«

Leigh stellte den leeren Kaffeebecher auf den Boden und schaute auf. Um Simons Lippen spielte ein leises Lächeln.

»Deshalb wollte ich gestern Abend zu dir«, sagte sie zögernd. »Um mich bei dem verdammten Simon Bradford dafür zu bedanken, dass er mein Leben ruiniert hat.«

Simon begann zu lachen. Er wusste, dass das nicht richtig war, aber er konnte nicht anders. Jetzt verstand er endlich alles. Er verstand Leigh, und, was noch viel wichtiger war, er verstand sich selbst. Nun musste er nur noch dafür sorgen, dass auch Leigh verstand.

Leigh gefiel sein Gelächter nicht. Sie machte Anstalten

aufzustehen, zuckte aber vor Schmerz zusammen. Er nahm ihre Hand und zog sie sanft wieder neben sich ins Gras.

»Tut mir leid, Leigh. Ich lache nicht über dich. Ich lache über uns. Die ganze Zeit über …«

Sie war verwirrt. Er konnte es in ihren Augen erkennen. Er zwang sich zu einem ruhigen Ton.

»Das war keine Stripperin. Das war meine Freundin. Fast meine Verlobte.«

»Was?«

»Sie war meine Freundin. Auf der Party an jenem Abend wollte ich um ihre Hand anhalten. Ich hatte den Ring schon besorgt.«

Simon spürte nichts als Erleichterung. Es war höchste Zeit, dass Leigh endlich die Wahrheit erfuhr. Jetzt wollte sie auch nicht mehr aufstehen, aber er hielt ihre Hand trotzdem fest, einfach so, weil es sich wunderbar anfühlte.

»Ich ging sie suchen und fand sie bei Jack.« Die näheren Umstände würde er ihr nicht schildern. Sie hatten sich auf den Rücksitz eines Autos zurückgezogen und waren derart miteinander beschäftigt, dass sie ihn nicht einmal bemerkten.

»Ich schätze mal, es war wegen des Geldes«, fügte er noch hinzu. »Er hatte den ganzen Abend damit angegeben.«

Er sah den Zorn in Leighs Augen aufblitzen, aber er galt nicht ihm. »Dann haben die beiden in jener Nacht sowohl dich als auch mich betrogen.«

Simon nickte.

»Die ganze Zeit über«, sagte Leigh zögernd, »habe ich dir die Schuld gegeben. Dabei hätte ich es wissen können. Du bist nicht so einer. Jack schon. Er war ein Scheißkerl. Ich hatte es bis dahin bloß noch nicht bemerkt.«

»Keine Ahnung«, sagte Simon. »Manchmal denke ich, er hat uns damit beiden einen Gefallen getan.«

Ein paar Minuten lang saßen sie schweigend nebeneinander, und jeder hing seinen Gedanken nach. Simon hielt immer noch ihre Hand und freute sich, dass Leigh sie nicht wegzog.

»Das mit Ian Rudd tut mir leid«, sagte er nach einiger Zeit. »Ich dachte einfach … Also, damals erschien es mir als gute Idee. Ich wollte dir damit bestimmt nicht wehtun.«

»Ich weiß, dass du das nicht wolltest«, sagte Leigh. »Ist jetzt auch egal. In gewisser Weise hat es mir ja sogar geholfen. Zumindest bin ich so endlich über das hinweggekommen, was in jener Nacht passiert ist.«

»Dann geht's uns jetzt beiden einigermaßen gut?«, fragte Simon.

Leigh lächelte. Simon sah, wie sich ihre Mundwinkel hoben und sich rund um ihre hübschen Augen Lachfältchen bildeten.

»Ja«, sagte sie. »Ich denke, es geht uns einigermaßen.«

Er holte tief Luft. Er hatte schon einmal Zukunftspläne geschmiedet. Jenen Abend damals hatte er bis ins kleinste Detail geplant. Aber es hatte nicht funktioniert. An diesem Morgen war gar nichts geplant gewesen, aber vielleicht …

»Und wie stehen wohl die Chancen, dass es uns noch ein wenig besser geht?«

Leigh schaute ihm ins Gesicht und hielt seinen Blick sehr, sehr lange fest.

»Inwiefern besser?«

»Gestern Abend, da hast du mich geküsst.«

»Das habe ich.« Sie formulierte das nicht als Frage.

»Du erinnerst dich also?«, fragte er grinsend.

»Nicht wirklich«, neckte sie ihn. »Wie war es denn?«

»Es war … nett.«

»Nett!« Sie warf ihm einen entgeisterten Blick zu. »Nett?«

»Nun ja, zu deiner Verteidigung könnte man anführen, dass du betrunken warst. Und eine Beule hattest. Unter solchen Umständen ist ›nett‹ ja schon ganz gut.«

»Ich vermute, dass ich es nicht noch mal versuchen könnte, oder?«, fragte sie.

Simon lächelte. Was für ein herrlicher Tag.

»Wenn du möchtest«, sagte er.

Es war mehr als nett.

»Wie soll ich fahren, Kumpel?«, fragte der Taxifahrer. »Brücke oder Tunnel?«

»Äh, über die Brücke, bitte«, erwiderte Greg.

»Dann also die Brücke.«

Greg schaute aus dem Fenster und sah die Stadt an sich vorbeiziehen. Er konnte die Wolkenkratzer der Stadtmitte erkennen, und irgendwo vor ihm musste der Hafen liegen. Den hatte er schon vom Flugzeug aus entdeckt, und er war viel größer und blauer gewesen als erwartet. Eigentlich war alles an Sydney größer und aufregender, als er erwartet hatte. Es gefiel ihm schon jetzt.

»Das erste Mal da, was, Kumpel?«

»Wie bitte?« Greg richtete seine Aufmerksamkeit wieder auf den Taxifahrer.

»Zum ersten Mal in Sydney?«

»Ja. Das merkt man wohl.«

»Ein bisschen schon.« Der Fahrer gluckste wohlwollend. »Und wie lange hast du vor zu bleiben?«

Greg wünschte, er hätte eine Antwort darauf. Er war entweder für einen einzigen Tag oder für immer hier. Er wusste es noch nicht. Es hing stark davon ab, was am Ende dieser Taxifahrt passieren würde.

Die Auseinandersetzung mit seinem Vater hatte ihn dazu gebracht, eine Entscheidung zu fällen. Er würde keine einzige Ernte mehr machen. Keinen Tag länger als nötig auf der Farm zubringen. Die Zukunft gehörte ihm, er musste sie nur annehmen. Doch als er jetzt über die Tragweite seiner Entscheidungen nachdachte, fragte er sich plötzlich, ob er dafür die nötige Kraft aufbringen würde.

Welche Chancen besaß er, sich in dieser Stadt über Wasser zu halten, wo schon ein Taxifahrer ihn als Landei entlarvte?

Er holte sein Silberamulett aus der Hosentasche. Seine Finger fuhren die vertrauten Konturen nach, und sogleich hörten seine Hände auf, vor Anspannung zu zittern. Was auch kommen mochte, mit der Zuckerrohrfarm hatte er abgeschlossen. Er würde ein neues Leben beginnen.

Das Taxi hatte die Vorstadt durchquert und näherte sich der Brücke. Greg spürte, wie sein Herz leicht wurde, als der Wagen zwischen den großen Pfeilern hindurchfuhr. Es war ihm egal, wie provinziell er wirkte. Er reckte den Hals, um einen Blick auf den großen stählernen Bogen zu werfen, der sich über ihm spannte. Es war ein phänomenaler Anblick.

Die Fahrt über die Brücke war viel zu schnell vorbei. Greg hatte gelesen, dass man sie auch zu Fuß überqueren konnte. Das würde er eines Tages machen, aber nicht heute. Heute hatte er Wichtigeres zu erledigen.

Vor einem kleinen Backsteingebäude in einer schmalen, von Bäumen gesäumten Straße hielt das Taxi schließlich. Greg zahlte, stieg aus und trat vor das Haus. Ein Sicherheitsgitter verschloss den Haupteingang. Doch neben der Klingel verriet ihm ein kleines Messingschild, dass er an der richtigen Adresse war. Er drückte die Klingel.

»Ja bitte?«

»Greg Anderson. Ich habe einen Termin bei …« Er hielt inne. Ihm wurde klar, dass er gar nicht wusste, wie man den Namen richtig aussprach.

»Kommen Sie rein.«

Das Gitter und die Glastür dahinter ließen sich öffnen. Greg betrat einen ansprechenden Empfangsraum, während aus einer anderen Tür ein kleiner, asiatisch aussehender Mann kam.

»Greg. Wie schön, Sie kennenzulernen. Ich bin Chatri.«

Greg schüttelte seine Hand. »Danke, dass Sie sich Zeit für mich nehmen.«

»Keine Ursache. Eine Empfehlung von Molly nehme ich immer ernst. Außerdem haben mir die Bilder gefallen, die Sie geschickt haben.«

Greg murmelte ein weiteres Dankeschön und versuchte, jetzt nicht an Molly zu denken. Das war jedoch so, als sollte er versuchen, nicht zu atmen. Seit er aus dem Haus getreten war, waren seine Gedanken fast ununterbrochen bei ihr gewesen. Allein die Vorstellung, dass sie sich in derselben Stadt befand, machte ihn fast verrückt. Er sehnte sich verzweifelt nach ihr, aber jetzt konnte er sie noch nicht anrufen. Er musste erst seine eigenen Antworten haben, bevor er das Recht hatte, ihr irgendwelche Fragen zu stellen.

»So.« Chatri riss ihn aus seinen Gedanken. »Dann kommen Sie erst einmal mit in die Werkstatt. Ich bin gespannt, was Sie mir mitgebracht haben.«

Greg griff nach dem Rucksack, den er auf dem ganzen Weg von Queensland hierher sorgsam gehütet hatte. Darin waren Muster seiner Arbeit, unter anderem die Flügelbrosche, bei deren Herstellung Molly zugesehen hatte. Jetzt war sie fertig, und er hielt sie für sein bislang bestes Stück. Außerdem hatte er einige Ringe und andere Sachen mitgebracht, die Chatri hoffentlich von seinem Talent überzeugen konnten. Er wünschte allerdings, er hätte sie ihm in Samtschachteln präsentieren können, statt in T-Shirts und Socken gewickelt.

Chatri führte ihn in einen hellen, luftigen Arbeitsraum, der mit allen Werkzeugen eines Silberschmieds perfekt ausgerüstet schien. Auf einmal wurde Greg klar, dass es Chatri nicht kümmern würde, worin er seine Schmuckstücke eingepackt hatte.

Als Greg eine Stunde später wieder durch das Sicherheitsgitter nach draußen trat, war sein Rucksack ein ganzes Stück leichter. All sein Schmuck lag jetzt wohlverschlossen im Tresor von Chatris Werkstatt. Seine Objekte hatten dem Mann gefallen, und er hatte sofort angeboten, sie in seiner exklusiven Boutique auszustellen und für ihn zu verkaufen. Und als ob das nicht schon genügen würde, hatte er ihm außerdem einen Job angeboten. Die Details waren noch zu klären, aber sobald Greg dauerhaft nach Sydney käme, würde er ihn bei sich erwarten. Das war eine Chance, von der Greg kaum zu träumen gewagt hätte. Er würde nie mehr auch nur ein einziges Zuckerrohr ernten oder pflanzen.

Jetzt konnte er mit Molly reden.

In ihrer E-Mail hatten ihre Privat- und ihre Handynummer gestanden. Er versuchte es mobil, aber eine automatische Ansage teilte ihm mit, das Telefon sei entweder ausgeschaltet oder gerade nicht erreichbar. Zu Hause erreichte er nur ihren Anrufbeantworter. Er musste lächeln, als er ihre Stimme hörte, aber er hinterließ keine Nachricht. Im Telefonbuch konnte er nachlesen, dass sie in einem Wohnblock im nahen Waverton lebte. Mit dem Taxi dauerte es nur ein paar Minuten bis dorthin. Am Klingelschild für die Wohnung im obersten Stock stand ihr Name. Es machte niemand auf, aber damit hatte er auch nicht gerechnet. Er würde warten.

Zunächst ging Greg die Straße hinunter, um sich einen Kaffee und ein Sandwich zu besorgen. Als er zurückkam, verließ gerade jemand das Gebäude. Mit einem unschuldigen Lächeln schlüpfte er durch die offene Haustür und nahm den Aufzug in den letzten Stock. Dort ließ er sich auf dem Teppichboden nieder und nahm den Deckel von seinem Kaffeebecher. Es war später Nachmittag. Irgendwann würde Molly nach Hause kommen. Wenn sie mit ihrer Arbeit fertig war. Er würde hier auf sie warten.

Molly hasste Nachtflüge. Ihre verspätete Maschine war um ein Uhr früh Ortszeit in Perth gestartet und landete um sieben Uhr morgens Sydney-Zeit am Flughafen Kingsford Smith. Sie hatte während des Flugs kaum geschlafen und war dementsprechend müde und gereizt. Selbst zu dieser frühen Stunde herrschte dichter Verkehr. Als ihr Taxi in den Hafentunnel einfuhr, wünschte sie sich nichts anderes, als endlich nach Hause zu kommen, zu duschen und ein paar Stunden zu schlafen. Am Abend hatte sie einen Termin, ein Shooting vor dem Opernhaus, dafür wollte sie in Form sein.

Sie bezahlte das Taxi und schnappte sich ihren kleinen Koffer. Als sie sich zu ihrer Haustür umdrehte, erstarrte sie. Auf einem Mauervorsprung saß in der Morgensonne ein leicht derangierter Mann mit einem Kaffeebecher in der einen und einem Croissant in der anderen Hand.

»Greg?«

Er schaute auf, und sein hübsches Gesicht erstrahlte in einem Lächeln, das ihr fast das Herz brach.

»Molly!« Greg sprang auf und war in zwei Sätzen die Treppe heruntergesprungen. Einen Moment lang sah es so aus, als wolle er sie umarmen, aber dann blieb er stehen und grinste sie nur an.

»Was machst du hier?«, fragte Molly.

»Auf dich warten«, sagte er. »Ich dachte schon, ich würde dich verpassen.«

»Mich verpassen?« Molly war leicht verwirrt. »Seit wann bist du in Sydney? Und wie lange bleibst du? Was –«

Bevor sie weiterfragen konnte, wurde sie vom Hupen eines Autos unterbrochen.

Greg winkte dem Taxi, das gleich neben ihnen stehengeblieben war.

»Molly, das ist mein Taxi. Ich muss mein Flugzeug kriegen. Bitte, begleite mich zum Flughafen.«

»Zum Flughafen? Von dort komme ich gerade.« Molly war jetzt vollends durcheinander. »Was hast du denn vor, Greg?«

»Ich warte seit gestern auf dich. Und jetzt muss ich zurück nach Townsville, aber vorher müssen wir uns noch unterhalten.« Er nahm ihre Hände in seine. »Bitte, komm mit zum Flughafen.«

Molly musterte seine zerdrückten Klamotten und sein unrasiertes Gesicht. »Hast du die Nacht hier verbracht?«

»Nun ja, nicht hier draußen auf der Treppe. Ich bin reingekommen und habe mich auf den Teppich vor deiner Wohnung gelegt.«

»Was? Da hattest du ja Glück, dass dich niemand gesehen und die Polizei gerufen hat.«

»Ja, vermutlich. Daran habe ich gar nicht gedacht.« Das Taxi hupte erneut. »Bitte, Molly, komm mit.«

Seine dunklen Augen flehten sie an, und Molly gab nach. Nachdem er die Nacht vor ihrer Tür verbracht hatte, war das wohl das Mindeste, was sie jetzt für ihn tun konnte.

»Na gut. Gib mir nur zwei Minuten. Ich will mein Gepäck nicht wieder mit zurück zum Flughafen schleppen.« Sie suchte nach ihrem Schlüssel.

»Ich lasse das Taxi so lange warten«, sagte Greg mit einem nun noch strahlenderen Lächeln.

Molly stürmte in ihre Wohnung, ließ Koffer und Fototasche fallen und war nur eine Minute später wieder vor der Tür.

Der Taxifahrer schien über die Verzögerung verärgert. Während Greg aussah, als würde er nie wieder zu lächeln aufhören. Sie stiegen beide hinten ein, und das Taxi fädelte sich in den Verkehr ein.

»Also«, sagte Molly, »jetzt erzähl mir doch mal, was los ist.«

»Es ist so schön, dich zu sehen, Molly. Du siehst wunderschön aus.«

Sie wusste, dass sie nicht wunderschön aussah. Ihre Augenlider waren vom Schlafmangel geschwollen, und sie hatte sich seit mehr als 24 Stunden nicht gewaschen. Ihre

Sachen waren völlig zerknittert. Doch als sie in Gregs Augen sah, verstand sie, warum sie aus seiner Sicht wunderschön war. So wie auch er ihr vorkam, mit seinen unrasierten Wangen und den zerdrückten Klamotten. Sie wollte ihn küssen. Und fast hätte sie es getan. Aber zuerst musste sie wissen, was hier vor sich ging.

»Ich freue mich auch, dich zu sehen«, sagte sie sanft. »Aber bitte erzähl mir, was passiert ist.«

»Da gibt es so viel zu erzählen«, sagte Jack. »Jasi ist zurück nach Melbourne geflogen.«

»Ich weiß«, erwiderte Molly. »Die Leute von *Australian Life* haben mir mitgeteilt, dass sie die Fotos nicht brauchen.«

Greg sah bestürzt aus. »Daran habe ich noch gar nicht gedacht. Hast du jetzt wegen mir weniger verdient? Das tut mir leid. Ich werde es dir ersetzen.«

»Nein. Das ist schon in Ordnung«, versicherte Molly ihm. »Den Zeitaufwand haben sie ja trotzdem bezahlt.« Geld war jetzt wirklich ihre geringste Sorge. »Und wie hat Jasi es aufgenommen?«

»Ich denke, insgeheim war sie sogar erleichtert. Letztlich war es eben doch nicht das ländliche Idyll, das sie sich vorgestellt hatte. Ich glaube, sie war richtig froh, wieder nach Hause zu kommen.«

»Ich bin froh, dass es sie nicht zu hart getroffen hat. Schließlich ist sie ein liebes Mädchen.«

»Vielleicht hätte ich gekränkt sein sollen, weil sie nicht bei mir bleiben wollte.« Greg grinste ironisch. »Aber ich war froh, dass sie wieder ging. Auch wenn es danach sehr einsam war. Dann habe ich deine E-Mail mit dem Vorschlag, Chatri zu kontaktieren, bekommen, und das habe ich gemacht.«

»Chatri hat mir davon erzählt. Bist du deshalb nach Sydney gekommen?«, fragte sie.

»Das war ein Grund.« Er strahlte sie an. »Ich habe ihn

gestern getroffen. Er ist toll, Molly. Meine Sachen haben ihm gefallen und …« Er machte eine theatralische Pause.

»Und was?«, rief sie ungeduldig.

»Er hat mir einen Job in seiner Werkstatt angeboten.«

Sie hatte die Worte kaum vernommen, als das Taxi auch schon vor dem Terminal hielt. Molly schaute hinaus. Hier war sie doch gerade erst angekommen. Langsam stieg sie aus und begleitete Greg zum Check-in-Schalter. Sie sah zu, wie er die Formalitäten erledigte. Er wirkte jetzt ganz anders als der Greg, der sie vor ein paar Wochen am Flughafen von Townsville verabschiedet hatte. Er strahlte Energie und Selbstvertrauen aus, sein Enthusiasmus war unübersehbar. Er redete immer noch von der Zusammenarbeit mit Chatri, als sie schon zum Boarding Gate unterwegs waren. Dort angekommen, zog Molly ihn auf einen Stuhl.

»Greg, das sind lauter großartige Neuigkeiten, aber was ist mit deinem Vater? Du hast mir doch gesagt, du könntest die Farm nicht verlassen. Ihn nicht verlassen. Was hat sich daran geändert?«

Sie sah, wie ein Schatten über sein Gesicht fiel.

»Er hat mich belogen, Molly. All die Jahre. Er hat mir über den Tod meiner Mutter nicht die Wahrheit gesagt.«

Sie griff nach seiner Hand. Er umfasste ihre Finger fest, und sie spürte, dass – was auch immer zwischen ihm und seinem Vater vorgefallen war – der Bruch endgültig war.

»Sie wollte ihn verlassen«, sagte Greg. »Und sie wollte mich mitnehmen. Dann ist der Unfall passiert.«

»Ach, Greg. Das tut mir so leid.«

»Molly«, er drehte sich zu ihr um, und sie konnte die Verletzung deutlich in seinen Augen lesen, »manchmal wünschte er sich, ich wäre mit ihr gestorben.«

Statt etwas zu sagen, nahm Molly Greg einfach in die Arme. Er vergrub sein Gesicht in ihrem Haar, und so hielt sie ihn fest.

Der Boarding-Aufruf ließ Greg aufschauen.

»Ich muss los«, sagte er.

»Warum fliegst du zurück?« Diese Frage musste sie einfach stellen.

»Er ist mein Vater«, erwiderte er mit nüchterner Stimme. »Ich muss mich darum kümmern, dass er versorgt ist. Außerdem werde ich einen Pächter für die Farm suchen. Dann komme ich hierher zurück – um mein eigenes Leben zu leben.«

Der zweite Boarding-Aufruf ertönte. Neben ihnen stand bereits eine Schlange von wartenden Passagieren. Molly wusste nicht, was sie sagen sollte. Sie stellte sich einfach auf die Zehenspitzen und küsste ihn sanft. Er drehte sich um, doch dann zögerte er. Nachdem er nochmals nach ihrer Hand gegriffen hatte, legte er etwas hinein.

»Pass für mich darauf auf. Bis ich wiederkomme.« Er lächelte wieder dieses unvergleichliche Lächeln, das ihr Herz wie wild schlagen ließ.

Während er fortging, schaute Molly auf den silbernen Glücksbringer in ihrer Hand. Er war von seiner Berührung noch warm. Sie schloss ihre Finger darum und drückte ihn an ihre Brust, während Greg hinter der Glastür verschwand.

Der Blick von ihrer Wohnung war wirklich wunderschön. Helen stand einfach nur da und atmete die frische Herbstluft. Doch dann fragte sie sich, ob sie die Aussicht wohl nur deshalb neu zu schätzen wusste, weil sie sie bald nicht mehr haben würde. Ihr Appartement in New York würde vielleicht einen ebenso spektakulären, aber ganz anderen Blick zu bieten haben. Im Big Apple schaute man sicher auf Wolkenkratzer aus Beton und Glas. Und anstelle der in den Immobilienanzeigen für Sydney oft gepriesenen Hafenaussicht würde man ihr vielleicht einen Blick auf den Central Park oder auf den Hudson River anbieten.

*And he sees the vision splendid of the sunlit plains extended,*
*And at night the wondrous glory of the everlasting stars.*

Dieses dumme Gedicht ging Helen einfach nicht aus dem Kopf. Vielleicht lag das an Matt. Ihn zurückzulassen, würde noch schwerer werden, als sie sich vorgestellt hatte. Er würde wie Clancy in ihrem Gedächtnis bleiben, während sie einen anderen Weg einschlug. Wie hatte Banjo Paterson das Stadtleben doch gleich beschrieben? Sie versuchte, sich zu erinnern.

*And the hurrying people daunt me, and their pallid faces haunt me*
*As they shoulder one another in their rush and nervous haste.*

Das war eine ziemlich zutreffende Beschreibung, und Paterson hatte sie immerhin im Sydney von vor hundert Jahren verfasst. Helen fragte sich, was der Dichter wohl vom heutigen New York halten würde. Wahrscheinlich würde er umso lieber mit Clancy tauschen, sein Büro hinter sich lassen und Viehtreiber werden.

Sie schüttelte den Kopf über sich selbst. Sie beschäftigte sich schon mit seltsamen Gedanken, jetzt, wo die Arbeit ihr Zeit dafür ließ. *Australian Life* lag hinter ihr, und obwohl sie sich auf die Zukunft freute, fühlte sie sich zugleich ruhelos. Es gab noch so viel zu erledigen, bevor sie nach New York gehen konnte. Sie musste ein Visum beantragen. Packen. Einen Flug buchen. Ihr neuer Arbeitgeber würde ein Hotel bezahlen, bis sie eine passende Wohnung gefunden hätte.

Es wird großartig werden, versicherte sie sich selbst. Damit geht ein Traum in Erfüllung. Matt hatte ihr doch auch geraten, ihre Träume nicht aufzugeben. Aber hielt sie jetzt an dem richtigen fest?

Ihre Rastlosigkeit wuchs. Also schnappte sie sich ihre Geldbörse und die Schlüssel. Nachdem sie ihr Appartementhaus verlassen hatte, überquerte sie die Straße. Der Zeitungsverkäufer lächelte ihr entgegen.

»Morgen«, sagte er.

»Guten Morgen.«

»Das Übliche?« Er hielt ihr eine Ausgabe von *Australian Life* hin.

»Heute nicht«, sagte sie und versuchte, nicht über sein schockiertes Gesicht zu lächeln.

Sie ließ den Blick über das Sortiment des Kiosks wandern. Es gab keine New Yorker Zeitungen, aber die hatte sie eigentlich auch nicht erwartet. Die *International Herald Tribune* würde es auch tun. Dann fiel ihr das Hochglanzfoto auf dem Cover einer Zeitschrift ins Auge. Sie nahm sie vom Ständer und hielt dem Verkäufer das Geld hin. Dessen Verwirrung nahm zu, als er entdeckte, für welchen Titel sie sich entschieden hatte.

Helen kehrte in ihre Wohnung zurück und legte ihre Einkäufe auf den Tisch. Von der Zeitschrift schauten sie eine Stute und ein Fohlen an, und die Überschrift versprach Rat bei der Aufzucht frühgeborener Pferde. Was dachte sie sich eigentlich dabei? Sie hatte ihre Entscheidung doch bereits getroffen. Sie war die richtige und einzig mögliche gewesen.

Entschlossen ging sie ins Schlafzimmer. Sie würde sich jetzt Gedanken über den Umzug machen, dann hatte sie wenigstens etwas Konkretes zu tun. Den Blick auf die Zukunft gerichtet. Mit dem Schlafzimmer würde sie anfangen. Überlegen, was mitkäme und was zurückbleiben sollte. Sie öffnete die Schiebetür ihres Einbauschranks. Das Schuhregal war gut mit klassischen Designermodellen bestückt. Aber da war auch ein Paar brauner Reitstiefel. Sie waren noch fast neu, trugen aber wie zum Beweis, dass sie schon einmal benutzt worden waren, ganz leichte Gebrauchsspuren.

Helen nahm die Stiefel in die Hand. Sie drehte sie hin und her und spürte, wie ein Gefühl, das schon in ihrem Hinterkopf gelauert hatte, plötzlich mit absoluter Gewissheit Besitz von ihr ergriff.

Sie schaute auf ihre Armbanduhr und berechnete rasch die Zeitverschiebung. Die Stiefel nahm sie mit, als sie zum Telefon ging. Und sie trug sie, als sie eine Stunde später, nur mit einem Rucksack über der Schulter und einer Zeitschrift unterm Arm, die Wohnung verließ.

Die Fahrt erschien ihr heute länger, aber das störte Helen nicht. Mit jedem zurückgelegten Kilometer war sie sich sicherer, diesmal das Richtige zu tun.

Die weiß gestrichene Öltonne am Straßenrand war der schönste Willkommensgruß, den sie je gesehen hatte. Sie bog vom Highway auf die lange, von Bäumen gesäumte Zufahrt zum Haus mit der breiten Veranda ab, auf der sie mit Matt Wein getrunken hatte. Es fühlte sich an, als käme sie nach Hause. Sie parkte ihren Wagen und ging auf die Ställe zu.

»Matt!«, rief sie.

Die einzige Antwort kam von einem der Pferde.

Er musste auf einem Ausritt sein. Da entdeckte sie ein vertrautes graues Pferd auf einer kleinen Koppel. Sie ging hin und lehnte sich an den Zaun. Cassie weidete, während ihr Fohlen nicht weit entfernt den Wassertrog inspizierte. Der kleine Kerl berührte die Wasseroberfläche mit den Nüstern und schnaubte sogleich laut. Vor den aufspritzenden Wassertropfen schreckte er zurück. Er warf den Kopf hoch und lief von dem Trog weg, zurück zu seiner Mutter. Während sein Kopf zum Trinken unter ihrem Bauch verschwand, begann sein Schweif lebhaft hin und her zu peitschen.

Helen lachte auf, als sie hinter sich Hufschläge hörte. Sie drehte sich um und sah Matt auf Granny vom Fluss heranreiten. Er hatte offenbar weder Helen noch ihr Auto bemerkt. Sie betrachtete ihn und staunte über das warme Gefühl, das dabei ihren ganzen Körper durchströmte. Granny entdeckte sie zuerst. Die Stute hob den Kopf und blieb abrupt stehen. Matt folgte ihrem Blick und sah Helen. Das Lächeln, das sich daraufhin auf seinem Gesicht ausbreitete, genügte ihr vollauf als Begrüßung.

Er trieb Granny vorwärts, bis er den Zaun erreichte, an dem Helen wartete. Nachdem er aus dem Sattel gesprungen war, schloss er Helen in die Arme und küsste sie sehr lange. Als sie sich endlich voneinander lösten, bedurfte es keiner Worte.

»Das Fohlen sieht gut aus«, sagte Helen und lehnte sich wieder an den Zaun.

»Der Kleine ist ein Kämpfer«, sagte Matt und trat ganz nah an sie heran. »Er hat nichts weiter als ein bisschen sanfter Fürsorge gebraucht.«

»Hat er schon einen Namen?«

»Nein.« Matt legte seine Arme locker um ihre Schultern. »Warum taufst du ihn nicht?«

Helen blickte erstaunt zu ihm auf. »Ich dachte, das würde bei allen Fohlen Ali machen.«

»Bei diesem nicht.«

»Na, dann denke ich mal darüber nach.«

»Mach das«, sagte Matt.

»Wie wär's mit einer Figur aus Patersons Gedichten? Vielleicht Clancy?«

»Gar nicht übel.«

»Kann ich noch ein bisschen überlegen?«, fragte Helen.

Matt lächelte sie an. »Nimm dir alle Zeit der Welt.«

Lange standen sie einfach nur da und schauten sich an. Dann streichelte sie seine gebräunte Wange und nickte. Irgendwann wandten sie sich von dem immer noch zufrieden trinkenden Fohlen ab. Matt warf sich Grannys Zügel über die Schulter, und zu dritt gingen sie auf die Stallungen zu.

**Dank**

Ich möchte mich bei Scott, David, Gill und Joe bedanken, die meine vielen, vielen Fragen zu Zuckerrohr, Wein, Rindern und Landwirtschaft im Allgemeinen beantwortet haben. Ich danke auch Rachel dafür, dass sie mich in die richtige Richtung gelenkt hat. Großartige Tipps und uneingeschränkte Unterstützung haben mir die Mitglieder der Romantic Novelists' Association zukommen lassen, insbesondere der Ortsverband London und South-East. Danke, meine Damen und Herren. Für ihren Enthusiasmus, der den üblichen Rahmen einer Freundschaft bei Weitem sprengt – dank dir, Michelle. Und besonders danke ich meiner Lektorin Catherine Cobain und dem Team bei Little Black Dress, die mir geholfen haben, dieses Buch zu verwirklichen.

## François Lelord

### *Im Durcheinanderland der Liebe*

*Roman. Aus dem Französischen von Ralf Pannowitsch. 256 Seiten. Piper Taschenbuch*

Ein junger Inuit kommt als Botschafter seines Stammes nach Paris. Obwohl sich alle für ihn interessieren, fühlt Ulik jeden Abend in seinem Hotel die Einsamkeit in sich aufsteigen, denn in seinem Land ist man niemals allein. Überhaupt ist Ulik verwundert. Im Land der Eskimos ist Liebe ein Austausch von Geschenken unter zwei Menschen, die einander brauchen. In Paris scheint man komplett andere Vorstellungen zu haben. In dem mutigen und einsamen Inuit spiegelt der Psychiater und Bestsellerautor François Lelord unsere Sehnsucht nach starken Gefühlen und den Zustand der Liebesunordnung, in dem wir leben.

»Diese fast kindlich schöne Liebessuche ist wunderbar zu lesen.«
Emotion

05/2423/01/L

## Gaby Hauptmann

### *Rückflug zu verschenken*

*Roman. 304 Seiten. Piper Taschenbuch*

Soviel Mut hat Clara sich selbst nicht zugetraut: Eigentlich wollte sie auf Mallorca ja nur günstig Urlaub machen. Nachdenken, was sie ohne Paul und all sein Geld anfangen soll. Außerdem braucht sie einen Job und zwar schnell. Warum nicht wieder als Innenarchitektin arbeiten, denkt sie spontan, hier sind so viele wundervolle Häuser einzurichten. Und unterstützt von ihren neuen Freundinnen Lizzy, Britta und Kitty stürzt Clara sich ins Abenteuer – sie ahnt nicht, worauf sie sich da bei ihrem mysteriösen russischen Auftraggeber eingelassen hat …
Gaby Hauptmanns neuer, herzerfrischend frecher Roman über gute Freundinnen und die Erkenntnis, dass ein Mann doch nicht wie jeder andere ist!

05/2364/01/R

## Michaela Saal, Kai Finn

### *Alles wegen Aldi*

*Roman. 256 Seiten.*
*Piper Taschenbuch*

Alles fing bei Aldi an: An der Kasse passierte Leonie ein peinliches Malheur, und ihr Vordermann entpuppte sich nicht nur als Retter in der Not, sondern auch als der Mann ihres Lebens. Die beiden starten eine wunderbare Beziehung. Doch das ist gar nicht so einfach, wenn der eine in Bayern und der andere in Norddeutschland lebt. Sie pendeln wie Tausende andere Paare auch. Es klappt ganz gut, wenn da bloß nicht diese schreckliche Sehnsucht wäre! Soll Leonie kurz entschlossen zu ihm ziehen, ein Kind kriegen und ihn ganz klassisch das Geld verdienen lassen? Sie überlegt sich, wie das wäre – und findet den Gedanken fürchterlich. Aber auch ein bisschen verlockend …

Eine turbulente Komödie über das Liebenlernen und Lebenlassen, gesehen und geschrieben von einer Frau und einem Mann.

05/2367/01/L

## Judith Liere

### *Probezeit*

*Roman. 208 Seiten.*
*Piper Taschenbuch*

Endlich fertig mit dem Studium! Voller Begeisterung schreibt Cobra Bewerbungen, kassiert aber jede Menge Absagen. Nur ein viel versprechender Brief ist dabei: von einem lokalen Fernsehsender, der ihr ein Volontariat in Aussicht stellt, allerdings erst nach einem dreimonatigen und so gut wie unbezahlten Praktikum. Hoch motiviert erscheint Cobra zu ihrem ersten Arbeitstag, doch dann stellt sich heraus, dass außer ihr noch 20 andere Praktikantinnen und Praktikanten anfangen, und nur eine oder einer von ihnen wird hinterher das Volontariat bekommen. Natürlich sind Intrigen und Zickenkrieg angesagt – und nicht nur während der langen Arbeitstage, sondern auch nach Feierabend regiert bei Cobra das Gefühlschaos. Ist der Chef wirklich so attraktiv, der Mitpraktikant nur nett oder der Exfreund immer die bessere Alternative? Ein turbulenter Roman über die Arbeit und das restliche Leben.

05/2314/02/R

## Jennifer Donnelly

### *Die Winterrose*

*Roman. Aus dem Englischen von Angelika Felenda. 784 Seiten. Piper Taschenbuch*

Es sind die ersten Tage des neuen Jahrhunderts, Mai 1900. Und die finsteren Straßen des Londoner Armenviertels Whitechapel sind kein Ort für eine anständige junge Frau. Gegen alle Widerstände nimmt India, die sich sonst nur in den feinsten Kreisen bewegt, eine Anstellung als Ärztin in Whitechapel an. Als sie dem berüchtigten Gangsterboß Sid Malone begegnet, entbrennt sie überdies in leidenschaftlicher Liebe und setzt sogar die Verlobung mit dem ehrgeizigen Parlamentsabgeordneten Freddie Lytton aufs Spiel. Sie ist fasziniert von Sid, seinem Charme und seiner geheimnisvollen, dunklen Vergangenheit. Doch sie kann nicht ahnen, daß Sid Malone nicht sein wahrer Name ist … Von der gefährlichen Unterwelt Londons bis nach Afrika und in die Neue Welt führt uns Jennifer Donnellys dramatische Geschichte um die junge Ärztin India Selwyn-Jones – Betrug und Intrigen, Rache und bedingungslose Liebe bestimmen ihren Weg.

05/2339/02/L

### *Geschichten über die Liebe*

*Herausgegeben von Annika Krummacher. 208 Seiten. Piper Taschenbuch*

Von der ersten Verliebtheit, von Eifersucht und Begehren, von Seitensprüngen, aber auch von der großen Liebe über den Tod hinaus – die Liebe hat Schriftsteller beschäftigt wie kaum ein Thema sonst. In diesem Band sind einige der schönsten Geschichten vereint: von Anna Gavalda und Kurt Tucholsky, Elke Heidenreich, Hermann Hesse und vielen anderen.

»Jede Bewegung unserer Seele, in der sie sich selber empfindet und ihr Leben spürt, ist Liebe. Glücklich ist also der, der viel zu lieben vermag. Lieben aber und Begehren ist nicht ganz dasselbe. Liebe ist weise gewordene Begierde.«

Hermann Hesse

05/2293/02/R